藤原定家「文集百首」の比較文學的研究

雋　雪　艷　著

汲　古　書　院

序——本書の出版を喜ぶ——

本書は雋雪艶《せんせつえん》さんの長年にわたる苦心の結晶である。

私が雋さんに初めてあったのは一九八七年のことで、すでに十四年の昔である。以來、雋さんの身に降りかかったさまざまな困難や、その苦心慘憺を見續けてきた私にとっても、本書の出版はまことに喜ばしい限りである。

來日當初は、雋さんは文選の版本を研究していたが、數かずの曲折を經て自分にもっともふさわしい道を見つけ出したと言えるのではなかろうか。和歌の研究は日本人にとってさえ難しいことであるが、しかも難物中の難物と言われる藤原定家を對象として、雋さんの研究は定家の心の奥ふかくまで見通すようである。定家は八百年の時をへだてて、白居易を生んだ異國の地に、またとない知己を得たと言うべきであろう。

雋さんは、すでに九三年に、さまざまな理由でさる知人の老婦人から句題和歌の手ほどきを受けていたという。そのことを聞いて、定家文學研究の難しさをろくに知りもしない私は、それは比較文化、比較文學の願ってもない教材であるから、ぜひ論としてまとめて欲しいと勸めた。今から思えば、いとも氣樂に勸めたものであるが、まだ讀み始めたばかりとあって、當時は、はかばかしい返事はなかった。ところが雋さんは、結局のところ、この難題を見事に克服したわけである。

私が雋さんから句題の白詩と和歌を對照させて分析した論考の第一稿を受け取ったのは、九七年の初頭、清華大學で開かれた國際學會に出席する直前であった。それを攜えて清華大學に赴き、底冷えのする北京の寒い雪景色を見ながら日本語の問題個所をいささか添削した日が昨日のことのように思われる。

論考はその後もずっと見せてもらった。私は當時、東大の東洋文化研究所に奉職していたので、時にはその研究室で句題詩と和歌の分析について議論もした。私は日本人、雋さんは中國人なのに、國籍が逆であるように感じた時もあった。雋さんの頭腦からは一つの言葉を手がかりに次々に新鮮な發想が飛び出し、私も隨分啓發を受けた。さまざまな面にわたる新鮮な發想は本書の隨所に見られる。私の個人的な考えでは、本書の最大の特色はそうした句題詩と和歌とを對比して分析した部分にあると思う。

そうした分析の二、三を擧げてみよう。日本人の白詩解釋には問題が多いが、たとえば第二章第一節の「春十五首」のうち、句題「落花不語空辭樹、流水無情自入池（落花語らず空《ただ》樹を辭し、流水情無く自《おのづか》ら池に入る)」について考察した個所がある。この二句は『和漢朗詠集』にも収められているが、「落花不語」や「流水無心」という發想のおもしろさに興味が集中し、そのことは慈圓や定家の和歌についても事情はそれほど變わらない、と押さえた上で、白詩としては、じつはここには人の世の變化を超越する「自然而然(自ら然りて然る)」という自然觀があるのだ、と指摘している。原據詩の尾聯は「前庭後院傷心事、唯是春風秋月知(前庭後院心を傷ましむる事、唯だ是れ春風秋月の知るのみ)」となっているが、その「春風」や「秋月」も同じであるという。そうした見方は原據詩の片言隻語にまで貫徹しており、「空樹《ただ》を辭し」の「空」は「只」の意味で、「自ら池に入る」の「自」と對となって、兩方とも「落花」や「流水」が「前庭後院心を傷ましむる事」といった人の世と無關係に存在する趣旨に添った表現であり、日本語の「空しさ」の感じは含まれていない、と注意している。

この點は、日本人の白詩解釋が陷りやすい陷穽である。そこに引用されている日本人の研究を見てもそのことは分かる。ただ、そうした日本人的解釋は、白居易もその氣持ちで詩を詠んだと言えばまちがいであるが、そもそも自然に對する彼我の受け止め方の違いが呼び起こしたものだとも考えられる。つまりは、そこに今に至るまでの日・中の感性の違いが現れているとも言えるわけで、それこそ異文化攝取の難しさでもあり、おもしろさでもある。

「秋十五首」では、日本人の研究に基づきつつ、櫻やほととぎす、雪などの和歌におけるイメージを追究し、秋の捉え方の變遷を述べ、日本の詩歌は中國の悲秋の觀念を受け入れたが、定家の時代には秋のイメージは變化しつつあるのではないか、と指摘している。これはやがて鎌倉以後の佛教との絡みで問題になるところで、雋さんは、和歌に見える微妙な表現を手がかりに、そのことを豫見しているのである。

白詩に見える「紅葉」は寂しさを感じさせる風物という捉え方で詠まれることが多く、日本の古典文學における「紅葉」のイメージとは違う、という指摘も面白い。

こうした自然觀の違いについての問題は、さらに第二章第三節で、日・中の文學における月や川、花などのイメージを對比分析する個所で一段と深められて展開されている。初唐の張若虚の詩「春江花月夜（春江花月の夜）」に見える「人生代々無窮已、江月年々祇相似（人生　代々　窮まり已むこと無し、江月　年々　祇《ただ》相ひ似たり）」や、盛唐の李白の詩「把酒問月（酒を把りて月に問ふ）」に見える「今人不見古時月、今月曾經照古人。古人今人若流水、共看明月皆如此（今の人は見ず　古時の月、今の月は　曾經《かつ》て古人を照らせり。古人　今人　流水の若《ごと》し、共に明月を看ること　皆　此《か》くの如し）」などの句は、「人世の轉變と月の不變とを對比したもの」というより「人間は源の盡きない川のように永續的にこの世に流れてきて、また、逝ってしまうが、それは沈んで、また、昇ってきて永遠に空を照らしている月と似たようなものだ」という、詩人の心を詠《うた》ったものではないか、と考えている。月はまた悲しみを誘う存在でもあるが、その感じ方は宋の蘇軾の「赤壁の賦」に至って克服され、中唐の白居易は張若虚・李白と蘇軾の中間に位置するのであるから、白居易の「流水」は張若虚・李白の「流水」の系譜を受け継ぎ、「落花」と同様に、別にはかなさなどというものでもなければ、そうした氣分を持つものでもなく、人の世の變化を超えた自然の存在にすぎない、と論じている。

川の流れといえば、日本人なら誰でも鴨長明の『方丈記』を思いうかべる。むろん本書でも言及されているが、その「よどみにうかぶうたかた」は人生のはかなさを代表する表現と言ってもよいであろう。その感覺は、昔の流行歌「明治一代女」の「みんなはかない水の泡……、月にくずれる影法師」に至るまで、數百年のあいだ、日本人の心にずっと流れてきた。「月」も、そのはかなさをいっそう際立たせているわけである。ところが、數年前、宗教調査で中國に出かけた際、廣州のある道觀（道教寺院）で李白の「今人不見古時月、今月曾經照古人」という對聯が掛けられているのを見かけた。永遠の生命を願うところから出發した道教の寺院には、永遠を象徴する「月」の聯はまことにふさわしい。聞くところによると、中國の現在の流行歌に、「長江萬古流」という歌詞の、川の流れの永遠性を詠った歌があるそうである。李白・白居易の昔から、どうやら日・中の國民性はそうたいして違わないのかもしれない。

月や川についてと同じような問題は花についても追究され、中國の花のイメージと對比して日本における花のイメージが分析されている。日本の場合には「澄心」の問題とも關聯させ、この問題がさらに深い奥行きを持っていることが暗示されている。

後の章になるが、「閑居十首」の部で、砌《みぎわ》に立つ松を問題にしている個所がある。そこの原據詩は「松」であるが定家の和歌には「松の風」とあり、それについて、原據詩の「松」はただの描寫の對象で、直接に詩人の心に迫っていないが、和歌表現としての「松の風」は心の動きを連動させるはたらきを持ち、古くから歌人に愛用されていたので、定家はその日本人の感性で原據詩の「松」を「松の風」に詠み替えたのであろう、と考察している。さらに詩人と歌人の發想面の違いにも著目し、原據詩では心の中に外界のものごとは何一つ入りこまないで、心が安定して調和した狀態であるが、和歌の方は「松の風」が心に入りこむ要素となっており、また、それによって心のつらい思いが薄められている、と指摘している。ことにこうした個所では、雋さんの感受性が遺憾なく發揮されていると思われる。

自然の景物の受け止め方に對する日・中の比較文學・比較文化的な論考とならんで、本書のもう一つの大きな柱は、白居易のいわゆる中隱思想についての論考である。この問題は、第一章第二節において、白居易の「草堂記」と「池上篇」に見える思想と對比して慶滋保胤の「池亭記」と長明の『方丈記』の思想上の特色が検討されて以後、主旋律のように、くり返し本書に現れる。ただ、それは單なる重複というものではなく、文脈によって少しずつ位相を變え、全體として白居易の中隱思想がどんなものであったか、それを攝取した平安から鎌倉初頭の日本人貴族たちの生き方、思想がどんなものであったかが、分かるようになっている。

その論題は、句題詩と和歌との對比研究としては第四章の「「文集百首」にみえる隱遁思想」に多く論じられている。先行研究を踏まえながら、雋さんは、中國では魏晉以降、出處同歸を旨とする「朝隱」「吏隱」という隱遁思想が發展したが、それらはいずれも出仕することが前提となっていること、特に唐代に入ってから「吏隱」は隱遁の主たる形態となっていたこと、白居易はさらに「中」の意義を強調し、官僚であることと閑居とを同時に尊び愛する立場から「吏隱」の一つのパターンとして「中隱」という概念を打ち出したことなどを論じている。これは、中國思想史の問題としても重要な指摘である。

一方、日本においては、慶滋保胤なども白居易の中隱思想の影響を受けたが、結局はひとすじに佛教を信仰するようになったわけであるから、日本の文人たちには「白氏の生活態度を志向したにもかかわらず、その中隱思想はついになじまなかったように思われる」と考察している。

　これは、人と社會との關わり方という根本的な問題にも關聯することである。孟子の「兼善」と「獨善」の「獨善」が決して社會と隔絶した「獨り善がり」ではなく、たんに然るべき「官」の地位にいない場合の身の處し方にすぎない、ということとも關係がある。「獨善」の場合でも、孟子は英才教育などを通して社會を「善」くすることに關わっているのである。中國では、白居易の生きた時代についていえば、文人は先ずは官僚であり、後世の評價も先ずは世を救う詩を詠んだ官僚としての白居易に向けられている、ということが、いかに中國においては社會的な問題、つまりは政治的な問題が、重視されてきたかということを物語っている。この點は、日・中の間に横たわる大きな相違であろう。そして雋さんの眼も、その問題を見据えているのである。

　そもそも、いま、なぜ日本文化と中國文化の比較を、ことあらためて問題にする必要があるのかといえば、中國人は、日本に對する中國の影響だけを重視し、はっきりとした影響があればもちろんのこと、少しでも似た點があれば、卽、中國文化の影響とし、はなはだしい場合は、日本文化は中國文化の亞流《さるまね》であると決め付けかねないからである。

　本書が對象とする平安時代や鎌倉時代あたりまでは、確かに文化の流れは中國から日本へと徹底的に一方的に流れたから、ある意味では中國人がそう考えるのは、仕方がないかもしれない。しかしそれは、異文化理解という觀點から言えば、全面的にまちがっている。雋さんも序章で言っているように「兩國の文化の相違點を解明することに力點をおく必要があり、そのような研究を通じて、異民族そして異文化に對する理解が深められるだけでなく、同時に自分自身に對する理解をも深めることができる」というのは、こと中國人による日・中文化の分析に關するかぎり、動かせぬ眞理ではなかろうか。

白居易と定家の作品を比較文學・比較文化的に研究した書物、論文がどれほどあるのかは知らないが、本書は中國人の手によって書かれた、まちがいなく最初の書物である。日・中のどちらに偏するのでもなく、公平に、かつ客觀的に書かれている。この方面の學問に、確かに貴重な一石を投じたものであり、本書によって日・中それぞれの自己および相手についての理解がいっそう深まるものと信じている。

二〇〇一年九月六日

北京外國語大學專家樓にて

蜂屋邦夫　識

序――雋さん、努力の人――

このたび雋雪艶さんの『藤原定家「文集百首」の比較文學的研究』が刊行されることになり、たいへんうれしく思っているところです。

雋さんは平成四年四月に東京大學大學院・總合文化研究科・地域文化研究専攻の博士課程に入學し、私を指導教官として研鑽につとめてきました。すでに唐の詩人白居易の詩に關して、中國詩史における評價の變遷と、日本漢文學史において高い地位にあることについて相當な識見を持ち合わせているようで、あとはよいテーマを見いだすことができれば、大きな研究をなしとげることができるだろうと期待して、當初は特に私のほうから細かな指示や指導をした記憶がありません。

そのころ、大學院の授業では二、三年ほどかけて寂然の「法門百首」を讀みすすめ、のちには『新古今和歌集』の漢籍受容歌と法文歌について議論したりしたかと思います。せっかく日本古典文學を勉強しに留學してきているのだからというので、間もなく韓國からの留學生金敬姫さんとともに私のところに相談に見えたのがきっかけで、おもに留學生を對象にして課外授業の『源氏物語』の讀書會が始まりました。私が豫習なしで物語本文を音讀し、現代語譯と興のおもむくままの解說をして、質問を受け付けるというかたちで桐壺巻から讀みはじめたのでしたが、これは現在なお續いており、今は夕霧巻まですすんでいます。これらの場が雋さんの勉學にどのように役に立ったのか、私には分かりません。

雋さんはその後、日本における白詩受容の展開について理解を深めてゆき、歌人藤原定家が慈圓の企畫により試みた「文集百首」に着目し、よく知られるほぼ同時代の鴨長明の『方丈記』とはまた違った沃野に挑むことになります。時代を異にする日中の偉大なる詩人・歌人の詩情と歌心とに向き合い、比較文學比較文化の視點から定家の「文集百首」を讀み解いてみようというのです。雋さんにはたして和歌を理解するセンスがあるのか、せめて敕撰の八代集を讀みこなし、和歌史を學んでいる必要があるのに、その準備ができているのか、今度は心配になりました。

しかし、それは私の取り越し苦労でした。定家の歌の一首一首をていねいに解釋したノートを作成するように、ノートは論文別册の參考資料にもなりうるのだから、と助言しましたが、雋さんはやがて毎週のように五首ぐらいずつ、歌ことばの注をふくめた現代語譯のレポートを提出し、私の指導を求めるようになりました。雋さんにとって手がかりとなるのは、わずかに久保田淳先生の『譯注藤原定家全歌集』があるだけです。この解釋はやや的を外れているとか、ここは考察が不十分であるとか、不満に思う箇所はずばずば赤字を入れましたが、こんなやりとりが何箇月も何箇月もつづいたように思います。とはいえ、私の指導はただそれだけで、博士論文の全體の構想とか部分的な見通しとかについてさえ、すべて雋さん一人の手になるものです。

今となってみれば、もっと定家の漢籍受容の總體にわたっての要約が必要であった、定家にとって漢籍の知識は現實の政治社會を觀る眼という點においてもアクチュアルなものであったはずではないか等々、より體系的な完成を目指すように適切な指導をすることができたのにと思わないでもないのですが、當時としてみれば、面倒な世話を燒かせないけれどチェックするのがたいへんだというのが實感の二人三脚の日々でした。

雋さんがここまでやってくることができたのも、本人の人知れぬ努力によるのはもちろんとして、日本においてだけでも多くの方々の有形無形のご援助があったからであろうと思っています。雋さんの口から時々、思いがけない高名な學者の方々のお名前をお聞きすることがあり、たびごとに、へえーっと驚き、感心するばかりの思いをしたことです。この場を借りまして、お力添えに心より感謝申しあげます。

本書の意義を說くよりも、思い出話に花を咲かせてしまいましたが、白詩の讀みを土臺にすえた日中比較文學比較文化研究の成果として、和歌文學研究の分野、ひいては國文學界に寄與するところ多大であると心底から確信していると申して、つたない序文を閉じさせていただきます。

三角洋一
（東京大學總合文化研究科教授）

藤原定家「文集百首」の比較文學的研究　目次

序――本書の出版を喜ぶ――　蜂屋邦夫　1

序――雋さん、努力の人――　三角洋一　11

凡例　21

序章　課題と方法……三

第一章　「文集百首」を産出した文化的・歴史的土壌……一三

第一節　中國と日本における白居易のイメージ……一三

一　中國における白居易のイメージ　一三

1　「廣大教化主」と稱される白居易　一四

2　皮日休の「七愛詩之一・白太傅」　一九

二　平安時代における白居易のイメージ　二四

1　都良香の「白樂天讚」　二四

2　『千載佳句』に見える白居易像　二六

注……三五

第二節　「池亭記」『方丈記』と白居易

――その思想的特徴をめぐって――……三七
一　問題提起　三七
二　「草堂記」と「池上篇」の思想的特色　三九
三　保胤の「池亭記」の思想性について　四二
四　『方丈記』について　四六
五　結　び　四九
注……五一
第三節　慈圓と「文集百首」……五三
一　「文集百首」の特色　五三
二　「文集百首」の時代性　六四
注……六七
第四節　定家と「文集百首」……六九
一　句題和歌史における定家の意義　六九
二　定家の歌論と「文集百首」　七二
注……七六
第二章　「文集百首」にみえる自然観……七九
第一節　「春十五首」について……七九
注……九六

第二節　「秋十五首」について……九七
注……一二二
第三節　日・中の文學における「春花秋月」……一三七
一　中國における月と川のイメージ……一三七
二　中國における花のイメージ……一四七
三　日本における花と月のイメージ……一五〇
四　「澄心」をめぐって……一五六
注……一六一
第三章　「文集百首」にみえる戀の感情……一六五
第一節　「戀五首」について……一六五
注……一八二
第二節　「戀五首」における寓意と戀歌の新しい意義……一八四
注……一九二
第四章　「文集百首」にみえる隱遁思想……一九五
第一節　「山家五首」について……一九五
注……二〇五
第二節　「閑居十首」について……二〇七
注……二四三

第三節　「文集百首」の漢詩題と白居易の閑適詩……二四六
注……二六〇
第四節　日・中における「閑居の氣味」……二六一
一　「閑居」の內實とその變遷
　　――『千載佳句』から「文集百首」へ――　二六二
二　「閑居の氣味」について　二六六
三　定家の「閑居十首」と白居易の中隱思想　二七〇
四　結　び　二七五
注……二七五
第五章　「文集百首」にみえる佛教思想……二七九
第一節　「無常十首」について……二七九
付　「述懷」一首　三一六
注……三三一
第二節　「法門五首」について……三三四
注……三五〇
第三節　「文集百首」における中世的なもの……三五一
一　「文集百首」以前の白氏文集の佛教的受容　三五一
二　「文集百首」の漢詩題と佛教思想　三五八

三　定家の歌と佛教思想……三六三
注……三六六
結　語……三七一
參考文獻一覽……三七九
あとがき……三九五
索　引……*1*

凡例

一、定家の「文集百首」は久保田淳『譯注　藤原定家全歌集』（河出書房新社、一九八六年六月）所收をテキストとした。
一、定家の「文集百首」本文の異同については、冷泉家時雨亭叢書第九巻『拾遺愚草員外』（朝日新聞社、一九九三年十月）、冷泉爲臣『藤原定家全歌集』（國書刊行會、一九七四年三月）、赤羽淑編名古屋大學本『拾遺愚草』（笠間書院、一九八二年二月）を參照した。
一、「文集百首」に關する久保田淳氏の注釋と譯はすべて『譯注　藤原定家全歌集』に據った。
一、慈圓の「文集百首」は『新編國歌大觀』に據った。
一、白居易の詩は平岡武夫・今井清『白氏文集歌詩索引』（同朋舍出版、一九八九年十月）所收那波本『白氏文集』に據り、平岡武夫・今井清校定『白氏文集』（京都大學人文科學研究所研究報告、一九七一年三月〜一九七三年三月）を參照した。
一、白居易の散文は四部叢刊所收『白氏文集』に據った。
一、白居易詩の訓讀は基本的に續國譯漢文大成、佐久節譯解『白樂天詩集』（國民文庫刊行會、一九二八年八月）に據ったが、若干の訂正を加えた。
一、白居易詩の作品番號は花房英樹『白氏文集の批判的研究』（朋友書店、一九六〇年三月）に據った。
一、原據詩の作成年代は朱金城『白居易集箋校』（上海古籍出版社、一九八八年十二月）に據った。
一、八代集は岩波新日本古典文學大系に據った。
一、家集は基本的に『新編國歌大觀』に據った。

一、『大江千里集』の本文は金子彦二郎『平安時代文學と白氏文集——句題和歌・千載佳句研究篇——』（藝林舍、一九四四年五月）所收に據った。

一、『千載佳句』の本文は金子彦二郎『平安時代文學と白氏文集——句題和歌・千載佳句研究篇——』（藝林舍、一九四四年五月）所收に據った。

一、『和漢朗詠集』の本文及び訓讀は岩波日本古典文學大系（一九七〇年十月）に據ったが、一部、訓讀を改めた。

藤原定家「文集百首」の比較文學的研究

序章　課題と方法

中國と日本は一衣帶水の隣國であり、歴史と文化において切っても切れない關係にある故に、かえって互いに客觀的に見ることができない面があると言えよう。多くの中國人は、日本には漢字・漢文學・儒教など中國文化の影響を受けて生まれた文化が存在し、日本文化の根本は中國文化とそれほど違わない、と誤解している。また一方、日本人の立場から溝口雄三氏は次のように指摘している。

日本思想史と中國思想史が「天」「道」「理」など同じ漢字を用いながら、實は內容的に大きな差異があるということが、前提として自覺されていなければならない。現在の段階では、殘念ながらこのような疑問を抱く日本の中國學の研究者はまだ少數にとどまっている。

日本では、「漢文訓讀法」の使用により、中國が日本とは異文化の外國であるという認識が、希薄になっている。

中日雙方とも、相手を異文化の外國として見る視點の確立について、互いに不十分である。

在論及日本思想史與中國思想史時，我們都使用「天」「道」「理」這些中日雙方相同的漢字，但它們的涵義却有很大的不同，明確這一點，是我們研究的前提。遺憾的是，目前，在日本能够認識到這一問題的中國學學者尙爲少數。

對於日本人來說，中國是與日本具有不同文化的外國這一認識，因「漢文訓讀」法的使用而淡化。

中日雙方都沒有把對方作爲異文化的外國而加以充分認識。(1)

中日間の比較文學・比較文化という分野の研究現狀について言えば、中國側も日本側も兩國の間に存在している共通點に注目し、相手の影響を受けたがために現れた相似點を論ずるものが多いと思われる。古典文學に關する研究を例とすれば、『文選』が日本の漢文學に與えた影響、中國の古典詩歌の表現が日本の漢詩及び和歌に與えた影響、唐の詩人白居易が『源氏物語』に與えた影響など、このような「影響」に關する研究は中國における中日比較文學の主流となっているのである。

しかし、中國人にとって、中國と日本との間に存在する文化の共通點を究明すること、および中國文化が日本に影響を與えたという確認作業は、究極の目的ではない。そうした研究と同時に、どのような特徵をもった中國文學家及びその作品が特に日本人に好まれるのか、日本民族がいかにして中國文化を自らの中に取り入れたのか、その過程においてどのように中國人と違う受け止め方をしたのかなど、兩國の文化の相違點を解明することに力點を置く必要があり、そのような研究を通じて、異民族そして異文化に對する理解が深められるだけでなく、同時に自分自身に對する理解をも深めることができると考える。

日本側にしてみても、立場は中國人とだいぶ違うが、研究の究極的な目的はなにかという問題が同じように存在する。日本の國文學研究者は自國の文學史を解明するためにも、中國文化の影響を受けている部分を明らかにする必要がある。確かに、中國文學に由來する表現・着想など兩者の類似點について、これまでなされた研究には、豐富な蓄積がある。しかし、この事情あるが故に、日本の和漢比較文學研究という分野の實狀は、結局のところ、中國と同じように、兩國の共通點に注目する研究が壓倒的に多いと言えよう。このような狀況に對して、大曾根章介氏は「何を模倣したかと同時に如何に攝取したかの考察が大切であろう。受容の際の取捨選擇、換骨奪胎の姿勢に眼を向けねばならない。類似とともに差異を明白にすることによって、日本的な表現或は日本人の感情思考を考察することができるのではなかろうか(2)」と注意を喚起し、また、長崎健・相田滿兩氏は新古今集と漢文學についての研究史を展望する際に、「語句の出典の檢索、素材と用語の類似の指摘、表現の類想性の比較などに終始することによって、漢詩文を模倣したことをもってその影響と結論することは、現段階の研究状況においては、もはや、新古今集と漢詩文の影響關係を有機的に語ることではな」く、「新古今集が漢詩文の何を模倣したかに問題がとどまるはずはなく、一首の和歌の構成と美的世界の構築に、何が有機的に攝取されているのかが究明されなければならない(3)」と指摘している。その「何が有機的に攝取されているのか」の「何が」という中國文學の要素を究明することは、中國文化の本質に觸れることにつながり、また、「受容の際の取捨選擇、換骨奪胎の姿勢」や「有機的に攝取されている」ことを究明することは、受容側の心理や文化の土壤に關連する問題であるから、國文學研究から出發する和漢比較文學研究は、おのずから本格的な中・日間の比較文學・比較文化になる運命が潛在しており、「日本文學の研究」は、諸民族の一員としての日本の再發見、および日本文學と血がつながっている中國文化を理解する契機へと發展する可能性が存在していると言えよう。

以上のような問題意識から、本書は「白居易と日本文學」を研究課題としたものである。

白居易の文學は、その豐富な內容と平易な表現によって、中國人のみならず、日本人をも魅了し、それぞれの文學の歷史において衰えることなく愛讀され、且つ多樣な受容の相が見られる。中國文學の歷史においては、「一篇の長恨　風情有り(4)」といった白居易ならではの風情とか、「廣大敎化主(5)」とされるほどの社會や民衆へのまごころとか、後の知識人の關心をひいた處世の態度などといった點で、多方面にわたって影響を與えた。

日本では、平安時代の初期から白詩尊重の風潮が四百年前後續いた。この時期につくられた日本の漢詩、和歌、物語等各種の文學作品の中に、白居易の作品の影が随所に見られる。歴史の中で、白居易ほど日本人の心をとらえた中國の文學者はほかにいないといってもよかろう。「平安時代初期以降のわが國の文學は白氏文集からはなれては到底其の眞姿・奥義も把握し難く、其の鑑賞批評も正鵠が期し難いと言つても、決して過言ではなからうと思はれる」[6]と、金子彦二郎氏も指摘している。

しかし、日本傳來當初の平安時代には、白居易の風流な貴族的イメージがもてはやされていたが、中世に入ると、受容の仕方に佛教味がたいへん強くなり、文殊菩薩の化身とも言われるまでに至った。その後は、白居易の儒教思想が『管見抄』などの教訓の書に取り入れられ、政治に關する内容も重視されるようになった。

白居易像の變遷は白居易文學の内容の豐富さと複雑さを物語ると同時に、それぞれの時代の風潮あるいはその時々の人々が抱えている心の問題にも由來しているのであり、このことは中國と日本を問わずに存在する。

中國の古代で「廣大教化主」と稱され、現代で「傑出した現實主義詩人」と讃えられてきた白居易は、なぜ日本では文殊菩薩の化身となってしまったのか、また、「長恨歌」における悲戀の主人公で人を惑わす「尤物」[7]と目されていた楊貴妃が日本では觀音様になっており、人々の縁結びや平安を守っているのを見た中國人は誰もが啞然とするであろう。[8]中國と日本において見られる白氏文集に對する異なった受容史の背後には兩國の文化的なギャップが存在しているのは言うまでもないが、それに關する研究は必ずしも十分に行われてきたとは言えない。中國と日本における白居易文學の受容を比較研究することで兩民族における言葉の表現・感情・價値觀・文化の性格など傳統的な精神構造について考察することには大きな意義があろう。

本書では、「白居易と日本文學」という研究テーマの一環として「文集百首」を取り上げる。「文集百首」は十三世紀初期の建保六年（一二一八）にできた和歌の作品群であり、白居易の作品集『白氏文集』から詩句を選んで百首の歌の題としたものである。「文集百首」は、『愚管抄』の著者で歴史家・思想家である慈圓の企畫であり、慈圓の薦めによって、藤原定家もほぼ同じ題で百首の歌を詠んでいる。平安時代から中世へと變わっていく激動の時代の産物である「文集百首」は、思想の面においても作歌の方法においても句題和歌史上に畫期的な存在となっている。

句題和歌は、その特殊な構造によって日中比較文學・比較文化の第一次資料である。題の直譯にせよ、題を契機とする自由な連想にせよ、中國語から日本語に變化したこと自體が我々の比較研究に考察の對象や資料を用意したことになる。そもそも日本民族と中國民族のそれぞれの文化の中から生まれた言葉が持つ内容は完全には對譯できないものであるから、一句の漢詩題に對して一首の歌が生まれると、句題には本來存在しなかった要素も同時に產出され、歌と題との間に文學的ないし文化的な差異が生じることになる。その差異こそ、我々の思考の機緣となるものである。

本書で企畫者慈圓の「文集百首」ではなく、定家の「文集百首」を取り上げるのは、主に次のような理由による。「文集百首」の漢詩題は慈圓によって選定されたので、定家の「文集百首」を中心に考察してもおのずから慈圓研究と重なることになる。ただし、句題和歌史における「文集百首」の意義を考えると、定家の作歌はより創造的な意味があると思われる。

句題和歌という文學樣式の成熟につれて、その歌と題との關係も變化している。『大江千里集』においては、題の直譯的な歌が多數を占めているが、その後、歌と題との意味的關連がだんだん緩やかになり、題に觸發されておこった歌人の連想がもっと自由になったので、内容的には句題と必ずしも一致しているとは限らないものとなった。「文集百首」は、そうした特徵を持った典型的な句題和歌であり、とくに定家の百首は、それまでの句題和歌と比べると題を譯すような感じはほとんどなく、與えられた句題に拘らずに原據詩の他の句をも取り入れたり、白詩を念頭において日本式の發想や表現に作り直したりして歌人の持つ個性を大いに發揮している。定家にとっては、句題とは新しい發想が生まれる契機でもあれば刺激でもあるので、自分なりに本歌取りの方法と似たような方向で題と關わっているのである。したがって定家の「文集百首」は、句題和歌の歴史に置いてみれば、畫期的な意味を持っていると言える。

本書の方法としては、言葉のレベルから檢討を行いたい。比較研究において、特に、句題和歌を研究對象とした場合、高次元の議論はたいへん重要なことではあるが、漢詩や和歌を構築した個々の言葉が具體的に意味している事柄やイメージを考察し、確定する基礎的作業が研究の第一歩ではないかと考える。そこで、句題和歌にある詩語と歌語のイメージを對比してそれぞれのイメージによって織りなされる一首の詩あるいは一首の歌に祕められた心情・價値觀・思想を探ることによって中國と日本のそれぞれの文化の本質に接近したい。

句題和歌において、漢詩的表現が和歌的表現に詠み替えられることはよく見られるが、それによって、歌と漢詩題との間に違う意味やイメージが生じ、歌全體の趣旨も違ってくることがある。例として定家の「文集百首」に見える次の二首を見てみよう。

　　但有雙松當砌下　更無一事到心中
　　（但だ雙松の砌下に當る有り、更に一事の心中に到るなし）

わが宿の砌にたてる松の風それよりほかはうちもまぎれず　（閑居・六十八）

　　盡日坐復臥　不離一室中　中心本無繫　亦與出門同
　　（盡日　坐し復た臥し、一室の中を離れず。中心　本より繫るもの無く、亦た門を出づると同じ）

あくがるる心ひとつぞさしこめぬ眞木の板戶のあけくるる空　（閑居・七十）

「わが宿の」の歌の漢詩題に「松」という語が見られるが、定家の歌では、「松の風」に詠み替えられている。白詩中では「松」という語は「一事の心中に到るなし」という趣旨にそって描寫の對象となっているだけで、直接に詩人の心に迫っている表現ではない。しかし、和歌表現としての「松の風」は、人を待つの「待つ」に掛けたり、時雨の音になぞらえ、袖が雨に濡れることに、涙に濡れるのを響かせたり、あるいは心に訪れるものとして使われており、物思いにふけっている雰圍氣や物寂しい心情を表わす場合よく用いられる歌言葉である。當該歌の中には「それよりほかはうちもまぎれず」というのであるから、「松の風」の音が心を紛らわすものとして意味されていると言えよう。漢詩題は、心が搖れることなく、安定して調和した狀態であるのを表しているのであるが、「松の風」は心の動きを連動させるはたらきを持ち、心に入り込む要素となっているので、歌に詠まれた心のおもむきは漢詩題と異なっているのである。

「あくがるる」の歌の題中の「中心　本より繫るもの無く」は、莊子の思想を吸收した表現と思われる。白居易には、また、

常聞南華經　巧勞智憂愁　　常に聞く南華經、巧は勞して智は憂愁す、と。

……

身心一無繫　浩浩如虛舟　　身心一に繫がるる無く、浩浩として虛舟の如し。

……

不分物黑白　但與時沈浮　　物の黑白を分けず、但だ時と沈浮す。　（卷七「詠意」、〇二九八）

などの詩句がある。『南華經』とは『莊子』の別名であり、『莊子』「列御寇」に、

巧者は勞し知者は憂へども、能無き者は求むる所なく、飽食して敖遊し、汎として繫れざる舟の若く、虛にして敖遊する者なり。

巧者勞而知者憂、無能者無所求、飽食而敖遊、汎若不繫之舟、虛而敖遊者也。

という表現が見られ、白居易が言っている「中心　本より繫るもの無く」と「身心一に繫がる無く」は、莊子のこの思想を受けて心が何ごとにもこだわらず、運命に任せて、ありのままに生きる姿勢を示している。

しかし、定家の歌では「中心本無繫」は「あくがるる心ひとつ」に詠み替えられている。「あくがる」は美しい花など、何かに興味を引きつけられ、何かを求めて心は身體より離れていってしまうという場合の表現であろう。だとすると、定家のいう「さしこめぬ」「あくがるる心」と漢詩題に現れた白居易の「心」とは互いに違う性質を持っていることがわかる。つまり、和歌表現の傳統にある「何かに引かれて空にあくがれ出ようとする心」という表現と、老莊思想を背景とする「何ごとにも拘らない自由な心」という白詩との違いがはっきりしてくる。

中國語が日本語に變化することによってもたらされる問題は、單なる表現上の問題だけではなく、中日兩民族の生活內容や心のあり方とも關係している。つまりそうした表現の基盤となるのは、中國と日本それぞれの歷史、精神史そのものであり、それと結びつけて考察しなければ、前述の言葉の對比は、ただの對比に終わってしまう。以上のような考え方にもとづき、本書は「文集百首」の部立に卽して「文集百首」にみえる自然觀、戀の感情、隱遁思想、佛教思想といった問題點について述べる。ただ、それらは、あくまでも句題和歌という文學形態に表れた思想や文化の問題を扱うことであり、個々の問題について體系的に論述するのではなく、中國と日本との間に見られる文化の異同に重點を置いて論を進めたい。

注

（1）溝口雄三（雋雪艶・賀潔譯）「日本中國學的課題（上、下）」。初出は中國語であり、日本語では發表されていない。本書では初出中國語の前に、雋譯の日本語を附した。なお、その日本語は溝口氏に眼を通してもらった。

(2) 大曾根章介「和漢比較文學の諸問題」。

(3) 長崎健・相田滿「新古今集と漢文學――研究史展望――」。

(4) 白居易詩「編集拙詩成一十五卷因題卷末戲贈元九李十二」(卷十六、一〇〇六)には、「一篇長恨有風情、十首秦吟近正聲」とある。

(5) 第一章第一節を參照。

(6) 金子彥二郎『平安時代文學と白氏文集――句題和歌・千載佳句研究編――』序。

(7) 白居易詩「李夫人」(卷四、〇一六〇)には、「又不見泰陵一掬淚、馬嵬路上念楊妃。縱令妍姿豔質化爲土、此恨長在無銷期。生亦惑、死亦惑、尤物惑人忘不得。人非木石皆有情、不如不遇傾城色」とあり、また、陳鴻の「長恨歌傳」には、「意者不但感其事、亦欲懲尤物、窒亂階、垂於將來也」とある。

(8) 近藤春雄『長恨歌・琵琶行の研究』(一六五頁)に京都の泉湧寺に楊貴妃觀音像があるのを教えられ、實地調查を行った。該寺の案內によると、この楊貴妃觀音像は七百年間、「百年目每に開扉されてきた祕佛であった」が、一九五五年以來、「靈明殿の御正門と共に、この觀世音の御廚子の扉は參拜者のために開かれたのである」とある。未だに參拜者がいることが分かる。

第一章　「文集百首」を產出した文化的・歴史的土壤

第一節　中國と日本における白居易のイメージ

一　中國における白居易のイメージ

朱金城・朱易安兩氏は、確かな資料に基づいて中國文學史における白居易像について論證しているが、

歷史上、多くの評論が白居易の一つの面だけを取り上げてきたため、様々な相反する見解が現れた。賞讃にしても批判にしても、評論者のその時代の文學創作に對する評價が含まれているので、全體的かつ客觀的な評價は不可能である。結局、中國文學史上の白居易は、後世の人々の文學創作の歷史によって描かれたイメージであり、發展しつづける中國古典文學の中に存在する白居易である。(1)

と述べて、實像を追求する難しさを指摘している。

ここでは、朱金城・朱易安兩氏の論に付け加える形で、宋代までの中國人が白居易に對して持っていたイメージを考えてみたい。

1　「廣大教化主」と稱される白居易

白居易研究史において、唐末から今日に至るまで「廣大教化主」という言葉が絶えず用いられ、見落としてはならないキーワードとなっている。(2) その初出は、唐の末頃の張爲の『詩人主客圖』という詩論である。この中で中唐と晩唐の詩人を分類評價しているが、白居易は巻頭に置かれ、「廣大教化主」と名付けられている。ほかには、孟雲卿を「高古奥逸主」、李益を「清奇雅正主」、孟郊を「清奇僻苦主」、鮑溶を「博解宏拔主」、武元衡を「瓌奇美麗主」とし、同じ作風の詩人を「入室」「升堂」「及門」などとランクをつけて、それぞれの「主」の後に竝べて、いわゆる「客」としている。白居易の門下に次の詩人達が列擧されている。

上入室：楊乘。入室：張祜・羊士諤・元稹。升堂：盧仝・顧況・沈亞之。及門：費冠卿・皇甫松・殷堯藩・施肩吾・周元範・祝元膺・徐疑・朱可名・陳標・童翰卿。

張爲がどのような考えに基づいて「廣大教化」という主を作り出したかについては、『詩人主客圖』には具體的な說明は見られず、そこに取り上げられた作品例から分析するほかない。朱金城・朱易安兩氏は、「白居易が『廣大教化主』と名付けられたのは、彼の作品の中で志を言っている內容が多いからだ」(3) と述べているが、「廣大教化の主」という稱號の裏付けとして、『詩人主客圖』に擧げられた白居易の作品の內容を具體的に紹介する必要がある。それはつぎの通りである。(4)

(1)　讀史詩（五首の四、巻二諷諭、〇〇九八）

含沙射人影　雖病人不知　　沙を含んで人影を射れば、病むと雖も人知らず。
巧言誣人罪　至死人不疑　　言を巧にして人の罪を誣ふれば、死に至るも人疑はず。
掇蜂殺愛子　掩鼻戮寵姬　　蜂を掇つて愛子を殺し、鼻を掩うて寵姬を戮す。

宏恭陥蕭望　趙高謀李斯　　宏恭は蕭望を陥れ、趙高は李斯を謀る。
陰徳既必報　陽禍豈虚施　　陰徳既に必ず報ゆ、陽禍豈に虚しく施さんや。
人事雖可罔　天道終難欺　　人事は罔ふ可しと雖も、天道は終に欺き難し。
明卽有刑辟　幽卽有神祇　　明には卽ち刑辟有り、幽には卽ち神祇有り。
苟免勿私喜　鬼得而誅之　　苟も免れて私に喜ぶこと勿れ、鬼得て之を誅せん。

(2)「秦中吟」(十首の二「重賦」、巻二諷諭〇〇七六)

厚地植桑麻　所要濟生民　　厚地に桑麻を植う、要する所は生民を濟はんとなり。
生民理布帛　所求活一身　　生民　布帛を理む、求むる所は一身を活かさんとなり。
身外充征賦　上以奉君親　　身外は征賦に充て、上は以て君親に奉ず。
國家定兩税　本意在憂人　　國家　兩税を定む、本意は人を憂へるに在り。
厥初防其淫　明敕内外臣　　厥の初は其の淫を防ぎ、明かに内外の臣に敕す。
税外加一物　皆以枉法論　　税外に一物を加ふるは、皆枉法を以て論ず。
奈何歳月久　貪吏得因循　　奈何ぞ歳月久しく、貪吏は得て因循す。
役我以求寵　斂索無冬春　　我を役して以て寵を求め、斂め索むること冬春無し。
織絹未成疋　繰絲未盈斤　　織絹を織りて未だ疋を成さず、絲を繰つて未だ斤に盈たず。
里胥迫我納　不許暫逡巡　　里胥我に迫って納めしめ、暫くも逡巡するを許さず。
歳暮天地閉　陰風生破村　　歳暮れて天地閉ぢ、陰風破村に生ず。
夜深燈火盡　霰雪白紛紛　　夜深けて燈火盡き、霰雪白うして紛紛たり。

幼者形不蔽 老者體無溫　幼者は形蔽はず、老者は體溫なる無し。
悲喘與寒氣 併入鼻中辛　悲喘と寒氣と、併せて鼻中に入りて辛し。
昨日輸殘稅 因窺官庫門　昨日殘稅を輸し、因って官庫の門を窺う。
繒帛如山積 絲絮似雲屯　繒帛は山の如く積み、絲絮は雲に似て屯る。
號爲羨餘物 隨月獻至尊　號して羨餘の物と爲し、月に隨って至尊に獻ず。
奪我身上煖 買爾眼前恩　我が身上の煖を奪ひ、爾が眼前の恩を買ふ。
進入瓊林庫 歳久化爲塵　瓊林の庫に進め入れ、歳久しうして化して塵と爲る。

(3)「寓意詩五首」(その一、巻二諷諭〇〇九〇)

豫章生深山 七年而後知　豫章深山に生ず、七年にして後知る。
挺高二百尺 本末皆十圍　挺として高きこと二百尺、本末皆十圍。
天子建明堂 此材獨中規　天子明堂を建つるに、此の材獨り規に中る。
匠人執斤墨 采度將有期　匠人斤墨を執り、采り度ること將に期有らんとす。
孟冬草木枯 烈火燎于陂　孟冬草木枯れ、烈火陂に燎く。
狂風吹猛焰 從根燒到枝　狂風猛焰を吹き、根より燒いて枝に到る。
養材三十年 方成棟梁資　材を養ふこと三十年、方に棟梁の資と成る。
一朝爲灰燼 柯葉無孑遺　一朝灰燼と爲り、柯葉孑遺無し。
地雖生爾材 天不與爾時　地は爾の材を生ずと雖も、天は爾の時を與へず。
不如糞土芝 猶有人掇之　糞土の芝の、猶ほ人の之を掇る有るに如かず。

已矣勿重陳　重陳令人悲　已めよ重ねて陳ぶる勿れ、重ねて陳ぶれば人をして悲しましむ。
勿悲焚焼苦　但悲采用遲　焚焼の苦を悲しまず、但だ采用の遲きを悲しむのみ。

（4）「寓意詩五首」（その二、巻二諷諭〇〇九一）

赫赫京內史　奕奕中書郎　赫赫たる京內史、奕奕たる中書郎。
昨傳徴拜日　恩賜頗殊常　昨　徴拜を傳ふる日、恩賜頗る常に殊なり。
貂冠水蒼玉　紫綬黄金章　貂冠水蒼の玉、紫綬黄金の章。
佩服身未暖　已聞竄炎荒　佩服身未だ暖ならざるに、已に炎荒に竄すと聞く。
親戚不得別　呑聲泣路旁　親戚別るるを得ず、聲を呑んで路旁に泣く。
賓客亦已散　門前雀羅張　賓客も亦た已に散じ、門前に雀羅張る。
富貴來未久　倏如瓦溝霜　富貴は來りて久しからざるに、倏ち瓦溝の霜の如し。
權勢去尤速　瞥若石火光　權勢は去ること尤も速く、瞥として石火の光の若し。
不如守貧賤　貧賤可久長　貧賤を守るに如かず、貧賤は久長なる可し。
傳語宦遊子　且來帰故郷　語を傳ふ宦遊の子、且《しばら》く來つて故郷に帰れ。

（5）「及第後帰覲留別諸同年」（巻五、閑適、〇二一〇）

得意減別恨　半酣輕遠程　意を得て別恨を減じ、半酣にして遠程を輕んず。

（6）「效陶潛體詩十六首幷序」（十六首の十二、巻五閑適〇二二四）

人吏留不得　直入故山雲　人吏留まるを得ず、直ちに故山の雲に入る。

（7）（『白氏文集』に見あたらない。三七八七）

長生不似無生理　休向青山學錬丹　長生は無生の理に似ず、青山に向かって錬丹を學ぶ休《な》かれ。

（8）（『白氏文集』に見あたらない。三七八八）

白髪鑷不盡　根在愁腸中　白髪は鑷して盡きず、根は愁腸の中に在り。

（9）「與薛濤」（『白氏文集』に見あたらない）

峨嵋山勢接雲霓　欲逐劉郎此路迷　峨嵋の山勢　雲霓に接し、劉郎を逐はんと欲せば此の路に迷ふ。

若似剡中容易到　春風猶隔武陵溪　剡中に容易に到るに似る若きも、春風は猶ほ武陵溪を隔つ。

このように、（1）から（4）までは諷諭詩であり、（5）と（6）は閑適詩からの摘句である。（7）（8）（9）は、『白氏文集』に見あたらないものであるが、内容としては（7）は「錬丹」や「長生」を批判しているものであり、（8）には、老いの愁いが表現されている。全體的に見れば、民の苦痛を訴え、政治を助けることを目的とする諷諭詩に重點が置かれているように思われるから、『詩人主客圖』の作者である張爲は、主に白居易詩に見える諷諭の精神に基づいて「廣大敎化主」という稱號を與えたと考えられる。

また、朱金城・朱易安兩氏は同じ論考において、

「廣大敎化の主」という功績についても、詩をもって敎化を行うことを最初に提唱した人物として評價していたのが、後には、詩という文學表現を大衆的なものとした白居易の獨創性を評價するようになっている。

と重要な指摘をしているが、「廣大敎化の主」についての解釋の變化は主に明代以後のことであり、ここでは觸れないことにする。

ところで、現代中國では、白居易は人民大衆の詩人或いは傑出した現實主義詩人などと稱されており、その根據と

なるのは、作者が早い時期に「惟だ生民の病を歌ひて、天子の知を得んことを願ふ（惟歌生民病、願得天子知）」[5]精神で創作した諷諭詩である。しかも、白居易だけではなく、「廣大教化主」の門下に分類された詩人達、例えば、盧仝・顧況・沈亞之・施肩吾等は、新中國の文學史研究においては、いずれも現實主義詩人と評價されている。「教化」と「現實主義」とは、言葉こそ違え、異なる時代の特徵を反映しているが、古今の人が求める評價の基準と着眼點に驚くほどの類似が認められ、いずれも諷諭詩をもっとも重視しているのである。

これは中國の傳統文化の一つの側面が二千年以上の歷史を超えて、現代中國に受け繼がれていることを意味する。『論語』「陽貨」には、

詩は以て興すべく、以て觀るべく、以て群すべく、以て怨むべし。

詩可以興、可以觀、可以群、可以怨。[6]

とあるが、それは漢代の『詩經』大序以後、詩教の理論に發展し、儒家が詩を論じるときの基本的指針となっている。文芸作品の政治的效用と社會的效用を重要視する從來の文芸觀は、現代の中國においても、いまなおその影響力を持っていると言ってよいであろう。

2　皮日休の「七愛詩之一・白太傅」

『皮日休集』には「七愛詩」という作品群があり、その中の「白太傅居易」と題する詩は仕官の道にある白居易と文人としての白居易との二つの側面から白居易の人間像を描いている。

吾愛白樂天　逸才生自然　　吾　愛す白樂天、逸才　自然より生ず。

誰謂辭翰器　乃是經綸賢　　誰か謂ふ　辭翰の器と、乃ち是れ　經綸の賢。

欻從浮豔詩　作得典誥篇　　欻に浮豔の詩從《よ》り、作りて典誥の篇を得る。
立身百行足　爲文六藝全　　身を立つるに百行足り、文を爲せば六藝全し。
清望逸內署　直聲驚諫垣　　清望は內署に逸すも、直聲は諫垣を驚かす。
所刺必有思　所臨必可傳　　刺す所必ず思ひ有り、臨む所必ず傳ふ可し。
忘形任詩酒　寄傲遍林泉　　形を忘るるは詩酒に任せ、傲を寄するは林泉に遍し。
所望標文柄　所希持化權　　望む所は文柄に標すにあり、希ふ所は化權を持すにあり。
何期遇訾毀　中道多左遷　　何ぞ期せん訾毀に遇ひ、中道に左遷多きを。
天下皆汲汲　樂天獨怡然　　天下　皆汲汲たるに、樂天獨り怡然たり。
天下皆悶悶　樂天獨舍旃　　天下　皆悶悶たるに、樂天獨り舍旃たり。
高吟辭兩掖　清嘯罷三川　　高吟して兩掖を辭し、清嘯して三川を罷む。
處世似孤鶴　遺榮同脫蟬　　處世は孤鶴に似て、遺榮は脫蟬に同じ。
仕若不得志　可爲龜鏡焉　　仕へて若し志を得ざるも、龜鏡と爲す可きなり。(7)

（「旃」は＝「之」＋「焉」。「兩掖」は門下省と中書省の所在地である。）

「乃ち是れ經綸の賢」「作りて典誥の篇を得る」「身を立つるに百行足り」「清望は內署に逸すも、直聲は諫垣を驚かす。刺す所必ず思ひ有り、臨む所必ず傳ふ可し」などは、白居易の人柄、行いなどを評價したものであり、「何期遇訾毀」から最後までは、仕官の道で挫折してからの白居易の人生態度を描き、彼の超然とした姿勢を贊美し、人々はこれを模範とすべきだ、と言っている。これらは官僚の面から見た白居易であるが、また、次の詩句に文人としての白居易像が反映されている。「逸才、自然より生ず」、「文を爲せば六藝全し」は白居易の卓越した天性と群を抜く文才を言っており、「誰か謂ふ　辭翰の器と、乃ち是れ　經綸の賢。欻に浮豔の詩從《よ》り、作りて典誥の篇を得る」及び「刺す所必ず思ひ有り」は、いずれも白居易の文學が國を治めるのと直接に關連することを強調するものである。「形を忘るるは詩酒に任せ、傲を寄するは林泉に遍し」は文人白居易の風流、奔放さを描き、「處世は孤鶴に似て」は特に挫折した白居易の人生觀を描くものであり、それは順風滿帆の時の「直聲は諫垣を驚かす」とは對照的な生き方となっている。出世が順調な間は、人間も文學も政治のため、國を治めるためにあるが、挫折したら超越と孤高に轉じる。皮氏は賞賛の口調で白居易のこの二つの姿を描いている。このイメージは、「與元九書」（卷二十八）に見られる白居易本人の主張する、

古人云く、窮すれば則ち獨り其の身を善くす、達すれば則ち兼ねて天下を濟ふ。僕、不肖と雖へども、常に此の語を師とす。……故に、僕の志は兼濟に在り、行は獨善に在り。奉じて之に始終すれば道と爲り、言ひて之を發明すれば詩と爲る。

古人云：「窮則獨善其身，達則兼濟天下。」僕雖不肖，常師此語……故僕志在兼濟，行在獨善，奉而始終之則爲道，言而發明之則爲詩。

と合致している。

ところで、同じ唐の人による白居易評價には「廣大敎化の主」や「直聲は諫垣を驚か」し、「處世は孤鶴に似」るようなイメージとはまったく違うものも見られる。例えば、杜牧のつぎのような批判がある。

元和より已來、元・白の詩有るは、纖豔にして逞しからず、莊士雅人に非ざれば、多くその破壞する所と爲る。民間に流れ、屏壁に疏し、子父女母、交も口に敎授し、淫言媟語は冬寒夏熱のごとく、人の肌骨に入りて、除去す可からず。(8)

自元和已來，有元、白詩者，纖豔不逞，非莊士雅人，多爲其所破壞。流於民間，疏於屛壁，子父女母，交口教授，淫言媟語，冬寒夏熱，入人肌骨，不可除去。

また、謝思煒氏の研究によれば、李商隱の唐の詩壇に對する「李杜（李白・杜甫）を推せば則ち怨刺多く、沈宋（沈佺期・宋之問）に效へば則ち綺靡甚し（推李杜則怨刺居多、效沈宋則綺靡爲甚）」という批判も元稹と白居易の文學を指して言っており、「怨刺」と「綺靡」とは「それぞれ元・白の樂府などの諷諭詩と風情や感傷の氣持を表す作品に對應している」のであり、李肇の『國史補』が言う「元和以後、爲文筆……學淺切於白居易、學淫靡於元稹」は、「互文」（卽ち「淺切・淫靡を白居易と元稹に學ぶ」という意）であるという。[9] さらに、白居易のためになされた唐の人である黃滔のつぎの辯護からも、白詩に對する非難をうかがうことができよう。つまり、

大唐の前に李、杜有り、後に元、白有り、信《まこと》に滄溟際《はて》無く、華嶽天を干《おか》すが若《ごと》し。然るに李飛より數賢、多く粉黛を以て樂天の罪と爲す。殊《こと》に三百篇（詩經のこと）の女子多きを謂《おも》はず、蓋し指說する所の如何に在るのみ。

大唐前有李、杜，後有元、白，信若滄溟無際，華嶽干天。然自李飛數賢，多以粉黛爲樂天之罪。殊不謂三百篇多乎女子，蓋在所指說如何耳。[10]

「淫言媟語」にせよ、「淫靡」にせよ、そうした見方の根底には、やはり儒家的詩教の傳統意識が働いていると言え、それと「廣大教化の主」とは、ちょうど裏と表との關係になる。儒家的詩教の傳統に規定されていない點こそ、白居易文學の多面性を能辯に物語っている。

宋代に入ってからの白居易のイメージには、また、變化があった。朱金城・朱易安兩氏からも指摘されたように、白居易の處世術や彼の閑適詩によって生み出した閑靜でさりげない世界は文人・士大夫達に好まれており、白居易の全作品は士大夫達の生活教本となっているのであった。[11] 蘇軾は白居易を慕って、白詩から「東坡」という言葉を取っ

て自らを「東坡居士」と稱したという言い傳えからも、その時代における白居易尊重の一斑が見られよう。[12]

白居易が生きていた中唐時代について李澤厚氏はつぎのように論じている。

中唐は中國の封建社會が前期から後期へと轉換する時期である。中唐から北宋にかけては、世の地主階級が文化・思想の全領域において多樣化を全面的に開拓し、そして成熟させていき、後期封建社會の基盤を強固にした時期である。

盛唐という時代だけ、或いは盛唐を中唐まで引き延ばして論ずる傾向があるが、實は文藝の發展史から見れば、より重要なのは、前代の事績を繼承して發展し、また、後代を啓發した中唐という時代なのである。

中唐是中國封建社會由前期到後期的轉折。從中唐到北宋則是世俗地主階級在整個文化思想領域內的多樣化地全面開拓和成熟，爲後期封建社會打下巩固基礎的時期。

人們常々只講盛唐，或把盛唐拖延到中唐，其實從文藝發展史看，更爲重要倒是承前啓後的中唐。[13]

李澤厚氏はまた、中唐は大きな矛盾が內在している時代であり、儒家の教義を出發點とする文藝の價値觀を持つ知識人達は「兼濟天下」の志を果たそうとする意欲的、現實的な考えにもとづいて、それとは一見相容れないその志が果たせない場合も、「獨善其身」の生き方を取るという兩面性があると指摘し、さらに、中唐から晩唐・五代を經て宋代までの中國文化の特徵について、中唐の文藝には、すでに、なんとなくわびしさや淡い哀愁が漂っており、晩唐・五代の文學に見える纖細な感情と官能的な表現、及び人々の好尚が武功から閨房へと、世間から人の心へと移っていったことは、いずれも中唐文藝の延長線上に發展したのであると述べている。[14] そうすると、白居易が「廣大敎化の主」や「直聲は諫垣を驚かす」と讃えられたり、「纖豔にして逞しからず」と批判されたりすることは、まさに李澤厚氏が指摘した中唐に内在している矛盾と多様化の、中唐文藝の具體的事例であると指摘したい。

二　平安時代における白居易のイメージ

1　都良香の「白樂天讃」

平安前期の有名な漢詩人であった都良香（八三四〜七九）に「白樂天讃」という作品がある。都良香は皮日休とはほぼ同じ時代を生きていた人で、しかも同じく詩人としての生涯をおくり、同様に白詩の愛讀者、白居易の崇拜者であった。

では、平安人の目に映った白居易像はどうであろうか。

有人於是　情竇虚深　是に人有り、情竇《じょうとう》虚深なり。
拖紫垂白　右書左琴　紫を拖《くは》へ白を垂れ、書を右《たふと》び琴を左《そばに》す。
仰飮茶茗　傍依林竹　仰ぎて茶茗を飮み、傍ら林竹に依る。
人間酒癖　天下詩淫　人間《じんかん》の酒癖、天下の詩淫。
龜兒養子　鶴老知音　龜兒を養子とし、鶴老を知音とす。
治安禪病　發菩提心　安禪の病を治し、菩提の心を發す。
爲白爲黑　非古非今　白と爲り黑と爲り、古に非ず今に非ず。
集七十卷　盡是黃金　集七十巻は、盡《ことごと》く是れ黄金なり。(15)

さて、この「白樂天讃」の内容を整理してみよう。「情竇虚深なり」は、白居易の内面的あり方を述べており、「紫を拖《くは》へ白を垂れ」から「天下の詩淫」までは、官職につとめながら「琴」「茶」「酒」「詩」を樂しんでいる白居易の風流な生き方を描いている。「龜兒を養子とし、鶴老を知音とす」は、幼兒を養子とした人間的な面と超然とした孤高な品格を持つ白居易を表している。「安禪の病を治し」から「古に非ず今に非ず」までの四句では、佛教に惹れて、僧と俗の間を去來し、いにしえと今の世の規範にとらわれぬ自由な姿の白樂天にあこがれ、彼を慕っている。最後の二句「集七十卷は、盡く是れ黃金なり」は白居易の文學作品に對する高い評價である。

都良香の「白樂天讃」と皮日休の「白太傅」を比較すると、それぞれ「人間の酒癖、天下の詩淫」と「形を忘るるは詩酒に任せ」、および「傍ら林竹に依る」と「傲を寄るは林泉に遍し」があり、内容的には近いと言えよう。

また、「白樂天讃」と皮日休の「白太傅」との兩方に「鶴」が詠み込まれている。世俗を超越する白居易を象徵する點では兩者は同じとは言え、皮日休の「白太傅」の全體的構造から見れば、「處世は孤鶴に似て」は「中道に左遷多き」のあとの行動であり、「直聲は諫垣を驚かす」と對照的な生き方となっているのである。先ほど述べたように、その背後には「窮すれば則ち獨り其の身を善す、達すれば則ち兼ねて天下を善す」という指針があり、「仕へて若し志を得ざるも、龜鏡と爲す可きなり」が指しているものである。この中國的・儒家的な發想は日本の王朝人の筆によって書かれた「白樂天讃」には見られないのである。

それに對して、佛教文化の影響を強く受けた日本人にとっては、白居易の「安禪の病を治し、菩提の心を發す」と「白と爲り黑と爲り」が強く印象づけられているように思われるが、それは、皮日休には、ほとんど問題にされていない。

都良香の「白樂天讃」は、平安前期の日本人が持っていた白居易のイメージを記錄する資料のみならず、現代人の金子彥二郎からも「一面からは良香によって代表された我が國民の外來文化に對する透徹した優秀な理解力の所有者であることを立證し、他面からは、人間白樂天の性行・趣味・嗜好乃至人生觀をはじめとし、詩人白樂天としての創作集たる白氏文集七十巻の詩文そのものが、亦、如何ばかり、日本的性格に富んでいたものであったか――と言ふことを證する所以ともなるであらう」と首肯され、古今の日本人における白居易のイメージをある程度反映したものと見ることができよう。

2 『千載佳句』に見える白居易像

『千載佳句』は、大江維時（八八八〜九六三）の編纂にかかり、九二九年頃の成立とされている。本書は上、下二巻に分かれ、唐詩の中から、七言の佳句を二句ずつ抜き出して、分類編集したものである。『千載佳句』に収められた一一一〇聯の唐詩のうち、五三五聯は白居易詩であり、全作品の四十八パーセントを占めており、當時の文學風潮を物語っている。また、『千載佳句』に収められた唐詩は、『千載佳句』より三十五年前に成立した『大江千里集』の漢詩題と重なるのは二十五句あり、『千載佳句』より八十四年後れてできた『和漢朗詠集』の詩句と重複しているのは一四〇聯あまりであり、さらに後の『新選朗詠集』の漢詩と重なるのは八十聯ある。『大江千里集』から『新選朗詠集』までは、約二〇〇年經過しているが、右に擧げた書物のいずれにも、白居易の詩がもっとも多く採られており、王朝時代における白氏文集の受容に關する研究には重要な資料となっているのである。

そこで、『千載佳句』に選ばれた白詩はどんな傾向を持ち、そこには、如何なる白居易像が形成されているかについて検討してみたい。

まず、『千載佳句』に収められた白詩について作者の年齢別による集計を行い、その結果をつぎの二つの表で示す。

つまり、『千載佳句』に見られる白詩の中で、四十三歳までに作られた作品はわずか四十五聯にすぎず、四十四歳から五十七歳までの間に作られた作品が二二五聯で、五十八歳から七十一歳までの間に作られた作品が二一三聯であ

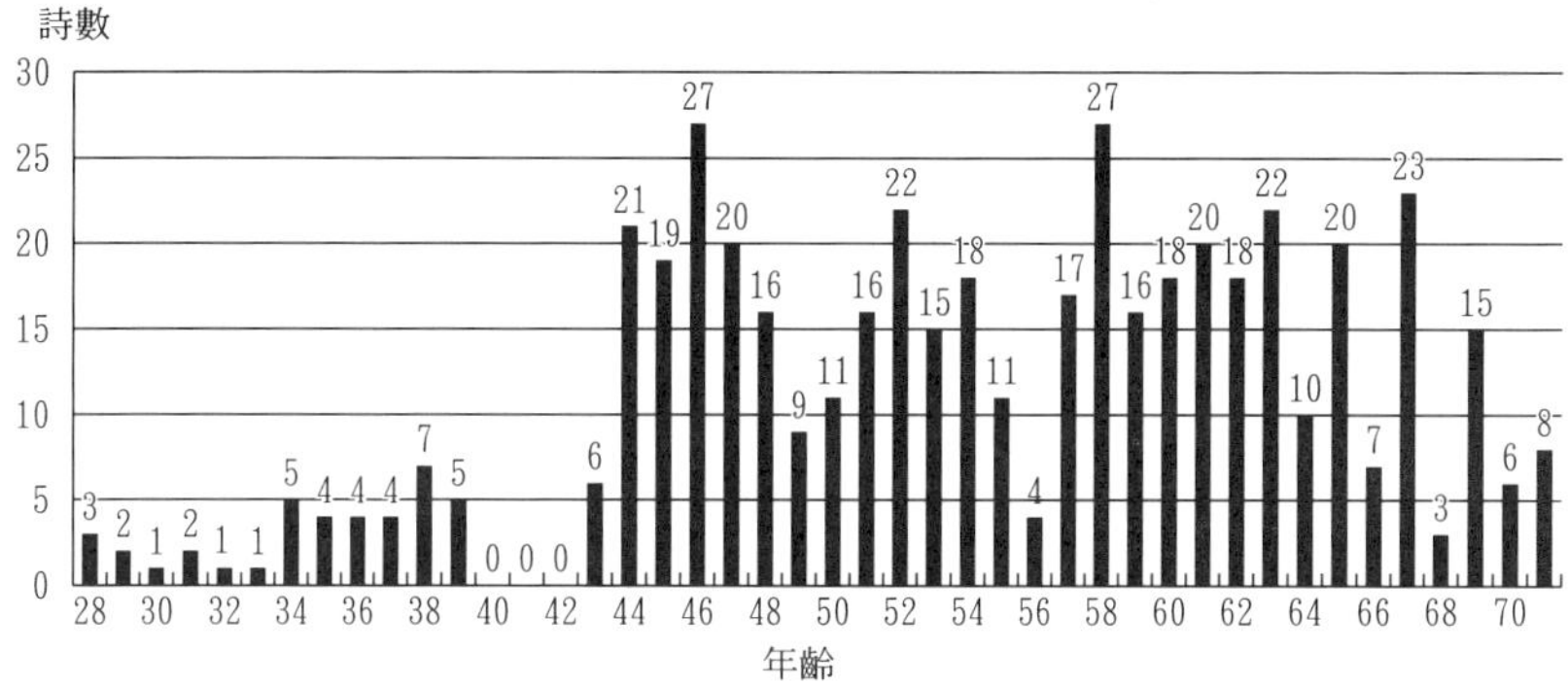

『千載佳句』所收白詩についての年齢別による統計

注：朱金城氏『白居易集箋校』に基づいて作成したものである。

年齢	28	29	30	31	32	33	34	35	36	37	38	39	40	41	42	43	44	45	46	47	48	49
詩數	3	2	1	2	1	1	5	4	4	4	7	5	0	0	0	6	21	19	27	20	16	8
年齢	50	51	52	53	54	55	56	57	58	59	60	61	62	63	64	65	66	67	68	69	70	71
詩數	11	16	22	15	18	11	4	17	27	16	18	20	18	22	10	20	7	23	3	15	6	8

『千載佳句』所收白詩についての年齢別による統計

る。そして、年齢に關する考證のできない作品が三十一聯殘っている。

周知の通り、四十四歳と五十八歳は白居易の生涯においての二つの轉換期である。つまり、四十四歳の時の左遷をきっかけに白居易の生き方は「兼ねて天下を濟ふ」から「獨り其の身を善くす」へ變わったわけである。また、五十八歳で白居易は永遠に朝廷を去り、「高吟して兩掖を辭し、清嘯して三川を罷」め、本格的に「知足保和」の「中隱」生活をするようになった。右の年齢別統計表からすれば、『千載佳句』の編者大江維時は、明らかに白居易の四十四歳以後の作品に目を引かれており、その間の作品は『千載佳句』に見られる白詩のほぼ八十五パーセントを占める。この選び方には、編者が「兼て天下を濟ふ」の時期よりも、「獨り其の身を善す」や「知足保和」の人生を送った白居易に對する關心の強さがうかがえよう。

ところで、『千載佳句』に收録された白詩を調べる際、「閑」という語句の存在が印象的であり、際だっている。つまり、「閑」という言葉を通じて、大江維時―『千載佳句』―『白氏文集』―白居易という四者の間に強い關係が感じられるのである。具體的にはつぎのようなことが指摘できる。

第一には、『千載佳句』巻上には閑夜（天象部）・閑居（以下、人事部）・閑意・閑放・閑適・閑興・閑遊・閑官・閑散というように、「閑」を含む項目が九つもあり、編者が「閑」という表現を如何に重視したか分かる。そして、これらの項目にある作品は全部で五〇聯あるが、そのうち白詩が三八聯を占め、壓倒的に多い。「閑意」・「閑適」・「閑官」・「閑散」の作品はすべて白詩である。

第二には、『千載佳句』の作品に「閑」という語は七十三例あるが、そのうち、詩題に二十八例、本文に四十五例である。(16) 圖表で示すと、つぎの通りである。

『千載佳句』詩題および本文に見える「閑」についての統計

計		73
詩題	白詩	25
	其他	3
白詩		27
	閑項目	7
	他項目	20
他の作家		17
	閑項目	1
	他項目	16
無名		1
	閑項目	0
	他項目	1

閑項目：『千載佳句』の「閑」を含む項目名を指す。

第三には、『千載佳句』の本文のみならず、原據詩にも「閑」という語が頻繁に現れ、編者は特にそうした作品に注目していたのではないかと考えられる。

「閑」という語を含む項目に収められた白詩を検討すると、つぎのような二つの傾向が指摘できるのではないかと思われる。

一つは、「琴詩酒」や「水竹花前」などの「歡娯」を味わい、「蕭灑」な生活を送る白居易のイメージが生き生きと目の前に浮かぶ點である。

水竹花前謀活計　琴詩酒裏到家鄉　水竹花の前に活計を謀り、琴詩酒の裏に家鄉に到る。（閑居・四五五、『白氏文集』巻五十八「吾土」、二八六九）

日晩愛行深竹裏　月明多在小橋頭　日晩れて愛し行く深竹の裏、月明かに多く在る小橋の頭。（閑居・四五六、集巻六十四「池上閑詠」、三〇八〇）

世事勞心非富貴　人生實事是歡娯　世事心を勞するは富貴に非ず、人生の實事は是れ歡娯。（閑適・四八四、集巻六十六「老夫」、三二六八）

歌酒優遊聊卒歲　園林蕭灑可終身　歌酒優遊して聊《いささ》か歲を卒《を》へ、園林蕭灑として身を終る可し。（閑適・四八五、集巻六十六「從同州刺史、改授太子少傅分司」、三三三四）

身閑當貴眞天爵　官散無憂卽地仙　身閑にして貴に當るは眞に天爵、官散にして憂なきは卽ち地仙。（巻上・人事・閑散・五〇〇、集巻五十七「池上卽事」、二七三五）

などはその好例であろう。實は、この點は『千載佳句』全體についても指摘できる特徴であり、當時の貴族達の嗜好を表している。

唯有詩魔降未得　每逢風月一閑吟　唯だ詩魔有って降すこと未だ得ず、風月に逢ふ毎に一たび閑吟す。（人事・詠興・五〇二、集巻十六「閑吟」、一〇〇四）

春酒冷嘗三數盞　曉琴閑弄十餘聲　春酒冷かに嘗む三數盞、曉琴閑に弄す十餘聲。

遊山弄水攜詩卷 看月尋花把酒盃
山に遊び水を弄して詩卷を攜へ、月を看花を尋ねて酒盃を把《と》る。
（宴喜・琴酒・七五九、集卷十九「七言十二句贈駕部吳郎中七兄」、一二八〇）

臨風朗詠從人聽 看雪閑行任馬遲
風に臨んで朗詠して人の聽くに從《まか》せ、雪を看て閑行して馬の遲きに任す。
（宴喜・詩酒・八〇六、集卷五十六「憶晦叔」、二六八九）
（遊放・冬遊・八六五、集卷五十八「醉吟」、二八九五）

これらの詩句からも、白居易の風雅な生活への憧れがうかがえよう。
もう一つは、世間の爭いや、それによって引き起こされる災いを遠ざかって、「知足」の生き方をしている白居易像がはっきりと見える點である。

面上滅除憂喜色 胸中銷盡是非心
面上滅除す憂喜の色、胸中銷盡す是非の心。
（閑意・四六三、集卷十六「詠懷」、〇九七〇）

自靜其心延壽命 無求於物長精神
自ら其心を靜にして壽命を延べ、物に求むる無くして精神を長ず。
（閑意・四六六、集卷五十七「不出門」、二七四九）

無情水任方圓器 不繫舟隨去住風
無情の水は方圓の器に任せ、繫がざるの舟は去住の風に隨ふ。
（閑意・四七〇、集卷六十九「偶吟」、三五六四）

匹如身後有何事 應向人間無所求
身後に何事か有らん、應に人間《じんかん》に向かひて求むる所無かるべきに匹如たり。

但能斗藪人間事　便是逍遙地上仙

但だ能く人間《じんかん》の事を斗藪すれば、便ち是れ逍遙たる地上の仙。

（閑適・四八一、集巻五十七「偶吟二首」、二七七五）

（閑適・四八二、集巻五十八「贈鄰里往還」、二八二六）

といった詩句には、そうした白居易の精神世界が反映されていると言えよう。

右に述べた二點について、「閑放」と「閑官」の二項目に摘句された白詩の「郡西亭偶詠」（巻五十四、二四二九）には、その雙方の意が含まれており、典型的な例となっている。

常愛西亭面北林　公私塵事不能侵

常に愛す　西亭にて北林に面すれば、公私の塵事　侵す能はざるを。

共閑作伴無如鶴　與老相宜只有琴

閑を共にして伴と作るは鶴に如くは無く、老と相宜しきは只だ琴有り。

（四七一）

莫遣是非分作界　須敎吏隱合爲心

是非をして分ちて界を作さしむる莫れ、須らく吏隱をして合せて心となさしむべし。

（四九七）

可憐此道人皆見　但要修行功用深

憐む可し此道人皆見るも、但だ修行功用の深きを要すを。

これまで、『千載佳句』と「閑」と白居易との關係について分析してみた。そこに見られる白詩は、大體、白氏の後期の作品であるが、内容的に見れば、「閑適」と分類される作品の系統に屬している。周知の如く、白居易の作品集は、最初の十二巻が「諷諭・閑適・感傷」というような内容によって分類・編集され、その後の巻は詩も文も文體によって編集されている。從って、今日傳わる七十一巻の『白氏文集』には、巻十三以降は「閑適」の分類が見られないが、實際、内容からみて「閑適詩」といえる作品が多數存在する。むしろ、白居易が江州司馬に貶謫された後、特に太子賓客、分司東都として洛陽に戻って以後の作品には「閑適詩」に屬するものが、巻五から巻八までの時期の「閑適詩」より格段に多い。つまり、前述の如く、『千載佳句』に見える「閑」と關連している白詩は、まさに白居易の閑適詩であり、そこに白居易の「獨り其の身を善くす」が端的に示されている。『千載佳句』の編者は、特に「閑」という表現自體に對する關心というよりも、「閑」に表される作者の考え方や處世術に興味を持っていたことと思われる。

『千載佳句』の白詩には、また、纖細で感傷的な白居易像が感じられる。

莫憑水窗南北望　月明月暗惣愁人　水窗に憑りて南北を望むこと莫れ、月明なるも月暗きも惣て人を愁へしむ。
（天象・感月・二七六、集巻十五「舟夜贈内」、〇八七八）

忽忽百年行欲半　茫茫萬事坐成空　忽忽として百年行くゆく半ならんと欲し、茫茫たる萬事坐して空と成る。
（人事・閑意・四六四、集巻十七「風雨晩泊」、一〇五九）

天上歡華春有限　世間漂泊海無邊　天上歡華春に限り有るも、世間漂泊海に邊無し。
（人事・感興・五一四、集巻十六「寄李相公崔侍郎錢舍人」、〇九五三）

轉似秋蓬無定處　長於春夢幾多時　轉《うた》た秋蓬の定處無きに似たるも、春夢より長きこと幾多時《いくばく》ぞ。
（人事・感歎・五一八、集巻十九「蕭相公宅遇自遠禪師有感而贈」、一二七三）

ここには自然と人生のはかなさ、むなしさを嘆いているもので、「もののあはれ」というような情緒が漂っている。

このような内容の白詩が選ばれたのは、まず編者の嗜好と文學意識によるものであるが、同時に編者が生活した平安時代の精神と美意識をも間接的ながら反映している。平安時代の文化は、貴族的、都會的そして女性的と言われる王朝文化である。『千載佳句』の編者は王朝貴族の一員として、やはりその精神と文學理念の持ち主と考えられる。中國で、あでやかで軟弱だと言われた白詩は、かえって日本の王朝人の美意識に適合している。例えば、

何處琵琶絃似語　誰家苕帚髻如雲

何處の琵琶ぞ絃語るに似たり、誰が家の苕帚か髻雲の如し。

（宴喜・妓樂・七三四、集巻十七「寄微之」、一〇六三）

宴宜雲髻新梳後　曲愛霓裳未拍時

宴は雲髻の新に梳る後に宜しく、曲は霓裳の未だ拍《う》たざる時を愛す。

（宴喜・妓樂・七三五、集巻五十三「重題別東樓」、二三五七）

飄飆舞袖雙飛蝶　宛轉歌聲一索珠

飄飆たる舞袖　雙飛の蝶、宛轉たる歌聲　一索の珠。

（宴喜・歌舞・七四六、集巻六十五「夜宴醉後留獻裴侍中」、三一八七）

歌臉有情凝睇久　舞腰無力轉裾遲

歌臉情有りて睇を凝らすこと久し[17]、舞腰力無く裾を轉ずることと遲し。

（宴喜・歌舞・七四七、集巻六十七、三三七八）

香醅淺酌浮如蟻　雲鬢新梳薄似蟬

香醅淺酌　浮ぶこと蟻の如し、雲鬢新に梳りて薄きこと蟬に似たり。

（宴喜・飲宴・八一五、集巻五十五「花酒」、二六〇五）

などは、女性と舞いを描寫するものであり、

巫女廟花紅似粉　昭君村柳翠於眉

巫女廟の花　紅きこと粉に似たり、昭君村の柳　眉よりも翠なり。

碧毯線頭抽早稻 **青**羅裙帶展新蒲
（四時・春興・三十八、集卷十七「題峽中石上」、一一〇八）
碧毯の線頭早稻を抽き、**青**羅の裙帶新蒲を展ぶ。
（四時・春興・四十五、集卷五十三「春題湖上」、二三三一）

白粉墻頭花半出 **緋**紗燭下水平流
白粉墻頭花半ば出で、**緋**紗燭下水平らかに流る。
（四時・春夜・八十四、集卷五十八「府中夜賞」、二八七八）

黃醅綠醑迎冬熟 **絳**帳紅爐逐夜開
黃醅綠醑冬を迎へて熟し、**絳**帳紅爐夜を逐ひて開く。
（四時・冬夜・二二八、集卷六十四「戲招諸客」、三〇五三）

といった詩句には色彩を表す言葉が目立っている。

『千載佳句』に收錄された白居易の詩は全體的に濃豔で女性的、弱々しい傾向が感じられる。それは、まさに王朝貴族に好まれた白居易の姿であった。

後にできた『和漢朗詠集』に收められた白居易の作品には、やはり『千載佳句』に見られる傾向が引き繼がれているように思われる。宋再新氏の『和漢朗詠集文化論』では、

『和漢朗詠集』に收錄された白居易の詩文から分かるように平安時代の日本の文人に好まれたのは、自然風景や感傷的な氣持或いは士大夫の閑適の生活ぶりとみやびな風情などを表す作品である。

『和漢朗詠集』の白居易の詩文だけではなく、收められたすべての中國の詩文からも、まったく諷諭精神の痕跡は見られないのである。

從『和漢朗詠集』所收的白居易的詩文佳句中就可以知道，平安時代的日本文人所喜愛的是白居易那些描寫自然風景、傷感情調、士大夫的閑適和華貴風情的詩文。

不僅々是『和漢朗詠集』中白居易的詩文佳句，就是『和漢朗詠集』中的全部中國詩文佳句也不見有任何諷諭精神的痕跡。[18]

という結論が出されているが、それは、これまで述べた『千載佳句』に見える特徴とほぼ一致している。

要するに、日本の平安時代の貴族達の目に映った白居易像は中國のそれとはかなり異なっている。

中國における白居易像は、主に儒家的立場による「敎化の主」と「仕へて志を得ざる」人の「龜鏡と爲す可き」人物である。宋代の蘇軾が「出處依稀たり樂天に似る（出處依稀似樂天）[19]」と自贊しているのも、官僚の身である自分自身の生き方を「天下　皆汲汲たるに、樂天獨り怡然たり。天下　皆悶悶たるに、樂天獨り舍旃たり」という白居易の超然とした姿に重ね合わせているからである。

日本における白居易のイメージは、纖細な心を持つ詩才の持ち主であり、貴族的で華やかな生活ぶりをしている人物である。また、一方、身の處し方が賢く、佛敎的色彩が強いと感じられる。

風雅であり、賢い處世術という點だけを言えば、中國においても認められるが、日本の場合、王朝貴族にとって、その風雅で華やかな生活自體が最高の價値と美意識となった。それは、中國におけるように、（官僚として生きる上での）「出」と「處」との矛盾を見つつ、つかみ取られた白居易像ではないであろう。

日本人と中國人が各々白居易文學の中から、自らが好む內容を見つけ、それぞれ一つの側面を強調した結果、本來の複雜で多面的な白居易の人間像が日中雙方に分割され、互いに異なる理想像が形成されてしまったのである。

注

（1）　朱金城・朱易安著、雋雪艷譯「中國文學史と白居易」。

（2）陳友琴『白居易資料彙編』およびその序文を参照。
（3）注（1）所掲朱氏論文。
（4）『主客圖』のテキストは基本的に叢書集成初編本を用いるが、引用している白詩の本文は那波本『白氏文集』に従う。
（5）『白氏文集』巻一「寄唐生詩」、〇〇三三。
（6）何晏『論語集解』に「孔安國曰、怨、刺上政也」とある。
（7）本文は『全唐詩』六〇八巻『皮日休集』に據る。
（8）注（2）二所掲陳友琴氏著書に收錄された杜牧「唐故平盧軍節度巡官隴西李府君墓誌銘」に據る。
（9）謝思煒『白居易集綜論』下編「白居易與李商隱」四三三、四三四頁。
（10）注（2）所掲陳友琴氏著書に收錄された黃滔「答陳磻隱論詩書」に據る。
（11）注（1）所掲朱氏論文。
（12）注（2）所掲陳友琴氏著書に收錄された「蘇軾與白居易有關的資料」に據る。
（13）李澤厚『美的歷程』第八章「韻外之致」一三九、一四三頁。
（14）前注所掲李澤厚氏著書第八章「韻外之致」の「中唐文芸」と「內在矛盾」二節に據る。
（15）「白樂天讚」の引用およびその訓讀は中村璋八・大塚雅司『都氏文集全釋』に據る。
（16）本文の統計は當山日出夫編『千載佳句漢字索引』に據る。
（17）「臉」は『千載佳句』に「瞼」とあるが、『白氏文集』に從う。なお、佐久節譯解『白樂天詩集』（第四册四九六頁）は「歌臉、歌妓の顏」と注している。
（18）宋再新『和漢朗詠集文化論』第三章第四節「獨尊白樂天之謎」八五、八八頁。
（19）注（12）と同じ。

第二節　「池亭記」『方丈記』と白居易
――その思想的特徴をめぐって――

一　問題提起

「文集百首」が世に問われるまでの白氏文集受容の特徴を考察する場合、十世紀頃、白居易の「草堂記」「池上篇」の影響を受けてできた兼明親王と慶滋保胤それぞれの「池亭記」は大事な資料となるであろう。(1)また、兩「池亭記」、特に保胤の「池亭記」は鴨長明の『方丈記』に大いに影響を與えているから、白居易と保胤と長明三人の作品に見られる共通點が一つの課題として研究されている。

これらの一連の作品の相互關係については金子彥二郎氏による注釋的かつ全面的な研究がある。金子氏の研究以降は、これらの作品を詳細に檢證するものは現れていないが、これらの作品を貫く思想を見いだそうとする研究は新しい局面を生み出している。

金子氏は、『方丈記』及びその先行作品と認められる諸文學に描かれた山庵生活から「信仰よりむしろ最もよく設備され、用意せられた趣味生活の殿堂であり、沖和閑適・無憂獨善の眞生活に徹し」「明るく和やか」であるという共通した本質を見出している。(2)また、佛敎との關係については、金子氏は「草堂記」「池上篇」二作を佛敎思想を帯びているものとして考えており、「平安時代の兩「池亭記」にはこの佛敎的思想が絶無かまたは稀薄であるのに反して、鎌倉時代の方丈記には、それが、特に佛敎文學とも稱せられるまでに、極めて濃厚である」(3)と論じている。

その後、小西甚一氏から次のような見解が出された。

問題は文辭あるいは構成の類似などよりも、むしろ、これら諸篇をつらぬく隱者精神に存すると思われる。長明が白樂天の精神を繼承していることは疑うべくもない。長明の隱者精神は老莊的なものだけでなく佛教思想をつよく含む。しかし、白樂天にしても長明にしても、その佛教思想はあまり高度のものではなく、隱者精神はやはり老莊的なものとの相關において理解したい。(4)

また、神田秀夫氏も「池上篇」(白居易)「池亭記」(慶滋保胤)『方丈記』(鴨長明)との三つの作品を一つの傳統と見なして、「それらを通して平安朝貴族の莊子受容の樣式を考えることができる」(5)と指摘している。

このように、日本人の研究者は『方丈記』とその先行の文學との關係についてただ語句や表現上の受容或いは作品の構造・文章の着想などの面のみに目を向けているわけではなく、作者の精神にはどのようなつながりがあるかについても考えている。そうした研究は『方丈記』研究自體の深まりであると同時に、また、日中比較文學・比較文化的な研究にも重要な示唆を與えている。

しかし、右に紹介したいくつかの見方には、お互いに食い違うところが見られ、さらに嚴密で說得力のある論證がなされなければならない。そこで、一度これらの作品の本文に戻って個々の作品が持っている思想的特色を檢討し、その上でその一連の作品に現れた思想の繼承と相違を論ずるほうがよいのではないかと思われる。

本節は主として概觀的に白居易の「草堂記」「池上篇」と保胤の「池亭記」、及び『方丈記』のそれぞれの思想的特色をはっきりさせようとするものであり、詳細な論證は後の課題としたい。なお、兼明親王の「池亭記」は保胤に影響を與えた作品と見られているが、思想の面において『方丈記』に與えた直接的影響力は保胤のほうが遙かに大きいので、ここではそれについての検討は省くことにする。

二　「草堂記」と「池上篇」の思想的特色

「草堂記」は白居易が四十六歳で江州司馬であった時の作品であり、「池上篇」は五十八歳で太子賓客分司として洛陽に行ってからの作品である。この二作は、白居易の思想の特色をはっきり示したものではないが、分に安んじ自足した氣分がよくうかがえる。白居易は身の回りにさまざまな人から贈られた立派な物を飾り、弟子、妻子、友人、音樂を奏する召使いたちに圍まれて、かなり贅澤な生活をしていた。にぎやかな貴族の雰圍氣が濃いと感じられる。また、自然とのふれあいも存分にでき、まるで我を忘れて自然の中にとけ込む老莊的世界に近い境地であると思われる。次のような文章にはそうした雰圍氣が表れているといえよう(6)。

俄かにして物に誘かれ、氣に隨ふ。外適ひ、內和す。一宿して體寧く、再宿して心恬かなり。三宿して後、頽然嗒然としてその然うして然るを知らず。

天の我に時を與へ、地の我に所を與へて、卒に好む所を獲たり。又、何ぞ以て求めん。

予が異時を待ちて……出處行止、以て自ら遂ぐることを得れば、則ち必ず左手に妻子を引き、右手に琴書を抱き、老を斯に終へて、以て我が平生の志を成就せん。

俄而物誘氣隨，外適內和，一宿體寧，再宿心恬，三宿後頽然嗒然，不知其然而然。

天與我時，地與我所，卒獲所好，又何以求焉。

待予異時……出處行止，得以自遂，則必左手引妻子，右手抱琴書，終老於斯，以成就我平生之志。

（以上は「草堂記」）

池風の春、池月の秋、水香しく蓮開ける旦、露清く鶴唳く夕に至る毎に、楊石を拂ひて、陳酒を擧ぐ。崔琴を援きて、姜が秋思を彈ずるに、頽然として自ら適って、其の他を知らず。

謂ふこと勿れ、土狹しと。謂ふこと勿れ、地偏なりと。以て膝を容るるに足り、以て肩を息むるに足れり。分を識り、足るを知りて、外に求むること無し。鳥の木を擇びて、姑らく巣の安ぎを務むるが如し。龜の坎に居て、海の寛きを知らざるが如し。

優なる哉。游なる哉。吾將に老を其の間に終へんとす。

毎至池風春，池月秋，水香蓮開之旦，露淸鶴唳之夕，拂楊石，擧陳酒。援崔琴，彈姜秋思，頽然自適，不知其他。

勿謂土狹，勿謂地偏，足以容膝，足以息肩。

識分知足，外無求焉。如鳥擇木，姑務巣安。如龜居坎，不知海寬。

優哉游哉，吾將終老乎其間。

（以上は「池上篇」）

「草堂記」と「池上篇」には「分を識り、足るを知る」というような内容が重複して出ている。このことは、白居易の生涯について考える場合の重要なポイントである。

「足るを知る」というのは、本來、佛敎と道家思想の兩方に通じるものであるが、白居易の詩の用例から見ると、むしろ道家思想に由來するもののように思われる。「草堂記」と「池上篇」の間の時期、白居易が五十五歳で蘇州刺史であった時に「留別微之」（卷五十四、二四九六）という詩を作っており、

干時久與本心違　悟道深知前事非

時を干めて久しく本心と違ふ、道を悟りて深く前事の非なるを知る。

猶痛勞形辭郡印　那將趁伴著朝衣
五千言裏敎知足　三百篇中勸式微
少室雲邊伊水畔　比君校老合先歸

猶お形を勞するを痛みて郡印を辭す、那ぞ將た伴を趁ひて朝衣を著ん。
五千言裏知足を敎へ、三百篇中式微を勸む。
少室の雲邊、伊水の畔、君に比べて校老ゆ、合に先づ歸るべし。

とある。「五千言」から「知足」のことを敎わったと告白している。その「五千言」とは老子の『道德經』を指す。「三百篇」は、いうまでもなく『詩經』のことであるが、ここにおいては特に重い意味を持っておらず、ただ「式微」を引き出すために使っていると考えてよかろう。「式微」は『詩・邶風』の一篇であり、「式微、式微、胡不歸」（日が暮れてしまうのに、なぜ歸らないのだろうか）という句があるところから、後に「式微」は「思歸」の意を表す語として用いられた。「少室」と「伊水」は河南にある山と川の名前である。そうすると、この詩は苦勞する官僚生活をやめ、故鄉の河南に歸って山や川の傍に暮らしたいというような氣持を言い表していると理解してよかろう。それから三年後に「池上篇」が書かれて、まさに當時の願いに叶った生活が描かれているのである。

白氏文集全卷にわたって見れば、儒家・道家・佛敎それぞれの思想は終始混在しており、特に晩年は佛敎に傾斜していると思われる。しかし、「草堂記」と「池上篇」の二作は全體的雰圍氣から見て、佛敎と言うよりもむしろ老莊的世界に近いと思われる。下定雅弘氏は白居易の散文を老莊思想にかかわるものと佛敎思想にかかわるものと大別しているが、この二作は老莊思想のものとしている。(7)

本節の冒頭に擧げた金子氏の著作では「草堂記」と「池上篇」の二作は佛敎思想にかかわるものとして述べられているが、客觀的に本文を讀めばその無理が容易に分かるであろう。

三　保胤の「池亭記」の思想性について

太田次男氏は保胤の「池亭記」の思想は白居易の晩年の思想に近く、現實の政治活動に極めて消極的で、佛教思想に心の據りどころを求めている、と主張している。(8)神田秀夫氏は「保胤の精神の支柱は明らかに佛の信仰であり、世間に對しては儒家の態度を以て規範とする」と指摘しており、(9)また、大曾根章介氏は儒家・道家・佛教の三者の併存が作者（保胤）の理想であり、實生活に適用しようとしたものであったと主張している。(10)

このように、保胤の「池亭記」の思想内容については幾つかの論考が見られるが、それに以下のことを付け加えたい。

保胤の一生を見ると、とくに「池亭記」の後で『日本往生極樂記』を書いているように、佛教に情熱を傾けていた。そのことを考えれば、「池亭記」に表れた佛教信仰の生活がより鮮やかになるかも知れない。しかし「池亭記」だけに限って見れば、佛教思想の比重が儒家思想や老莊思想より高いとは斷定しがたい。「池亭記」の本文には、(11)

池の西に小堂を置きて彌陀を安ず。

盥漱の初、西堂に參り、彌陀を念じ、法華を讀む。

心永く佛那に歸す。

というような佛教信仰を表す内容が見られるが、同時にまた、

蝸は其の舍に安んじ、蚤は其の縫を樂しむ。鷃は小枝に住みて、鄧林の大きなるを望まず。蛙は曲井に在りて、滄海の寛きことを知らず。

などの老莊的な考え方にかかわる内容と、

聖賢の家を造る、民を費さず、鬼を勞せず。仁義を以て棟梁と爲し、禮法を以て柱礎と爲し、道德を以て門戸と爲し、慈愛を以て垣墻と爲し、好儉を以て家事と爲し、積善を以て家資と爲す。

というような儒家思想による考え方も描かれている。さらに、次のような異代の主と異代の師と異代の友とを認める理由というのも儒・佛・道の思想的價値觀が含まれている箇所である。

漢の文皇帝は異代の主たり、儉約を好みて人民を安んずるを以てなり。

というのは儒家思想の立場で見ているといえよう。

唐の白樂天は異代の師たり、詩句に長じて佛法に歸するを以てなり。

というのは、白居易の全體像ではなく、保胤の受けとめた白居易像であって、佛教思想が深く浸透した日本人の好みを反映している。また、

晉朝の七賢は異代の友たり、身は朝に在りて志は隱に在るを以てなり。

というのは、老荘的な共感であろう。ただし、中國で「竹林七賢」と言えば、むしろ「身は朝に在らず、志は隱に在る」ということになるであろう。七人の中には、官に仕えた人もいるけれども、「竹林七賢」の特色は、竹林に遊び、自由の身でいるのを求めたところにあり、仕官と隱逸とを兩立させる代表ではないのである。

以上の考察により、私は基本的に大曾根章介氏の見方を支持し、少なくとも「池亭記」の段階では、保胤の思想には儒・道・佛三者が併存していると思う。

しかし、「池亭記」についてもう一つ注意したいことがある。即ち

家主、職は柱下に在りといへども、心は山中に住むが如し。

朝に在りては身暫く王事に隨ひ、家に在りては心永く佛那に歸す。

晉朝の七賢は異代の友たり、身は朝に在りて志は隱に在るを以てなり。

などに表れている保胤の生活姿勢あるいは生活態度というものについてである。保胤の「七言暮春於六波羅蜜寺供花會聽講法華經同賦一稱南無佛」（『本朝文粋』巻十）という序文にも、「身、暫く柱下に在りと雖も、心、尙山中に住するが如し」という文が見られるので、保胤には、身と心のあり方を別々に考えて、自分の處世法とする時期があったように思われる。このことは保胤の出家するまでの思想經歴を研究する場合の重要な點と言えよう。こうした生き方は、白居易の影響を強く受けていると考えられる。白居易が四十四歳の時に書いた「贈杓直」（巻六、〇二七〇）という詩には、

外順世間法　內脫區中緣　外は世間の法に順ひ、內は區中の緣を脫す。

進不厭朝市　退不戀人寰　進んでは朝市を厭はず、退いては人寰を戀はず。

の句があり、そこに示した生き方は保胤のそれと同じであろう。ただ、保胤の言う「身、暫く王事に隨ひ」の「暫く」と白居易の言う「厭わず」とを比較してみると、仕官に對する態度には差があるように感じられる。

また、白居易の「醉吟先生墓誌銘　幷序」（『白居易集箋校』巻七十一）では、

外以儒行修其身，中以釋教治其心，旁以山水風月歌詩琴酒樂其志。

外は儒行をもってその身を修め、中は釋教をもってその心を治め、かたわら山水、風月、歌詩、琴酒をもってその志を樂しましむ。

と言っているが、そのなかの「琴」「酒」を除けば保胤の「池亭記」にも全く同じ趣向が見られる。

さらに、保胤の「池亭記」には「中隱」という言葉こそ見られないが、そこに表れた保胤の生き方は白居易の中隱思想にもつながるものがあるように思われる。白居易が四十四歳で江州司馬であった時に書かれた「與元九書」（巻

二十八）には、
大丈夫の守る所のものは道なり、待つ所のものは時なり。時の來たる也、雲龍と爲り、風鵬と爲り、勃然突然、力を陳べて以て出づ。時の來らざる也、霧豹と爲り、冥鴻と爲り、寂たり寥たり、身を奉りて退く。進退出處、何に往きてか自得せざらん哉。
大丈夫所守者道，所待者時。時之來也，爲雲龍、爲風鵬、勃然突然，陳力以出。時之不來也，爲霧豹、爲冥鴻、寂兮寥兮，奉身而退。進退出處，何往而不自得哉。
という内容があるが、それは白居易の中隱思想が確立する前の段階の考え方である。それから十四年經って「池上篇」を創作した年に、白居易は「中隱」と題する五言詩を書いており、その中でかつてと違う現實的な身の處し方を示している。

大隱住朝市　小隱入丘樊　　大隱は朝市に住み、小隱は丘樊に入る。
丘樊太冷落　朝市太囂喧　　丘樊は太だ冷落たり、朝市は太だ囂喧たり。
不如爲中隱　隱在留司官　　中隱たるに如かず、隱して留司の官に在り。
似出復似處　非忙亦非閑　　出づるにも似る復た處るにも似、忙に非ず閑に非ず。……

つまり、本當に悟って徹底した隱者は朝廷にいても、市井にいても隱逸の精神は變わらない。隱者精神がそこまで徹底していない人は深い山に入って隱遁する。山の中はあまりにも寂しく、また、朝廷と町の中は喧騷であるから、その中間で職をもらって、隱逸精神でいるのが最もよい、という意味であろう。
それと關連して、保胤の「池亭記」には、
人の風鵬たるを樂はず、人の霧豹たるを樂はず、膝を屈し腰を折りて媚を王侯將相に求めんことを要はず、また言を避り色を避りて、蹤を深山幽谷に刋まんことを要はず。朝に在りては身暫く王事に随ひ、家に在りては心永く佛那に歸す。予、出でては青草の袍有り、位卑しといえども職なほ貴し、入りては白紵の被有り、春よりも喧かく、雪よりも潔し。

とある。朝廷で高い地位に昇って大活躍をすることも、また反對に、深い山に入って完全に隱遁することも願わず、外では官としての仕事に從事し、家に歸れば質素で精神的に滿たされた生活をすることをよしとするということを言っているのであろう。保胤は「與元九書」の言葉を用いながらも、それに表れた當時の白居易の思想ではなく、むしろ後期の中隱思想と似たような考え方を表している。

このように、「池亭記」に表れた保胤の生き方そのものは、「草堂記」と「池上篇」から影響を受けてできたというよりも、むしろ白氏の他の作品にかかわっているのである。

四　『方丈記』について

『方丈記』に關しては、膨大な研究蓄積があり、それだけに解釋が分かれるところもたくさんある。一般的に『方丈記』は無常感に滿ち、中世的佛教信仰の色合いが強く反映された自照文學として位置づけられているが、そこに描かれた閑居生活の本質は、果たして求道か趣味か、または積極的な生き方か消極的かなどについては、受け止め方が分かれている。さらに、廣本『方丈記』の末尾で作者が自分自身を問い詰めた部分をどう解釋するかという問題もある。『方丈記』には略本と廣本の問題があるが、ここでは長明論という視角ではなく、『方丈記』とその先行の作品を一つの流れとしてとらえる上で『方丈記』の思想的特色を檢討している。したがって、「池上篇」や「池亭記」などと影響關係が見られる廣本『方丈記』に基づいて論じたい。

ここでは、神田秀夫氏の分け方に即して『方丈記』の内容を次のようにまとめてみた。(12)

冒頭の「ゆく河」の段では、「世の中にある人と栖と」の「無常を爭ふさま、いはばあさがほの露に異ならず」というテーマが打出されている。

「安元の大火」・「辻風」・「都遷り」・「飢渇」・「大地震」という五大災害は人と栖の無常さを證明するために擧げられた實例である。

「世にしたがへば」と「わが過去」の二段は、「世の中のありにくく」さという一般論から、「わが身と栖とのはかなくあだなるさま」との個人論へ移り、「いづれの所を占めて、いかなるわざをしてか、しばしもこの身を宿し、たまゆらも心を休むべき」という根本問題に惱み、「おのおののたがいめ、おのづから短き運を悟りぬ」ので、「家を出で、世を背けり」という經緯を述べている。

「方丈」・「境涯」・「勝地は主なければ」の三段は、草庵生活の環境とその居心地を語っている。

「閑居の氣味」は、衣・食・住まい・人間關係の各方面にわたって欲求を最小限度にし、精神の自由さを求めていくことを述べている。

最後の「みずから心に問う」の段では、作者は「世をのがれて山林に交るは、心ををさめて道を行はむ」という出家した人の立場で自分自身の生活を檢討し、「今、草庵を愛するもとがとす、閑寂に着するもさはりなるべし」「もしこれ貧賤の報いのみづから惱ますか、はたまた妄心のいたりて狂せるか」と反省を示している。

總じていえば、長明は世の中のはかなさに絶望し、出家して佛道修行によって心のやすらぎを求めようとした。しかし、この世に生きている以上、現世否定の佛教によって心の葛藤を克服することは到底できなかった。『方丈記』は長明のその心の經歴を告白しているものであり、全體的に佛教思想に染まっていると思われる。例えば、春は藤波を見る。紫雲のごとくして西方ににほふ。夏は郭公を聞く。語らふごとに死出の山路を契る。秋はひぐらしの聲耳に滿てり。うつせみの世をかなしむほど聞ゆ。冬は雪をあはれぶ。積り消ゆるさま、罪障にたとへつべし。(13)

というように、長明には自然の中にいても暗い感じのする佛教的心理の働きが強く感じられる。また、

もし夜靜かなれば、窗の月に故人をしのび、猿の聲に袖をうるほす。くさむらの螢は、遠く槙のかがり火にまがひ、曉の雨はおのづから木の葉吹く嵐に似たり。山鳥のほろと鳴くを聞きても、父か母かとうたがひ、峯の鹿の近く馴れたるにつけても、世に遠ざかるほどを知る。或はまた埋み火をかきおこして、老いの寢覺めの友とす。おそろしき山ならねば、梟の聲をあはれむにつけても山中の景氣折につけて盡くる事なし。(14)

という文章があり、「山鳥のほろと鳴くを聞きても、父か母かとうたがひ」は、やはり佛教的である。

ただ閑居生活だけをとれば、長明は白居易と保胤と同じように見えるかもしれないが、『方丈記』に表れた閑居の氣味というものは、白居易及び保胤の作品とは大分違うように思われる。白居易は「妻孥熙熙として鶏犬閑閑たり」と、弟子・妻子・友人・音樂を奏する召使いたちに圍まれていて、世の中にあるものを樂しんでいるように思われる。つまり、白居易の「閑居」は、人間あるいは世間から離れているわけではなく、ただ官僚生活の煩わしさから離れただけである。保胤は白居易ほど贅澤ではないが、「予、出でては青草の袍有り、位卑しといえども職なほ貴し、入りては白紵の被有り、春よりも暄かく、雪よりも潔し」というように、やはり現實の生活を肯定している態度である。長明は「世をのがれて山林に交る」出家した人であり、「みさごは荒磯にゐる。すなはち人をおそるるがゆゑなり。われ、またかくのごとし」というように世間から離れていて、世の中のすべてを否定してしまった。

『發心集・序』では、

この心に強弱あり、淺深あり。……風の前の草のなびきやすきが如し。又、浪の上の月の靜まりがたきに似たり。何にしてか、かく愚かなる心を敎へんとする。[15]

と長明は自ら言っている。琵琶が上手で和歌どころにも仕えていた、纖細で心が豊かな長明は、佛道に入ったとしても心を動かさないでいることはできなかった。これこそ『方丈記』の表現したものではなかろうか。

五　結び

本節の冒頭で述べたように『方丈記』とその先蹤文學に見られる共通性について日本人の研究者は熱心に考え、いろいろな指摘をしている。しかし、それには、やや曖昧あるいは表面的なところがあるのではないかと思われる。例えば、金子氏は「獨善・閑適の境涯」という言葉で、『方丈記』とその先蹤文學との一つの共通性を指摘しているが、「獨善」に關するその理解にはややズレがあるように思われる。[16] 例えば、「池亭記」の「獨善」的內容の例として金子氏は次の文章を擧げている。

寧ろ、師なく友なきに如かずとて、門を杜ぎ戸を閉じ、ひたすら獨吟獨詠して樂しむ。

また、『方丈記』の「獨善」的內容の例として次の文が擧げられている。

みづからやすみ、身づからおこたる。
ひとりしらべ、ひとり詠じて、みづから情をやしなふばかりなり。
われ今身の爲にむすべり、人の爲につくらず。
人に交はらざれば、すがたをはづるくいもなし。

などと。ここから見れば、金子氏は「獨善」の「獨」を單純に「自分一人」の意と理解しているように思われる。

「獨善」は、本來『孟子』「盡心上」篇の「窮すれば卽ち獨り其の身を善くし、達すれば卽ち兼ねて天下を善くす」（窮則獨善其身、達則兼善天下）から出た言葉であり、儒家思想と密接に結び付いているものである。つまり、うまく出世できなければ、まず自分だけでも道德を身につけるようにする。うまく出世できれば、國のことがよくなるように盡くすという意味であろう。この場合、「獨善」は「兼善」の相對語として使われていて、人と交わらずにいるという意味の「獨」ではない。なお、金子氏の論述に見られる「獨善」の概念が必ずしも一定しているとは思われない。また、大曾根章介氏の考證によれば、(17)「獨善」は奈良時代には老莊思想を意味する概念として用いられていたようであるし、現代日本語としても別の意味で使用されているので、「獨善」という語を用いて、白居易・保胤・長明三人の關連作品の共通性をまとめるのは、混亂をもたらすと思われる。

白居易・保胤・長明三人の關連作品については、金子氏を代表とする日本人の研究は、その三者の共通性を強調し過ぎる嫌いがあるように感じられる。從來のような理解だけでは、三人のそれぞれの作品に潛んでいる個性的なものが見逃されるばかりでなく、思想の面においての中國と日本の違いが見逃されることにもなりかねない。

たしかに、『方丈記』と先行作品との相互關係については、作品全體の構想や記述形態・表現などの面で、それぞれが前の時代の作品からヒントを得て、影響を受けている。また、白居易・保胤・長明三者の關連作品を通して、自然を友として讀書を樂しむ閑居の生活に心の安らぎや、一種の滿足を感じていることも讀み取れる。しかし、その閑居生活の性質はかなり違っており、閑居生活を全うさせた思想もそれぞれ異なっていると思われる。

保胤は「我、吾が宅を愛し、其の他を知らず」と言い、儒・佛・道などを自分の世俗での生き方と個人的心情における精神的な支えにしており、それなりに複雜な面もある。白居易の生きることを樂しんでいる雰圍氣と長明の世の中のすべてを否定する態度には老莊思想と佛敎思想との本質的違いを垣間見ることができよう。この點については後で触れる。

小西氏が指摘しているように、隠者精神が白居易・保胤・長明三人の作品を貫いていると考えられるが、その「隱」の出發點・方法・目的などは、おのおの異なっている。それは個人の經歴によることもあれば民族あるいは時代の思想の特色を反映している面もある。それを追求することが日中文化の違いをはっきりさせることに繫がっていくと思われる。

注

(1) このことについて、金子彦二郎『平安時代文學と白氏文集——道眞の文學——第一册』、太田次男「平安時代に於ける白居易受容の史的考察」上・下、『シンポジウム日本文學六　中世の隱者文學』などの先行研究がある。
(2) 注(1)所掲金子著書第六章第三節「方丈記と先蹤文學との共通性」を參照。
(3) 注(1)所掲金子著書第六章第四節「方丈記と先蹤文學との特殊性」を參照。
(4) 小西甚一『日本文學史』一〇二頁と一〇三頁。
(5) 神田秀夫『莊子の蘇生——今なぜ莊子か——』一五三頁。
(6) 以下「草堂記」「池上篇」の訓讀は角川文庫『方丈記』の付錄に載っている本文に従った。
(7) 下定雅弘『白氏文集を讀む』第五章「白居易の文における老莊と佛教」を參照。
(8) 注(1)所掲太田論文。
(9) 注(5)所掲神田著書を參照。
(10) 大曾根章介『王朝漢文學論考』二五二頁。
(11) 「池亭記」の訓讀は大曾根章介ほか校注『本朝文粹』に従った。以下同様である。
(12) 神田秀夫校註『方丈記』を參照。
(13) 前掲神田著書四二頁。

(14)　注（12）所掲神田著書四四頁。
(15)　三木紀人校注『發心集』四四頁。
(16)　注（1）所掲金子著書二六九頁～二七二頁を參照。
(17)　大曾根章介「『兼濟』と『獨善』――隱逸思想の一考察――」。

第三節　慈圓と「文集百首」

一　「文集百首」の特色

慈圓と「文集百首」について佐藤恆雄・長谷完治・赤羽淑・石川一・山本一らの諸氏による論考があり、[1]本百首が企畫された經緯・漢詩題の採句傾向と出典・慈圓と定家それぞれの百首にみえる作歌上の相違などの面にわたって詳細に考察されている。中でも、慈圓研究の最先端とも言うべき石川・山本兩氏の著書では、さらに、「文集百首」を慈圓の「法樂百首群」の中に置いて考察し、慈圓における「文集百首」の意義についての理解を深めている。

しかし、「文集百首」に託された慈圓の心は一體、どのようなものであり、百首の題に選ばれた白居易詩はどのような特徴を持っているかという重要な問題については、まだ、はっきりしていない點があるように思われる。そこで、ここでは、諸先學の業績を全面的に紹介することを省略し、主に「文集百首」の「採句傾向」という問題をめぐって諸先學の成果を踏まえながら、私見を付け加えるかたちで述べていきたい。

佐藤恆雄氏は「文集百首」の漢詩題を平安朝以來、白氏文集に對する傳統的な攝取の仕方と比べて、「かつて顧みられることのほとんどなかった巻一一までの古調詩からまんべんなく採擇している事實」と、「先行文獻に一度も採られたことのなかった白詩句で、慈圓がはじめて抽出したものが、一〇〇句のうち實に五三句もあるということ、しかもそのうちの四三句が巻二〇までの前集中の詩句だという事實」を明らかにし、具體的に、「諷諭詩」から二題、「閑適詩」から二十一題、「感傷詩」から十二題（ほかに「感傷詩」の歌行曲引によるものが七題）が採用されているという統計を示している。佐藤氏は、慈圓における白氏文集の享受は、「非傳統的であったと同時に、さらにいえば『中世的』な享受の先蹤であった」と評し、その非傳統の「指向する方向は、ただ、古いありようを否定するというだけでなく、政治の亂脈と社會の混迷を諷刺批評した、詩の傳統に根ざす『諷諭』詩を最も重んじ、公務を離れた私生活の中の喜びをうたう『閑適』詩、人間の悲哀をモティーフとする『感傷』詩をその次に評價した、白樂天その人の白詩評價に著しく近づくものであった」と意味づけているのである。(2)

また、長谷完治氏は「閑靜美と中隱生活への憧憬は、本百首の一特色である」とし、「戀部を除く後半は恰も一隱者の身の上を思わせる構成になっている。俗世間に背を向け、山家の清澄な環境に親しみ、閑居隱棲の風雅を樂しむ、あるいは昔を想い故鄕に心惹かれ、あるいは身の不遇を嘆き人の死に涙し、出家入道の世界を求めてやまない――そういった隱者の姿を『山家』以下の部立は思い浮かべさせる構成である」という理解をしている。(3)

さらに、赤羽淑氏は、「四季戀山家六十首中新しい句題が二十四であるのに對し、舊里から法門までは四十首中三十三の句題が新しく採用されている。閑居や無常が新古今時代に流行する題であるので、それと軌を一にしていることはもちろんであるが、それ以上に、慈圓がそれらに託しておのれの早懷を述べ、老境を語ろうとする意識が濃厚に投影している」と指摘しており、(4)石川一氏も「文集百首」の特徴を「老後の心境・閑適への志向」としている。(5)

このように、「文集百首」漢詩題の內容についての理解は必ずしも一致するものとは言えず、さらに議論する必要がある。「老後の心境・閑適への志向」という表現もなお總括的であり、さらに具體的な說明が期待される。

私見では「文集百首」には一貫したものがあり、それは具體的に言えば、「無喜無憂」「不厭不戀」「無生無滅」という境地への傾斜である。そうした題のほとんどは慈圓がはじめて採用した白詩であり、主に「文集百首」の後半に置かれているのである。

そこで、次に佐藤氏の論を検討して、「文集百首」の特徴あるいは基調となるものを考えてみよう。
白居易の「與元九書」（巻二十八）は詩論として著名な文章であるが、その中に、

古人の云う「窮すれば則ち獨り其の身を善くし、達すれば則ち兼ねて天下を濟ふ。」僕、不肖と雖も、常に此の語を師とす。……僕の志は兼濟に在り、行は獨善に在り。奉じて之に始終すれば則ち道と爲り、言ひて之を發明すれば則ち詩と爲る。之を諷諭詩と謂ふは、兼濟の志なり。之を閑適詩と謂ふは、獨善の義なり。故に僕の詩を覽れば、僕の道を知る。

古人云：「窮則獨善其身、達則兼濟天下。」僕雖不孝，常師此語。……僕志在兼濟，行在獨善。奉而始終之則爲道，言而發明之則爲詩。謂之諷諭詩，兼濟之志也。謂之閑適詩，獨善之義也。故覽僕詩，知僕之道焉。

とある。これによれば、「諷諭詩」と「閑適詩」は白居易の精神世界の表裏をなしており、白氏にとって同じような重要さを持っているということが分かる。(6)「與元九書」において白居易は、また、「今の僕の詩、人の愛する所は、悉く雜律詩と長恨歌已下に過ぎざるのみ。時の重んずる所は、僕の輕んずる所（今僕之詩，人所愛者，悉不過雜律詩與長恨歌已下耳。時之所重，僕之所輕）」と言っており、「長恨歌」を含む感傷詩に對しては完全に肯定してはいない。白居易の「諷諭詩」を重んじ、「閑適詩」「感傷詩」をその次に評價したとする佐藤氏の理解は、修正する必要がある。
次に「文集百首」の題を、白居易自身の評價に照らし合わせて見ると、まず第一には、「諷諭詩」によるものは二題しかなく、しかも、「諷諭」の精神との關係が見られず、それぞれ「舊里」と「無常」の題とされており、佐藤氏が言う「政治の亂脈と社會の混迷を諷刺批評した、詩の傳統に根ざす『諷諭』詩を最も重んじ」る白居易の態度との間に大きな懸隔が見られる。第二には、「長恨歌」を含む歌行曲引より採った題が七題もあり、平安以來の「長恨歌」ブームを繼承しており、むしろ白居易が批判した現象と合致しているのである。

とすれば、「文集百首」における白氏文集受容の新しさを「白樂天その人の白詩評價に著しく近づくものであ」るとする佐藤氏の主張は、十分な説得力を持っているものではないと言わねばならず、佐藤氏が注目している古調詩を出典とした漢詩題についても、それらの詩句に即した分析をしなければならないと思う。

慈圓がはじめて「閑適詩」から抽出した二十一題、「感傷詩」から抽出した十二題に焦點を當ててその內容を分析したいが、まず「閑適詩」から採った二十一題の詩句の內容についてであるが、その整理は第四章第三節「『文集百首』の漢詩題と白居易の閑適詩」において行うので、ここでは、その一覽を省いて題の內容をまとめるにとどめたい。

概して言えば、長谷氏の指摘した「閑靜美と中隱生活への憧憬」が確かにうかがえるが、それと同時に、また、次の點にも注目したい。つまり「中心本繫がるる無し（中心本無繫）」（七十番）、「進んで朝市を厭はず、退いて人寰を戀はず（進不厭朝市、退不戀人寰）」（七十一番）、「身窮すれども心甚だ泰かなり（身窮心甚泰）」（七十三番）、「喜も無く亦憂も無し（無喜亦無憂）」（七十六番）、「身心一も繫がるる無し（身心一無繫）」（八十二番）などの題が表現している、安らかで何にも拘らない心が、くりかえし強調されていることである。これらの題を踏まえて詠んだ慈圓の歌は、例えば、

外順世間法　內脫區中緣　進不厭朝市　退不戀人寰
身のほかにわが身ありとや人は見む心になきは心なりけり　（閑居・七十一）

頹然環堵客　蘿蕙巾爲帶　自得此道來　身窮心甚泰
こけのおびにあきの山もと夕まぐれ中中いまは物もおもはず　（閑居・七十三）

置心世事外　無喜亦無憂
うしつらしと思ひしことのうせ行くやこの世のほかの心なるらん　（述懷・七十六）

があり、「心になきは心なりけり」、「物もおもはず」、「うしつらしと思ひしことのうせ行く」、「この世のほかの心なるらん」は、白居易の詩意と同じ趣旨のものと言えよう。實は、「閑居」部の題を例にしてみれば、「閑適詩」を出典とするものではない六十六番の題、

但有雙松當砌下　更無一事到心中　　但雙松の砌下に當る有り、更に一事の心中に到るなし。

（巻五十五「新昌閑居招楊郎中兄弟」、二五二八）

と六十九番の題、

更無俗物當人眼　但有泉聲洗我心　　更に俗物の人眼に當るもの無く、但だ泉聲の我が心を洗ふ有るのみ。

（巻五十四「宿靈巖寺上院」、二四八九）

にある「一事の心中に到るなし」、「我が心を洗ふ」も、やはり右に述べた例と同じように、澄んだ心への希求を表現したものであろう。

このことを、中隱思想を反映している漢詩題やそれらを踏まえて慈圓が詠んだ歌と關連させて見ると、

山林太寂寞　朝闕苦喧煩　唯玆郡閤內　囂靜得中間

いづくにも心やゆかずなりぬらむただ我がやどをわがやどにして　（閑居・六十七）

偶得幽閑境　遂忘塵俗心　始知眞隱者　不必在山林

柴のいほにすみえて後ぞ思ひしるいづくもおなじゆふ暮の空　（閑居・六十八）(7)

心足卽爲富　身閑乃當貴　富貴在此中　何必居高位

谷かげや心のにほひ袖にみちぬたかねの花の色もよしなし　（閑居・七十四）

とあるように、白居易の重視した「出づるにも似る復た處るにも似、忙に非ず亦た閑に非ず（似出復似處、非忙亦非

閑)」(巻五十二「中隱」、二二七七)という「中」の意味より、眞の解脫は「山林」や「高位」と關係なく、自分自身の心のありかたにこそあるという點に慈圓は目を向けているように思われる。題中に「囂靜中間を得たり」という表現があるけれども、慈圓の歌はその「中間」への選擇というより、「いづくにも心やゆかず」という點が一首の核心となっているのであろう。つまり慈圓は隱遁について場所より心のあり方が決め手だと考えているのである。それ故、また、「閑居」部のしめくくりに、

看雪尋花翫風月　洛陽城裏七年閑

思ふべしすみかや心はなと月と都にみても七とせはへぬ　(閑居・七十五)

という一首を置いて、都にいても隱者のような生活ができるという旨を示しているのであり、次の歌、

都にもなほやまざとはありぬべし心と身とのひとつなりせば　(當座百首・雜・山家・一四九八)

も、同じような氣分のものであろう。

では、「感傷詩」から採った題はどうであろうか。それをやや詳細に見てみよう。

「感傷詩」を出典とする十九題の中には歌行曲引による七題があり、そのうち、「長恨歌」の詩句は五題あり、それは主に「戀」の部に配置されている。あとの二題はそれぞれ「秋」と「無常」に配屬させられている。「感傷詩」の古調詩による十二題は、さきほど述べたように、すべて『大江千里集』『千載佳句』『和漢朗詠集』『新撰朗詠集』など白詩が多く採られている書物には見られない詩句である。「文集百首」におけるそれらの詩句の配置を見れば、「春」には一題(十一番)、

花落城中池　春深江上天　　花は落つ城中の池、春は深し江上の天。

(原據詩は巻九「寄江南兄弟」、〇三九七)

「夏」には一題（十七番）、

新葉陰涼多　　新葉陰涼多し。　（原據詩は巻九「靑龍寺早夏」、〇四一四）

「戀」には一題（五十一番）、

夜深方獨臥　誰爲拂塵牀　　夜深けて方に獨り臥す、誰が爲に塵牀を拂はん。　（原據詩は巻十「秋夕」、〇四五〇）

「舊里（附懷舊）」には一題（六十三番）、

插柳作高林　種桃成老樹　　插柳高林と作り、種桃老樹となる。　（原據詩は巻九「重到渭上居」、〇四二三）

「秋」には二題（三十二番、三十九番）、

殘燈影閃墻　斜月光穿牖　　殘燈影墻に閃めき、斜月光牖を穿つ。　（原據詩は巻十「夢與李七庾三十三同訪元九」、〇五二二）

葉聲落如雨　月色白似霜　　葉聲は落ちて雨の如く、月色は白くして霜に似たり。　（原據詩は巻十「秋夕」、〇四五〇）

「無常」には一題（八十六番）、

親愛日零落　存者仍別離　　親愛日に零落し、存る者も仍ほ別離す。　（原據詩は巻九「白髪」、〇四二四）

である。殘った五題は「法門五首」の題（九十六〜百）となっている。

追想當時事　何殊昨夜中　　當時の事を追想すれば、何ぞ昨夜の中に殊ならん。

自我學心法 萬緣成一空　我れ心法を學んでより、萬緣一空と成る。
迴念發弘願 願此見在身　念を迴して弘願を發し、願はくは此の見在の身。
但受過去報 不待將來因　但だ過去の報を受け、將來の因は待たじ。

（原據詩は卷十「夢裴相公」、〇四六〇）

誓以智惠水 永洗煩惱塵　誓って智惠の水を以て、永く煩惱の塵を洗ふ。

（原據詩は卷十「自覺二首」その二、〇四八四）

由來生老死 三病長相隨　由來生老死、三病長く相隨ふ。
除却無生忍 人間無藥治　無生の忍を除却すれば、人間《じんかん》に藥治無し。

（原據詩は二番目の題と同じである）

此身何足戀 萬劫煩惱根　此身何ぞ戀ふるに足らん、萬劫の煩惱の根。
此身何足厭 一聚虛空塵　此身何ぞ厭ふに足らん、一聚の虛空の塵。

（原據詩は卷九「白髮」、〇四二四）

（原據詩は卷十一「逍遙詠」、〇五七七）

原據詩全體の內容まで考慮せず題に切り取ってきた詩句および部立における配屬だけを見ても、「無常」以下の六首が含まれている點から言えば、慈圓は佛敎的關心によって「感傷詩」を重視した面が大きいと言えよう。

ちなみに、「無生の忍を除却すれば、人間《じんかん》に藥治無し」というのは、つまり無生無滅の思想を主張しているのであり、白詩には、また、「無生を學ぶに如かず、生無ければ卽ち滅無し（不如學無生、無生卽無滅）」（卷五「贈王山人」、〇二〇五）という詩句もある。「此身何ぞ戀ふるに足らん」「此身何ぞ厭ふに足らん」は、「閑適詩」によった題の「進んでは朝市を厭はず、退いては人寰を戀はず」と通じる心と思われる。さらに、七十六番題の原據詩（巻六「適意」、〇二三六）に、

十年爲旅客　常有飢寒愁　　十年旅客と爲り、常に飢寒の愁有り。
三年作諫官　復多屍素羞　　三年諫官と作り、復屍素の羞多し。
有酒不暇飲　有山不得游　　酒有れども飲むに暇あらず、山有れども游ぶを得ず。
豈無平生志　拘牽不自由　　豈に平生の志無からんや、拘牽せられて自由ならず。
一朝歸渭上　泛如不繫舟　　一朝渭上に歸り、泛たること繫がざる舟の如し。
置心世事外　無喜亦無憂　　心を世事の外に置き、喜も無く亦憂も無し。
終日一蔬食　終年一布裘　　終日　一蔬食、終年　一布裘。
寒來彌懶放　數日一梳頭　　寒來れば彌懶放、數日一たび頭を梳る。
朝睡足始起　夜酌醉卽休　　朝には睡足りて始めて起き、夜は酌み醉へば卽ち休す。
人心不過適　適外復何求　　人心は適に過ぎず、適外復何をか求めん。

とあるように、「憂も無く亦喜も無し」というのは、まさしく「閑適」の「適」の状態である。

つまり慈圓が好んで「閑適詩」「感傷詩」から採ってきた作品の底流には一貫したものがあり、それは、具體的に言えば、「無喜無憂」「不厭不戀」「無生無滅」という境地への傾斜である。この點を浮かび上がらせることによって「文集百首」、特に「山家」以下の内容についての理解を深めることができよう。長谷氏は「『山家』以下の部立が人生での否定的側面を捉えた暗いトーンである點に注目したい」(8)という理解を示しており、それは言うまでもなく、「述懐」や「無常」の部立を中心にして見ているものであろうが、「述懐」には、

置心世事外　無喜亦無憂　心を世事の外に置き、喜も無く亦憂も無し。（七十六番）
縱導人生都是夢　夢中歡笑亦勝愁　縱ひ人生都て是れ夢なりと導《い》へども、夢の中に歡笑するは亦た愁に勝れり。（八十番）
身心一無繫　浩浩如虛舟　身心一も繫がる無く、浩浩として虛舟の如し。（八十二番）
委形老少外　忘懷生死間　形を老少の外に委し、懷を生死の間に忘る。（八十三番）
我若未忘世　雖閑心亦忙　我若し未だ世を忘れずんば、閑なりと雖も心亦忙し。
世若未忘我　雖退身難藏　世若し未だ我を忘れずんば、退くと雖も身藏れ難し。
我今異於是　身世交相忘　我今是に異なり、身世交相忘る。（八十四番）

といった白詩が選ばれており、それは憂いに滿ちているはかない人生への、超越的方向での對處をはっきり示したものである。また、

欲留年少待富貴　富貴不來年少去　年少を留めて富貴を待たんと欲すれば、富貴は來たらず年少は去る。（七十七番）
春去有來日　我老無少時　春去れども來る日有り、我老ゆれば少き時無し。（七十八番）
我有一言君記取　世間自取苦人多　我に一言有り君記取せよ、世間自ら苦を取る人多し。（七十九番）
生死尚復然　其餘安足道　生死すら尚復然り、其餘は安んぞ道ふに足らん。（八十一番）
人生無幾何　如寄天地間　人生幾何も無し、天地の間に寄るが如し。
心有千載憂　身無一日閑　心に千載の憂有り、身に一日の閑無し。（八十五番）

および「無常」部の、

逝者不重迴　存者難久留　　逝く者は重ねて迴らず、存する者は久しく留まり難し。（八十七番）
生去死來都是幻　幻人哀樂繫何情　　生去死來都て是れ幻、幻人の哀樂何の情にか繫る。
（九十一番）
幻世春來夢　浮生水上漚　　幻世は春來の夢、浮生は水上の漚。（九十三番）
古墓何代人　不知姓與名　　古墓何の代の人ぞ、姓と名とを知らず。
化作路傍土　年年春草生　　化して路傍の土と作り、年年春草生ず。（九十五番）

というような題は、ただ身の不遇や無常を嘆き、沈んだ氣持を表現しているというより、むしろ人間の生命についての思索・諦觀あるいは「ことわり」というものを傳えているのではないかと思われる。そしてその思索の終結點に、生と死あるいは現世に對して「厭はず」また「戀はず」という態度が確立されているのである。

此身何足戀　萬刧煩惱根　此身何足厭　一聚虛空塵
身をよせてこひじいとはじ花櫻うきねよりこそ思ひそめけれ　（法門・百）

は、「文集百首」のしめくくりとしてまことに意味深いものである。

總じて言えば、「閑適詩」にせよ、「感傷詩」にせよ、それに對する慈圓の着眼點は佛敎信仰者の立場によるものである一方、平安以來、ずっと日本人の心を覆っている無常觀に立脚した詠嘆にとどまらず、無常觀を超克し、精神をそこから解放して「無喜無憂」「不厭不戀」「無生無滅」という精神境地へ到達しようとする姿勢が見られる。私見では、これこそ「文集百首」に託された志向ではないかと思われるのである。

二　「文集百首」の時代性

では、「文集百首」のそのような特徴は、慈圓の詠歌活動において如何なる位置にあるか。これについては、多賀宗隼氏の『慈圓』に重要な指摘が見られる。つまり「慈圓がうき世を厭うて山中を慕うたのは俗諦のけがれたるをさけて眞諦の清きを求めんとしたものであった。しかしながら隱棲のうちにのみ眞諦を見出そうとした若年の時代の態度は轉じて、まことの道をうき世の中に、俗諦に求めようとした」ということである。(9) 右に述べた「文集百首」にみる「無喜無憂」「不厭不戀」「無生無滅」といった精神境地への傾斜は、現實肯定につながるものであり、「まことの道をうき世の中に、俗諦に求め」る實踐でもあったろう。

また、山本一氏は、慈圓に「社會からの離脱（隱遁）の具體的實行よりも、精神的な次元での世俗からの離脱を重視する立場」を指摘し、「厭離欣求百首被取替三十五首」の歌、

深き山になるる心のしるべより市の中にも道のありける　（四五四八）

は「大隱隱朝市」（『文選』二十二「反招隱詩」）、「大隱住朝市」（『白氏文集』五十二「中隱」）と「同樣の見方に立つものである」と言っている。(10) 「深き山に」の歌は「文集百首」より以前の作であるが、石川一氏は「文集百首」が詠まれた後の承久元年の作とする『賀茂百首』にみる、

町下りよろぼひ行て世を見れば物のことわり皆知られけり　（二六〇五）

の一首について、「此歌の注目すべき點は深山幽谷でなく、町（俗界）に下りて道理を知ることにある。つまり、隱棲を精神的次元で捉えることに據って昇華しようとした」と述べている。(11) さきほど引用した慈圓の歌、

都にもなほやまざとはありぬべし心と身とのひとつなりせば

も、そうした歌の系譜の一つであり、また、本百首「法門」の歌、

追想當時事　何殊昨夜中　自我學心法　萬縁成一空

野も山もみなおほ空に成りにけりいかなる道に心行くらむ　（九十六）

は、素性の歌、

いづくにか世をば厭はむ心こそ野にも山にも迷べらなれ　（古今集・雑下・九四七）

を踏まえながらも、「萬縁成一空」を悟った心であれば、どこにも行く必要がない、と表現しているのであろう。

要するに、慈圓の詠歌活動においても多賀宗隼氏の指摘した「まことの道をうき世の中に、俗諦に求めようとした」精神的軌跡が見られ、「文集百首」は、その營爲の一つなのである。

さらに、視野を廣げてみれば、生と死あるいは現世に對して「厭はず」また「戀はず」という思想と、平安時代以來、盛んであった「厭離穢土」「欣求淨土」の志向との間には大きな開きがある。その點から考えれば、「文集百首」には、慈圓における白居易ないし佛教思想の受容の新しさがうかがえる。

定家とすこし時代を重ね、中世の佛教文學者として活發な創作活動をした無住は、彼の『沙石集』（巻七、二十五話）において「生ト死トヲ忘ル事」を説いて、

早年ニハ将身世、直付逍遙篇、近世ハ以心地、廻向南宗禪、外順世間法、內ニハ脱區中縁、進不厭朝市、退不戀人寰、吾自得斯意、投足無不安、體非道引適、心莫江湖閑、有興或飲酒、無事多掩關、寂靜トシテ夜深マデ坐シ、安穩テ日高マデ眠ル、秋ハ不苦長秋、春ハ不惜流年、委形老少外、忘思生死間。

という「贈杓直」の詩句を引用し、また、

樂天云、「亦莫戀此身、亦莫厭此身。此身何足戀、萬劫煩惱ノ根。此身何足厭、一聚虛空ノ塵ナリ」。實に愛セ

ズ厭ハズハ、自ラ自性平等ノ無相法門ヲモ達シツベシ。是佛法ノ肝心、修行ノ大意ナルベシ
と言う。[12]尾聯の「無戀亦無厭、始是逍遙人」をカットして、佛教思想を明白に示す内容に變えているのである。『沙石集』において「生ト死トヲ忘ル事」がテーマとして設けられたこと自體は日本佛教の中世的發展、つまり本覺思想の隆盛の一端でもあるが、生と死によって起こった喜びと憂いをなくすために無住の援用した二首の白詩は、ともに「文集百首」の出典でもあり、その受け止め方も本百首と似たような面があると思われ、あるいは「文集百首」の影響も考えられる。その意味では、佐藤氏の言葉を借りて、慈圓の「文集百首」を「非傳統的であったと同時に、さらにいえば『中世的』な享受の先蹤であった」と評したい。なお、「無喜無憂」「不厭不戀」「無生無滅」という思想の據り所に關する考察は、第五章第四節「『文集百首』における中世的なもの」において行う。

最後に慈圓の「文集百首」の跋文について一言付け加えたい。慈圓の跋文、

樂天者文殊之化身也。當和彼漢字。和歌者神國之風俗也。須述此早懷。因茲忽翫百句之玉章、憖綴百首之拙什。法樂是北野之社、祈願彼南無之誠。定翻今生世俗文字之業、爲當來讚佛法輪之緣者歟。

について、山本氏は「白樂天の詩文を和歌に取りなすこと（「彼の漢字を和らぐ」）は、文殊の化身の言葉（したがってその内には佛法の眞理が含まれる）を「神國の風俗」に移す」[13]と言うが、この解釋は重要な點をついていると思われる。つまり慈圓は一般論ではなく、右に述べてきた百首の題に表れている白居易の思想を佛教的立場から意味づけ、奉納歌としての「文集百首」の重さを強調しているのである。『今鏡』にあっては、「文殊の化身とこそは申めれ」の理由として「人の心をすすめ給へり」が擧げられるが、[14]「文集百首」は整然とした分類に白居易の詩句を配置し、慈圓なりの枠組みで白居易の思想を提示して「人の心をすすめ」ていると言えよう。

山本氏はさらに、「法樂百首群」の奉納對象と慈圓の歷史觀との關係を考察し、歷史に大きく關與してきた聖德太

子・菅原道眞を「觀音の化身」とする『愚管抄』の記述に注目し、「これらの化身の働きは、日本の國家體制のあるべき形を示唆するものと解され、そのことを通して、やはり建保・承久期の慈圓の政治的立場を思想的に支えるものとなっている」と指摘している。[15]これと關連する大隅和雄氏の論説もあるので、引用しておきたい。

聖德太子が佛法の受容を實現し、大織冠鎌足が臣家の存在を確立し、北野天神菅原道眞が藤原氏のみが正統の臣家であることを示し、慈惠大師良源が師輔の子孫が攝關家の正統であることを保證するというように、歷史を導いてきた。四人に化身した觀音は、攝關九條流藤原氏の出身で天台座主である慈圓の立場を、そのまま正當化するために、歷史の中に配されているのである。[16]

つまり北野の社への法樂は、慈圓を含む九條家の政治的地位を保護してもらう祈願であり、また、慈圓における王法・佛法の一體化の現れでもあろう。

「文集百首」に關する先行研究については、また、第二章以降の分析においても適宜觸れたい。

注

(1) 佐藤恆雄(ア)「定家・慈圓の白氏文集受容——第一帙第二帙の問題と採句傾向の分析から」、(イ)「建保六年「文集百首」の成立」、(ウ)『『文集百首』補考』、(エ)「詩句題詠における二つの態度——「文集百首」の慈圓と定家——」。長谷完治(ア)「文集百首の研究上」、(イ)「文集百首の研究下」、(ウ)「藤原定家と漢文學」。赤羽淑(ア)「定家の文集百首上」、(イ)「定家の文集百首中」。石川一『慈圓和歌論考』。山本一『慈圓の和歌と思想』。

(2) 前掲佐藤論文(ア)。「慈圓がはじめて抽出したもの」について前掲佐藤論文(イ)には「五十七」とあり、それが正しい。

(3) 注(1)所掲長谷論文(ウ)。

(4) 注(1)所掲赤羽論文(ア)。

(5) 注(1)所掲石川著書四五五頁。

（6） 西村富美子「白居易の閑適詩について――下邽退居時――」（東方書店『古田教授退官記念中國文學語學論集』、一九八五年七月）と高木重俊「白居易の閑適詩」（『東書國語』二七三、一九八七年六月）は、いずれも「閑適詩」を「諷諭詩」と對等の位置にあるものとして考えている。

（7） この歌について石川氏は前掲著書の四五二頁において「幽閑の庵に住んで初めて朝市での隱遁（大隱）が可能であることに氣付いたと、老後での僞らざる心情を表出する」と解しているが、「柴のいほにすみえ」たというのは、慈圓自身の「在山林」という隱棲の經驗を意味しており、題の「幽閑境」は「在山林」ではないと言っているのであるから、その「山林」と慈圓の「柴のいほ」は違う内容であろう。その隱棲の實踐から「いづくもおなじゆふ暮の空」（「柴のいほに」住めば煩惱が解消するということはない）という實感があり、「柴のいほに」住むということを否定するところで「不必在山林」に贊同する、とも理解できよう。

（8） 注（1）所掲長谷論文（イ）。

（9） 多賀宗隼『慈圓』一三八頁。

（10） 注（1）所掲山本著書二八六頁。

（11） 注（1）所掲石川著書四六〇、四六一頁。

（12） 引用は岩波日本古典文學大系『沙石集』（三三三、三三四頁）に據る。「贈杓直」の原文は第四章第二節「『閑居十首』について」の七十一番歌の分析を參照。

（13） 注（1）所掲山本著書三五六頁。

（14） 榊原邦彦『今鏡本文および總索引』「うちぎき第十」。

（15） 注（1）所掲山本著書三七〇頁。

（16） 大隅和雄『愚管抄を讀む――中世日本の歴史觀――』一四八頁。

第四節　定家と「文集百首」

一　句題和歌史における定家の意義

本間洋一氏の説によれば、「句題和歌」とは、句題詩が和歌の世界に及んだものであり、句題詩の起源は魏晉に流行した擬古詩にあるという。(1) 日本に見られる最初のまとまった句題和歌の作品集は宇多天皇寛平六年（八九四）に成立した『大江千里集』（『句題和歌』とも稱する）であるが、全作品一二五首のうち、白居易詩を題とするものは七十四首も見られる。これについては金子彦二郎氏による詳しい研究があり、しかも『大江千里集』以前の歌および千里と同時代の他の歌人たちにおける白詩受容についても考察し、「大江千里の句題和歌撰進以前の諸歌人、及び寛平御時后宮歌合參加歌人卽ちほぼ千里と同時代の諸歌人の作品のうちにおいて、白氏文集の詩思詩藻を原據としてこれを翻案攝取した和歌の諷詠が當時知名な殆どすべての歌人によって營まれ」、「千里が句題として選擇拔粹する理念や傾向において當時歌人のそれとほぼその揆を一にしている(2)」と指摘している。

實際、約千年にわたった句題和歌の歷史を全體的に見れば、句題和歌という文學表現の形式は最初から白居易と強く關わっているのみならず、十九世紀に創作された「長恨歌句題和歌」に至るまで、白居易詩の姿はたえず現れている。(3) 千里の後、慈圓と定家のほかには、伊勢・土御門院・家隆・小澤蘆庵などの歌人も句題和歌の作品群を殘しているが、それらは、いずれも白居易の詩を多く採用しているのである。

句題和歌という文學樣式の成熟につれて、その歌と題との關係も變化している。『大江千里集』においては、題の直譯的な歌が多數を占めているが、その後、歌と題との意味的關連がだんだん緩やかになり、題に觸發されておこった歌人の連想がもっと自由になり、題の原據詩における意味に拘らずに句題の一つの表現あるいはあるイメージだけを取り入れたり、それを念頭において日本式の發想や表現に作り直したりして歌人の持つ個性を大いに發揮している。特に定家の「文集百首」について、佐藤恆雄氏が指摘した「結題詠の技法」・「題への求心的詠法」・「假構世界を描き上げる」などの特徴は研究者たちに重視されている。その研究をふまえて、本間氏は定家の句題和歌詠を「概ね句題直譯的な翻案和歌」という中古的あり方と區別して、「中世的」と呼び、「鎌倉初期に一轉機を迎えた」(4)と言っている。「文集百首」に見られる定家の句題和歌の詠法については、また、赤羽淑氏の研究も注意すべきであろう。赤羽氏は「定家は詩句から最小限の言葉をとって獨自の世界を展開させる。それはあたかも古歌から言葉をとって新しい心を詠む本歌取の技法に通ずるものであ」り、「定家はかなり題の心から離れて獨自の世界を展開する」(5)と指摘しており、佐藤氏の見方との間に少々食い違うところがあるように見える。

私見では、定家の「文集百首」には、そもそも豊かな詠法が用いられているので、佐藤説と赤羽説は兩立しうると考える。つまり、「結題詠の技法」や「題への求心的詠法」は、たしかに定家の「文集百首」の一つの特徴として指摘できるが、百首について、すべてそれでは説明できない。たとえば、赤羽氏は題にない詩句を詩中の他の部分から取って詠む例を擧げているが、本論文で分析した五十首に限ってみても、そうしたケースがかなり多い。それらの歌は必ずしも「結題詠の技法」に當てはまるとは限らない。

たとえば、つぎの二首について見てみたい。

鑪《ママ》山雨夜草庵中

しづかなる山路の色の雨の夜に昔戀しき身のみふりつつ　（山家・五十八）

我有一言君記取　世間自取苦人多

いとまなき海人の釣縄うちはへてうきもしづみもあはれ世中《よのなか》

（述懐・七十九）

五十八番歌について言えば、慈圓は「蘭省花時錦帳下、廬山雨夜草庵中」の二句を題としている。このように、定家の題が慈圓のものより一句ないし二、三句少ない現象について、佐藤氏は「結題詠の技法を基本とし、準據して詠作する態度を持す定家は、慈圓から示された題句の、一部を省略したり無視したりする必要に迫られたのであった」と解釋している。しかし、定家の「しづかなる」の歌の場合、「昔戀しき身」という表現は題との關わりがなく、俊成の歌、

昔思ふ草の庵の夜の雨に涙な添へそ山ほととぎす

（新古今集・夏・二〇一）

をふまえていると思われる。定家は意識的に「蘭省花時錦帳下」一句を省略し、先行歌からヒントを得て新しい内容を詠み込んでいるのであり、その姿勢は、結題詠の技法によるものではなく、定家という歌人の個性が能動的に發揮されたものだと言えよう。

七十九番歌については、佐藤氏は、慈圓の當該歌、

そめてもつわがことのはを手向れば神もあはれとてらさざらめや

（一九八五）

をともに例に擧げて、「慈圓の自在な遠心的、擴散的詠法のよさ」を認め、一方、定家については「複數句が表現している意味としての思想内容や概念を翻案するという方法をとらざるをえなかった」[6]と述べ、七十九番の定家詠より、慈圓の歌を高く評價している。

しかし、そう言い切れるのであろうか。この定家の歌は、

いせの海の海人の釣縄うちはへてくるしとのみや思ひわたらむ

（古今集・戀一・五一〇・よみ人知らず）

を本歌としていると久保田淳氏は指摘している。本歌の戀に焦がれるような氣持ちを考慮すれば、「いとまなき海人の釣縄うちはへて」には、「自取苦」の意を味わうことができる。また、「世中」は、言うまでもなく「世間」を詠み替えているが、「うきもしづみもあはれ」も、やはり「苦」を和歌的に表現したものである。一首は題の後半しかふまえていないが、それは定家の常套手段であり、その點を除いて見れば、「いとまなき」の歌は「世間自取苦人多」を巧みに和歌の世界に移していると言えよう。また、漢詩題と古歌に對して、いずれも「本歌取」の方法を取っているように思われる。

要するに、「文集百首」にみえる定家の詠作態度は、結題詠の技法に規制される窮屈なものではなく、自由な連想や古歌の世界を介入させるようなケースも多いのである。そうした豊かな詠法であったからこそ、句題和歌史において重要な位置を與えられているのではないか。この點は第二章以降の歌の注釋にも認められる。

二　定家の歌論と「文集百首」

周知の通り、定家の歌論では「和歌の先達にあらずと雖も、時節の景氣・世間の盛衰、物の由を知らんが爲に、白氏文集の第一・第二帙を常に握翫すべし深く和歌の心に通ず」（『詠歌大概』）および「つねに白氏文集の第一・第二の帙の中に大要侍り」（『毎月抄』）というように、『白氏文集』「白氏文集第一第二帙」への強い關心が示されている。(7) この「第一・第二帙」の巻數について、古來、いくつかの解釋があるが、現在、ほぼ『白氏文集』の初めから第二十巻までの部分を指すという解釋に定着している。(8) 右に引用した定家の歌論の着目點について、佐藤恆雄氏は、『「第一第二帙』の部分、なかんづく古調詩を除く巻々の中に、『時節景氣、世間之盛衰、物由』など、和歌を詠む上に有効なことの大要があると認めたからにほかならない」と述べ、さらに「第一・第二帙」は「實質的には第一帙の二巻（巻三と巻四）と第二帙の九巻（巻一二から巻二〇まで）とであ」り、つまり「前集中の『新樂府』と『歌行曲引』それに律詩の部分[9]」であると明言している。佐藤氏は『白氏文集』の二十巻までに収められた「閑適詩」と「感傷詩」をはっきり除外して「第一・第二帙」の内容を限定し、また、「定家は、平安朝このかたの傳統をほとんどそのまま繼承した上で、特に第一・第二帙を握翫すべしという對白氏文集の態度・姿勢をはじめて明確にしたのであ」り、「そのことを過大に評價してはならない[10]」と言っている。

また、佐藤氏は、定家が「文集百首」の詠作を通じて、「この後數年のうちに書きあげたとみられている『詠歌大概』にいう、『雖非和歌之先達、時節景氣世間盛衰爲知物由、白氏文集第一第二帙常可握翫（深通和歌之心）』との理論を獲得したのではなかったか」と主張し[11]、定家研究にとって意味深い問題を提起している。

しかし、佐藤氏の關連する研究については、つぎのような問題點を指摘したい。

1、右に述べたように、佐藤氏は定家の白氏文集認識が「文集百首」の創作によって深められているとはっきり主張し、さらに、「文集百首」で慈圓から示された題によって定家が閑適詩への眼を開かれ、そのような文集への「深い親炙とその接し方の結果が、『詠歌大概』の、……『雖非和歌之先達、時節景氣世間盛衰爲知物由、白氏文集第一第二帙常可握翫（深通和歌之心）』という所説に反映している」と言っているが[12]、それと同時に、『詠歌大概』の成立年次については、建保三年とする説に近い立場をとっていると表明している[13]。しかし、通説では「文集百首」の成立は建保六年とされているので、その影響を受けたとすれば、『詠歌大概』の成立は建保六年以後になるはずである。

2、佐藤氏は『詠歌大概』の「和歌の先達にあらずと雖も、時節の景氣・世間の盛衰、物の由を知らんが爲に……」と『毎月抄』の「詩は心をけだかく澄ます」とを對立させて解釋し、前者は「内容として何か確實なものを得ることを目指した、いわば直接的で明確な目的をもった握翫」であり、後者は「『澄心』の境地を得るための方便として、白詩を味讀し鑑賞することを勸めている」と言い、これを定家における文集受容の姿勢が變質した例としている。[14]

私見では「時節の景氣・世間の盛衰」を通して、「物の由を知」ることは、つまり「自然や人事の本質を知る」[15]ことであり、ことわりを知ることであるから、それは佐藤氏が言う「『澄心』の境地を得る」のと同質的なことと言ってもよく、『詠歌大概』と『毎月抄』に見える定家の白氏文集認識は根本的に變わっていないと考える。

3、佐藤氏は同じ論文において、『詠歌大概』が「文集百首」の影響を受けていると認めながら、「定家の文集受容はまことに傳統的であ」ると主張しつづけ、なお、第一・第二帙を握翫すべしという定家の對白氏文集の態度を「過大に評價してはならない」という結論と、「第一・第二帙」の内容を古調詩（主に「閑適詩」と「感傷詩」である）を除く二〇巻までの内容に限定する見方を修正する意向は見られない。

第三節で述べたように、「閑適詩」と「感傷詩」を主とする古調詩を積極的に受容するのは「文集百首」の特色であり、特に「述懷」や「無常」の部に配置された古調詩による漢詩題は、ただ身の不遇や無常を嘆き、沈んだ氣持を表現しているというより、むしろ人間の生命についての思索・諦觀あるいは「ことわり」というべきものを傳えているのではないかと思われる。定家の歌論が「文集百首」の影響を受けていると認めるのであれば、古調詩、特にその中の「閑適詩」と「感傷詩」を「第一・第二の帙」の重要な内容として考えなければならないのではないか。

そこで、以上の問題點を念頭に置いて定家の「文集百首」を見ると、たとえば、「閑居」の部の、

偶得幽閑境　遂忘塵俗心　始知眞隱者　不必在山林　（六十八）

つま木こる宿ともなしに住みはつるおのが心ぞ身をかくしける

進不厭朝市　退不戀人寰

里ちかきすみかをわきてしたはねど仕る道をいとふともなし　（七十一）

心足即爲富　身閑乃當貴　富貴在此中　何必居高位

なげかれず思ふ心にそむかねば宮も藁屋もおのがさまざま　（七十四）

などの歌は白詩句に沿って詠まれており、心のあり方がもっとも大事であるという趣旨が強調されている。また、「述懐」の部に、

春去有來日　我老無少時

鶯のふるすはさらにかすめども憂き老らくの歸る日ぞなき　（七十八）

生死尙復然　其餘安足道

たまきはる命をだにも知らぬ世にいふにもたへぬ身をばなげかず　（八十一）

身心一無繫　浩々如虚舟

浦風や身をも心にまかせつつゆくかたやすき海人の釣舟　（八十二）

といった歌が見られ、漢詩題の氣持ちを歌言葉で詠み替えている。つぎの二首、

生去死來都是幻　幻人哀樂繫何情

咲く花もねを鳴く蟲もおしなべてうつせみの世に見ゆる幻　（無常・九十一）

追想當時事　何殊昨夜中　自我學心法　萬緣成一空

大空のむなしき法を心にて月に棚引雲ものこらず　（法門・九十六）

には、それぞれ無常な人生への諦觀と佛敎的な悟りの境地が詠まれており、いずれも漢詩題と呼應している詠歌となっていると言える。特に六十八、七十一、七十四、八十二番の歌は、傳統的な和歌の世界というより、白詩によっ

て新しい詩情を獲得したところが大きいと思われる。また、八十一と九十一番を除けば、右の漢詩題はすべて「閑適詩」や「感傷詩」を出典とする例である。

このように、「文集百首」の題の選定は主に慈圓によって行われたが、白居易の「閑適詩」と「感傷詩」を積極的に受容している百首の漢詩題をふまえている定家詠にもそれらの白詩句が表している感情や思想を吸收している點が認められる。このような考察をふまえて考えると、『詠歌大概』と『毎月抄』に見える「第一・第二の帙」とは「閑適詩」と「感傷詩」こそ、その重要な内容であると言えよう。

このことは定家の歌論についての評價にも關連してくる。「閑適詩」と「感傷詩」を「第一・第二の帙」の重要な内容であると理解すれば、定家の晩年の歌論は彼の詠歌の實踐によって深められていることが認められ、そこに表れる「對白氏文集の態度・姿勢」は、「平安朝このかたの傳統をほとんどそのまま繼承した」のではなく、『中世的な享受の先蹤である』と評された慈圓の影響を強く受けているものとして評價すべきであろう。

注

（1）本間洋一「句題和歌の世界」。
（2）金子彥二郎『平安時代文學と白氏文集——句題和歌・千載佳句研究篇——』第一章第三節。ただ、原文の假名遣い・漢字は現在通行のものに改めた。
（3）金子彥二郎編『句題和歌選集』を參照。
（4）注（1）所掲本間論文。
（5）赤羽淑「定家の文集百首上」。
（6）佐藤恆雄「詩句題詠における二つの態度——「文集百首」の慈圓と定家——」。
（7）『詠歌大概』と『毎月抄』の本文は藤平春男校注・譯『歌論集』に據る。

（8）たとえば、前掲藤平著書および佐藤恒雄「定家・慈圓の白氏文集受容――第一帙第二帙の問題と採句傾向の分析から」などは、そのように解釈している。
（9）前掲佐藤論文。
（10）注（8）所掲佐藤論文。
（11）注（6）所掲佐藤論文。
（12）佐藤恒雄「定家と白詩」。
（13）前掲佐藤論文注（7）。
（14）注（12）所掲佐藤論文。
（15）注（7）所掲藤平譯。

第二章　「文集百首」にみえる自然観

第一節　「春十五首」について

逐處花皆好　隨年貌自衰

七　宿ごとに花のところはにほへども年ふる人ぞ昔にも似ぬ

歌の意味
見渡すと、どの家にも花が美しく咲き匂っているけれども、年老いた自分は昔と違い、すっかり衰えてしまった。

原據詩

櫻桃花下歎白髪

逐處花皆好　隨年貌自衰
紅櫻滿眼日　白髮半頭時
倚樹無言久　攀條欲放遲
臨風兩堪歎　如雪復如絲

櫻桃の花下に白髮を歎ず

處を逐うて花皆好し、年に隨ひて貌自ら衰ふ。
紅櫻眼に滿つる日、白髮頭に半なる時。
樹に倚つて言無きこと久しく、條に攀ぢて放たんと欲すること遲し。
風に臨んで兩ながら歎くに堪へたり、雪の如く復た絲の如し。

（巻十六、〇九一七、四十五歳の作）

歌の分析

當該歌の題は初唐の劉希夷の詩句、

年年歳歳花相似　歳歳年年人不同　年々歳々花相ひ似たり、歳々年々人同じからず。

（『全唐詩』巻八十二「劉希夷集・代白頭吟」）

と同じように、早くから日本人に朗詠されたり、歌を詠む上でヒントにもなったりしている。『古今集』春上・五十七・友則、

櫻の花の下にて、年の老いぬる事を嘆きて、よめる

色も香もおなじ昔にさくらめど年ふる人ぞあらたまりける

の一首について、小島憲之・新井榮藏両氏の校注は「この一首は、題も心情も、白氏文集十六・櫻桃花下歎白髮『逐處花皆好、隨年貌自衰。紅櫻滿眼日、白髮半頭時』の詩情そのものである」とある。

白詩では雪のように散り舞う花を詠じて「雪」に見まがう白髪を暗喩する歌い方がよく見られ、春の季節詠において老いた自分を嘆いている。

百花落如雪　兩鬢垂作絲　百花落ちて雪の如し、兩鬢垂れて絲と作る。

春去有來日　我老無少時　春去れど來る日有るも、我老ゆれば少き時無し。

（巻六「晩春沽酒」、〇二三九）

落花無限雪　殘鬢幾多絲　落花無限の雪、殘鬢幾多の絲。

（巻六十六「殘春詠懷贈楊慕巢侍郎」、三二六一）

などはその例である。定家はこの點を心得て當該歌を詠んでいたのではないかと考えられる。
當該歌の「花のところ」という表現は『古今集』春下・七十五・承均法師の、

さくらちる花の所は春ながら雪ぞふりつゝ消えがてにする

に見られるが、この歌では、散る花が「雪ぞふりつゝ」と表現されている。また、當該歌の「年ふる人」は、友則の「色も香も」の歌を受けており、原據詩の「白髮頭に半なる」「雪の如く復た絲の如し」をも意識していると思われる。そこで、「年ふる」の「ふる」と「花のところ」とが響き合って、承均法師詠の「雪ぞふりつゝ」というイメージを浮かべさせる。ただ、當該歌には、「年ふる」という時間的表現や「白髮」が「雪の如」しという要素が加えられているので、それによって喚起されるイメージは、もう雪のように散り舞っている純粋な花のイメージではなく、目の前に老人の白髮と雪のように散っている花びらが兩方映っているものであろう。

「宿ごとに」という表現は『後拾遺集』の、

宿ごとに同じ野邊をやうつすらんおもがはりせぬ女郎花かな　（秋上・三二五・白河天皇）

宿ごとにかはらぬものは山のはの月待つほどの心なりけり　（雜一・八四三・加賀左衞門）

などに見られ、「宿ごとに同じ」「宿ごとにかはらぬ」という文脈で用いられているので、定家詠「宿ごとに」は題中の「逐處」と「皆」を受けている。

全體から見て、當該歌は題における「花皆好し」「貌自ら衰ふ」という對比的な手法を歌に取り入れて「花のところはにほへども」「年ふる人ぞ昔にも似ぬ」と詠っており、自然の永遠さ・美しさと對照的な生命のはかなさを詠嘆する白居易と同じような詩心を表現している。

八 はるかなる花のあるじの宿とへばゆかりもしらぬ野べの若草

遙見人家花便入、不論貴賤與親疎

歌の意味

ゆかりもない人家に遙か遠くから花が見えたので訪ねていった。そこの名もしらぬ野邊の若草も風情ありげだ。

原據詩

尋春題諸家園林、又題一絶

春を尋ねて諸家の園林に題す、又一絶を題す

貎隨年老欲何如 興遇春牽尚有餘

貎は年に隨って老ゆ如何せんと欲する興は春に遇うて牽かれ尙ほ餘り有り。

遙見人家花便入 不論貴賤與親疎

遙に人家を見て花あれば便ち入り、貴賤と親疎とを論ぜず。

（巻六十六、三二四四、六十五歳の作）

歌の分析

「はるかなる花のあるじの宿とへば」は明らかに「遙に人家を見て花あれば便ち入り」の翻案であるが、「ゆかりもしらぬ野べの若草」まで讀むと、すこし意外な感じがする。上の句と下の句とのつながりが一首を解釋するポイントと考えてよかろう。「ゆかりもしらぬ」が、その前の「花のあるじ」とその後の「野邊の若草」との兩方にかかわっていると考えられ、「花のあるじ」も「野邊の若草」も、歌を詠む人にとっては、そもそも「ゆかりもしらぬ」存在だというメッセージが傳わってくる。「野邊の若草」は句題の「貴賤」の「賤」のイメージに近いものがあると思わ

れるし、「ゆかりもしらぬ」は「親疎」の「疎」に近いもので、併せて「ゆかりもしらぬ野べの若草」は「不論貴賤與親疎」をふまえて和歌的表現にしているとも考えられよう。

また、『大江千里集』では「遙見人家花便入」一句が句題とされ、「よそにても花を哀とみる程にしらぬ山にぞ我はきにける」との千里の歌がある。ここに「しらぬ山」という言葉がみられ、花を求めていくうちに自分の知らない遠いところまで來てしまったという意を表しているようである。そして「花のあるじ」について「しらぬ」という點では、「ゆかりもしらぬ」と「しらぬ山」は似ているような發想をしており、定家は千里からヒントを得ているかもしれないということを念頭に置く必要がある。

さらに、久保田淳氏の『譯註　藤原定家全歌集』はこの歌の補注に「紫の色こき時は目もはるに野なる草木ぞわかれざりける（古今・雑上・八六八　業平、伊勢物語・四十一段）」が示されているが、もし古今集のこの歌が定家の發想にはたらきかけているとすれば、花を愛する氣持ちが「野邊の若草」にまで及んでいるという新しい内容が句題に加わって、一首の趣がより一層深められたことになる。

花下忘歸因美景

九　時しもあれ越路をいそぐ鴈金の心しられぬ花のもとかな

歌の意味

綺麗な花を眺めているちょうどそのときなのに、空には旅路を急ぐ雁が飛んでいく。その雁の心は分からないなあ、花の木の下にいる私には。

原據詩

酬哥舒大見贈　　　　　　　　哥舒大より贈られしに酬ゆ

去歳歡遊何處去　曲江西岸杏園東　　去歳歡遊して何の處にか去る、曲江の西岸杏園の東。

花下忘歸因美景　樽前勸酒是春風　　花下歸るを忘るるは美景に因り、樽前酒を勸むるは是れ春風。

名從微宦風塵裏　共度流年離別中　　名　微宦に從ふ風塵の裏、共に流年を度る離別の中。

今日相逢愁又喜　八人分散兩人同　　今日相逢ひ愁へて又喜ぶ、八人分散し兩人同じ。

（巻十三、〇六一六、三十三歳の作）

歌の分析

當該歌の題は『大江千里集』『千載佳句』『和漢朗詠集』のいずれにも見られ、變わることなく日本の王朝人に好まれていた様である。本百首の「春」の部、六番の題「鶯聲誘引來花下」と八番の題「遙見人家花便入、不論貴賤與親疎」も同じように、右の三文獻に收められている。それらの詩句に表れた白居易の花への心醉、自然美を愛する心や、文人としての風雅さが日本の王朝人の同感を惹き起こしたのであろう。

「雪月花」に代表される自然に對しての白居易の情熱について、菅野禮行氏は、

「雪」「月」「花」のどれもが、四季の中で、人々に最も親しまれやすく美しい自然的景物の代表的存在であることを、そしてそれが無常感を催す風物であることを、白居易が特に認識していた。（白居易は）「雪月花」というひとまとまりの取り合わせの表現の中に、有爲轉變窮まりない夢幻的な人生の姿を見ていた。

と述べ、「白居易の『雪月花』の表現に無常的感情を含み持たせ」、それは「白居易の佛教的自覺」だと論じている。[1]
確かに、白居易の季節詠において、

逐處花皆好　隨年貌自衰　　處を逐うて花皆好し、年に隨ひて貌自ら衰ふ。

（「櫻桃花下歎白髮」、七番の題）

百花落如雪　兩鬢垂作絲　　百花落ちて雪の如し、兩鬢垂れて絲と作る。
春去有來日　我老無少時　　春去れど來る日有るも、我老ゆれば少き時無し。

（「晩春沽酒」、七十八番題の原據詩）

といったように、老いた自分を嘆く詩句が多く見られる。しかし、注意したいのは、白居易は自然に「有爲轉變窮まりない夢幻的な人生の姿を見」て、「それが無常感を催す風物である」と認識しているにとどまらず、「春去れど來る日有るも、我老ゆれば少き時無し」と嘆いた後に、

人生待富貴　爲樂常苦遲　　人生富貴を待てば、樂を爲すこと常に苦だ遲し。
不如貧賤日　隨分開愁眉　　如かず貧賤の日に、分に隨って愁眉を開かんには。
賣我所乘馬　典我舊朝衣　　我が乘る所の馬を賣り、我が舊き朝衣を典《しちぐさ》とし、
盡將沽酒飲　酩酊歩行歸　　盡く將に酒を沽うて飲み、酩酊歩行して歸らんとす。

（「晩春沽酒」、七十八番題の原據詩）

という人生態度を主張しているのである。「鶯聲に誘引せられて花下に來り」という句の前には、

炎涼昏曉苦推遷　不覺忠州己二年　　炎涼昏曉苦だ推遷、覺えず忠州己に二年。

といった内容があり、また、「遙に人家を見て花あれば便ち入り、貴賤と親疎とを論ぜず」は、

貌随年老欲何如　興遇春牽尚有餘　貌は年に随って老ゆ如何せんと欲する、興は春に遇うて牽かれ尚ほ餘り有り。

に續く詩句であり、そうした花への心酔はそれぞれ左遷の境遇にあったり、老いを引き留められないことに感慨をもよおしたりする時の行動である。無常な生命に對する白居易のこうした對處の仕方は、八十番歌の題「縱導人生都是夢、夢中歡笑亦勝愁」において、最も明確に言い表されている。無常は無常として受けとめ、さらにそれを包みこむ白居易の積極的な精神世界を全體的に把握した上で、「處を逐うて花皆好し、年に隨ひて貌自ら衰ふ」（七番歌の題）、「歲時春日少く、世界苦人多し」（十三番歌の題）および「遙に人家を見て花あれば便ち入り、貴賤と親疎とを論ぜず」などの詩句を理解しなければならない。原據詩の花にもそうした白居易の精神世界が讀みとれるのである。

では、當該歌について見てみよう。

「心しられぬ」は「心がわかる」と「心がわからない」という二通りの解釋が考えられるが、どう解すべきであろうか。それには參考となる二首の歌がある。

まず、初句の「時しもあれ」は慈圓の、

時しもあれ雁かへるなりこしかたに花にまされる花やさくらん　（拾玉集・堀川百首・春・二一二）

歌を思い出させる。「花にまされる花」が普通の花ではないとしても、それを求めて歸ると見たてられた雁は表現の上では「心がわからない」ものと想定されてはいないであろう。一方、『古今集』春上・三十一には、

歸雁を、よめる

はるがすみたつを見すててゆくかりは花なき里に住みやならへる

という伊勢の歌があり、咲く花を「見すててゆくかり」が話題になっている。みごとな花を見すててゆくかりの心は、

もちろん「わからない」ものと考えられている。そこで、當該歌の「心しられぬ」は慈圓の歌か伊勢の歌のどちらかを受けているかによって、解釋が違ってくるが、當該歌の結句は「花のもとかな」となっているので、そこに身を置いているわけであり、伊勢の歌が「はるがすみたつを見」ているのに對して、慈圓の歌には直接所在が示されていないので、定家は伊勢の歌を意識して一首の構想をしたのではないかと思われる。定家の歌は、白居易の花を愛でて歸るのを忘れている心とぴったり對應している。

落花不語空辭樹

十　山吹の色よりほかにさく花もいはでふりしく庭の木のもと

歌の意味

山吹のくちなし色と異なる色で咲く花（櫻）も、物言わず庭の木の下に降り敷いている。

原據詩

過元家履信宅　　　　元家の履信の宅を過《よ》ぎる

鶏犬喪家分散後　林園失主寂寥時　　鶏犬家を喪ふ　分散の後、林園主を失ふ　寂寥の時。

落花不語空辭樹　流水無情自入池　　落花語らず空《ただ》樹を辭し、流水情無く自《おのづか》ら池に入る。

風蕩醼船初破漏　雨淋歌閣欲傾欹　　風　醼船を蕩《たう》して初めて破漏し、雨　歌閣に淋《そそ》いで傾欹せんと欲す。

前庭後院傷心事 唯是春風秋月知 前庭後院心を傷ましむる事、唯だ是れ春風秋月の知るのみ。

(巻五十七、二七九九、六十一歳の作)

歌の分析

慈圓の當該歌は「落花不語空辭樹、流水無心自入池」の二句を題として、

はなも水も心なぎさやいかならむ庭に浪たつはるの木のもと (一一七)

と詠んでいる。この二句の白詩は『和漢朗詠集』巻上、春の「花付落花」の部立に收められており、また、同じ部立に、この二句を典據とする菅原文時の對句、

誰か謂つし水心なしと 濃豔臨んで波色を變す

誰か謂つし花ものいはずと 輕漾激して影脣を動かす

誰謂水無心 濃豔臨兮波變色

誰謂花不語 輕漾激兮影動脣

も、見られる。慈圓はこれらの影響で「落花不語空辭樹 流水無心自入池」を題に選び、右に擧げた當該歌を詠んでいると考えられる。

しかし、この二句における白詩の受けとめ方は、「落花不語」や「流水無心」という發想のおもしろさに興味が集中し、白詩の本來の意味とはだいぶ離れているように思われる。それを踏まえた慈圓と定家の歌についても、事情はそれほど變わらないと言える。ところが、「落花語らず空《ただ》樹を辭し、流水情無く自《おのづか》ら池に入る」には、「落花」や「流水」が代表している自然現象に對する中國人の認識が見られるのであり、それは、つまり自然というものは、「前庭後院心を傷ましむる事」といった人の世の變化を超えた性格を有する「自然而然」の存在である、という自然觀で

ある。その點では、同じ原據詩に見える「春風」と「秋月」も同じように考えられる。なお、「空樹《ただ》を辭し」の「空」は、訓讀では「空しく」と讀んでいるようであるが、「只《ただ》」という意であり、「自《おのづか》ら池に入る」の「自」と對となって、兩方とも「落花」や「流水」が「前庭後院心を傷ましむる事」といった人の世と無關係に存在する趣旨に添っている表現である。すなわち、「空」には日本語の「空しさ」の感じは含まれていないことに注意しなければならない。こうした自然觀は白居易の時代にはすでに定着しており、「過元家履信宅」は、その定型的表現を共有しつつ、白氏の個人的感懷を表しているものと思われる。このことについては、また、本章の第三節で詳論する。

菅野禮行氏は白居易が人生無常の思いを落花によって歌う例として、

落花不語空辭樹　流水無情自入池

を擧げ、また、この二句が『和漢朗詠集』巻上、春の「花付落花」の部立に収められていることについて、「白氏は、『落花』に亡き元稹の面影を見つつ人生無常の感慨にふけっているのであるから、むしろ『無常』の部立の中に入ってもよい」と言っているが、(2)「『落花』に亡き元稹の面影を見」るというのは菅野氏の主觀的理解が強いと言わざるを得ない。

また、「落花語らず空樹《ただ》を辭し」について佐久節氏は「落花は意ありげに枝を辭し」と譯しており、(3)赤羽淑氏もそのように解釋しているが、(4)その解釋では詩人の心と正反對の意味になってしまっている。

當該歌は題中の「不語」に着目して、そこから一首が構築されている。「山吹の色」とは、くちなし色（黄色）であるが、和歌における「くちなし」という語は、「口無し」を掛けて「物言わず」の意を表現する傳統がある。この歌を詠んだ時、定家は『古今集』にみえる素性の、

山吹の花色衣ぬしやたれ問へど答へずくちなしにして　（雜體・一〇一二）

歌を念頭に置いたとも考えられる。この素性の歌がよく知られているので、當該歌には「くちなし」という言葉が用いられなくても、「山吹の色」から「くちなし」という語への連想が約束されており、「ほかにさく花もいはで」とつづけることができた。

「山吹の色よりほかにさく花」は、つまり山吹の黄色と異なる色に咲く花」ということであり、「ふりしく」の「ふり」は、「落花」の「落」を詠み込んでいるであろう。また、「庭の木のもと」は原據詩の「前庭後院」の「庭」を受けていると思われ、「木のもと」はいうまでもなく「空辭樹」を意識して詠んでいるものである。このように、當該歌は題のほとんどの文字とかかわりを持ちながら、獨自な面白さを作り出しているのである。

歳時春日少

十三　いたづらに春日すくなき一年のたがいつはりにくるる菅の根

歌の意味

春の日數はすくなく、かつ無駄に過ぎている。このような一年は、誰が何時、私をだますようにして呉れた菅の根なのだろうか。

原據詩

晩春登大雲寺南樓、贈常禪師　　晩春、大雲寺の南樓に登る、常禪師に贈る

花　盡　頭　新　白　登　樓　意　若　何　　花盡きて頭新に白し、樓に登って意若何。

歳時春日少　世界苦人多
愁酔非因酒　悲吟不是歌
求師治此病　唯勸讀楞伽

歳時春日少く、世界苦人多し。
愁酔は酒に因るに非ず、悲吟は是れ歌ならず。
師に此病を治せんことを求むれば、唯だ楞伽を讀まんことを勸む。
（巻十六、〇九二二、四十五歳の作）

歌の分析

『大江千里集』には當該歌と同題の歌（十三）があるが、題中の「春日」の「日」は「尚」となっており、

歳時春尚少

としときにまさるとしなしと思へはや春しもつねにすくなかるらむ(5)

とある。この歌における題との關わり方は、やはり白詩を譯す感じが強く、句題和歌の詠法としてまだそれほど成熟していないと言えよう。

ところで、當該歌における題との關わり方は、千里のそれと比べてかなり自由自在で技巧的になったとは言え、個々の言葉のつながりが曲折しすぎている嫌いがあるとも言えよう。「いたづらに」は「すくなき」にかかる言葉であろうが、「春日すくなき」の「すく」は「過ぐ」と掛詞になっていると思われるから、「ただでさえ少ない春の日が無駄に過ぎている」という文脈が生じる。「たがいつはり」には「いつわり」と同時に、「いつ」が「何時」を響かせ、「一年の何時」という意味があろう。「くるる菅の根」の「くるる」も、「物をくれる」の意と「暮れる」との兩方に掛けていると思われる。一首の全體は時の流れを嘆く氣持ちが込められていることになろう。

「菅の根」に關しては、『拾遺集』に清正の、

散りぬべき花見る時は菅の根の長き春日も短かりけり
（春・五十七）

歌があり、小町谷照彦校注には『菅の根の長き春日』は、萬葉集以來の類句表現」とある。また、

菅の根のながき日なれど櫻花散るこのもとは短かかりけり　（躬恆集・春・一二三九）

とあるように、「春」を省いた場合もある。當該歌では「ながき日」さえ省略され、枕詞だけで「長き春日」を意味している。

そこで、一首において、題中の「歳時」を「一年」に、「春日少」を「春日すくなき」に表現しているが、「いたづらに」や「たがいつはりにくるる菅の根」などの表現が加えられたことで、ほとんど句題に卽したものという感じがしない。のみならず、「誰が私をだますように晃れた菅の根」という内容によって、「歳時春日少」に認められる氣分が沈んだ感じがだいぶ消えて、言葉の面白さを重んじる機知的な一首になっているのである。

第一章第四節で、百首において見られる定家の詠法は、「結題詠」のほかにも豊かな詠み方が認められると主張したが、當該歌はそうした例であろう。

慈圓の當該歌は「歳時春日少、世界苦人多」の二句を題としている。原據詩まで考慮したらさらに明確であるが、この二句だけでもわかるように、ここの白詩句は春を惜しむなどというような歌ではなく、もっぱら述懐的な内容を表現している。定家の當該歌は「世界苦人多」を省いたことにもより、一首全體として述懐的というより春を惜しむ氣持ちが強く感じられるものとなった。

十四　うらむとてもとの日數のかぎりあれば人もしづかに花もとまらず

留春春不住　春歸人寂寞

歌の意味

春が過ぎ去っていくことをうらみに思っても、もともと春の日数には限りがあるのだから、春が過ぎ去っていくにつれて心も沈むし、花も留まらずに散ってしまうのだ。

原據詩

落花

留春春不住　春歸人寂寞
厭風風不定　風起花蕭索
既興風前歎　重命花下酌
勸君嘗綠醅　教人拾紅蕚
桃飄火焰焰　梨墮雪漠漠
獨有病眼花　春風吹不落

落花

春を留むれども春住まらず、春歸りて人寂寞たり。
風を厭へども風定まらず、風起りて花蕭索たり。
既に風前の歎を興し、重ねて花下の酌を命ず。
君に勸めて綠醅を嘗めしめ、人をして紅蕚を拾はしむ。
桃飄りて火焰焰たり、梨墮ちて雪漠漠たり。
獨り病眼の花のみありて、春風吹けども落ちず。

（巻五十一、二二四〇、五十八～六十歳頃の作）

歌の分析

「落花」という白詩は春を惜しむ作品の手本として古代の日本人にたいへん好まれていたようである。冒頭の四句は『和漢朗詠集』巻上「三月盡」に収められており、柿村重松氏はこの詩を受容した例として、藤原伊周の詩句「春歸不駐惜難禁」（『本朝麗藻上』、「花落春歸路」）、藤原敦光の「三月盡時一日暉、惜春不駐思依依」（『本朝無題詩』、「三月盡日述懷」）および藤原家隆「朗詠百首」の、

留春春不住　春歸人寂寞

留むれど春はとまらで歸りにきいかがはすべきけふの淋しさ

などを擧げている。(6) 和歌における受容の例として、また、つぎの二首も擧げられる。

春を惜しみて、よめる

おしめどもとゞまらなくに春霞歸道にしたちぬとおもへば　（古今集・春下・一三〇・元方）

落花の心をよみ侍りける

おしめどもとまらぬ春もあるものをいはぬにきたる夏衣かな　（新古今集・夏・一七六・素性）

右の素性の歌について田中裕・赤瀬信吾兩氏の校注は『和漢朗詠集』「三月盡」にみえる「惆悵春歸留不得」を參考歌として擧げているが、同じ項目にみえる「留春春不住」も、それに影響を與えている詩句として指摘できよう。

右の例から見れば、白居易の「落花」詩についての受容は主として「春を惜しむ」という心情によるものであり、

惜しめども散りもとまらぬ花ゆへに春は山邊をすみかにぞする　（後拾遺集・春下・一三二・頼宗）

という歌にも示されているように、その「惜しめども散りもとまらぬ花」は、また、情趣深く、美しく、人の心を引きつけるのである。

ところで、菅野禮行氏は「白居易における落花の詩とその自然觀」を論じて、當該歌の原據詩を「自然の時の推移の中で、その流れを引きとめることのできない人間無力さ」を表現する例に擧げた後、『落花』を詩的主題としない作品中に歌われる落花の詩句に眼を轉じて」檢討し、その結果として、

しかし、白氏は從來の自然と人間の價値をみごとに逆轉せしめて、人間性を肯定的に自覺し、人間を自然よりも優位に位置せしめた。白氏のこの考え方は、蘇軾の有名な、

惟江上之淸風、與山閒之明月、耳得之而爲聲、目遇之而成色。取之無禁、用之不竭。
（惟だ江上の淸風と、山閒明月とは、耳之を得て聲を爲し、目之に遇ひて色を成す。之を取れども禁ずる無く、之を用ゐれども竭きず。）

の先驅的な思想をなすものであろう。

という主張を打ち出している。(7) 菅野氏の論の展開については贅言せず、まとめて紹介すれば、白居易は「多情」の人間である故に、落花の眞の風情、つまり自然美を愛し、賞翫する自然觀を持つことができ、そのような自然觀は自然より人間が優位に立ち得る、という論理である。右に引用した蘇軾に對する理解も同じような考え方と言えよう。白居易の自然觀についての菅野氏の見方には說得力のある論證が認められず、短絡的な結論だと言わざるを得ない。中・日の文學における自然觀の問題については、本章の第三節において詳論したい。

當該歌は佐藤恆雄氏が指摘した「結題詠」のよい例だと言える。

初句の「うらむとて」は、『古今集』春下・七十六の素性の、

花ちらす風の宿りは誰かしる我にをしへよ行てうらみむ

歌に似たような表現があり、春を惜しむ詠歌に用いる傳統がある歌言葉であるので、題中の「留春」の意をとって、そのように詠んだのであろう。また、定家の、

たちかへる春の別のけふごとにうらみてのみも年をふる哉（拾遺愚草員外・一字百首・春・二八一一）

歌も、「うらみ」を用いて春を惜しむ氣持ちを表している。

「花もとまらず」は、元方歌の「とゞまらなく」や素性歌の「とまらぬ」を繼承して、「春不住」を詠んでいる。しかし、定家はその定型的になった表現に滿足せず、「もとの日數のかぎりあれば」をも加えており、やや理屈ぽい感

じがするけれども、漢詩題にも「春不住」と「春歸」という重複する表現があり、それに對應して「もとの日數のかぎりあれば」と「花もとまらず」とを重複させて詠んでいるとも考えられよう。この兩句は、相互に響き合って題中の「春不住」と「春歸」との兩方を表現していると理解できるのである。

注

（1）菅野禮行『平安初期における日本漢詩の比較文學的研究』第二章第三節「道眞の文學と白居易の文學」五五二、五五六、五六〇頁。
（2）前掲菅野著書四五〇、四六〇頁。
（3）佐久節譯解『白樂天詩集』一二七頁。
（4）赤羽淑「定家の文集百首中」一五頁。
（5）歌の異本について金子彥二郎は「まさるときなし（類從本）」とある。
（6）柿村重松『和漢朗詠集考證』。
（7）注（1）所揭菅野著書第二章第三節「道眞の文學と白居易の文學」。

第二節　「秋十五首」について

夜來風雨後　秋氣颯然新

二十六　夜の雨のこゑ吹のこす松風に朝けの袖は昨日にも似ず

歌の意味

今朝、昨夜の雨の音を吹き殘している松風に吹かれている私の袖は昨日とは變わって秋の涼しさを感じさせるものだ。

原據詩

雨後秋涼

夜來秋雨後　秋氣颯然新
團扇先辭手　生衣不著身
更添砧引思　難與簟相親
此境誰偏覺　貧閑老瘦人

雨後の秋涼

夜來秋雨の後、秋氣颯然として新たなり。
團扇　先づ手を辭し、生衣　身に著けず。
更に砧を添へて思を引き、簟《たかむしろ》と相親み難し。
此の境誰か偏に覺ゆる、貧閑老瘦の人。

（巻六十七、三三七一、六十七歳の作）

歌の分析

題の「夜來風雨後」の「風」は、現在見られる『白氏文集』のテキストでは、いずれも「秋」とあるが、次の句の「秋氣颯然新」には「秋」の語があるから、發句では「風」とあるのが詩語としてよいのであり、おそらく『白氏文集』の本來の姿であろう。

「夜」「雨」「風」は、皆、題に見られる言葉であるが、「雨のこゑ吹のこす松風」は「風雨後」の「後」の意味を生かしており、「朝けの袖は昨日にも似ず」は「秋氣颯然として新なり」の詩意を詠んでいると思われる。しかし、定家は「雨」という語を簡單に歌に詠み込むのではなく、「雨のこゑ吹のこす松風」と詠んでいる。それには、

われながら思ふかものをとばかりに袖にしぐるゝ庭の松風　（新古今集・雜・一六三八・有家）

にも表されているような松風の音を雨の音にたとえて聞く情趣が背景となっていると言えよう。

久保田淳氏の『譯注』は、參考歌として、

このねぬる夜のまに秋はきにけらし朝けの風の昨日にもにぬ　（新古今集・秋上・二八七・季通）

を擧げている。それと同時に、

うたゝねの朝けの袖にかはるなりならす扇の秋のはつ風　（新古今集・秋上・三〇八・式子內親王）

という歌も注目されるべきであろう。なお、久保田淳氏は「松風は昨夜の雨の音を吹き殘しているが、立秋の今朝の袖は夏だった昨日までとはうって變わって涼しい」と解釋しており、右の二首はともに立秋の歌であるという點から見れば、適切な解釋かもしれない。ただし、漢詩題の原據詩は初秋にあたって雨の後の清涼さを歌ってはいるが、必ずしも立秋當日のことを詠んでいる詩とは限らない。(1)

當該歌の下句の「朝けの袖は」と上句の「松風に」との關係は密接であり、「今朝、昨夜の雨の音を吹き殘している松風に吹かれている私の袖は……」というつながりではないかと思われる。

団扇先辭手

二十七　はしたかを手ならす比の風たちて秋の扇ぞ遠ざかり行

歌の意味

はし鷹を調教する時節としてちょうどよい風が吹くようになった。もう秋となり、扇は手元から疎遠になっていくことだ。

原據詩

前首と同じである。

歌の分析

『文選』巻二十七に樂府詩として班婕妤の「怨歌行」が収められており、

新裂齊紈素　皎潔如霜雪　　新たに齊の紈素を裂けば、皎潔にして如霜雪の如し。
裁爲合歡扇　團團似明月　　裁ちて合歡の扇と爲せば、團團として明月に似たり。
出入君懷袖　動搖發微風　　君の懷袖に出入し、動搖して微風をば發す。
常恐秋節至　涼風奪炎熱　　常に恐る　秋節の至り、涼風の炎熱を奪はんことを。
棄捐篋笥中　恩情中道絕　　篋笥の中に棄捐せらるれば、恩情も中道にて絕えなん。

とある。(2) この樂府が漢文學をはじめとする日本文學に享受された例は多く見られる。『和漢朗詠集』巻上・夏の「納

涼」に匡衡の、

班婕妤團雪之扇　代岸風兮長忘
燕昭王招涼之珠　當沙月兮自得
班婕妤が團雪の扇　岸風に代へて長く忘れぬ
燕の昭王が招涼の珠　沙月に當つて自ら得たり　（一六二）

巻上・冬の「雪」に尊敬の、

班女閨中秋扇色　楚王臺上夜琴聲
班女が閨の中の秋の扇の色　楚王が臺の上の夜の琴の聲　（三八〇）

があり、それらに「怨歌行」が踏まられていることは一見して明瞭であろう。また、右の一六二番の補注に「新撰朗詠、戀に『乍（たちま）ち團扇を望む、悲しみ班婕妤より悲しきは莫し』、同、雪に『班姫（はんき）の秋の扇は已（すで）に色を失ふ』、同、文詞にも『班扇の長き襟（ものおもひ）は秋盡きず』などはどれもこの發想による」とあり、さらに謠曲、物語に享受された例も指摘されている。

『後撰集』には、

人をのみうらむるよりは心からこれ忌まざりし罪と思はん　（戀・九三四・よみ人しらず）

という歌があり、「これ忌まざりし」について、注では「この扇を不吉な豫徴として嫌って避けなかった……。夏の扇は秋が來ると顧みられなくなるので、「飽き」が來ると捨てられるということを豫感して忌むべきであったと言っているのである」と指摘されているが、(3)それも班婕妤「怨歌行」によったものと言ってよいであろう。

ところで、『和漢朗詠集』においては、基本的に「扇」は夏の題材として扱われているようである。右の例も大體

そうであるし[4]、また、巻上・夏の最後に「扇」という項目があり、「晩夏」には、

夏はつる扇と秋の白露といづれかまづはおかむとすらん　（一六九）

という歌も見られる。

しかし、八代集を對象として見る場合、「扇」という語は「戀」「夏」「秋」「雜」「羇旅」「離別」「誹諧」「哀傷」「釋教」などの部立てにわたって見られるが、季節感から言えば、夏よりも秋の歌に詠み込まれる傾向がある。

天河扇の風に霧晴れて空澄みわたる鵲の橋　（拾遺集・雜秋・一〇八九・元輔）

おほかたの秋くるからに身に近く慣らす扇の風ぞ涼しき　（後拾遺集・秋上・二三七・爲頼）

うたゝねの朝けの袖にかはるなりならす扇の秋のはつ風　（新古今集・秋上・三〇八・式子内親王）

手もたゆくならす扇のをきどころ忘るばかりに秋風ぞふく　（新古今集・秋上・三〇九・相模）

などの歌は秋の例であるが、夏の歌としては、ほとんど、

夏はつる扇と秋のしら露といづれかまづはおかんとすらん　（新古今集・夏・二八三・忠峯）

という一首しか見あたらない。さらに、『和漢朗詠集』巻上・夏の「扇」に夏の詩と思われる白居易の「白羽扇」の詩句「盛夏に銷えざる雪　年を終ふるまで盡くること無き風　秋を引いて手の裏に生る　月を藏して懷の中に入る（盛夏不銷雪　終年無盡風　引秋生手裏　藏月入懷中）[5]」が選ばれているのに對して、當該歌の題は、初秋の詩を典據としており、「秋」の部に置かれている。なお、右に擧げた「手もたゆく」歌の上句は、「團扇　（先づ）手を辭し」の詠み替えのようであり、その影響を受けているのではなかろうか。

題と歌との關係について考えると、「はし鷹」については、『後撰集』に、

我がためにをき難かりしはし鷹の人の手に有と聞くはまことか　（雜・一二二五・よみ人知らず）

という歌があり、注には『はし鷹』は手に据えるものであったので『手』と言った」とあり、また、「手」は「扇」の縁語である。「はしたかを手ならす比の風たちて」には前首の句題「秋氣颯然として新なり」が傳えている季節感が詠まれている。「秋の扇ぞ遠ざかり行」は題の「團扇（先づ）手を辭し」の意を詠んでいるが、それと同時に、班女の故事をも思わせるものである。

大底四時心惣苦　就中腸斷是秋天

二十八　さくら花山郭公雪はあれどおもひをかぎる秋はきにけり

歌の意味

春の櫻花、夏の山ほととぎす、冬の雪といった、それぞれの季節にとって、もっとも代表的な風物はあるが、それよりも、秋こそ物思いの限りを覺えさせられる季節なのだ。そのような秋が來てしまったなあ。

原據詩

暮立　　暮に立つ

黄昏獨立佛堂前　滿地槐花滿樹蟬　　黄昏に獨り立つ佛堂の前、滿地の槐花　滿樹の蟬。

大抵四時心總苦　就中腸斷是秋天　　大抵四時に心總て苦しめども、就中腸斷つは是れ秋天。

（巻十四、〇七九〇、四十三歳の作）

歌の分析

中國文學の歴史においては、古くから秋を悲しむ氣持を表現する傳統が見られる。宋玉「九辯」（『文選』巻三十三）に見える、

悲哉　秋之爲氣也　　悲しいかな、秋の氣爲《た》るや。
蕭瑟兮草木搖落而變衰　　蕭瑟として　草木　搖落して變衰す、
憭慄兮若在遠行　　憭慄として　遠行に在りて、
登山臨水兮送將歸　　山に登り水に臨みて將に歸らんとするを送るが若し。(6)

という名句が後代の人々に大きな影響を與えている。また、潘岳「秋興賦」（『文選』巻十三）の、

四時忽其代序　萬物紛以迴薄　　四時忽として其れ代序し、萬物紛として以て迴薄す。
覽花蒔之時育　察盛衰之所託　　花蒔の時育を覽て、盛衰の託する所を察す。
感冬索以春敷　嗟夏茂而秋落　　冬索きて春は敷くに感じ、夏茂りて秋は落つるを嗟く。
……
嗟秋日之可哀　諒無愁而不盡　　嗟秋の日の哀む可き、諒に愁へて盡《きは》まらざること無し。(7)

も、よく知られているものである。

宋玉の詠嘆は、「草木　搖落して變衰す」のように衰えてゆく自然現象に目を向けているが、「憭慄として　遠行に在りて　山に登り水に臨みて　將に歸らんとするを送るが若し」には、寄る邊なく、寂寞とした心情が強く感じ取られ、全體的には情緒的である。潘岳の「秋興賦」は、四季の移り變わりにあらゆる盛衰を重ね合わせて述べており、その秋の感興の中に情と理の雙方が含まれていると言えよう。晉の夏侯湛は「秋可哀」という詩において、秋を哀しむ感情について具體的に「秋日の蕭條を哀しむ（哀秋日之蕭條）」、「新物の陳蕪を哀しむ（哀新物之陳蕪）」、「良夜の

遙長を哀しむ（哀良夜之遙長）」と述べており、その「秋日の蕭條」や「新物の陳蕪」を哀しむ氣持は、右に引用した「九辯」や「秋興賦」の内容と合致するものである。そのことは一見して分かるが、實は「良夜の遙長を哀しむ」という内容も、宋玉の「九辯」および潘岳の「秋興賦」において見られるものである。「九辯」には「白日の昭昭たるを去り、長夜の悠々たるを襲う（去白日の昭昭兮、襲長夜之悠々）」、「秋興賦」には「何と微陽の短晷にして、涼夜の方に永きを覺る（何微陽之短晷、覺涼夜之方永）」という表現がある。

　このように、中國においては、おおよそ晉までには秋を悲しむ氣持を表現する傳統がすでに形成されており、それには主に秋の凋落によって引き起こされたわびしさ、四季の移り變わりにみる盛衰のことわりの自覺、秋の夜長につのらせる憂いなどの感情が表現されている。これが「悲秋」の文學の底流となっており、後世にも繼承されている。「詩聖」とも稱えられた杜甫はその名作である「登高」（『杜詩詳注』巻二〇）において、

風急天高猿嘯哀　渚清沙白鳥飛回　風急に天高くして猿嘯哀し、渚清く沙白く鳥飛回す。
無邊落木蕭蕭下　不盡長江滾滾來　無邊の落木　蕭蕭として下《くだ》り、不盡の長江　滾滾として來《きた》る。
萬里悲秋常作客　百年多病獨登臺　萬里悲秋　常に客と作《な》り、百年多病　獨り臺に登る。
艱難苦恨繁霜鬢　潦倒新停濁酒杯　艱難苦《はなは》だ恨む　繁霜の鬢、潦倒新に停む　濁酒の杯。

と詠っており、(8)「無邊の落木　蕭蕭として下《くだ》り」という秋の凋落や、「不盡の長江　滾滾として來《きた》る」に象徴される人間には拒むことができない自然界の攝理および「萬里悲秋　常に客と作《な》り、百年多病　獨り臺に登る」といった「憭慄として　遠行に在りて　山に登り水に臨みて　將に歸らんとするを送るが若し」に相通じる心情が一首に集約されている。それには宋玉以來の「悲秋」の文學の基本的内容が受け繼がれているが、杜甫はさらに「百年多病」や「繁霜の鬢」といった老衰の表現を秋の凋落のイメージに重ね、人間にとってより身にしみて感じる具體的な悲哀を從來

の「悲秋」の基調に加えている。

白居易はこうした悲秋の傳統を受け繼いでおり、とくに杜甫に見られる秋の凋落への詠嘆と自分の老衰への嘆きを響き合わせた手法に影響されていると思われる。本「秋十五首」の原據詩を例にして見れば、

八月九月正長夜　千聲萬聲無了時　　八月九月　正に長夜、千聲萬聲　了る時無し。

（二十九番歌の題）

遲遲鐘漏初長夜　耿耿星河欲曙天　　遲遲たる鐘漏　初めて長き夜、耿耿たる星河　曙けんと欲する天。

（三十一番歌の題）

塞鴻飛急覺秋盡　鄰鷄鳴遲知夜永　　塞鴻飛ぶこと急にして秋の盡るを覺え、鄰鷄鳴くこと遲くして夜の永きを知る。

（三十六番歌の原據詩「晩秋夜」に見える詩句）

というように、秋の夜長が詠嘆の對象となっている場合もあれば、

相思夕上松臺立　蛩思蟬聲滿耳秋　　相思うて夕に松臺に上って立てば、蛩思蟬聲耳に滿つる秋。

惆悵東亭風月好　主人今夜在鄜州　　惆悵す東亭に風月の好きを、主人今夜鄜州に在り。

（三十番歌の原據詩「題李十一東亭」）

朝朝暮暮啼復啼　啼時露白風凄凄　　朝朝暮暮啼いて復啼く、啼く時露白く風凄凄たり。

黃茅崗頭秋日晩　苦竹嶺下寒月低　　黃茅崗頭に秋日晩れ、苦竹嶺下に寒月低る。

……

夢鄉遷客展轉臥　抱兒寡婦彷徨立　　鄉を夢みる遷客展轉として臥し、兒を抱く寡婦彷徨として立

つ。

毎因樓上西南望　始覺人間道路長　　樓上に因りて西南を望む毎に、始めて覺ゆ人間道路の長きを。

（三十三番歌の原據詩「山鷓鴣」に見える詩句）

礙日暮山青簇簇　浸天秋水白茫茫　　日を礙ぐる暮山青うして簇簇、天を浸す秋水白うして茫茫。

（三十五番歌の原據詩「登西樓憶行簡」に見える詩句）

向晩蒼蒼南北望　窮陰旅思兩無邊　　晩に向ひ蒼蒼として南北を望めば、窮陰旅思兩ながら邊無し。

（四十番歌の原據詩「歳晩旅望」に見える詩句）

といった「憭慄として　遠行に在りて　山に登り水に臨みて　將に歸らんとするを送るが若し」の傳統を受け繼いでいるものもある。それと同時に、

夜來秋雨後　秋氣颯然新　　夜來秋雨の後、秋氣颯然として新たなり。
團扇先辭手　生衣不著身　　團扇　先づ手を辭し、生衣　身に著けず。
更添砧引思　難與簟相親　　更に砧を添へて思を引き、簟《たかむしろ》と相親み難し。
此境誰偏覺　貧閑老瘦人　　此の境誰か偏に覺ゆる、貧閑老瘦の人。

（二十六、二十七番歌の題の原據詩「雨後秋涼」）

殘燈影閃墻　斜月光穿牖　　殘燈影墻に閃めき、斜月光牖を穿つ。
天明西北望　萬里君知否　　天明けて西北を望む、萬里君知るや否や。
老去無見期　踟蹰搔白首　　老い去つて見る期無し、踟蹰して白首を搔く。

（三十二番の原據詩「夢與李七庾三十三同訪元九」に見える詩句）

紅葉樹飄風起後　白鬚人立月明中
前頭更有蕭條物　老菊衰蘭三兩叢

紅葉の樹は飄る風起る後、白鬚の人は立つ月明の中。
前頭更に蕭條たる物有り、老菊衰蘭三兩の叢。

（三十七番歌の原據詩「杪秋獨夜」に見える詩句）

不堪紅葉青苔地　又是涼風暮雨天
莫怪獨吟秋思苦　比君校近二毛年

堪へず紅葉青苔の地、又是れ涼風暮雨の天。
怪む莫れ獨吟秋思の苦しきを、君に比して校近し二毛の年。

（三十八番の題の原據詩「秋雨中贈元九」）

というように、萬物の衰えてゆくさまには自分の命の行方が感じられ、紅葉を見るにつけても堪えられないほどの哀しみが表現されている。

日本においては、「秋は悲し、の季節感が定着したのは、中國詩文の強い影響下にあった、平安初頭の漢詩の世界においてであった。前代の『萬葉集』の和歌では、七夕の悲戀や秋の夜長の獨り寝の悲しみは詠んでも、秋という季節そのものの悲しみは詠まなかった」と指摘されており、[9] また、「『懷風藻』の詩に見られる悲秋の觀念は、『楚辭』の「九弁」や『文選』潘安仁の「秋興賦」による」とも言われている。[10] 白氏文集が日本に傳來して後、秋の凋落に詩人自身の老衰を重ね合わせて詠んだ白詩は、大いに日本人に好まれ、日本の漢詩や和歌に盛んに享受されており、とくに、

燕子樓中霜月夜　秋來只爲一人長

燕子樓の中の霜月の夜、秋來つてただ一人のために長し。

（巻十五「燕子樓三首」その一、〇八六〇）

と當該歌の題は、『和漢朗詠集』に収められたことによって、もっとも大きな役割を果たしたのである。[11]

「大抵四時に心總て苦しめども、就中腸斷つは是れ秋天」の二句は、日本の漢詩や和歌および物語など多くのジャ

ンルにおいて享受された例が見られ、王朝文學と縁が深いものとなっている。(12)『古今集』には、

いつはとは時はわかねど秋の夜ぞ物思ことのかぎりなりける　（秋上・一八九・よみ人知らず）

という歌があり、小島憲之・新井榮藏兩氏の校注は「白氏文集十四・暮立『大抵四時心惣苦、就中腸斷是秋天』」と記し、また、「およそ四時（四季）悲しき……長き夜に至りては、これこそもの思ふことの最上よとなり」（延五記）という古注を引用している。また、『大和物語』に見える、

いつはとはわかねど絶えて秋の夜ぞ身のわびしさは知りまさりける

という歌について、金子彦二郎は「『いつはとは時はわかねど』……の歌、及び其の原據白詩『大抵四時心總苦、就中腸斷是秋天』から脈を引いた」と指摘している。(13)

さらに、古今集・秋上に、

物ごとに秋ぞかなしきもみぢつつうつろひゆくを限りとおもへば　（一八七・よみ人知らず）

があり、小島憲之・新井榮藏兩氏の校注には「文選・秋興賦『嗟秋日之可哀、諒無愁而不盡』」を擧げているが、「物ごとに秋ぞかなしき」には「就中腸斷つは是れ秋天」が響いていると思われる。

大曾根章介氏は島田忠臣の「秋日感懷」、

由來感思在秋天　多被當時節物牽　　由來思ひを感ずることは秋の天に在り、多くは當時の節物に牽かれたり。

第一傷心何處最　竹風鳴葉月明前　　第一に心を傷ましむることは何れの處か最なる、竹風葉を鳴らす月の明らかなる前。

が詠まれた時に「大抵四時に心總て苦しめども、就中腸斷つは是れ秋天」二句が島田忠臣の腦裏に浮かんだに違いな

いと指摘している(14)。島田忠臣より時代が下っていくと、『土御門院御集』には「由來感思在秋天」を題とする、

身にしめし秋の夕のながめより物おもふわれとなりにけるかな

という歌が現れる。同時代の慈圓と定家も、本「文集百首」において「大抵四時に心總て苦しめども、就中腸斷つは是れ秋天」を踏まえて歌を詠んでいるから、平安中期以後、白居易のこの二句をめぐって一つの和歌の系譜が形成されているわけである。

當該歌について、金子彦二郎は、題中の「大抵四時」に對して「四時のうち春夏冬の三時をば、それぞれ其の季節の代表的景物たる櫻花と山郭公と雪との三者を以て個別的具體的な表現を試み、さて「就中腸斷是秋天」の詩句の内容にかつきりと卽した「思をかぎる秋」といふ抽象的心理的な表現で相對應強調せしめてゐる」と指摘している(15)。

では、和歌の素材としての「さくら花」、「山郭公」、「雪」は、それぞれどのようなイメージを持っているのか、それについて主に渡邊秀夫氏の考察に基づいて述べてみたい。

渡邊秀夫氏は「最も核心にある國風的景物」、「日本固有の最も代表的な景物であるとされた」櫻花が「榮華と美女の象徵」や「永遠の象徵」であると指摘し、また、それが「滅びの豫兆」でもあり、「散ることを美的本性の根幹に据える櫻こそはより直接的に人生の凋落、『老い・死』の意識と強く結びつく」と言っている(16)。

山ほととぎすについては、秋山虔氏は「古今集の夏の歌三四首のうち、「ほととぎす」の歌は三〇首を數えるが、ほとんど類同的に、人を戀い、昔を戀うる物思いを喚起する、あるいはその思いの託される發想がいちじるしい」と指摘している(17)。渡邊秀夫氏は「ほととぎすの訪れる五月、それは、折口信夫氏によれば、身を潔めて神聖な田の神を待ち迎える月であって、その嚴《おごそ》かなる神威に滿ち滿ちた皐月は、人の世の淫事を避けて男女の會合や婚姻を忌む月間ゆえ、男女が性的に抑壓された期間でもあったという。しかもその皐月に盛んに鳴くほととぎすの、急迫して哀切な

鋭い聲音《こわね》は、古來、滿たされぬ戀の物思い、充足を求めてあくがれる孤獨な心［戀慕の情］を、いや増しかきたて、苦しめるものとされてきた」『古今集』戀歌の巻頭にすえられて著名な歌「ほととぎす鳴くや皐月のあやめ草 あやめも知らぬ戀もするかな」〈戀一―四六九〉も、そうした鬱積した戀情の自制しがたい不條理な發露をいう一首」と指摘し、さらに、「古典詩歌のなかの「ほととぎす」の映像は、闇夜・皐月・冥途・哀傷・懷舊、そして性愛の鬱屈した衝動など、もっぱら暗澹たる負の印象にふちどられ、文藝的に多彩な題材的發展の著しく抑制されている景物のひとつ、といってよい」と言っている。(18)

和歌における「雪」のイメージについては、渡邊秀夫氏は「春に先だつ花」や「時まどはせる花」というように、花に見立てる例を擧げた上、さらに、「『雪』をこの世を越えた超然たる彼岸的なものとする心象が付託され」、「『雪』と『花』と『月』、これら日本の古典詩歌の基幹的題材とされる《雪月花》」によって「演出される究極の白づくしは、王朝美のゆきついた、もうひとつの（より本質的な）極致なのであ」り、「聖別視された光り輝くものでありつつ、かつ究極の色彩『白』をもつ『雪』こそは、古典詩歌の最も根源的な景物であった」と指摘している。(19)

このように、「さくら花山郭公雪」といった景物は、それぞれの季節の本性を表す賞美の對象であり、また、人々の生活の内容とからんでおり、豐かな感情を託されているものである。

さて、「おもひをかぎる秋」という表現について見てみよう。先ほど、中國文學の「悲秋」の傳統、とくに白居易における「悲秋」の表現に影響された例として、

物ごとに秋ぞかなしきもみぢつつうつろひゆくを限りとおもへば （古今集・秋上・一八七・よみ人知らず）

いつはとは時はわかねど秋の夜ぞ物思ことのかぎりなりける （古今集・秋上・一八九・よみ人知らず）

の二首を擧げた。當該歌の「おもひをかぎる秋」がこの二首を踏まえていることは明らかである。

ところで、「おもひをかぎる秋」の「おもひ」には、具體的にどのようなことが内包されているのであろう。句題和歌として詠まれた點を考慮し、さらに上句にある「さくら花山郭公雪」といった表現を手がかりにして見れば、人生の凋落や老い・死の意識および滿たされぬ戀の物思いなどが、すべて、その「おもひ」の內容になりうるのであって、意味するところは廣い範圍であると考えられる。

渡邊秀夫氏は、日本の詩歌における「逝く秋の美意識」を論じた際に、「中國的な悲秋（驚秋）詩の深刻さを希薄化ないし欠如させた、多分に翫賞的な秋季のとらえ方をしていることからもうかがえるように、秋はなおいとおしむべき待望の時であ」り、『悲秋』を觀念（詩材）としては身につけながら、心情的には舊來のままに傳統的な理解を保持しつづける」と指摘している。[20] しかし、そのことは、定家の時代では變化しつつあると思われる。新古今集にみえる、

さびしさはその色としもなかりけり眞木たつ山の秋の夕暮れ（新古今集・秋上・三六一・寂蓮）
こころなき身にも哀はしられけりしぎたつ澤の秋の夕暮（新古今集・秋上・三六二・西行）
見わたせば花も紅葉もなかりけり浦のとまやの秋の夕暮（新古今集・秋上・三六三・定家）

の「三夕の歌」には、具體的に悲しんでいる內容は表現されていないが、その「さびしさ」や「哀」の雰圍氣は、さきほど擧げた「物ごとに」の歌および「いつはとは」の歌といった古今集時代の作品と比べて、はるかに深いものが感じられ、中世初期の日本人の心象風景の象徵とも言えよう。とくに西行の歌について、久保田淳氏は「自然の寂寥の極みを捉えている」と言っており、[21] 島津忠夫氏も、前登志夫『存在の秋』に見られる西行に對する評價を引用し、「前登志夫が言いたいのは、この宇宙の大自然の靜けさが鴫の羽音によって逆に顯在化し、それがそのまま存在の眞實＝空無の眞實（それは表裏一體で分かつことができない）を明らかにしたということだろう」「彼の『秋』は單なる季

節のそれではなく、中世の佛教的思想性を初めて象徴しうるものだと言うのだろう」という解説を加えている。(22)「三夕の歌」は中國の「悲秋」の文學と内容を異にしながらも、中世日本の文學としてそれまでなかった深さが感じられよう。

二十九　長月をまつよりながき秋の夜のあくるもしらず衣うつ聲

八月九月正長夜　千聲萬聲無終時

歌の意味

戀する人が歸ってくる九月を待つよりも長い秋の夜、衣を打つ砧の音を聞いていて、夜が明けた。衣を打つ人も夜明けに氣づかず、一心に打ちつづけているようだ。

原據詩

聞夜砧

誰家思婦秋擣帛　月苦風凄砧杵悲
八月九月正長夜　千聲萬聲無了時
應到天明頭盡白　一聲添得一莖絲

夜砧を聞く

誰が家の思婦か　秋　帛を擣つ、月は苦《うれ》へ風は凄《すご》く砧杵悲しむ。(23)
八月九月　正に長夜、千聲萬聲　了る時無し。
應に天明に到らば頭盡く白かるべし、一聲添へ得たり一莖の絲。

（巻十九、一二八七、五十一歳以前の作）

歌の分析

題の「無終時」は名古屋大學本と冷泉爲臣本では、いずれも「無止時」と作っており、また、歌の「あくるもしらず」は時雨亭叢書本では「あくるもしらぬ」とある。

題の二句は『和漢朗詠集』巻上「擣衣」（三四五）に収めており、また、テキストによって「誰家思婦秋擣帛、月苦風凄砧杵悲」二句を収めるものもある。[24]「八月九月　正に長夜、千聲萬聲　了る時無し」について、柿村重松氏は「この句、源語を首として歌と文とあらゆる方面に引用せられ、終に千聲萬聲は砧の音の意として用ひらるるまでに至れり。その根本朗詠七首の中に數へらるる蓋し以ありといふべきなり」と言っている。[25]『源氏物語』に見える引用は具體的に言えば、「夕顔」巻の「耳かしかましかりし砧のおとをおぼし出づるさへ戀しくて、『まさに長き夜』とうち誦むじて臥したまへり」という箇所である。[26]さらに、『千載集』秋下には、

たがためにいかにうてばかから衣千たび八千たび聲のうらむる　（三四一・基俊）

という歌があり、『新古今集』秋下に、

ちたびうつ砧のをとに夢さめてものおもふ袖の露ぞくだくる　（四八四・式子内親王）

という歌がある。

ところで、『和漢朗詠集』巻上「擣衣」に漢詩と和歌が七首收錄されているが、そのうち、六首は唐代の詩人および日本の王朝人による漢詩であり、和歌は『古今集』歌人貫之の、

から衣擣つこゑきけば月きよみまだねぬ人をそらにしるかな

という一首しかない。八代集を範圍として調べた結果では「擣衣」（衣うつ・砧などを含む）を題材とする歌は『千載集』以後にならないと、あまり見あたらず、『後拾遺集』秋下に見える、

唐衣ながき夜すがら打つ聲にわれさへ寝でもあかしつるかな　（三三五・資綱）

という歌が早い例である。『拾遺和歌集』と『和漢朗詠集』は、ほぼ同じ時期に成立したものであるから、[27]柿村說の通り、『和漢朗詠集』の影響を受けて盛んに詠まれるようになったのかも知れない。

では、歌と題との關係について見てみよう。

まず、「長月」については、

秋深み戀する人の明かしかね夜を長月といふにやあるらん
(拾遺集・雜・五二三・躬恆)

秋の夜ははや長月になりにけりことはりなりや寢覺めせらるる
(新古今集・秋下・四九〇・華山院御歌)

といった歌があり、後者について田中裕・赤瀬信吾の校注は「長月 陰暦九月。奥義抄・上に『夜やうやう長きゆゑよながづきといふを誤れり』とあ」ることを指摘している。つまり、「長月」とは九月の夜長を言っているのであり、この表現だけでもすでに「八月九月 正に長夜」を踏まえていることになる。しかし、定家はそれだけではなく、「長月をまつよりながき秋の夜」と言って、さらに夜の長さを強調しており、漢詩題を踏まえながらも、和歌的な觀念を加えているのである。

「あくるもしらず」は、原據詩に見える「應に天明に到らば頭盡く白かるべし」という句を連想させ、また、「千聲萬聲 了る時無し」というイメージとも重なっている。ただし、

山里の門田の稻のほのぼのとあくるもしらず月を見るかな
(金葉集・秋・二一五・顯隆)

天のとの明くるもしらず眺めつつ見れどもあかぬ夏の夜の月[28]
(萬代集・夏・曾禰好忠)

の「月を見る」とか「あかぬ夏の夜の月」とかいうように、月にみとれて「明くるもしらず」というのは本來の和歌的表現の傳統であり、當該歌においては一心に衣を打ち續ける人のことと、その砧の音を聞いていて終夜眠れない人との兩方を意味していると理解できる。

定家において「擣衣」が題材とされる歌としては、また次の二首も擧げられる。

秋とだにわすれむと思ふ月かげをさもあやにくにうつ衣哉

（夏日侍太上皇仙洞同詠百首應製和歌・秋・一〇五〇）

松風のひびきにたぐふから衣うちたえてただ音こそなかるれ

（一字百首・秋・二八四一）

この二首を加えて見れば、白居易が言う「月は苦《うれ》へ風は凄《すご》く砧杵悲しむ」といった心情は、定家の歌にも表現されており、それは、當該歌の題が『和漢朗詠集』に收錄されたことによって出てきた影響と考えられよう。

三十　夕ぐれは物思ひまさる蛬身をかへてなくうつせみの聲

相思夕上松臺立　蛬思蟬聲滿耳秋(29)

歌の意味

夕暮れになると、物思いはいっそう強くなってくるものだな、きりぎりすや空蟬も悲しげに一所懸命鳴いているのだ。

原據詩

題李十一東亭　　李十一の東亭に題す

相思夕上松臺立　蛬思蟬聲滿耳秋　　相思うて夕に松臺に上って立てば、蛬思蟬聲耳に滿つる秋。

惆悵東亭風月好　主人今夜在鄜州　　惆悵す東亭に風月の好きを、主人今夜鄜州に在り。

第二節　「秋十五首」について　

（巻十三、〇七〇四、三十七歳の作）

歌の分析

當該歌の題も『千載佳句』巻上・四時部「早秋」（一四六）、『和漢朗詠集』巻上「秋晩」（二三〇）に收めていることによって日本人に親しまれている詩句である。

山ざとはさびしかりけりこがらしのふく夕ぐれのひぐらしの聲（千載集・秋下・三〇三・仲實）

ひぐらしのなく夕暮ぞうかりけるいつもつきせぬ思なれども（新古今集・秋上・三六九・長能）

などの歌は題の二句を想起させるものであり、(30) また、『方丈記』の「秋はひぐらしの聲耳に滿てり、うつせみの世をかなしむかと聞こゆ」も、一般的に「相思夕上松臺立、蛬思蟬聲滿耳秋」と關連させて解釋されている。(31)

しかし、「蛩思蟬聲耳に滿つる秋」について、川口久雄氏は「思うことありげになくきりぎりす、つくつくほうし、それらの聲が耳にみちて、まことにあわれ深い秋だ」(32) という解釋を示しているが、それは日本文學の傳統に見られる秋の感覺であり、(33) 必ずしも白詩から讀み取れる内容ではない。題中の「相思」は、白居易が友人の李十一に對して持った思いであり、(34) 原據詩に言っている「惆悵」とは「東亭の風月　好けれども、主人今夜鄜州に在り」、會うことができないという殘念さや寂しさを言っており、人生の深刻さによる詠嘆ではないけれども、「相思うて夕に松臺に上って立てば、蛩思蟬聲耳に滿つる秋」という情景は、やはり中國文學の傳統にある「登高望遠」という悲秋のパターンに入る。

白居易はまた、「早蟬」と題する詩が二首あり、

一聞愁意結　再聽鄉心起　一たび聞けば愁意結び、再び聽けば鄉心起る。（巻十、〇五一七）

一催衰鬢色　再動故園情　一たび催す衰鬢の色、再び動く故園の情。

西風殊未起　秋思先秋生　西風殊に未だ起らざるに、秋思　秋に先《さき》だちて生ず。（巻十、〇五一〇）

といった詩句が見られ、蟬の鳴く聲を聞いてわき起こった感情はやはり愁いや悲しいものである。

では、當該歌を見てみよう。下句の「身をかへてなくうつせみの聲」から考えたい。

「うつせみ」は和歌的表現として傳統がある言葉であり、そのイメージは、

うつせみの世にも似たるか花ざくらさくと見しまにかつちりにけり（古今集・春下・七十三・讀人しらず）

うちはへて音をなきくらす空蟬のむなしき戀も我はする哉（後撰集・夏・一九二・よみ人しらず）

うつせみの聲聞くからに物ぞ思我も空き世にし住まへば（後撰集・夏・一九五・よみ人しらず）

うつせみのなく音やよそにもりの露ほしあへぬ袖を人の問ふまで（新古今集・戀・一〇三一・良經）

などの歌に見られるように戀のかなしさや世のはかなさを象徴している。また、「音をなきくらす空蟬」や「うつせみのなく音」と言うように、「なく」という語は「鳴く」と「泣く」兩方の意を掛けている。このような和歌的背景をわきまえて「身をかへてなくうつせみの聲」を見ると、そこに強い悲しみが感じられるわけである。

ところで、上句にある「きりぎりす」は歌に詠み込まれた例はそれほど多くはないが、

きりぎりすいたくな鳴きそ秋の夜のながきおもひは我ぞまされる（古今集・秋上・一九六・忠房）

という歌があるように、きりぎりすの鳴き聲は「秋の夜のながきおもひは我ぞまされる」と思わせるものである。當該歌の「物思ひまさる蛬」という表現は忠房のこの歌の影響を受けているとも考えられる。

「物思ひ」という語の詠出には題中の「相思」の「思」と「蛩思」の「思」のはたたきが考えられるけれども、「物思ひ」は、周知のように戀の苦しみを表す場合が多く、戀に限らなくとも題中の「思」よりだいぶ重さがある表現である。そして、初句の「夕ぐれ」という時間の設定は、題中の「夕」に即しているということは言うまでもないが、

それと關連して「物思ひ」という表現を考えなければならないと思われる。

ゆふぐれは雲のはたてに物ぞ思あまつ空なる人を戀ふとて（古今集・戀・四八四・よみ人知らず）

來し時と戀ひつゝをれば夕ぐれの面影にのみ見えわたる哉（古今集・墨滅・一一〇三・貫之）

なにとなく物ぞかなしき菅原や伏見の里の秋の夕ぐれ（千載集・秋上・二六〇・源俊頼）

と歌われているように、夕暮れという男女が逢う基本的な時間帯になると、人はなんとなく物思いにふけるようになる。當該歌の「夕ぐれは物思ひまさる」にも、こうした日常的心情が含まれている。また、それと同時に、題中の「蛬思」「蟬聲」を踏まえて「物思ひまさる蛬」「身をかへてなくうつせみの聲」が詠まれており、「夕暮れは物思いになるものだな、きりぎりすや空蟬も悲しげに一所懸命鳴いているのだ」と定家は言っているのであろう。この歌について單純に秋の歌として見るよりも、「夕ぐれ」「物思ひまさる」「なく」「うつせみの聲」といった表現の集成によって戀情を暗示している歌にもなっていると思われよう。

遲遲鐘漏初長夜　耿耿星河欲曙天

三十一　鳥の音を年も經ばかり待し夜の鳴てもながき曉の空

歌の意味

夜明けを告げる一番鷄の鳴き聲を、年を越すまで待っていたような氣持で、やっと鳴いたが、曉までには、まだ長い時間がある空模樣だ。

原據詩

長恨歌（五十二番歌を參照）

歌の分析

題の二句は『千載佳句』上・四時部・秋夜および『和漢朗詠集』上・秋夜に收錄されており[35]、秋の長夜を表現する名句となっている。本「文集百首」も、その視點によって秋の題に選定したのであろう。しかし、この二句のすぐ前にある「夕殿　螢飛んで　思悄然たり、秋燈　挑げ盡して　未だ眠る能はず」は、同じく秋の夜に亡き楊貴妃を偲んで眠れない玄宗皇帝のつらい思いを描寫する詩句であるにもかかわらず、『和漢朗詠集』巻下でも本「文集百首」でもそれぞれの戀の部に收められている。それは、題の二句は、「思悄然たり」とか「未だ眠る能はず」とかいうような直接主人公の氣持を描述するものではなく、景色の描寫を通して玄宗皇帝の心情を映し出すという手法を取ったものであり、かつ「長き夜」という表現があるからであろう。

土御門院は「耿耿星河欲曙天」を題として、

七夕もしばしやすらへ天河あくるもをのが影ならぬかは

と詠んでいるが、「七夕」という言葉は「長恨歌」の「七月七日　長生殿」という句を踏まえていると思われる。

ところで、當該歌は、秋の季節感というより、獨り寢の夜はつらくて長いもので、早く夜明けになってほしいという氣持が詠まれており、漢詩題の心をよくわきまえて詠まれたものと言える。

ひとり寢る時は待たるゝ鳥の音も稀に逢ふ夜はわびしかりけり[36]　（後撰集・戀五・八九五・小野小町があね）

思ひ寢の夢だに見えで明けぬれば逢はでも鳥の音こそつらけれ　（千載集・戀二・七六五・寂蓮）

思ひきや憂かりし夜半の鳥の音を待つことにして明かすべしとは　（千載集・戀四・八九四・俊恵）

といった歌に示されるように、ここの「鳥の音」は夜明けを告げる鷄の聲であり、「待たるゝ鳥の音」や「鳥の音を待つ」氣持は、「ひとり寢る時」に、つらくて夜を明かすことに等しい。定家は「鳥の音を待し夜」という表現に滿足せず、「年も經ばかり待し夜」と言っており、獨り寢の寂しさに堪えられない氣持ちをさらに強く表している。また、題の二句は對になっており、互いに竝列關係にあるが、當該歌の下句「鳴てもながき曉の空」は、意味としては上句の補足になっており、待ちに待った「鳥の音」が鳴いても夜明けまではまだまだ長い時間がかかると言っている。それは、もちろん客觀的な自然現象に合わないことであり、詠歌主體の氣分である。

題と當該歌の對應という點から言えば、「鳥の音」と「鐘漏」、「年も經ばかり待し」と「遲遲たる」、「待し夜」と「長き夜」、「ながき」と「長き夜」の「長き」、「曉の空」と「曙けんと欲する天」などは、皆、對應しているであろう。

月陰雲樹外　螢飛廊宇間(37)

三十四　しぐれ行雲のこずゐの山の端に夕たのむる月もとまらず

歌の意味

時雨をもたらす雲が梢に懸かっていて、山の端に、夕になると昇ってくるとあてにさせた月もとどまっていない。

原據詩

旅次景空寺、宿幽上人院　景空寺に旅次し、幽上人の院に宿す

不與人境接　寺門開向山
暮鐘鳴鳥聚　秋雨病僧閑
月隱雲樹外　螢飛廊宇間
幸投花界宿　暫得靜心顏

人境と接せず、寺門開きて山に向ふ。
暮鐘　鳴鳥聚り、秋雨　病僧閑なり。
月は隱る雲樹の外、螢は飛ぶ廊宇の間。
幸に花界に投じて宿し、暫く心顏を靜むるを得たり。

（卷十三、〇六七五、二十九歳の作）

歌の分析

題の二句は、『大江千里集』『千載佳句』『和漢朗詠集』『新撰朗詠集』などの文學作品には見られず、慈圓がはじめて採用した詩句である。おそらく次の二點に慈圓の眼が引きつけられたのであろう。一つは、原據詩にある「景空寺」という寺院での生活場面を描くものであり、それは出家者である慈圓にとっては親近感があったということが考えられる。もう一つは、題の二句には、原據詩が言う「閑」「靜」の雰圍氣が感じられるだけでなく、「月は隱る雲樹の外」のイメージは、特に、和歌表現に見える月に關する美意識と重なっていると思われるからである。後者についてはやや詳細に見てみよう。

八月許、月雲隱れけるをよめる
すむとてもいくよもすまじ世の中に曇りがちなる秋夜の月　（後拾遺集・秋上・二五七・公任）
風ふけば枝やすからぬ木の間よりほのめく秋の夕月夜かな　（金葉集・秋・一七五・忠隆）
うき身にはながむるかひもなかりけり心にくもる秋の夜の月　（新古今集・秋上・四〇四・慈圓）

とあるように、「くもる秋の夜の月」や「木の間よりほのめく」月は、モチーフとして歌に詠まれている例がある。また、水野美知氏は「王朝の末から鎌倉時代のはじめにかけて、所謂新古今集の時代の歌に、從來の歌に見られなかった程の夥しい數にのぼる朧月の歌が、一時に俄に現はれた[38]」と指摘しているが、慈圓は特に「月は隱る雲樹の外、螢は飛ぶ廊宇の間」に目を留めたのは、そうした美意識のはたらきによるものであろう。

しかし、「月は隱る雲樹の外」を原據詩に置いて見れば、それは「螢は飛ぶ廊宇の間」と對句になって、詩人が宿にした「景空寺、幽上人院」で見た雨模樣の夜空と寺の中の風景を素描しており、そこには白居易の穩やかな視線が感じられるが、月を格別に愛するというニュアンスは讀み取りにくい。思うに、中國古典詩歌においては「月は隱る雲樹の外」のイメージは、美的風景の典型とならず、雲に隱れる月より明月の方が一般的に鑑賞されていると言えよう[39]。

當該歌について、まず、注意したいのは定家の作歌方法である。題となっている二句の漢詩は、そのうちの一句しか使われておらず、あとの一句は、完全に捨象されている。それどころか、題にはないけれども、原據詩の他の句に見える言葉をも歌に詠み込んでいるのである。具體的に言えば、「しぐれ」は、原據詩の「秋雨」の「雨」を、「山の端」は「寺門開きて山に向ふ」の「山」を、「夕たのむる」は「暮鐘」の「暮」を意識して詠まれていると思われる。ここには、句題和歌に對する定家の作歌態度が端的に示されているのである。

當該歌は基本的には「月は隱る雲樹の外」のイメージに重ねて詠んでいると思われるが、「山の端に夕たのむる月もとまらず」という表現には題と若干異なる心情が讀み取れる。

なをざりの空だのめせであはれにも待つにかならず出づる月かな　（後拾遺集・八六二・雜一・小弁）

大荒木のもりの木のまをもりかねて人だのめなる秋の夜の月　（新古今集・秋上・三七五・俊成女）

いかにせむさらで憂き世はなぐさまずたのめし月も涙おちけり　（千載集・雜上・一〇〇四・定家）

とあるように、月は毎晩かならず出てくるものであるから「たのめし月」と見なされている。しかし、當該歌は「山の端に夕たのむる月もとまらず」と詠まれ、期待はずれの感があるし、題に表れた白居易の穩やかな氣分とはやや異質なものと思われる。

また、歌言葉としての「山の端」は、月が出入りする場所として詠まれており、

飽かなくにまだきも月の隱るゝか山の端にげて入れずもあらなむ　（古今集・雜上・八八四・業平）

をしなべて峯も平らになりななん山の端なくは月も隱れじ　（後撰集・雜三・一二四九・岑雄）

まつ人のこぬ夜のかげにおもなれて山のはいづる月もうらめし　（拾遺愚草・正治初度百首・戀・九七七）

宿ごとにかはらぬものは山のはの月待つほどの心なりけり　（後拾遺・雜一・八四三・加賀左衞門）

君待つとねやへもいらぬ眞木の戸にいたくな更けそ山のはの月　（新古今集・戀三・一二〇四・式子内親王）

とあるように、月が山の端に沈むことは「飽かなくに」という氣持を引き起こすが、その反面、月が山の端をのぼることには「待つ」という語を伴う場合が多い。渡邊秀夫氏は「古代、男が女のもとへ通うのは月の出た夜に限られたかどうかは、しばらく措くとしても、實際、月の明るい夜に男の訪れを待ち、西空に殘る有明けの月の下に男を送り出す戀歌のなんと數多いことか」(40)と述べているが、前掲の三・四・五首目の歌は、いずれもそうした平安人の婚姻生活にもとづいているものであろう。

また、山折哲雄氏は「『新古今』の世界に登場する『月』の姿に微妙な變化の影がさすようになったことも否定することができない。山の端にかかる自然のなかの月は、いまやある種の超世間的な觀念を媒介にして形而上學的な月もしくは宇宙論的な月へと轉ずるのである」(41)と論じており、また、「觀心如月輪若在輕霧中のこころを」という詞書がついている西行の歌、

わが心猶はれやらぬ秋霧にほのかにみゆるあり明の月　（一九三五）

と、

観心をよみ侍りける

やみはれてこころのそらにすむ月はにしの山べやちかくなるらん　（一九七九）

西へ行くしるべと思ふ月影の空だのめこそかひなかりけれ　（一九七六）

といった歌を擧げて「自分の心が西方浄土にひかれていく姿を、それは頼りなげなたたずまいでほのめかしている」(42)と指摘している。前掲慈圓の、

うき身にはながむるかひもなかりけり心にくもる秋の夜の月

という歌は西行の「西へ行く」の歌とは似た心情を詠んでいると言えよう。

戀の感情にせよ、超世間的な觀念にせよ、定家の時代では山の端にかかる月に重層的な氣持が託されており、また、四季の部立において述懐的な歌を詠むことも可能であるから、「山の端に夕たのむる月もとまらず」に讀み取れる一種の頼りなさは、深い意味を表しているものとして推測することもできよう。

三十八　苔むしろもみぢ吹きしく夕時雨心もたへぬ長月の暮

不堪紅葉青苔地　又是涼風暮雨天

歌の意味

筵のような苔に紅葉が一面に吹き散らされており、九月の暮れ方の夕べ、時雨が降っている。このさびしさに心が

堪えられなくなる。

原據詩

秋雨中贈元九

不堪紅葉青苔地　又是涼風暮雨天

莫怪獨吟秋思苦　比君校近二毛年

秋雨中、元九に贈る

堪へず紅葉青苔の地、又是れ涼風暮雨の天。

怪む莫れ獨吟秋思の苦しきを、君に比して校近し二毛の年。

（巻十三、〇六二〇、三十一歳の作）

歌の分析

當該歌の意味について、久保田淳氏は「九月の暮方の夕べ、莚のような苔の上に紅葉が頻りに吹く風のために散り敷き、時雨が降っている。この風景を見ると、美しさ、さびしさに心も堪えられなくなる」と解釋している。しかし、定家が言う「心もたへぬ」の對象には、はたして「美しさ」が含まれているであろうか。それを解明するため、まず、漢詩題について見てみたい。

題の原據詩は典型的な「悲秋」の詩であり、その「秋思の苦しき」は主に老いの悲哀である。「紅葉」「青苔」「涼風」「暮雨」などは、いずれもその寂しく、蕭條たる雰圍氣を感じさせる風物として描かれている。その點について、「紅葉」を中心に分析すると、白詩に見える「紅葉」は、まさに寂しさを感じさせる風物という捉え方で詠まれることが多く、その點は日本の古典文學における「紅葉」のイメージとは違っている。

例えば、白居易には、

雨徑綠蕪合　霜園紅葉多

蕭條司馬宅　門巷無人過

雨徑綠蕪合し、霜園紅葉多し。

蕭條たり司馬の宅、門巷人の過ぎる無し。（巻十「司馬宅」、〇五二〇）

病眠夜少夢　閑立秋多思　病みて眠れば夜夢少く、閑に立てば秋思い多し。
寂寞餘雨晴　蕭條早寒至　寂寞として餘雨晴れ、蕭條として早寒至る。
鳥栖紅葉樹　月照青苔地　鳥は紅葉の樹に栖み、月は青苔の地を照らす。
何況鏡中年　又過三十二　何ぞ況んや鏡中の年、又三十二を過ぎたるをや。

（巻十四「秋思」、〇七五二）

愛菊高人吟逸韻　悲秋病客感衰懷　菊を愛する高人は逸韻を吟じ、秋を悲しむ病客は衰懷を感ず。
黃花助興方攜酒　紅葉添愁正滿階　黃花は興を助けて方に酒を攜へ、紅葉は愁を添へて正に階に滿つ。

（巻六十五「酬皇甫郎中對新菊花見憶」、三一八六）

紅葉樹飄風起後　白鬚人立月明中　紅葉の樹は飄る風起る後、白鬚の人は立つ月明の中。
前頭更有蕭條物　老菊衰蘭三兩叢　前頭更に蕭條たる物有り、老菊と衰蘭と三兩の叢。

（巻六十七「杪秋獨夜」、三三八四）

などの詩句があり、これらの「紅葉」も、やはり「蕭條として」「愁を添へ」る風物である。その「愁」の具體的内容は、ほとんど「病客」と自稱した詩人が衰えてゆく自身を嘆く氣持にしぼられる。この點は白居易の「悲秋」の詩における主たるテーマと言えよう。

「黃花は興を助けて方に酒を攜へ、紅葉は愁を添へて正に階に滿つ」と當該歌の題「堪へず紅葉青苔の地、又是れ涼風暮雨の天」は、ともに『千載佳句』巻上四時部の「暮秋」（一九八、二〇一）に收められており、當該歌の題は、また、『和漢朗詠集』巻上「紅葉」（三〇一）にも見られる。「前頭更に蕭條たる物有り、老菊と衰蘭と三兩の叢」は『千載佳句』巻下草木部の「蘭菊」および『和漢朗詠集』巻上「蘭」（二八六）に收められており、本百首「秋」の題

（三十七）ともなっているので、同じ原據詩の「紅葉の樹は飄る風起る後、白鬢の人は立つ月明の中」もよく知られていた詩句と思われる。

一方、和歌においては、

龍田河紅葉亂れて流るめり渡らば錦中やたえなむ　（古今集・秋下・二八三・よみ人しらず）

見る毎に秋にもなる哉龍田姫紅葉染むとや山もきるらん　（後撰集・秋下・三七八・よみ人しらず）

九月つごもりの日、男女野に遊びて、紅葉を見る

いかなれば紅葉にもまだ飽かなくに秋はてぬとは今日をいふらん　（拾遺集・雜秋・一一三六・源順）

といった秋を彩る錦のような紅葉あるいは秋を惜しませる觀賞の對象として詠まれるのが傳統的な歌い方であると思われる。定家の名歌、

見わたせば花も紅葉もなかりけり浦のとまやの秋の夕暮　（新古今集・秋上・三六三）

には、「なかりけり」という否定的な表現が用いられているけれども、「紅葉」は「花」と同様に、あこがれの對象となる美しい自然の景色として詠まれている。(43)「もみぢば」を見て美しさを感じるのは、和歌の傳統に沿ったことなのである。

しかし、渡邊秀夫氏も指摘するように、「平安初頭の漢風讃美時代を經て、王朝の和歌は、秋を憂愁に季節とする中國的な秋のとらえ方「悲秋」を新たに學ぶことを經て、……『秋』を陰影に富む人生的な彫りの深い歌境を開く題材へと導くこととなったのであ」り、『もみぢ（落葉）』を移ろい色褪せるもの、凋落する人生をかたどるものとして」詠まれるようになった。(44)

秋風にあへずちりぬるもみぢばの行へさだめぬ我ぞかなしき　（古今集・秋下・二八六・よみ人しらず）

もみぢ葉を風にまかせて見るよりもはかなき物は命なりけり　（古今集・哀傷・八五九・大江千里）

などの歌はそうした例であり、定家も、漢詩の影響を強く受け、「悲秋」の旋律に乘ってつぎのような歌を詠んでいる。

おちつもる木葉はらはぬ紅はさびしかるまじき色ぞと思へど(45)　（拾遺愚草員外・雜・三十一字歌・三一二三）

蒼苔黄葉地　日暮旋風多

秋風は紅葉を苔に吹きしけどいかなる色と物ぞかなしき　（文集百首・舊里・六十二）

だが、このようなとらえ方で詠まれた歌は、「紅葉」を詠んだ歌の主流とは必ずしもなっていない。やはり錦と見立てられる華麗な紅葉のイメージのほうが主であって、新古今時代までも讚美される對象となっている。

ところで、中世になると、「飛花落葉の觀とて生死の無常をさと(46)」るという佛教的觀點が廣がり、そこに漢詩の世界から來た無常を知らせる紅葉のイメージは大いに應用されている。『寳物集』巻第二には、「飛花落葉のうた」として、

大納言公任

けふ見ずはあすやあらまし山里の紅葉も人もつねならぬ世に

素　覺家基入道

世のうさに秋の木葉のふりければおつる涙も紅葉しにけり

が擧げられている(47)。また、本百首「無常」の部で定家が詠んだ歌、

逝者不重迴、存者難久留

かへらぬもとまりがたきも世の中は水ゆく川に落つる紅葉ば　（八十七）

も、典型的な「飛花落葉」を詠う文學と言えよう。

當該歌の意味を考える場合、また、「苔むしろ」という表現および「長月の暮」に「夕」という時間的設定も大事な點と思われる。「苔むしろ」は、言うまでもなく題中の「青苔」を踏まえているが、歌言葉としての「苔むしろ」は世捨て人の生活を想起させる。また、「長月の暮」とは、秋が終わろうとし、嚴しい冬の季節がまもなく到來するから、その頃の「夕時雨」は、題中の「暮雨」を踏まえているだけでなく、「涼風」の「涼《さむ》」さをも感じさせるであろう。さらに、川本皓嗣氏の指摘したように秋の夕暮には、「夏から冬へ、すなわち成長から凋渇へ、あるいは光りから闇への移行の季節としての秋と、やはり同様に晝から夜への移行の時刻としての夕暮には共通の要素として、衰微への豫感とそれに伴う悲哀感は含まれている(48)」。そうすると、一首の全體には題の「堪へず紅葉青苔の地、又是れ涼風暮雨の天」と似たような雰圍氣が感じ取れるのではなかろうか。

當該歌の題の句を踏まえて詠まれた歌として近藤みゆき氏は相模の、

もみぢばもこけのみどりにふりしけばゆふべのあめぞそらにすずしき

を指摘しているが(49)、それと當該歌にそれぞれ見られる「もみぢば」にかかわる心情は違っているように思われる。この點から言えば、當該歌はまさに漢詩文の世界に染まっている定家の一つの側面を有力に證明しているのである。

三十九　聲ばかり木の葉の雨は古郷の庭もまがきも月の初霜

葉聲落如雨　月色白似霜

歌の意味

雨の音がしているが、それは音だけで、降っているのは秋の落葉だ。昔から住み慣れたこの家の庭や籬にもこの明るい月光が降り注いで霜がかかっているように見える。

原據詩

秋夕

葉聲落如雨　月色白似霜
夜深方獨臥　誰爲拂塵牀

秋夕
葉聲は落ちて雨の如く、月色は白くして霜に似たり。
夜深けて方に獨り臥す、誰が爲に塵牀を拂はん。
（巻十、〇四五〇、四十歳の作）

歌の分析

原據詩の後の二句は本「文集百首」の戀の部（五十一）に選ばれている。

白居易はこの歌の十二年後（八二三年）、また「風吹古木晴天雨、月照平沙夏夜霜」と詠んでおり[50]、それは蘇東坡の賞贊を得ているという[51]。

題の二句は、日本の和歌に享受されていることが認められる。『古今集』「秋」には、

立とまり見てをわたらむもみぢ葉は雨と降るとも水はまさらじ　（三〇五・躬恆）

という歌があり、小島憲之・新井榮藏二氏の校注は「木の葉を雨に見立てる表現は漢詩にある」と注をつけている[52]。

また、『後撰集』「秋」には、

秋の夜に雨と聞こえて降りつるは風に亂るゝ紅葉なりけり[53]　（四〇七・よみ人知らず）

という歌が、『後拾遺集』「冬」には「落葉といふ心をよめる」という詞書きを添えて、

木の葉散る宿は聞き分くかたぞなき時雨する夜も時雨せぬ夜も

（三八二・賴實）

とあり、そこの注には「葉聲落如雨、月色白似霜（白氏文集）を踏まえた歌題」とある。[54] この三首は木の葉を雨に見立てる趣を詠み込んでいる歌としては早い例であり、「立とまり」歌と「木の葉散る」歌については、右に述べた通り漢詩或いは白詩の影響を受けていると指摘されている。

ところで、時代が下っていくと、次のような歌が見られる。

なごりなく時雨の空ははれぬれどまだ降るものは木の葉なりけり[55]

（詞花集・秋・一三五・源俊頼）

ねざめしてたれか聞くらんこのごろの木の葉にかゝるよはの時雨を

（千載集・冬・四〇二・馬内侍）

入日さす佐保の山べのはゝそ原くもらぬ雨と木の葉ふりつゝ

（新古今集・秋下・五二九・曾禰好忠）

「なごりなく」歌と「入日さす」歌は、「空ははれぬれど」と「くもらぬ雨」という表現から見れば、冒頭に述べた「風生古木晴天雨」という白居易の詩想からヒントを得ているのではないかと思われる。「ねざめして」歌は、枯葉にかかる時雨つまり、「落葉時雨」を詠む歌であり、そういう歌は「葉聲は落ちて雨の如く」という自然現象自體の趣というより、凋落していく秋のわびしさがテーマとなっているのであり、そこには日本人の心が映し出されていると言えよう。

さらに、

時雨かときけば木の葉のふる物をそれにもぬるるわが袂かな

（新古今集・冬・五六七・藤原資隆）

という歌には「ぬるるわが袂」を詠み込むことによって「涙が降る」という要素も入っており、「葉聲は落ちて雨の如く」という發想と、日本人の感情表現とがさらに一緒に織り込まれている。

久保田淳氏の『譯注』では「古鄉の――「降る」を掛ける」と言われており、また、遍昭の、

里はあれて人はふりにし宿なれや庭も籬も秋の野良なる

（古今集・秋上・二四八）

という歌が當該歌の本歌であると指摘されている。當該歌が、本歌の「庭も籬も秋の野良なる」を「庭もまがきも月の初霜」に詠み替えたのは、題の二句目の「月色は白くして霜に似たり」を機械的に詠み込んだものではなく、上句の「木の葉の雨は古（ふる）」ことと關連があるように思われる。「庭もまがきも月の初霜」とは、晴れている夜空に照らしている月光が降り注いで庭や籬が白く見えているという景色であり、

小倉山ふもとの里に木の葉ちればこずゑにはるゝ月をみるかな

（新古今・冬・六〇三・西行）

の「木の葉ちれば」「はるゝ月」などの表現を注目すれば、情景がよく似ているので、あるいはこの歌も定家の脳裏に浮かんできたかもしれない。

注

（1）當該歌の原據詩は、「酬思黯相公晩夏雨後感秋見贈」（三三六九）という詩の次の次にあり、この晩夏の詩は原據詩とほとんど同じ状況を詠んでいる。その詩句には「暮去り朝來たりて歇む期無く、炎涼暗に雨中向《に》て移る。夜の長きは祇《ただ》合に愁人覺るべく、秋の冷かなるは先づ應に痩客知るべし（暮去朝來無歇期、炎涼暗向雨中移。夜長祇合愁人覺、秋冷先應痩客知）」という表現があり、その「秋冷先應痩客知」は、當該歌の原據詩の「此境誰か偏に覺ゆる、貧閑老痩の人」と氣分としてはなはだ相近い。

（2）原文および訓讀は花房英樹『文選』（詩騷編）四に據っている。

（3）片桐洋一校注『後撰和歌集』。

（4）すでに擧げた巻上・冬の「雪」に見える尊敬の詩句「班女が閨の中の秋の扇の色」には雪の色がテーマとなっており、扇を詠ずるものではない。

（5）『白氏文集』巻六十五、三三一一。

（6）訓讀は花房英樹『文選』（詩騷編）四に據っている。

（7）訓讀は小尾郊一『文選』（文章編）二に據っている。ただ、「諒に愁へて盡《きは》まらざること無し」一句は、もともと「諒に愁へて盡きざる無し」となっているが（この句を「ああ、秋の日の悲しさは、いくら憂えても盡きることはない」と小尾郊一氏は譯している）、ここの「盡」は「極限」の意味と理解されるので、その訓讀をあらためた。

（8）訓讀は漢詩大系第九巻、目加田誠『杜甫』に據っている。

（9）秋山虔他著『詞華集　日本人の美意識　第二』七二頁（鈴木日出男執筆「和歌と漢詩十二月」）に據る。

（10）前掲書二〇頁（稲岡耕二執筆「萬葉十二月」）に據る。

（11）「燕子樓中霜月夜、秋來只爲一人長」は『和漢朗詠集』巻上「秋夜」に收めており、訓讀はそれに據っている。「大抵四時心總苦、就中腸斷是秋天」は『和漢朗詠集』巻上「秋興」に收めており、「大底《おほむね》四時《しいじ》は心《こころ》惣べて苦《ねんごろ》なり、就中《このうち》腸《はたわら》の斷《た》ゆることはこれ秋《あき》の天《てん》なり」とある。金子彦二郎『平安時代文學と白氏文集——道眞の文學研究篇第一冊——』には、右の二つの對句を踏まえて詠まれた句題和歌についての研究が見られる。例えば、「秋來只爲一人長」の句題和歌として大江千里の「月見れば千ゞにものこそかなしけれわが身ひとつの秋にはあらねど」（古今集・秋上・一九三）を擧げており（三八九頁）、同じ句を攝取した漢詩の例として道眞の「隨見隨聞皆慘慄、此秋獨作我身秋」（菅家後集「秋夜」）を擧げている（一四九頁）。また、注（4）所掲著書七四、七五頁（「和歌と漢詩十二月」）において、鈴木日出男氏は、菅原道眞の「一生に三秋の月を見ざらませば天下に腸斷ゆる人無からまし（一生不見三秋月天下應無腸斷人）」を論じており、「ここでの作者にはおそらく、『白氏文集』（巻十四）の名高い詩句『三五夜中の新月の色二千里の外の故人の心』の、十五夜に遠く離れている舊友を憶《おも》う心も、想起されていたにちがいない」と指摘している。それと同時に、右の道眞の二句には「就中腸斷つは是れ秋天」の響きもあるのではないかと思われる。

（12）「就中腸斷つは是れ秋天」という句が『源氏物語』「蜻蛉」巻に見えることは、注（4）所掲著書の九九頁（大曾根章介執筆「和漢朗詠集十二月」）によって教えられた。『源氏物語』の原文は「もののみあはれなるに、『中《なか》に就《つ》いて腸《はらわた》斷《た》ゆるは秋の天』といふ事を、いとしのびやかに誦《ずん》じつつゐ給へり」（岩波新日本古典文學大系による）とある。

（13）注（11）所掲金子著書一二八頁。

(14) 注(9)所掲著書九八、九九頁(大曾根章介執筆「和漢朗詠集十二月」)。
(15) 注(11)に所掲金子著書一二九頁。
(16) 渡邊秀夫『詩歌の森』「Ⅱ鳥の聲と花の香・櫻」參照。
(17) 注(9)に所掲著書四一頁(秋山虔執筆「古今集十二月」)。
(18) 注(16)所掲著書の「Ⅱ鳥の聲と花の香・ほととぎす」參照。
(19) 注(16)所掲著書の「Ⅴ移ろいと永遠・雪」參照。
(20) 注(16)所掲著書の「Ⅴ移ろいと永遠・もみじ」參照。
(21) 久保田淳『新古今和歌集全注釋』第二巻三五八頁。
(22) 島津忠夫編『新古今和歌集を學ぶ人のために』二〇四、二〇五頁。
(23) 佐久節氏は「月苦《さや》かに風凄じく砧杵悲しむ」と訓讀しているが、ここの「苦」「凄」「悲」は、いずれも詩人の心情が投影した表現であり、似たような感情を表していると思われる。白詩には、また、「霜嚴月苦欲明天」(一二一三、「早朝思退居」)、「月苦烟愁夜過半」(三〇四一、「哭師皐」)という句があり、これも同じような修辭法である。
(24) 柿村重松『和漢朗詠集考證』では「誰家思婦秋擣帛、月苦風凄砧杵悲」を「八月九月正長夜、千聲萬聲無了時」のすぐ後に並べ、「本句、行成筆本載せす。集註、諺解以下には次の句の後に列す。今は私註の順序に從ふ」と言っている。
(25) 前掲柿村著書三〇二頁。同書は、また、謠曲の「砧」「碁」「山姥」などにも受容されていると指摘している。
(26) 岩波日本古典文學大系『和漢朗詠集』(一三五頁の頭注)、注二四所掲『和漢朗詠集考證』三〇一頁、中西進『源氏物語と白樂天』六一頁などで指摘されている。
(27) 小町谷照彦校注『拾遺和歌集』の解說によれば、その成立は「寬弘二年(一〇〇五)六月十九日より同四年正月二十八日までの間の頃かと、推定されている」(四七八頁)ということである。また、『日本文化總合年表』によると、『和漢朗詠集』の成立は一〇一二年頃である。
(28) 川村晃生・柏木由夫校注『金葉和歌集』は右の「山里の」の歌の參考歌としてこの歌を擧げている。
(29) 「蛬」は『白氏文集』では「蛩」とある。

(30) 片野達郎・松野陽一『千載和歌集』校注と田中裕・赤瀬信吾『新古今和歌集』校注にはそれぞれ「相思夕上松臺立、蛩思蟬聲滿耳秋」が參考として擧げられている。
(31) 川口久雄氏『和漢朗詠集』補注および西尾實と佐竹昭廣それぞれの『方丈記』校注を參照。
(32) 川口久雄『和漢朗詠集』の頭注に據る。
(33) 例えば、「論春秋歌合」に「きりぎりす鳴く草むらの白露に月かげ見ゆる秋はまされり」、「宰相中將君達春秋歌合」(應和三年七月二日)に「花も咲く紅葉ももみづ蟲の音も聲聲多く秋はまされり」がある。
(34) 朱金城『白居易集箋校』には「〔李十一〕李建。見卷五寄李十一建詩箋」とある。
(35) 『和漢朗詠集』には「遲遲たる鐘漏の初めて長き夜、耿耿たる星河の曙けなんとする天(遲遲鐘漏初長夜、耿耿星河欲曙天)」と記されている。
(36) 『拾遺和歌集』戀二には、「よみ人知らず」として「ひとり寢し時は待たれし鳥の音もまれに逢ふ夜はわびしかりけり」(七一八)という類歌がある。
(37) 「月陰雲樹外」の「陰」は冷泉家時雨亭叢書本と慈圓の「文集百首」では「隱」とある。
(38) 水野美知「王朝時代に於ける朧月の鑑賞について」。
(39) 前掲水野論文は白居易の詩句「不明不暗朧朧月」などの中國の漢詩に見える「朧朧月」について述べ、「却って皎々たる月光を形容するものである」と結論している。
(40) 渡邊秀夫『詩歌の森』「I光り輝くものたち・月」。
(41) 山折哲雄『日本宗教文化の構造と祖型』第十章「山越えの象徵」三二二頁。
(42) 前掲山折著書三二八、三二九頁。
(43) 赤羽淑「定家の否定的表現」を參照。
(44) 渡邊秀夫『詩歌の森』「V移ろいと永遠・もみじ」三〇〇、三〇一頁。
(45) 久保田淳『譯注藤原定家全歌集下』の補注では、參考として白居易詩「秋庭不掃攜藤枝、閑踏梧桐黃葉行」が擧げられているが、ほかには「長恨歌」の「落葉滿階紅不掃」も指摘できると思われる。

(46) 小泉弘・山田昭全校注『寶物集』六四頁。
(47) 前掲著書六五頁。
(48) 川本皓嗣『日本詩歌の傳統――七と五の詩學――』八頁。
(49) 近藤みゆき「攝關期和歌と白居易」。
(50) 『白氏文集』卷二十「江樓夕望招客」、一三七四。
(51) (清)潘德輿『養一齋詩話』に「蘇東坡は、白居易の詩は、晩年、たいへん巧みになったと言っていた。ある人がその詩を敎えてもらったところ、蘇東坡は『風は古木に生じて晴天の雨　月は平沙を照らして夏夜の霜(風生古木晴天雨、月照平沙夏夜霜)』だと答えた。私の考えでは、この二語は殊に淺薄平板で白詩としては優れたものではない。東坡がなぜこれを賞贊したのかよく分からない。(東坡謂白詩晩年極高妙、或問之、曰:『風生古木晴天雨、月照平沙夏夜霜』。余按此二語殊平淺、非白詩之妙者、不解東坡何以賞之)」ということが記されていることは、よく知られている。
(52) 小島憲之・新井榮藏校注『古今和歌集』。
(53) 『拾遺和歌集』「秋」には、貫之の歌として「秋の夜に雨と聞えて降る物は風にしたがふ紅葉なりけり」(二〇八)がある。
(54) 久保田淳・平田喜信校注『後拾遺和歌集』。
(55) 工藤重矩校注『詞花和歌集』は「漢詩題に『落葉聲如雨』(本朝文粹・卷十)などある」と注を付けているが、その「落葉聲如雨」は白詩の「葉聲落如雨」の影響を受けていると考えられる。

第三節　日・中の文學における「春花秋月」

中國と日本それぞれの詩歌において、いずれも自然の風物が文學素材として多く詠まれてきた。自然美の發見、そして人間と自然とが融合し、一體になろうという精神的軌跡も見られるが、それは日・中兩民族にとって、それぞれどのような役割を果したかという問題は文學研究者にとって、重要な課題である。

そこで、本節では、花と月のイメージを中心に中國と日本それぞれの詩歌に見える自然に關わる心情を考えてみたい。ただ、中國文學の場合、月と川がよく一緒に用いられるから、川のイメージについての考えも考察に取り入れる。

一　中國における月と川のイメージ

「文集百首」の「春十五首」の歌（十）、

落花不語空辭樹

山吹の色よりほかにさく花もいはでふりしく庭の木のもと　（定家）

落花不語空辭樹　流水無心自入池

はなも水も心なぎさやいかならむ庭に浪たつはるの木のもと　（慈圓）

と「舊里五首付懷舊」の歌（六十一）、

前庭後苑傷心中、只是春風秋月知

大空の月こそのこれ住みなれし人の影みぬ軒の草葉に　（定家）

前庭後苑傷心事、只是春風秋月知

ありし世のやどのけしきをとふ物は秋の夜の月庭の春風　（慈圓）

の原據詩は同じ作品であり、全文は本章第一節の十番歌の分析に引用している。また、歌の分析をしたときに、「落花語らず空《ただ》樹を辭し、流水情無く自《おのづか》ら池に入る」には、「落花」や「流水」が代表している自然現象に對する中國人の認識が見られるのであり、それは、つまり自然というものは、「前庭後院　心を傷ましむる事」といった人の世の變化を超えた性格を有する「自然而然」の存在である、という自然觀である、と指摘した。その點では、同じ原據詩に見える「春風」と「秋月」も同じように考えられる、と述べたが、この問題についてさらに視野を廣げて考察したい。

つぎの二つの例は、共によく知られている作品であるが、詩中に見える「月」や「川」のイメージは白詩のそれと基本的に同じ性格を持っていると思われる。

一つは初唐の詩人、張若虚の「春江花月夜」に見える詩句、

江畔何人初見月　江月何年初照人　　江畔　何人か初めて月を見る、江月　何れの年か初めて人を照らす。

人生代々無窮已　江月年々祇相似　　人生　代々　窮まり已むこと無し、江月　年々　祇相ひ似たり。

不知江月待何人　但見長江送流水　　知らず　江月　何人をか待つ、但だ見る　長江の流水を送るを。

白雲一片去悠悠　青楓浦上不勝愁　　白雲一片　去りて悠悠、青楓浦上　愁ひに勝へず。

誰家今夜扁舟子　何處相思明月樓　　誰が家ぞ　今夜　扁舟の子、何れの處か　相思　明月の樓。(1)
である。また、李白の「把酒問月」にも、大體、同じような氣持を表す詩句が見られる。
青天有月來幾時　我今停杯一問之　　青天に月有りてより來《このかた》　幾時ぞ、我　今　杯を停《とど》めて　一たび之に問ふ。

……

今人不見古時月　今月曾經照古人　　今の人は見ず　古時の月、今の月は　曾經《かつ》て古人を照らせり。
古人今人若流水　共看明月皆如此　　古人　今人　流水の若《ごと》し、共に明月を看ること　皆　此くの如し。(2)

前者は春の月を詠じているものであるが、中國古典文學において「月」が永久なものであるというイメージは、ほとんど季節によって動くことはないと言える。白居易には「中秋月」と題する詩があり、
萬里清光不可思　添愁益恨繞天涯　　萬里の清光思ふべからず、愁を添へ恨を益して天涯を繞る。
誰人隴外久征戍　何處庭前新別離　　誰人か隴外久しく征戍する、何處の庭前にか新に別離する。
失寵故姫歸院夜　沒蕃老將上樓時　　寵を失ふ故姫院に歸る夜、蕃に沒する老將樓に上る時。
照他幾許人腸斷　玉兎銀蟾遠不知　　幾許をか照他して人腸斷つ、玉兎銀蟾遠くして知らず。
と詠まれているが、頸聯の「誰人か隴外久しく征戍する、何處の庭前にか新に別離する」は、「春江花月夜」の「誰家今夜扁舟子、何處相思明月樓」を思わせ、人に愁いを添える點は「青楓浦上不勝愁」とも重なっている。
南唐後主の李煜の「虞美人」、
春花秋月何時了　往事知多少　　春は花　秋は月とてながらへて、すぎにしこともかずしらず。(3)

の「春花秋月」も、自然の永遠さを代表する存在として詠まれている例である。

ここには月が「往事」を知っていると詠われているが、白詩におけるそうした表現は少し複雑に見える。例えば、冒頭に引用した「過元家履信宅」では、

前庭後院傷心事　唯是春風秋月知　　前庭後院心を傷ましむる事、唯だ是れ春風秋月の知るのみ。

とあり、「秋月」が「前庭後院心を傷ましむる事」を知っていると言っている。また、「中秋月」においては、

照他幾許人腸斷　玉兎銀蟾遠不知　　幾許をか照他して人腸斷つ、玉兎銀蟾遠くして知らず。

と、月は心や情を持っているものではないようである。さらに、本百首の五十六番の題となっている、

從今便是家山月　試問清光知不知　　今より便ち是れ家山の月、試みに問ふ　清光よ知るや知らずや。

という二句は、自分のことを知っているか、と作者は月に問いかけている。表現としてはそれぞれ違うものの、月は沈んだらまた昇ってきて、いつまでも空を巡り廻っていることから、人の世の出來事をずっと見て知っているという擬人的手法が生まれたと考えられるが、また、その擬人的手法によって自然の悠久さと人の世に關する歴史意識を表現しうるようになる。右に擧げた李煜の詞と白氏の「過元家履信宅」詩は、そうした例である。ただし、それは、そもそも表現上の問題であり、月そのものは「情」などを持っているものではない、という認識とは別に矛盾しないと言えよう。

そこで、もう一つ指摘しておきたいのは、月そのものが情を持っていないと中國人に認識されつつも、明月は人の悲しみを引き起こすという從來のイメージの根強さも見られ、それは白詩においても同様である。

莫對月明思往事　損君顏色減君年　　月明に對して往事を思ふ莫れ、君が顏色を損じて君が年を減

ぜん。

といった詩句や、

三五夜中新月色　兩千里外故人心　　三五夜中　新月の色、兩千里の外　故人の心。

などは、その例であるが、魏晉時代に盛んであった「悲秋」文學には、

秋風蕭瑟天氣涼　草木搖落露爲霜　　秋風　蕭瑟　天氣涼やかに、草木は搖落して露は霜と爲る。

……

明月皎皎照我牀　星漢西流夜未央　　明月は皎皎として我が牀を照らし、星漢は西に流れて夜未だ央ならず。

（魏文帝「燕歌行」、『文選』巻二十七）

秋風何冽冽　白露爲朝霜　　秋風　何ぞ冽冽たるや、白露は朝霜と爲る。

……

明月出雲崖　皦皦流素光　　明月は雲崖より出で、皦皦として素光を流す。

（左思「雑詩」、『文選』巻二十九）

というような詩句が多く見られ、それらは月に悲しみが伴う表現の源流となっているように考えられる。月に對するこの悲しい感じ方は、後文に引用する蘇軾の「赤壁の賦」に至って、やがて克服される。

ところで、右の例に擧げた張若虛と李白の詩句に、それぞれ見える「但見る　長江の　流水を送るを」「古人　今人　流水の若《ごと》し」に關する諸家の解釋はさらに檢討する必要がある。それは白詩の「落花語らず空しく樹を辭し、流水情無く自《おのづか》ら池に入る」二句の理解とも關連しているからである。

「春江花月夜」の「人生代々　窮まり已むこと無く、江月年々　只相似たり。知らず　江月の　何人をか待つを、

但見る　長江の　流水を送るを」について、松浦友久氏は

人世の轉變と月の不變とを對比したもの。明、李攀龍の『唐詩訓解』に、『人有變更、月長皎潔、我不知爲誰而輪光平、所見惟江流不返耳』と。(4)

と注釋している。また、「把酒問月」の「古人　今人　流水の若《ごと》し」の「流水の若《ごと》し」について松浦氏は、

とどめがたい時間の流れのなかで、刻々と移ろいゆき、死んでいく人間の姿を『流水』にたとえたもの。流水のもつ二つの屬性「悠久不盡」「一去不返」のうち、後者の強調である。『論語』子罕篇に、『子在川上曰、逝者如斯夫、不舍晝夜』とあるのに基づく。(5)

と解釋している。さらに、「共に明月を看ること　皆　此くの如し」の「皆　此くの如し」について松浦氏は、

『如此』とは、直接的には自分と同じ思い（感慨）――月の永遠性に對して、流水のごときはかない人生を嘆くこと――を指すが、月に對するさまざまな問いかけの部分も含まれるであろう。

と說明すると同時に、

一說に、『みな同じ月を眺めた』意とする（久保天隨『李太白詩集』下〔續國譯漢文大成、一九二八年〕、中國社會科學院文學研究所『唐詩選』上〔人民文學出版社、一九七八年〕など）。(6)

と言っている。

しかし、「春江花月夜」と「把酒問月」との兩方に見える「流水」のイメージについての右の諸解釋（明の李攀龍の注を含む）は、はかなさという面を強調しすぎて、「悠久不盡」の面を見落としているのではないかと思われる。「春江花月夜」の「人生代々　窮まり已むこと無く」は、「長江の　流水を送る」というイメージに重なる表現と思われ、また、「把酒問月」の「共に明月を看ること　皆　此くの如し」は松浦氏の一說にあるように「みな同じ月を眺めた」

というふうにも解釋できるわけである。「古人　今人　流水の若し」とは、人間が「とどめがたい時間の流れのなかで、刻々と移ろいゆき、死んでいく」の意よりも、「いにしえから今までは、人間にも流水のように死んでいく人もいれば、生まれてくる人も絶えることはないのだ」というニュアンスの方が強いと思われる。なお、蜂屋邦夫氏は「古代中國の水の哲理――儒家・道家の水の思想――」の考察で、『論語』「子罕篇」の「子在川上曰、逝者如斯夫、不舍晝夜」について漢代までの儒家による解釋を分析した上で、

こう見てくれれば、孔子の川上の嘆を出發點としてその感慨を孟子がふくらませ、さらに漢代にかけて水の流れに德目を結びつける考え方が發展してきたことが分かる。こうした水、つまり川は、長明が持ったような感傷を呼び起こすものではなく、人びとを元氣付け、行動の規範ともなるものとして認識されていたといえるであろう。(7)

と結論している。要するに、『論語』「子罕篇」の孔子の言葉を根據にして右に述べた「流水」という表現を「はかない」の意と解釋することが妥當であるかどうか、さらに檢討する必要があるように思われる。

さらに、視野を同じ東アジアの韓國と日本における川のイメージに廣げて見れば、辛恩卿氏は韓國の抒情歌である時調の、

青山はどうして永久に青々として
流水はどうして晝夜となく流れてやまぬのか
我らも流水のようにやむことなく、若やいで生きよう

を引用して、時調に見える自然の不變性に對する強い信念を説明している。(8) また、山岡敬和氏は、

み吉野の秋津の川の萬代に　絶ゆることなくまたかへり見む　（萬葉・九一一）
あひ見ては心ひとつを川島の　水の流れて絶えじとぞ思ふ　（伊勢物語・二十二段）

を例に、「古來人々は〈川〉に對して、轉變する流れの流動性と、途絶えることのない流れの永續性という、相反する二つの感慨を抱いては、それを和歌に表出してきたと言える」と指摘する。(9) これらはそれぞれの民族において川という同じ自然物によって起こる類似する認識でもあり、孔子の言說が深く浸透した東アジア地域の人々の思惟の共通點をも示しているであろう。ただし、山岡氏論の表題「萬物生滅の儚さを暗示する川と水」が示しているように、日本の場合は、時代の推移につれて、次第に川の流動性に注目して、もっぱらはかなさのイメージが表現されるようになった。

というわけで、右に擧げた張若虛と李白の詩句には、「人世の轉變と月の不變とを對比したもの」というより、「人間は源の盡きない川のように永續的にこの世に流れてきて、また、逝ってしまうが、それは沈んで、また、昇ってきて永遠に空を照らしている月と似たようなものだ」という詩人の心が詠われているのではないかと思われる。(10)

蘇軾は「赤壁の賦」において、右に擧げた張若虛と李白の詩句を繼承して、つぎのように言っている。

(客曰) 蜉蝣の天地に身を寄せるがごとき、また、米粒の大海に浮かぶにも似たささやかな身の上。わが生のはかなさが悲しく、長江の果てしなさが羨ましい。空かける仙人の遊びをわがものとし、明月を抱いてとこしえにながらえようにも、願いはにわかにかなうはずもなし。悲しい秋風にのせ、心の名殘りを笛の響きに託しただけ。

……

(蘇子曰) 君もかの水と月とのことはご存じのはず。川の水は逝くものはかくのごとしといわれながら、盡き果てたことはついぞない。月は滿ち缺けはするが、つまるところは增え減りはせぬ。變化という點から見れば、天地は一瞬のあいだもそのままではあり得ず、不變という點から見れば、物もわれもすべて盡き果てることはない。されば何を羨むことがあろう。……ただ長江のほとりの涼風と、山あいの明月だけは、耳に觸れればさわやかな響きを得、目に遇えば美しい色となり、いくら取っても禁じられることはなく、いくら使っても盡きることはない。これこそ造物主の「無盡藏」、われひとともに享受できるもの。

哀人生之須臾，羨長江之無窮。挾飛仙以遨遊，抱明月而長終。知不可乎驟得，托遺響於悲風。客亦知夫水與月乎？逝者如斯，而未嘗往也；盈虛者如彼，而卒莫消長也。蓋將自其變者而觀之，則天地曾不能以一瞬；自其不變者而觀之，則物與我皆無盡也，而又何羨乎！……惟江上之清風，與山間之明月，耳得之而爲聲，目遇之而成色，取之無禁，用之不竭，是造物者之無盡藏也。(11)

ここに表現されている思想は、實は中國精神史が達した高い境地を示している。葛曉音氏は、この作品を評して、「わが生のはかなさが悲しく、長江の果てしなさが羨ましい」という感傷は、まさに漢代以來の詩文中に絶えず詠嘆されてきた人の生命のはかなさと宇宙の永遠というテーマである。「空かける仙人の遊びをわがものとし」、曹操のような功業をなしとげることは、これもまたまさに漢魏以來の文人がずっと探ってきた、人生を永遠ならしめる二つの重要な方法である。しかし、客（作品中の人物―雋注）はそのすべてを疑問に思ったり否定したりしている。そうすると、玄學の奧深い原理によってそうした感傷を解消させるよりほかない。

「哀人生之須臾、羨長江之無窮」的感傷，正是自漢以來詩文中持久地詠嘆着的人生短暫、宇宙無盡的主題。「挾飛仙以遨遊」以及建立曹操式的功業，也正是漢魏以來文人所不斷探索的使人生不朽的兩種主要方式。客人對此均表示懷疑或否定，那麼這種傷感便只有用玄理來消解了。(12)

と述べ、人間は宇宙間の一粒の微塵にすぎないが、水や月などの自然が變化と不變という二つの側面を持っているように、その攝理は人間にも同じように存在している、故に「物もわれもすべて盡き果てることはな」く、精神は自然と一體になって永遠という境地に達していると蘇軾は言っている、と説明している。

このように初唐から宋にかけての中國文學における月と川のイメージをおさえた上で、張若虚・李白と蘇軾の間にいた白居易が詠んだ「落花不語空辭樹、流水無情自入池」を見てみれば、その「流水」はまさに「春江花月夜」と「把酒問月」の「流水」の系譜を継いでいるものであり、「落花」と同様に、別にはかなさなどというものでもなければ、そうした氣分を持つものでもなく、「前庭後院　心を傷ましむる事」という人の世の變化を超えた自然の存在だけであると、解釋できよう。

中國文學と西洋文學との兩方に通じている劉若愚氏は中國人の自然觀についてつぎのように述べている。

中國人にとって「自然」とはワーズワース（筆者注：Willian Wordsworth、一七七〇〜一八五〇、イギリスの詩人）が言うような造物主の形而下の顯示ではなく、「自ら然りて然る」（自然而然）ものである。中文で「Nature」を表す語は「自然」であるが、中國人の心は「自然」を一個の事實として受け入れることで滿足しているようであり、「第十番目の天」（primum mobile）（中文譯者注：プトレマイオス（Ptolemy）天文學が假想した地球をめぐっている天の中でもっとも外にある天であり、全天界宇宙運行の原動力と考えられている）を探求しようとするものではない。このような「自然」の概念はトマス・ハーディー（Thomas Hardy、一八四〇〜一九二八、イギリスの詩人・小說家）の「內在意志」（Immanent Will）（宇宙を支配するある種の盲目的力）に似ている。しかし、そのような幽暗で陰鬱な連想はない。

この點から導き出された一つの見方として、自然は「人間」に對して慈悲もなければ、敵意もない。故に「人」とは永遠に「自然」と闘爭するものではなく、「自然」を構成する一部分であると考えられている。

對於這些中國詩人，「自然」不像華滋華斯那樣，是造物主之形而下的一種顯示，而是自然而然的。中文表示「Nature」的詞是「自然」，而中國人的心似乎滿足於將「自然」當做一個事實加以接受，併不去探求「第十天」（primum mobile）〔譯者注：托勒密（Ptolemy）天文學所假想的圍繞地球的最外層天，認爲是整個天界宇宙運行的原動力〕。這種「自然」的概念有點像哈代〔Thomas Hardy，一八四〇～一九二八、英國詩人・小說家〕的「內在意志」（Immanent Will）〔支配宇宙的某種盲目的力量〕，可是沒有它那頗爲幽暗和陰鬱的聯想。

由這點引導出來的一個看法是：自然對人既無仁慈亦無敵意。因此，「人」併不被認爲永遠與「自然」鬪爭，而是構成「自然」的一部分。(13)

「落花語らず空《ただ》樹を辭し、流水情無く自《おのづか》ら池に入る」に描かれた風景は、まさにそのような「慈悲もなければ、敵意もない」自然であろう。

二　中國における花のイメージ

つぎに、白詩の「落花語《ものい》はず空《ただ》樹を辭す」と關連して唐詩における「花」の詠じ方について見てみよう。まず、日本にも古くからよく知られている初唐の劉希夷の詩句を擧げておこう。

今年花落顏色改　明年花開復誰在　　今年花落ちて顏色改まり、明年花開きて復た誰か在らん。

已見松柏摧爲薪　更聞桑田變成海　　已に見る松柏の摧けて薪と爲り、更に聞く桑田變じて海と成るを。

古人無復洛城東　今人還對落花風　　古人復び洛城の東に無く、今人還ほ對す落花の風。

年年歲歲花相似　歲歲年年人不同　　年々歲々花相い似たり、歲々年々人同じからず。

（『全唐詩』卷八十二「劉希夷集・代白頭吟」）

右の詩句で、まず目に付くのは「年々歳々花相い似たり」と張若虚の「江月年々　祇相似たり」は、表現も近似しており、發想も同じであり、自然物である「花」や「月」はいつも變わらない、という點である。また、「古人復び洛城の東に無く、今人還ほ對す落花の風」と「歳々年々人同じからず」といった詩句には「古人」から「今人」までの「歳々年々」に續いている人類の永續性も含まれており、それもまた、張若虚の「人生代々　窮まり已むこと無く」と共通している。ただ、「今年花落ちて顔色改まり、明年花開きて復た誰か在らん。已に見る松柏の摧けて薪と爲り、更に聞く桑田變じて海と成るを」が詠うように、個々の人間の命のはかなさは強く表現されており、そのはかなさと花の永遠さとが對比されているのがこの詩の眼目と言えよう。本百首「春十五首」の題（七）となっている詩句、

逐處花皆好　隨年貌自衰　　處を逐うて花皆好し、年に隨つて貌自ら衰ふ。

（巻十六「櫻桃花下歎白髪」、〇九一七）

は、やはり花の永遠さと人が衰えていくこととの對比に立脚している表現と言えよう。

ところで、唐詩において見られる花に對する捉え方にはもう一つの側面がある。それは、王維の詩に代表される禪味が加えられた自然の詠じ方である。彼の「辛夷塢」は、

木末芙蓉花　山中發紅萼　　木末の芙蓉花、山中　紅萼を發す。
澗戸寂無人　紛紛開且落　　澗戸　寂として人無し、紛紛として開き且つ落つ。(14)

とあるが、この詩について陳仲奇氏は次のように言っている。

辛夷花は默默と咲き、默默としぼむ。……それは自然より起こりまた自然に歸る。欲望も哀樂もなく、魂のかすかな震えも聞こえず、あたかも時空の境界線すら消滅してしまったかのようである。

これについて、胡應麟の説は非常に見識があり、彼は「辛夷塢」は「入禪」の作であり、「これを讀むと、わ

が身の境遇と世の中のことを忘れ、すべての感情はなくなってしまう。」（『詩藪・内編』）と言っている。王維は花により道を悟り、「眞如」の恆久的存在をはっきりと見てとったようであり、この「眞如」は他でもなく、萬物のすべてが持つ「自然」の本性である。

辛夷花在默默地開放，又默默地凋零……它們得之於自然又回歸於自然。沒有追求，沒有哀樂，聽不到心靈的一絲震顫，几乎連時空的界線都已經泯滅了。

對此，胡應麟說的很有見地，他說「辛夷塢」是「入禪」之作，「讀之身世兩忘，萬念俱寂」（『詩藪・內編』）。王維因花悟道，似乎眞切地看到了「眞如」的永恆存在，這「眞如」不是別的，就是萬物皆有的「自然」本性。(15)

白居易の「落花語らず空しく樹を辭し、流水情無く自《おのづか》ら池に入る」の「落花」は、王維に描かれた花と近いものであり、「欲望も哀樂もなく、魂のかすかな震えも聞こえ」ないという點は、對句となっている「流水情無く自《おのづか》ら池に入る」によって確認できよう。このように、唐詩に見える花に託された心情は、劉希夷の詠嘆から禪を加味した王維を經由して白居易に至って、思想的にたいへん深まったものになったのである。

ただし、白居易の場合、「落花語らず空しく樹を辭し」という冷靜な觀察と同時に、「春十五首」の十四、十五番の題となっているつぎの二つの對句、

留　春　春　不　住　春　歸　人　寂　寞　　春を留むれども春住まらず、春歸りて人寂寞たり。
厭　風　風　不　定　風　起　花　蕭　索　　風を厭へども風定まらず、風起りて花蕭索たり。

（卷五十一「落花」、二二四〇）

が言うような敍情的心情も多く表現されている。

白居易にとって、花が咲いている春は生命を感じる季節であるだけでなく、それは、また、交友の時期や、離別し

た友への強い思いをかき立てる季節でもある。本百首の「春」の部の原據詩を見れば、そうした内容を含むものは、五番の原據詩「曲江憶元九」（巻十三、〇六二八）、

春來無伴閑遊少　行樂三分減二分　　春來伴無くして閑遊少なく、行樂三分二分を減ず。
何況今朝杏園裏　閑人逢盡不逢君　　何ぞ況んや今朝杏園の裏、閑人逢ひ盡せども君に逢はず。

九番の「酬哥舒大見贈」（巻十三、〇六一六）、

去歳歡遊何處去　曲江西岸杏園東　　去歳歡遊して何の處にか去る、曲江の西岸　杏園の東。
花下忘歸因美景　樽前勸酒是春風　　花下歸るを忘るるは美景に因り、樽前酒を勸むるは是れ春風。
名從微宦風塵裏　共度流年離別中　　名　微宦に從ふ風塵の裏《うち》、共に流年を度る離別の中。
今日相逢愁又喜　八人分散兩人同　　今日相逢ひ愁へて又喜ぶ、八人分散し兩人同じ。

十二番の「春中與盧四周諒華陽觀同居」（巻十三、〇六三三）、

背燭共憐深夜月　踏花同惜少年春　　燭を背けて共に憐む深夜の月、花を踏んで同じく惜む少年の春。

などがある。このことは中國の詩人が大體、官僚の身となっており、詩人の世界と官僚の世界とが重なっていることと關連している。この點は、花と言えば、戀や生死に直結する和歌とは大いに異なっていると言えよう。

三　日本における花と月のイメージ

日本史の研究者である家永三郎氏は、

若し眞に日本人の魂に救ひを與へたものを追求しようと云ふ意味に於ての日本宗教思想史を考へる時、單に神道

佛教基督教のみを取り上げて、それらより一層日本的であり一層深い境地に達したこともあるこの「自然」の救ひを度外視するならば、我が國民の眞の精神的展開を跡づけることは出來ないであらう。[16]そうすると、和歌において、花や月に託された日本人にとっての花鳥風月に代表される自然の尊さを語っている。そうすると、和歌において、花や月に託された日本人の心情を考え、「一層深い境地に達したこともあるこの『自然』の救ひ」を理解するのは、日本民族の「眞の精神的展開」を理解することにつながるに違いない。

小尾郊一氏は『萬葉集』巻一に見える柿本人麻呂の歌、

ひむかしの野にかぎろひの立つ見えてかへり見すれば月かたぶきぬ

を例に擧げて、日本人の自然美の認識はヨーロッパよりも、およそ千年は早いと指摘している。[17]また、小町谷照彦氏は「『古今集』の段階で、既に、花紅葉、花鳥、花月というような、花鳥風月的な自然観がある程度成立した」[18]と指摘している。『古今集』の春の部を見ると、劉希夷や白居易などの詩の影響を受けたものが目立つ。

平城帝の御歌

故鄉と成にしならの宮こにも色はかはらず花はさきけり　（春下・九〇）

春ごとに花の盛りはありなめどあひ見む事はいのちなりけり　（春下・九七・よみ人しらず）

花のごと世の常ならば過ぐしてし昔は又も歸りきなまし　（春下・九八・よみ人しらず）

うぐひすのなく野べごとに來てみればうつろふ花に風ぞ吹ける　（春下・一〇五・よみ人しらず）

をしめどもとどまらなくに春霞歸道にしたちぬとおもへば　（春下・一三〇・元方）

などの歌はその例であり、これらの歌の影響歌として前出の劉希夷の句「年々歲々花相い似たり、歲々年々人同じからず」と、白居易の詩句「春を留むれども春住まらず、春歸りて人寂寞たり」などが指摘されている。[19]それと同時に、

また、

うつせみの世にも似たるか花ざくらさくと見しまにかつちりにけり （春下・七十三・よみ人しらず）

花の色はうつりにけりないたづらにわが身世にふるながめせしまに （春下・一一三・小町）

はなの木も今は掘り植へじ春たてばうつろふ色に人ならひけり （春下・九十二・素性）

というように、花の色の移ろいに、戀や生命およびこの世のすべてがはかないという詠嘆が重ねられている。漢詩の影響を受けて詠まれた春を惜しむ歌よりも、むしろそうしたはかなさへの嘆きのほうが花を詠じる歌の基調となっており、特に「散ることを美的本性の根幹に据える櫻こそはより直接的に人生の凋落、『老い・死』の意識と強く結びつく」[20]と言われている。

『新古今集』の時代になると、花と月の歌人と稱されている西行には、

いかでかはちらであれともおもふべきしばしとしたふなげきしれはな （山家集・春・一二三）

ちる花もねにかへりてぞ又はさくおいこそはてはゆくへしられぬ （聞書集・老人述懷・九九）

というように、『古今集』以來の、春を惜しんだり、老いを嘆いたりする詠じ方が繼承されている。また、

よし野山こずゑの花を見し日より心は身にもそはずなりにき （山家集・春・六六）

あくがるる心はさても山櫻散りなむのちや身にかへるべき （西行法師家集・春・花・五六）

のように、觀念的な憧れを表現している歌があり、

うきよにはとどめおかじとはるかぜのちらすは花ををしむなりけり （山家集・春・一一七）

もろともにわれをもぐしてちりね花うきよをいとふ心ある身ぞ （山家集・春・一一八）

は、「花を惜しむ」という『古今集』以來の表現樣式が佛教的世界に導入された例である。さらに、

心をぞやがてはちすにさかせつるいまみる花のちるにたぐへて
（聞書集・二四四）

佛には櫻の花をたてまつれ我が後の世を人とぶらはば
（西行法師家集・春・花・五六）

というような「櫻の花と極樂淨土とを直線的に同列に置き、しかもそこにおのれの身を介在させてはばからぬ」(21)と評されている歌も見られる。

花に託された心情の深まりは當代の歌壇でもっとも活躍した良經・慈圓・定家らの「花月百首」にも見られる。久保田淳氏の研究によれば、良經の「花月百首」の花五十首における主題の展開は「花を尋ねる風雅の執心から、求道者の厭離穢土の思想を連想し、その釋教的な匂いを受けて、落花の無常へと推移する」過程となっているという。(22)

また、『寶物集』巻第二には、

昔だにすら、心ある人は、花のちり、木の葉のちるを見て、飛花落葉の觀とて、生死の無常をさとり侍りけり。いはんや、欽明天皇の御時聖教わたり、上宮太子の御世に、佛法ひろまりにし後、たれの心ある人か、諸行を無常なりとしり、佛法を寶とおもはぬはある。

飛花落葉のうた、少々申べし。

紀　貫之
花よりも人こそあだに成にけれいづれをさきにこひんとか見し

入道法親王
はかなさを恨もはてじ櫻花うき世はたれも心ならねば

法印元性
此世をぞ思ひしりぬる櫻花さくかとすれば根にかへりつつ

大納言公任

けふ見ずはあすやあらまし山里の紅葉も人もつねならぬ世に

素覺家基入道

世のうさに秋の木葉のふりければおつる涙も紅葉しにけり

という内容が見られるが、ここに「飛花落葉」という自然現象から「生死の無常をさとり」、「諸行を無常なりとしり、佛法を寶とおも」うことを佛道修行の道程として確認されている。それはいわゆる「飛花落葉」の文學の發生である。本百首の「無常」の部に見える定家の歌、

生去死來都是幻　幻人哀樂繫何情

咲く花もねを鳴く蟲もおしなべてうつせみの世に見ゆる幻（九十一）

にも、そうした佛教的心情が讀み取れるであろう。

花という自然現象によって興った感情が小野小町の、

花の色はうつりにけりないたづらにわが身世にふるながめせしまに

と、素性法師の、

はなの木も今は掘り植へじ春たてばうつろふ色に人ならひけり

の言うような一人の身の上を詠嘆することから、思想的に一種の昇華された境地にまで展開してきたことと、唐詩に見られる花に託された心情の思想的深まりとは、それぞれの民族の精神史における大きな出來事と言える。しかし、それぞれの思想的據り所は必ずしも同じではない。

では、和歌における月のイメージはどうであろうか。

渡邊秀夫氏は「月は古典詩歌の數ある景物（文學素材）のうちで最も豐かな表象性をもつ」と言い、「月と王權」「月を忌む」「悟りの月」「月と戀」「旅と月」「憂愁・悲哀と懷舊」「月影の變容」「水に映る月」などの「月」に寄せる多彩なイメージの具體相について、すでに豐富な例を擧げて說明しているので、[23]ここでは、月のイメージと日本人の生命觀という點にしぼって考えてみたい。

古今集に見えるつぎの二首、

月やあらぬ春や昔の春ならぬわが身ひとつはもとの身にして　（戀五・七四七・在原業平）

おほかたは月をも賞でじこれぞこの積れば人の老いとなる物　（雜上・八七九・在原業平）

を見てみよう。

「月やあらぬ」の歌については、小島憲之・新井榮藏兩氏の注には「花の盛り、月の明るさとの對照で悲しい戀を詠んで、變わるはずの人事の中でさえ、自分だけが變わらないで戀しつづける孤獨さをのべる」[24]とあり、また、鈴木日出男氏は「人生の一齣としての、根源的な孤獨の姿態が映像化されているのである。それは、とり戻すことのできない時への悲嘆の心を描いてあまりある」[25]と言っている。

「おほかたは」の歌については、白居易の詩句「月明に對して往事を思ふ莫れ、君が顏色を損じて君が年を減ぜん」を踏まえているという點が一般的に認められているが、それと同時にまた、鈴木日出男氏により「月の永遠の美のなかに老いや死のかげりを見出させている點に注意されよう。生命の限りを嫋々と悲嘆するのではなく、冷やかに凝視するところに、詩人の醒めた精神があるといえようか」[26]と指摘されている。すなわち、和歌においても、月の永遠の美と人事の變轉や生命の有限性との對比が見られるが、そこには漢詩の影響が大きい。

さらに、和歌においては、佛教の浸透につれて、戀の悲しみや「とり戻すことのできない時への悲嘆」あるいは「老いや死のかげりを見出させている」といった氣分をもたらす月を神聖視する過程が見られる。『後拾遺和歌集』から『新古今和歌集』までの敕撰集の釋敎の部には、そうした例が多いが、淨土思想・月輪觀・即身成佛など佛敎の考え方がそれぞれ月の歌に投影しており、戀・生命のはかなさに悲しんでいた古代の日本人が佛敎を賴りにそれを克服しようとする精神史の具體相ともなっている。山折哲雄氏は「『新古今』の世界に登場する『月』の姿に微妙な變化の影がさすようになったことも否定することができない。山の端にかかる自然のなかの月は、いまやある種の超世間的な觀念を媒介にして形而上學的な月もしくは宇宙論的な月へと轉ずるのである」と論じており、「觀心」を題とする西行の歌、

やみはれてこころのそらにすむ月はにしの山べやちかくなるらん　（山家集・雜・八七六）

を例に擧げている。(27) 西行の、

見月思西と云ふ事を

山端にかくるる月をながむればわれと心のにしにいるかな　（山家集・雜・八七〇）

の歌もそうした例と言えよう。また、久保田淳氏も、西行の「心身をはるかな時空にさまよわせ、漂わせたものは、花よりむしろ月であったように感じられてならない。西行にとって、月輪は時空を超え、生を超えて輝き續けていたのである」(28)と指摘している。

四　「澄心」をめぐって

このように、中國でも日本でも月や花が代表する自然に對して人間と對立する點を認識したこともあれば、宗教や

哲學の發達につれて人間と融合している點について認識を深める體験もあった。特に後者の場合、日本では「澄心」（「心を澄ます」あるいは「心が澄む」）という語が示している心理的プロセスがあるが、それはまさに「飛花落葉」の文學を解明する鍵と言える。

日本の草庵文學の代表的作者である長明は、つぎのように言っている。(29)

数奇と云ふは、人の交はりを好まず、身のしづめるをも愁へず、花の咲き散るをあはれみ、月の出入を思ふに付けて、常に心を澄まして、世の濁りにしまぬを事とすれば、おのづから生滅のことわりも顯はれ、名利の余執つきぬべし。これ、出離解脱の門出に侍るべし。

また、中川德之助氏は『沙石集』からの、

聖教の理をものべ、無常の心をもつらねて、世縁俗念をうすくし、名利情執も忘れ、風花を見て世上のあだなる事を知り、雪月を詠じて、心中の潔き理をもさとらば、佛道に入る媒、法門を悟る便りなるべし。

及び「心敬僧都庭訓」からの、

常に飛花落葉を見ても草木の露をながめても。此世の夢まぼろしの心を思ひとり。ふるまひをやさしく。幽玄に心をとめよ。

などを例として「澄心」において和歌と佛教との等質性を論じている。(30) 武田元治氏は『ささめごと』に見られる心敬の幽玄観について次のような指摘をしている。つまり「心敬の幽玄観は人間の内面的な深まりを重んじ、佛道ともつながる特徴が認められ」、「高潔な心境の美しさを意味するように思われる。」「『幽玄體』の基底にある精神的境地として、冷えさびた境地も念頭にあったようである。(31)」「心敬僧都庭訓」にみる「幽玄」は武田元治氏の指摘された「幽玄」とさほど違いないように思われる。そして、右に引用した資料からも分かるように、「風花を見て」、「雪月を詠じ」ることによって達した「心が澄む」という境地は、「生滅のことわりも顯はれ、名利の余執つきぬべし」という狀態や、「此世の夢まぼろしの心を思ひとり」、「心中の潔き理をもさと」る狀態であるが、その先は佛道に入ったり「ふるまひをやさしく、幽玄に心をとめ」るというように、一種の美的世界に導かれたりすることになる。實は自然の風景に觸れて、佛道に直接なかかわりがない感動が起こされることもあり、中世に入ってから特に花と月の詩人と稱される西行や「只、絲竹、花月を友とせん」の長明らによって、そうした感動が多く表現されている。「飛花落葉」の文學は、「佛道に入る媒、法門を悟る便り」である自然の風景に近づいたのみならず、人々に安らぎを感じさせる審美的世界としての自然風景に親しんだ經驗も同時に積み重ねられており、その延長線には芭蕉の「造化に従ひ、造化にかへれ」という精神が存在するといえよう。こうした「澄心」をめぐる問題の發展は日本文化史において重要な位置を占める歌の道の開拓につながっていると思われる。

本「文集百首」の「閑居」の部に、

看雪尋花翫風月、洛陽城裏七年閑（七十五）

という題があり、慈圓はそれをふまえて

思ふべしすみかや心はなと月と都にみても七とせへぬ

と詠んでいる。そこには「雪月花」が代表している自然に對する慈圓なりの態度が示されていると思われる。つまり、「雪月花」は厭世者がそこに逃げこむ世界を表すものから、現世に立脚する生活姿勢や價値觀を意味するものへと變わってきたのである。このことについては第四章第四節を參照されたいが、右に擧げた慈圓の「思ふべし」歌には、佛教思想を離れたところで自然の美しさを鑑賞する氣持ちが強く感じられる。

このように、長明や慈圓・心敬らにおける「雪月花」の世界には、宗教的營みの一部であることから審美的對象へと變轉していく軌跡も見られ、この畫期的變化にあたって本百首は一定の役割を果たしたと考えられよう。

ところで、「飛花落葉」の文學における物の哀れの問題について、中川德之助氏は、

「ことわり」が「物のあはれ」と深くつながる方向に求められ、情感にささえられて「ことわり」を觀ずるところに和歌の風情が見いだされている。……澄心は、「あはれ」に深くつながっている。

と指摘している。(32) そのことを支持するものとして、次の資料を擧げて差支えないであろう。

先づ歌よまむ人は、事にふれて情を先として物のあはれをしり、常に心をすまして花の散り、木の葉の落るをも、露、時雨色かはる折節をも、目にも心にもとどめて歌の風情をたちゐにつけて心にかくべきにてぞ候らむ。(33)

そこで、右に述べたことを中世日本の「飛花落葉」文學の本質であると理解して、それを次のような圖式で示すことができよう。

人間・自然→物のあはれ→澄心→ことわり→審美的世界
　　　　　　　　　　　　　　　　　　→佛道

一方、中國の場合、自然に對する認識は、東晉時代になって道家思想が根底にある「玄學」的な解釋から大きな前進があり、自然そのものが持っている美しさが發見され、自然美を詠う「山水詩」が形成されていくことになる。(34) 葛曉音氏は「山水詩」の形成を促した「玄言詩」が「澄懷觀道」（懷《こころ》を澄まして道を觀る）という性格を持つと指摘し、その指向するところは、

「靜に照らし求を忘るるに在り」ということを意味しているのである。即ち、奧深く靜寂な觀照のうちに『坐忘して』、すべてのことを捨て去り、自らをも忘れ去り、魂が萬物と融合して、自然と渾然一體となる境地に達

するのである。

是『靜照在忘求』（王羲之「答許詢詩」），即在深沉靜默的觀照中『坐忘』，遺落一切，忘却自我，心靈與萬化冥合，

達到與自然渾然一體的境界。

と述べている。[35]「落花語らず空《ただ》樹を辭し、流水情無く自《おのづか》ら池に入る」という詩句あるいは王維の「辛夷塢」などの作品にも、「玄言詩」の「澄懷觀道」と同樣に人間の感動が靜められる傾向が強く感じられ、それは、ちょうど中川德之助氏が指摘した「澄心は『あはれ』に深くつながっている」つまり、心の感動が重要な要素となっている點と正反對になっている。

また、白居易や蘇軾が到達した境地は、現世に生きることを大切にする生命觀を示しており、それを支える哲學あるいは宗教として、佛教（禪）と老莊思想との兩方の役割が考えられるのである。さきほど擧げた本百首の定家の歌、

生去死來都是幻　幻人哀樂繫何情

咲く花もねを鳴く蟲もおしなべてうつせみの世に見ゆる幻　（無常・九十一）

の原據詩「放言五首幷序（其の五）」（卷十五、〇八九七）、

泰山不要欺毫末　顏子無心羨老彭　　泰山は毫末を欺くを要せず、顏子は老彭を羨むの心無し。

松樹千年終是朽　槿花一日自爲榮　　松樹は千年にして終に是れ朽ち、槿花は一日にして自ら榮を爲す。

何須戀世常憂死　亦莫嫌身漫厭生　　何ぞ須らく世を戀ひて常に死を憂ふべけんや、亦身を嫌ひて漫に生を厭ふ莫れ。

生去死來都是幻　幻人哀樂繫何情　　生去死來都て是れ幻、幻人の哀樂何の情にか繫る。

は、そのことを端的に示しており、(36)また、王水照氏は佛・老の思想が蘇軾の思想の基調となっているとも指摘している。(37)

注

(1) 原文と訓讀は松浦友久『校注唐詩解釋辭典』によっている。

(2) 原文と訓讀は前注所掲松浦氏著書によっている。

(3) 原文と譯は中田勇次郎『歴代名詞選』によっている。

(4) 注(1)所掲松浦氏著書二四八頁。注(6)に引用した『唐詩選』は「江畔何人」～「但見長江」までの六句について「自然と人生の對照によって興った詩人の感慨が描かれている(寫詩人以大自然和人生對照而産生的感慨)」と解釋している。

(5) 注(1)所掲松浦氏著書六四五頁。なお、青木正兒『李白』(集英社、一九六五年五月)では、「若流水」について「流水の逝きて再び返らざる如し」という注があり、「古人今人若流水、共看明月皆如此」は「古の人も今の人も流水の如く、皆此のやうに共に明月を看《み》ながら去って逝くのだ」と譯されている。

(6) 注(1)所掲松浦氏著書六四五頁。中國社會科學院文學研究所『唐詩選』注の原文は「この二句は古人も今人もこの世に來てまた去って逝くのは川の流れのようであり、彼らが見たのは同じ月であると言っている(這兩句說古人今人來來去去如流水一樣，他所看到的都是這一個明月)」とある。

(7) 蜂屋邦夫「古代中國の水の哲理」。蜂屋氏はまた、「古代中國の『水』の思想」(『河川レビュー』一九八九年秋季號)において「東晉(四世紀)の人、孫綽は『川は流れてとどまらず、年は過ぎ去って停まらない。時すでにおそい(自分は年老いたという意味)のに、道は一向に盛んにならない。そこで憂えて歎いたのだ』と解している。いかにも宿命論の氣風が強い六朝時代の解釋という感じであ」り、「佛教思想が盛んに攝取されだした四世紀の思想を反映した特殊なものと言うべきであろう」と指摘している。

(8) 辛恩卿「韓・日の傳統的短歌の比較研究――時調と和歌の抒情性を中心に」。

(9) 山岡敬和「萬物生滅の儚さを暗示する川と水」。

（10）また、張若虚の「春江花月夜」の詩句についての中國現代史上で著名な文學者・研究者である聞一多氏のつぎの評價は、廣く知られ、引用されているのであり、それにも啓發される點があろう。

　いっそう超絶した宇宙意識である！いっそう奥深く、いっそう廣漠として安らかな境地である！不思議な永劫に直面して、作者にはただ錯愕《おどろき》のみがあり、憧憬《あこがれ》も無ければ悲傷《かなしみ》も無い。……それぞれの疑問に對して作者が到達したものは、さながらいっそう神祕的で、深い沈默にとざされた微笑である。彼はいよいよとまどいながら、一方ではやはり滿足にひたされているのだ。

　更敻絶的宇宙意識，一個更深沉更寥廓更寧靜的境界，在神奇的永遠面前，作者只有錯愕，沒有憧憬，沒有悲傷。……他得到的倣佛是一個更神祕的更淵默的微笑，他更迷惘了，然而也滿足了。　――聞一多「宮體詩的自贖」（『唐詩雜論』所收。全集第三卷、開明書店、一九四八年）。

譯は注（1）所掲松浦氏著書二四九頁によっている。

もし、松浦氏が言うように「とどめがたい時間の流れのなかで、刻々と移ろいゆき、死んでいく人間の姿を『流水』にたとえたもの」と解釋するだけならば、それを讀んで「悲傷も無い」とか、「いっそう神祕的で、深い沈默にとざされた微笑である」とか、「一方ではやはり滿足にひたされているのだ」とかいう氣持は生まれてこないであろうし、「いっそう超絶した宇宙意識である」とまで評價することもないであろう。

（11）原文は王水照選注『蘇軾選集』により、譯は伊藤正文・一海知義編譯『漢・魏・六朝・唐・宋散文選』によっている。

（12）葛曉音「蘇軾詩文中的理趣」。

（13）劉若愚著、杜國清譯『中國詩學』第五章「中國人的一些概念與思想感覺的方式」、七六頁。

（14）原文および訓讀は都留春雄『王維』によっている。

（15）陳仲奇「因花悟道　物我兩忘――王維『辛夷塢』詩賞析」。

（16）家永三郎『日本思想史における宗教的自然觀の展開』八四頁。

（17）小尾郊一『中國の隱遁思想』「付、西洋、日本における美の認識」一八三頁。

（18）小町谷照彦『古今集と歌ことば表現』第一章「『古今集』の世界」五〇頁。

（19）小島憲之・新井榮藏校注『古今和歌集』を參照。
（20）渡邊秀夫『詩歌の森』「Ⅱ鳥の聲と花の香・櫻」。
（21）佐藤正英『隱遁の思想』二四九頁。
（22）久保田淳『新古今歌人の研究』第二章「新古今への道」六四六頁。
（23）注（20）所揭渡邊著書「Ⅰ光り輝くものたち・月」を參照。
（24）注（19）所揭小島・新井著書。
（25）秋山虔他著『詞華集　日本人の美意識　第一』五九頁。
（26）前揭秋山著書七五頁。
（27）山折哲雄『日本宗敎文化の構造と祖型』第十章「山越えの象徵」三二二、三二八頁。
（28）久保田淳「西行における月」。
（29）三木紀人校注『方丈記　發心集』二七五頁。
（30）中川德之助「續飛花落葉の文學――狂言綺語觀の展開――」。
（31）武田元治『「幽玄」――用例の注釋と考察』二八〇頁、二五八頁。
（32）前揭中川氏論文。
（33）日本歌學大系『夜之鶴』。
（34）葛曉音「東晉玄學自然觀向山水審美觀的轉化」を參照。
（35）前揭葛曉音論文。
（36）本書第五章第二節の九十一番歌を參照。
（37）王水照選注『蘇軾選集』「前言」一〇頁。また、注（12）所揭葛曉音論文は蘇軾の人生と宇宙に對する認識は王羲之らの蘭亭詩人のそれと同じ系譜のものであり、佛理を老莊思想と融合させた支遁の思想を吸收していると論じている。

第三章　「文集百首」にみえる戀の感情

第一節　「戀五首」について

誰爲拂床塵(1)

五十一　あれはてぬ拂はば袖のうき身のみあはれいくよの床の浦風

歌の意味

寒い浦風が吹いているような獨り寝の夜はどのぐらいあったでしょうか。悲しいことに、この荒れてしまった床を拂おうとしても涙に浮いている袖のような、このわが憂き身のみですよ。

原據詩

秋夕

葉聲落如雨　月色白似霜

夜深方獨臥　誰爲拂塵牀

秋夕

葉聲は落ちて雨の如く、月色は白くして霜に似たり。

夜深けて方に獨り臥す、誰が爲に塵牀を拂はん。

（巻十、〇四五〇、四十歳の作）

歌の分析

この原據詩の前の二句は「秋」の部（三十九番）の題に選ばれている。原據詩に描寫されている、雨に間違えられる木の葉の音（聲）、月の色、秋の夜更け、獨り寢といった情景は、いずれも和歌にもよく歌われたモチーフであり、この詩が全文、題として本「文集百首」に採られていることから白居易文學への慈圓・定家の共鳴が示されていよう。「戀五首」の漢詩題は、いずれも獨り寢のテーマであり、この點は本「文集百首」の「戀」の部の特徴と言える。なお、當該歌を除けば、あとの四首の題はすべて「長恨歌」から取っており、その意味については次の歌を分析する時に考えたい。

慈圓の當該歌では「夜深けて方に獨り臥す、誰が爲に塵牀を拂はん（夜がふけてきた、獨りで寢ることにしよう。誰のために塵牀を拂おうか、そんな人はいない）」という二句が題となっている。しかし、當該歌の內容を考えれば、「夜深けて方に獨り臥す」という句は定家の「文集百首」が流傳する間に缺落したのではなく、最初から「誰が爲に塵牀を拂はん」一句しかなかったのではないかと思われる。

ところで、當該歌の本文には異本が見られ、つまり「拂はば袖のうき身のみ」は、影印冷泉家時雨亭叢書本『拾遺愚草』では「拂はば塵のうき身のみ」とあり、名古屋大學本『拾遺愚草』では「拂はじ塵のうき身のみ」とある。このことについては次の歌を參照して考えれば「拂はば袖のうき身のみ」がよいであろう。

わたつ海とあれにし床を今さらに拂はば袖や泡とうきなむ　（古今集・戀四・七三三・伊勢）

「戀しい人を思って泣いた涙がたまって海のように荒れている。いまさら、あの人を迎えるために荒れたわたくしの寢床を袖で拂おうとしても、この袖はたまった涙の海に泡のように浮いてしまうでしょう」という意味であろう。當該歌の「あれはてぬ拂はば袖のうき身のみ」は伊勢のこの歌を踏まえていると思われ、また、「袖のうき身」には

「袖が浮いている」と「涙に浮いている袖のようなわが憂き身」という二つの文脈があるように考えられる。

また、「あはれいくよの床の浦風」について

獨りふすあれたる宿の床の上にあはれいく夜の寢覺めしつらん　（新古今集・戀三・一二二七・安法法師女）

という歌が想起される。この歌は明らかに當該歌の本歌となっているのである。さらにまた、『源氏物語』「葵」の巻に、

君なくて塵積もりぬるとこなつの露うち拂ひいく夜寢ぬらむ(2)

という歌があり、定家はこの歌をも意識して詠んだとも考えられる。「夜深けて方に獨り臥す、誰か爲に塵牀を拂はん」二句は、中國の詩的風土では、ほとんど注目されていないが、慈圓がこれを題として選んだのは、こうした和歌の背景があったからであろう。

夕殿螢飛思悄然　秋燈挑盡未能眠

五十二　くるとあくと胸のあたりも燃えつきぬ夕の螢夜はの燭

歌の意味

明け暮れ、あの人のことを思って胸の思いの火は燃え盡きてしまった。夕暮れとともに飛び交って身を焼いた螢のように、明け方までには燃えて盡きてしまったともしびのように。

原據詩

長恨歌（節錄）

九重城闕煙塵生　千乘萬騎西南行
翠華搖搖行復止　西出都門百餘里
六軍不發無奈何　宛轉蛾眉馬前死
花鈿委地無人收　翠翹金雀玉搔頭
君王掩眼救不得　廻看涙血相和流
黄埃散漫風蕭索　雲棧縈迴登劍閣
蛾眉山下少行人　旌旗無光日色薄
蜀江水碧蜀山青　聖主朝朝暮暮情
行宮見月傷心色　夜雨聞猿腸斷聲
天旋日轉迴龍馭　到此躊躇不能去
馬嵬坡下泥土中　不見玉顔空死處
君臣相顧盡霑衣　東望都門信馬歸

九重の城闕に煙塵生る、千乘萬騎西南に行く。
翠華搖搖として行きて復た止まる、西のかた都門を出づること百餘里。
六軍發らず奈何せむといふこと無し、宛轉たる蛾眉馬の前に死ぬ。
花鈿地に委せて人の收むる無し、翠翹金雀玉の搔頭。
君王眼を掩ひて救ふこと得ず、涙と血との相和して流るるを廻らし看る。
黄埃散漫として風蕭索たり、雲の棧縈迴して劍閣に登る。
蛾眉の山の下に行人少なし、旌旗光無くして日の色薄し。
蜀江水碧にして蜀の山青し、聖主朝朝暮暮の情。
行宮に月を見れば心を傷ましむる色、夜の雨に猿を聞けば腸斷ゆる聲。
天旋《めぐ》り日轉つて龍馭を迴らす、此に到りて躊躇して去ること能はず。
馬嵬の坡の下泥土の中に、玉顔見えず空しく死にたる處のみあり。
君臣相顧みて盡くに衣を霑す、東のかた都門を望みて馬に信せて歸る。

歸來池苑皆依舊　太液芙蓉未央柳
對此如何不淚垂　芙蓉如面柳如眉
春風桃李花開日　秋雨梧桐葉落時
西宮南內多秋草　落葉滿階紅不掃
梨園弟子白髮新　椒房阿監青蛾老
夕殿螢飛思悄然　秋燈挑盡未能眠
遲遲鐘漏初長夜　耿耿星河欲曙天
鴛鴦瓦冷霜華重　舊枕故衾誰與共
悠悠生死別經年　魂魄不曾來入夢

歸り來たれば池苑皆舊に依れり、太液の芙蓉未央の柳。
此に對ひて如何にしてかぞ涙垂れざらむ、芙蓉は面の如く柳は眉の如し。
春の風に桃李の花の開く日、秋の雨に梧桐の葉の落つる時。
西宮の南內に秋の草多し、落葉階に滿ちて紅掃はず。
梨園の弟子白髮新なり、椒房の阿監青蛾老いたり。
夕殿に螢飛んで思ひ悄然たり、秋の燈挑げ盡して未だ眠ること能はず。
遲遲たる鐘漏の初めて長き夜、耿耿たる星河の曙けむとする天。
鴛鴦の瓦冷やかにして霜華重し、舊き枕故き衾誰と共にかせむ。
悠悠たる生死別れて年を經、魂魄曾て來つて夢にだも入らず。(3)

（巻十二、〇五九六、三十五歳の作）

歌の分析

「戀五首」の漢詩題のうち、當該歌以下の四首はいずれも「長恨歌」から採っているものであり、ほかに、「秋」の部にも「長恨歌」による題（三十一番）が一首あり、あわせて本「文集百首」で「長恨歌」から採った題は五首見られる。このことは、慈圓・定家が「長恨歌」を好んだことを示しているのみならず、「長恨歌繪」や伊勢・高遠の句題和歌を產出した「長恨歌」ブームがあったという歴史的背景をも有しているのである。(4) 本「文集百首」の題に採られている「遲遲たる鐘漏の初めて長き夜、耿耿たる星河の曙けむとする天（遲遲鐘漏初長夜、耿耿星河欲曙天）」（三十一番)、「行宮に月を見れば心を傷ましむる色(行宮見月傷心色)」(五十三番)、「夜の雨に猿を聞けば腸斷ゆる聲(夜雨聞猿腸斷聲)」(五十四番)、「舊き枕故き衾誰と共にかせむ(舊枕故衾誰與共)」(五十五番)と當該歌の題「夕殿螢飛んで　思悄然たり、秋の燈挑げ盡して未だ眠ること能はず」は、すべて楊貴妃を失った玄宗皇帝の切ない思いを描寫する詩句であり、「長恨歌」の中で、もっとも日本人の心を引きつけた內容であったと言える。

當該歌の題と關連するものとしては『和漢朗詠集』卷下雜・戀(七八二)に「夕殿螢飛思悄然、秋燈挑盡未能眠(夕殿に螢飛んで思ひ悄然たり、秋の燈挑げ盡していまだ眠ることあたはず」の二句が收錄されており、また、『大貳高遠集』に「夕殿螢飛思悄然」が題となる句題和歌、

おもひあまりこひしき君がたましひとかけるほたるをよそへてぞみる　(二八六)[5]

がある。『源氏物語』「幻」の卷に、

螢のいと多う飛びかふも、「夕殿に螢飛んで」と、例の古言もかかる筋にのみ口馴れたまへり

夜を知る螢を見てもかなしきは時ぞともなき思ひなりけり[6]

という內容があり、これも明らかに「長恨歌」の「夕殿　螢飛んで　思悄然たり」を踏まえているのである。[7]『後拾遺集・秋』に道命法師の、

ふるさとは淺茅が原と荒れはてて夜すがら蟲の音をのみぞ鳴く　(二七〇)

という歌があり、これには「長恨歌の繪に、玄宗もとの所に歸りて蟲ども鳴き、草も枯れわたりて、帝嘆き給へるかたある所をよめる」という詞書きも添えられている。さらに言えば、「長恨歌」の句題和歌としては、十九世紀に至っても伊能穎則が創作した「長恨歌句題和歌」という作品群が世に現れており、日本文學における白氏文集受容の歷史の長さを物語っている。[8]

では、題と歌の關係および歌の意味を考えてみよう。

言葉の對應關係から見れば題に見える「夕」・「螢」・「燈」・「盡」は、そのまま歌に詠み込まれており、「思悄然」は「胸のあたり」に詠み替えられていると言えよう。

久保田淳氏の『譯注』は參考歌として次の歌を擧げている。

暮ると明くと目かれぬ物を梅花いつの人間にうつろひぬらん　（古今集・春上・四十五・貫之）

この歌は螢がモチーフとなっている歌ではなく、ここの「暮ると明くと」は梅花を愛でる人のことを言っているが、

明けたてば蟬のおりはへ鳴きくらし夜は螢のもえこそわたれ　（古今集・戀一・五四三・よみ人しらず）

戀すればもゆる螢もなく蟬も我身のほかのものとやは見る　（千載集・戀三・八一三・雅頼）

という歌に見られるように、明けても暮れても戀に苦しんでいることを表現する歌に「螢」がよく登場する。定家が「くるとあくと」と「夕の螢」という二つの表現を當該歌に取り入れているのは、この傳統的發想を受け繼いでいると思われる。また、「長恨歌」において「夕殿に螢飛んで思ひ悄然たり、秋の燈挑げ盡して未だ眠ること能はず」のすぐあとには「遲遲たる鐘漏の初めて長き夜、耿耿たる星河の曙けむとする天（遲遲鐘漏初長夜、耿耿星河欲曙天）」の二句が續いており、「長き夜」と「曙けむとする天」といった表現がある。定家はそのことも意識して「くるとあくと」と詠んだとも考えられよう。

螢には、

音もせで思ひにもゆる螢こそ鳴く蟲よりもあはれなりけれ　（後拾遺集・夏・二一六・重之）

という「音もせで思ひにもゆる」特性があると思われており、當該歌の「胸のあたりも燃えつきぬ」は、螢のこの特性と同じ感覺のもので、「思悄然たり」の詩意をよく表現している。また、「燃えつきぬ」は同時に「夕の螢」にも

かかっており、「身をこがす螢のように私の胸のあたりも燃えつきてしまう」と言っている。さらに、「燃えつきぬ」は最後の「夜はの燭」にまでかかっており、「夜はの燭が燃えつきてしまった。その燃えつきてしまった燭のように、私の胸のあたりも燃えつきてしまった」ことも意味している。原據詩後半の「秋の燈挑げ盡して未だ眠ること能はず」の「未だ眠ること能はず」という部分は表現として歌に現れてはいないが、歌全體の氣分からその情景は目の前に浮んでくるものとなっている。

行宮見月傷心色

五十三　淺茅生ややどる涙の紅におのれもあらぬ月の色哉

歌の意味

亡き人を悲しんで淺茅生に宿る涙も血の色になっている。その紅の涙に宿った月は、同じようにふだんと違って深い悲しみを湛えている。

原據詩

長恨歌（五十二番を參照）

歌の分析

『和漢朗詠集』巻下雜・戀では當該歌の題と次の五十四番歌の題「夜雨聞猿斷腸聲（夜の雨に猿を聞けば腸斷ゆる聲）」は對句で收錄されている。また、『大貳高遠集』（二五七）に「行宮見月傷心色」を題とする句題和歌、

おもひやるこころもそらになりにけりひとりありあけの月をながめて
がある。この歌と比べると、當該歌は、より題の内容を生かしており、それを日本的表現で表しているように思われる。

「淺茅生」は

君なくて荒れたる宿の淺茅生にうづら鳴くなり秋の夕暮　（後拾遺集・秋・三〇二・源時綱）

のように荒れ果てた住まいを描寫する時によく用いられる歌言葉であり、さらに「露」や「霜」および「月」などが一緒に詠み込まれると、いっそう寂寥たる雰圍氣がかもし出される。

かげとめし露のやどりを思いでて霜にあととふ淺茅生の月　（新古今集・冬・六一〇・雅經）

はその例と言えよう。右に擧げた「君なくて」という先行歌もあるから、「淺茅生」をもって楊貴妃を亡くした玄宗皇帝が一人泊まった「行宮」を詠み替えるのはイメージとして極めてふさわしいことなのである。

「涙の紅」は言うまでもなく漢詩の「紅涙」に由來する表現であるが、「涙」は「露」や「霜」のイメージに近いということもあり、「淺茅生」と取り合わせたのであろう。

「やどる」という語については、久保田淳氏の『譯注』は當該歌について「淺茅生に宿る涙は紅で、月の色もいつもと違った悲しみの色を湛えている」と譯しているが、「やどる」は「涙」と後の「月」との兩方にかかっているのではないかと思われる。

あひにあひて物思ころのわが袖にやどる月さへ濡るる顏なる　（古今集・戀五・七五六・伊勢）

狩衣袖の涙にやどる夜は月も旅寢の心地こそすれ　（千載集・羈旅・五〇九・崇德院御製）

という二首では、人の袖が悲しむ涙に濡れて、その袖の涙にやどる月も涙に「濡るる顏」や「旅寢の心地こそすれ」

と歌われており、人間の感情が自然現象に投影されて二者は一體になっている。その點は題の「行宮に月を見れば心を傷ましむる色」と似通っており、定家はこの詠法を生かしているのである。そこで、「亡き人を悲しんで淺茅生に宿る涙も血の色になっている。その紅の涙に宿った月も同じように、ふだんと違って深い悲しみを湛えているね」と解釋できると思われる。

夜雨聞猿斷腸聲

五十四 戀て鳴くたかねの山の夜のさるおもひぞまさる曉の雨

歌の意味

高嶺の山の夜に（子を戀うて）鳴く猿の聲が聞こえ、曉方になって雨の音を聞いていると、戀する人への思いがいっそうつのってきて、ついに聲を出して泣いてしまった。

原據詩

長恨歌（五十二番を參照）

歌の分析

前首の歌を分析した時にすでに指摘したことであるが、『和漢朗詠集』巻下・雜・戀の部（七八〇）にも「行宮見月傷心色、夜雨聞猿斷腸聲」という對句が收錄されている。ところが、「夜雨聞猿斷腸聲」の「猿」は、那波本および現在中國で使われているテキストでは「鈴」に作っており(9)、異本があることは中國には紹介されていない。それに對

して、古くから日本に傳わっている金澤文庫本・正安本・管見抄本などの『白氏文集』の寫本では、「猿」とある。(10)
「猿」と「鈴」の違いについて、前野直彬氏は「宋の樂史『楊太眞外傳』は、玄宗が入蜀の途中長雨にあい、棧道をわたっている時、山々に相呼應して鳴る鈴の音（驛馬の鈴であろう）を聞き、貴妃を悼んで「雨霖鈴」の曲を作ったという插話を傳えている。ここでは、行宮ののき下にさがっている鈴の音を聞きながら、その時のこと、また貴妃のことを想い出しているのである」「腸斷の聲という表現は猿の方が適當のように思う」と指摘しているが、(11)それに次のことを付け加えたい。

『世說新語』「黜免篇」には「桓公蜀に入り、三峽中に至る。部伍の中に猿の子を得る者有り。其の母、岸に緣《そ》いて哀號し、行くこと百餘里にして去らず、遂に跳びて船に上り、至りて便ち卽絕す。其の腹中を破って視るに、腸は皆寸寸に斷てり（桓公入蜀、至三峽中、部伍中有得猿子者。其母緣岸哀號、行百餘里不去、遂跳上船、至便卽絕。破視其腹中、腸皆寸寸斷）」という記述があり、「斷腸」という表現の由來としてよく知られている。(12)その後、後魏酈道元の『水經注』に「常に高猿の長嘯する有り、屬引凄異、空谷に響きを傳え、哀轉久しくして絕ゆ。故に漁者の歌に曰く「巴東の三峽　巫峽長く、猿鳴くこと三聲にして淚衣を霑おす（巴東三峽巫峽長、猿鳴三聲淚霑衣）」と」の記述があり、『藝文類聚』に引用されている『宜都山川記』にも似た内容が見られ、(13)三峽の猿についての傳說はよく知られていたようである。文學作品としては、杜甫の、

風急天高猿嘯哀　渚清沙白鳥飛回　　風急にして天高く猿嘯哀し、渚は清く沙は白く鳥は飛回す。
無邊落木蕭蕭下　不盡長江滾滾來　　無邊落木　蕭蕭として下《くだ》り、不盡の長江　滾滾として來《きた》る。(14)

孟浩然の、

天寒雁度堪垂淚　日落猿啼欲斷腸　　天寒く雁度りて垂淚に堪え、日落ち猿啼きて腸を斷たんと欲

す。[15]

などの句があり、猿の鳴き聲を聞いていると、斷腸の思いがするというのは、題中の「猿を聞けば腸斷ゆる聲」と同じ表現であり、唐代では、そうした表現は詩語として一般化されていたと思われる。

また、王昌齢の「盧溪別人」と題する詩には、

行到荊門上三峽　莫將孤月對猿愁

行きて荊門に到りて三峽を上り、孤月を將《も》つて猿愁に對する莫かれ。[16]

という句があり、四川省の「荊門」あたりに行くと、「孤月」の時に「猿愁」の聲を聞くのはこわいほどつらいものだと言っている。題に採られた句が「夜の雨に猿を聞けば腸斷ゆる聲」であれば、上句の「行宮に月を見れば心を傷ましむる色」と對になって、まさに「孤月を將《も》つて猿愁に對する」情景になっているのである。白居易はその效果をねらって「夜雨聞猿斷腸聲」と詠んだのではないかと考えられる。

當該歌の解釋とも關連して「夜の雨に猿を聞けば腸斷ゆる聲」のイメージについて、さらに次のことを述べておきたい。

右に擧げた例からも分かるように『世說新語』より後の文獻では、蜀の猿嘯は切ない思いをかきたてるものとして書かれているが、子に對する深い愛情をあらわす猿の鳴き聲は、イメージとしてだいぶ擴大されており、具體的感情というより、悲しくて切ない雰圍氣を表す表現になっている。劉長卿「重送裴郎中貶吉州」には「猿は啼き客は散ず暮の江頭、人は自《おのづか》ら傷心し水は自ら流る（猿啼客散暮江頭、人自傷心水自流）」という詩句があり、[17]右に引用した王昌齢の詩と同じように、友人との別れのつらさを表現している。また、杜甫の「登高」および孟浩然の「登萬歲樓」に見える「猿嘯哀し」と「猿啼きて腸を斷つことを恐る」は、いずれも廣漠たる景色を見渡しながら猿の鳴き聲

を聞いている時に湧き起こった切なさや漠然とした悲しみを表現しており、具體的な感情に限定されたものではないと思われる。
そこで、そうした漢詩表現の傳統を背景として、天下がひっくり返ったような事件を經驗した身の上である玄宗皇帝のことを考えれば、「長恨歌」の「夜の雨に猿を聞けば腸斷ゆる聲」に感じ取られる深い悲哀は、楊貴妃に對する玄宗皇帝の思いに限定されず、それより大きく廣がって無限の悲しみや切なさを内包しているように思われる。
ところで、三峽の猿嘯についての話は、日本の和歌の題材ともされている。『古今和歌集』には、

わびしらに猿ななきそあしひきの山のかひあるけふにやはあらぬ
（雜體・一〇六七・躬恒）

という歌があり、それに「法皇、西河におはしましたりける日、猿、山の峽に叫ぶと言うことを題にて、よませ給うける」との詞書きが添えられている。松浦友久氏の考察によれば、『國歌大觀』（正・續）や『夫木和歌抄』においては、サルの聲を歌材として詠んでいる歌は、右の「わびしらに」歌を含めてわずか八首であり、後の七首は次の通りである。

あはれかな檜原杉原かぜさびてましらも鳥もかしましきさへ
（慈圓、『拾玉集』卷五。『續國歌大觀』三五三三六）

すまばさて習やすると思へどもましらなくなり谷の夕暮
（源具親、『千五百番歌合』卷二十。『續國歌大觀』三八九三八）

旅ごろもいとど干がたきよるの雨に山の端とほくましら啼くなり
（花山院前内大臣、『新續古今和歌集』卷十。九三〇）

空清く有明の月はかげすみて木高き杉にましらなくなり
（儀子内親王、『風雅和歌集』卷十五。一五五七）

逢坂のやまのみねにて鳴くこゑはましらのみこそあはれなりけれ
（讀み人しらず、『古今和歌六帖拾遺、夫木抄、雜二、山』、『續國歌大觀』三五三二六ヨ）

ましも猶遠方人の聲かはせわれこしわふるたこのよひさか
（紫式部、『紫式部集』、群書類従本）

たよりなき旅とは我ぞ思ひつつきをはなれたる猿もなくなり
（赤染衛門、『赤染衛門集』、群書類従本）

松浦友久氏は、さらに「平安中期（躬恆）から、平安末鎌倉初期（慈圓・具親）、鎌倉中期（前内大臣）、鎌倉末期（儀子内親王）まで、中古―中世の各時期にこれらの作例が散在しているということは、當時の歌人たちがサルの聲を歌材として讀むこと自體を知らなかったのではなく、むしろそれを好まなかったのだ」「同じ時代の漢詩のジャンルにあっては、六朝隋唐詩と同樣の猿聲の用法がひろく行われている」と指摘している。(18)

當該歌の漢詩題中に「猿」という語があるが、歌の本文については異本の問題が顯著で、三句目の「夜のさる」は、時雨亭叢書本と冷泉爲臣本には「夜の雨に」とあり、名古屋大學本では「夜の雨」に作っている。また、この三種類のテキストでは、いずれも初句は「こひてなく」と表記し、結句は「あかつきのこゑ」（或いは「あか月の聲」）となっている。影印本定家自筆本と冷泉爲臣本の本文に従う場合は、「さる」という表現がなくなるのである。(19) この異本の問題は、松浦友久氏が指摘したサルの聲を歌材として讀むことは日本人に好まれなかったという心理と關連しているかもしれない。

ただし、いずれの本文に從っても、初句の「こひてなく」という表現には、猿の鳴き聲と詠み手の泣き聲の兩方が意味されていると思われる。

さりともと思ふ限りはしのばれて鳥とともにぞ音はなかれける
（金葉集・戀上・三五二・神祇伯顯仲）

冬の夜のながきをおくる袖ぬれぬ曉がたのよもの嵐に
（新古今集・冬・六一四・太上天皇）

とあるように、物思いの曉方に「鳥」や「よもの嵐」の聲を聞いていると、獨り寢の夜長のつらさはいっそうかき立てられるものである。そこで、歌の全體については、「高嶺の山の夜の雨の中、（子を戀うて）鳴く猿の曉方の聲を聞くと、戀する人への思いがいよいよつのってきて、ついに聲を出して泣いてしまった」と理解してよかろう。

舊枕古衾誰與爲

五十五　床の上に舊枕もくちはててかよはぬ夢ぞ遠ざかり行

歌の意味

貴方は夢にさえ現れてくれず、本當に遠くになってしまい、獨り寢の夜はあまりにもつらくて、いつも涙を流している。床の上の枕は舊くなっただけでなく、私の涙ですっかり朽ちはててしまったことだ。

原據詩

長恨歌（五十二番を參照）

歌の分析

句題「舊枕古衾誰與爲」は、慈圓の「文集百首」には「舊枕古衾誰與共」とあり、また金澤文庫本・要文抄本・管見抄本・文苑英華本などは「舊枕故衾誰與共」に作っており、那波本および中國の通行本では「翡翠衾寒誰與共」に作っている。故に、定家の「文集百首」は流傳する間に「誰與共」が「誰與爲」に間違えられたものと考えられる。

「舊枕故衾誰與共」を題とする先行和歌には『大貳高遠集』の、

うちわたしひとりふすよのよひよひはまくらさびしきねをのみぞなく

という歌があり、また、五十一番歌の分析においてすでに觸れたことだが、『源氏物語』「葵」巻には「舊き枕故き衾誰と共にせん」と「鴛鴦の瓦は冷やかにして　霜華重く」を踏まえている歌が見られる。そこの内容は次のようである。

「舊き枕故き衾、誰とともにか」とある所に、

なき魂ぞいとど悲しき寝し床の　あくがれがたき心ならひに

又、「霜の花白し」とある所に、

君なくて塵つもりぬるとこなつの　露うち拂ひいく夜寝ぬらむ[20]

「霜の花白し」の「しろし」について、「しげし」の誤りとする説と『源氏物語』の改作と見なす意見が見られるが、[21]いずれにしても「鴛鴦の瓦は冷やかにして　霜華重く」に基づくことは變わらない。なお、「君なくて」歌は「霜の花白し」を題として詠まれた歌と書かれているが、「とこなつの露」の「露」が題中の「霜」の置き換えであるという點を除けば、[22]一首は、ほとんど「舊き枕故き衾　誰と共にせん」の内容をベースとしているのである。

では、當該歌の表現と題との關わりについて考えてみよう。

「舊枕」は題の言葉をそのまま詠み込んでいるが、「くちはてて」は戀歌によく用いられる和歌的表現であり、「戀の悲しさで涙が盡きることなく流れており、それをせき止めようとする袖も朽ち果ててしまった」とか、「枕が涙に浮くほどいっぱい涙を流しているつらい獨り寝の夜が續いているから、枕はもう朽ち果ててしまった」とかいうことを表現しているのである。

涙川袖のゐせきも朽ちはてて淀むかたなき戀もするかな　（金葉集・戀上・三七七・皇后宮右衞門佐）

今はただをさふる袖も朽ちはてて心のままにをつる涙か　（千載集・戀五・九四〇・季通）

涙せくむなしきとこのうき枕くちはてぬまのあふこともがな　（拾遺愚草下・部類歌・戀・二五二五）

などの歌はその例であろう。したがって、「舊枕もくちはてて」という二句だけでも題の意味をカバーしている。慈圓の當該歌は、

如何にせんかさねし袖をかたしきて涙にうくはまくらなりけり

と詠んでいる。その「涙にうくはまくらなりけり」は定家の當該歌と同じ發想であるが、「かさねし袖」は「古き衾」のイメージに呼應しており、「かたしき」は「誰と共にかせむ」の詠み替えと言える。こうした慈圓の素直な詠み方に對して、定家は「古き衾」と「誰と共にかせむ」がもっているニュアンスを、全部「舊枕もくちはてて」にまかせて、初句として「床の上」という表現を加えている。これによって閨の雰圍氣がいっそう強くなっており、獨り寢のつらさも、もっと感覺的で身にしみるように感じられる。

久保田淳氏は『譯注』の補注において「同じ長恨歌のこの次の句「悠悠生死別經年、魂魄不曾來入夢」の心をも詠み入れる」と指摘しているが、それは、具體的には下の句の「かよはぬ夢ぞ遠ざかり行」を指しているのであろう。「長恨歌」の詩意を詠んでいる歌としては、特定の一句を中心にしながら、前後の句に見える表現や「長恨歌」ストーリー內の別の內容をも詠み入れる例が定家以前にも見られる。さきほど述べた『源氏物語』「葵」巻に見える「君なくて塵積もりぬるとこなつの露うち拂ひいく夜寢ぬらむ」という歌はその例であるし、また、『伊勢集』には、

たますだれあくるもしらでねしものをゆめにもみじとゆめおもひきや　（五十五）

という歌があり、「『長恨歌』の『春宵苦短日高起、從此君王不早朝』を上の句に、『魂魄　不曾來入夢』を下句にしたてたものである」と指摘されている。(23) この伊勢の歌は『源氏物語』にも引用されており、『源氏物語』とともに

『白氏文集』を擧げて「筆のめでたきが心はいかさまにも澄むにや」(24)と言っている定家は、當然この歌を知っているはずである。定家はこうした先行文學を意識して當該歌の下句を詠んだとも考えられよう。

このように、當該歌には獨り寢のつらさだけではなく、戀する人と夢にさえも會えないというむなしさや絶望感も強く傳わってくる。そうした氣分は、もとより「鴛鴦の瓦は冷やかにして霜花重く、舊き枕故き衾誰と共にせん。悠悠たる生死　別れて年を經、魂魄　曾て來りて夢に入らず」に表されている心ではあるが、表現が重なりリズムもゆったりとしている原據詩に比べて、當該歌のほうがいっそう感覺的で情緒的だと言えよう。

注

（1）「床塵」は「文集百首」の諸本では同じであるが、『白氏文集』は「塵牀」とある。

（2）角川文庫『源氏物語』に據る。

（3）「長恨歌」の本文および訓讀は新潮日本古典集成石田穰二・清水好子校注『源氏物語一』付錄に據る。ただ、字體は那波本に従った。

（4）四遠藤實夫『長恨歌研究』第三章「長恨歌が日本文學に及ぼしたる影響」、近藤春雄『長恨歌・琵琶行の研究』第一章第三節「わが國における長恨歌」などを參照。

（5）新編『國歌大觀』に據る。

（6）岩波新日本古典文學大系、柳井滋・鈴木日出男等校注『源氏物語』によっている。

（7）日本古典文學全集『源氏物語』、丸山キヨ子『源氏物語と白氏文集』など多くの指摘がある。

（8）遠藤實夫『長恨歌研究』第三章「長恨歌が日本文學に及ぼしたる影響」を參照。また、伊能穎則の「長恨歌句題和歌」は金子彥二郎編『句題和歌選集』に收錄されている。

（9）例えば、(清)汪立名編訂『白香山詩集』、『白氏長慶集』、朱金城『白居易集箋校』、顧學頡『白居易集』などがある。

（10）平岡武夫・今井清校定『白氏文集』「長恨歌」校勘記に據っている。

(11) 前野直彬『唐詩鑑賞辭典』二五四頁。朱金城『白居易集箋校』は『樂府雜錄』と『明皇雜錄補遺』に載っている類話を引用している。
(12) 蔡琰の作と傳える「胡十八拍」には「斷腸」という言葉が見えるが、それについては松浦友久氏による考察（『詩語の諸相――唐詩ノート――』「『斷腸』考」）があり、「詩語としての『斷腸』の成立は、やはり『世說新語』以後の現象と見るべきであろう」（六九頁）と指摘されている。
(13) 『藝文類聚』卷九十五「獸部下」。
(14) 「登高」。『杜詩詳注』卷二〇。
(15) 「登萬歲樓」、『全唐詩』卷一六〇。
(16) 『全唐詩』卷一四三。
(17) 『全唐詩』卷一五〇。
(18) 注四所揭松浦友久著書「『猿聲』考」（三一〜三三頁）に據る。
(19) ただし、久保田淳氏も指摘しているように「おもひぞまさる」は、句題中の「猿」を「物名ふうに詠み入れ」たものであり、それは技巧的な表現であるが、「さる」という表現は殘る。
(20) 原文は石田穰二・清水好子校注『源氏物語』に據る。
(21) 前者は水野平次『白樂天と日本文學』二六二頁を參照。後者は中西進『源氏物語と白樂天』一〇〇頁を參照。なお、前揭『源氏物語』(二)一一〇頁には「『霜花重』によるすさび書き」という注がある。
(22) 前揭中西進著書の一〇一頁を參照。また、柳井滋・鈴木日出男等校注『源氏物語』(一)三二六頁に「詩句『霜の花……』から常夏の花（撫子）を連想。『常夏』『床』の掛詞」とある。
(23) 玉上琢彌『源氏物語評釋』第一卷一〇三頁。
(24) 『先達物語』（定家卿相語）に據る。

第二節　「戀五首」における寓意と戀歌の新しい意義

「戀五首」の五題のうち「長恨歌」による題が四首も占めていることが目立っているが、そのことは、平安時代以來、物語・和歌・日記など各ジャンルにわたって見られる「長恨歌」受容の影響として考えられよう。特に、「長恨歌」を題とする和歌として伊勢集・高遠集・源道濟集・道命阿闍梨集などの先蹤作品があり、(1)「文集百首」の「戀五首」はその系譜を受け繼いでいるとも言えよう。

日本における「長恨歌」の受容について、新間一美氏は「場合に應じて長恨歌の物語を感傷詩的にも諷諭詩的にも利用していることが分かるが、さらに淨土教を背景にする佛教的立場から讀まれる場合もあった(2)」と指摘しており、日本における「長恨歌」受容の多面性に注目している。また、山崎誠氏は「長恨歌の感傷性が、それの主題、あるいは優れた文學性として把握認識され」、「長恨歌を離れて、一般に亡き人を哀傷することは、和歌の傳統であり、その意味から長恨歌の感傷性が和歌の題材に取上られるに至ったには、必然性がある(3)」と言い、詩歌における「長恨歌」受容の特徴について重要な點を指摘している。

しかし、『和漢朗詠集』『新撰朗詠集』『大貳高遠集』『源道濟集』『伊勢集』と對比してみると、「戀五首」に選ばれた「長恨歌」の題は、それまでの「長恨歌」受容とは異なる點が見られ、そこには、撰者の特別な心情が託されているように思われる。

具體的に見ていくと、「伊勢集の長恨歌受容の趨勢は、玄宗の追慕と楊貴妃太眞の深い嘆きにある(4)」のであり、歌に詠み込まれた詩句については、遠藤實夫氏の指摘によれば次のとおりである。(5)

①もみぢ葉にみえわかず散るものは物思ふ秋の涙なりけり　（伊勢集・五十二）

秋雨梧桐葉落時、落葉滿階紅不掃[6]

②かくばかり落つる涙のつつまれば雲の便りにみせましものを　（伊勢集・五十三）

玉容寂寞涙闌干[7]

③かへりきて君おもほゆる蓮葉に涙の玉とおきゐてぞみる　（伊勢集・五十四）

歸來池苑皆依舊、太液芙蓉未央柳、芙蓉如面柳如眉、對此如何不涙垂[8]

④玉簾あくるも知らで寢しものを夢にも見じと夢思ひきや　（伊勢集・五十五）

春宵苦短日高起、從此君王不早朝、悠悠生死別經年、魂魄不曾來入夢[9]

⑤紅に掃はぬ庭はなりにけりかなしきことの葉のみつもりて　（伊勢集・五十六）

落葉滿階紅不掃

⑥しるべする雲の舟だになかりせば世を海中に誰か知らまし　（伊勢集・五十七）

排空馭氣奔如電、忽聞海上有仙山、山在虚無縹眇間

⑦月も日もなぬかのよひの契りをばきえぬほどにもまたぞ忘れぬ　（伊勢集・五十八）

詞中有誓兩心知、七月七日長生殿、夜半無人私語時

⑧消えしみにまたもけぬべし春霞かすめる方を都と思へば　（伊勢集・五十九）

迴頭下望人寰處、不見長安見塵霧

⑨木にも生ひず羽もならべで何しかも波路隔てて君を聞くらむ[10]　（伊勢集・六十）

在天願作比翼鳥、在地願爲連理枝、一別音容兩眇茫

⑩ゐる雲のひとりきもせぬ物ならば涙はみをと流れざらまし　（伊勢集・六十一）

不見長安見塵霧、玉容寂寞涙瀾干

また、高遠集に見える「長恨歌」の句題和歌について、山崎氏はその句題になっている詩句を整理して「明らかに、物語的展開を意圖して歌が詠まれている」と指摘している。[11] 實は、道濟集の「長恨歌當時好士和哥よみしに十首」の題となっている詩句「養在深窗・寵愛一身・行宮見月・不見玉顏・池花依舊・碧落不見・雲海說說・花帳夢驚・誓兩心知・此恨綿綿」も、物語の根幹を成している内容をピックアップしたものと思われる。

さらに、道命阿闍梨集に見えるつぎの三首、

（ア）ありとだにいかできけむまどの中に人にしられでとしへたるみは[12]

（イ）おもひきやみやこのくものうへならでこころそらなる月をみむとは

（ウ）みにだにもみじとおもひし所しもなみだむせびてゆきもやられず

について、山崎氏は「傍點の箇所のように、明らかに句題を持つと思われる」と述べているが、具體的な詩句は示していない。試みに詩句を當てはめてみると、（ア）の傍點の部分は、「養在深窗人未識」、（イ）は、「行宮見月傷心色」、（ウ）は、「對此如何不涙垂」を踏まえているのではないかと思われる。

要するに、「文集百首」に先行した「長恨歌」の句題和歌には、主として「長恨歌」の感傷性が取り上げられているとは言え、次のような多くの和歌に見られるように、楊貴妃が寵愛される、亡き楊貴妃を偲ぶ玄宗皇帝の悲しみ、蓬萊へ楊貴妃を訪ねる、七月七日の契りといった内容が大體反映されている。

春宵苦短日高起

朝日さすたまのうてなもくれにけり人とぬるよのあかぬなごりに[13]　（高遠集・二五八）

三千寵愛在一身

我ひとりとおもふこころもよの中のはかなき身こそうたがはれけれ　（高遠集・二七五）

養在深窗

たまだれの簾もすかぬねやのうちにきみましけりと人にしらずな[14]　（道濟集・二四二）

歸來池苑皆依舊

からころもなみだにぬれてきてみればありしながらのあきはかはらず　（高遠集・二八一）

春風桃李花開日

はるかぜのゐみをひらくる花の色はむかしの人のおもかげぞする　（高遠集・二八一）

秋雨梧桐葉落時

木のはちるときにつけてぞなかなかにわがみのあきはまづしられける　（高遠集・二八一）

行宮見月

みるままに物思ふことのまさるかな我身よりいる月にやあるらん　（道濟集・二四四）

昇天入地求之遍

おもひやるこころばかりはたぐへしをいかにたぐへむまぼろしのよを　（高遠集・二六〇）

忽聞海上有仙山

たづねずはいかでかしらむわたつうみの波間にみゆるくものみやこを　（高遠集・二六一）

花帳夢驚

たれぞこのけさあけぼのの夢のうちに都のことをほのめかしつる　（道濟集・二四九）

在天願作比翼鳥

おぼろげのちぎりの深き人どちやはねを並ぶる身とはなるらむ (高遠集・二八九)

在地願爲連理枝

さしかはし一つ枝にと契りしは同じみ山の根にやあるらむ (高遠集・二九〇)

誓兩心知

たなばたや知らば知るらん秋の夜の長き契はきみも忘れじ (道濟集・二五〇)

此恨綿綿

いはねさすつくばの山は盡きぬとも盡きむ世ぞなき飽かぬわが戀 (道濟集・二五一)

ところが、「文集百首」の「戀五首」は、獨り寢のつらさという點に集中して表現されているように思われる。題に選ばれた「長恨歌」詩句も、そうした内容のものにしぼられている。

歸來池苑皆依舊　太液芙蓉未央柳　歸り來たれば池苑皆舊に依れり、太液の芙蓉未央の柳。
對此如何不淚垂　芙蓉如面柳如眉　此に對ひて如何にしてかぞ涙垂れざらむ、芙蓉は面の如く柳は眉の如し。
春風桃李花開日　秋雨梧桐葉落時　春の風に桃李の花の開く日、秋の雨に梧桐の葉の落つる時。
西宮南內多秋草　落葉滿階紅不掃　西宮の南内に秋の草多し、落葉階に滿ちて紅掃はず。
梨園弟子白髮新　椒房阿監青蛾老　梨園の弟子白髮新なり、椒房の阿監青蛾老いたり。

と詠われるように、四時の景物や周圍の物、人は、すべて往昔を思い出させ、楊貴妃を亡くした玄宗皇帝の悲しみの種になる。しかし、慈圓は、ほかの表現を捨象して意識的に獨り寢にかかわる表現を取り上げているように見える。

「長恨歌」による四題のほか、殘った一題は、やはり「夜深方獨臥　誰爲拂塵牀[15]」という内容の詩句を選んでいるのは、執拗に獨り寝のつらさを表現しようという慈圓の姿勢を示していると言えよう。この點は「文集百首」における「長恨歌」受容の特徴とも言える。

では、慈圓はなぜこんなにも獨り寝の詩句に拘っているのであろうか。また、このことと、第一章において述べた「文集百首」に見える「無喜無憂」「不厭不戀」「無生無滅」という精神的境地への傾斜とは、一見して矛盾しているように見えるが、このことについてどのように解釋すべきか。そこで、「文集百首」が詠まれた時の慈圓の境遇や戀歌に對する慈圓の基本的な態度をおさえながら、これらの疑問を解くようにつとめていきたい。

後鳥羽院と慈圓との政治的對立によって、二人の關係がやがて破綻することに至るが、このことは、慈圓研究の軸ともなっており、「文集百首」についての理解にも、それを考慮しなければならないのは言うまでもない。山本一氏は、すでに承元・建暦・建保・承久期の慈圓の和歌活動について「ここで扱った作品のほとんどに共通するのが後鳥羽院への訴えという性格である。しかも、後鳥羽院の立場との本質的な矛盾が、建久期までの活動には見られなかった種類の孤獨の影を、この時期の活動に與えている」と述べ、「文集百首」を含む建保・承久期の「法樂百首群」の企畫は「ある程度まで院の承認のもとにあったと推測され」、「承久元年後半には二人の間に政治的な和解の可能性はなくなっていたと言えようが、その時點での慈圓が、和歌を介した院との何らかの意思疎通を、完全に斷念したとまでは思われないのである[16]」と指摘しており、「文集百首」が創作された時期の慈圓の立場及び後鳥羽院との葛藤を提示している。

また、すこし遡って見れば、山本氏が慈圓の〈性愛・和歌・政治〉を論じる際に取り上げた『祕經抄（毘盧遮那別行經私記）』に書き入れられた、上皇ト佛子ト夫婦之儀ヲ成シ奉リ、其ノ寵、頗ル過分ノ趣也。夢の中ニ、今ノ經ノ抄記若シクハ正意ニ叶フ歟。夢中ノ巨細、委シク記ス能ハズ。併ラ皆成就ノ相也。(17)

という承元四年（一二一〇）二月の慈圓の夢に關する記述も、「文集百首」の「戀五首」を理解する上で重要な示唆を與えていると思われる。この夢について、山本氏は「院の妻后としてすこぶる寵愛を得るという夢想の、最も素朴でしかも基本的な意味脈絡は、院との關係の修復、正治建仁期の「蜜月時代」の再現への願望であったと見なされ」、「院と慈圓との婚姻は、『王法』と『佛法』との和合、慈圓の側から言えば、『王法』と積極的に結ぶことで自己を實現しようとする『佛法』の姿を、象徴している」(18)と述べている。

こうした背景で詠まれた「文集百首」の「戀五首」には、かつて慈圓の作品によく見られた「初戀」「忍戀」「不逢戀」「初逢戀」「後朝戀」「旅戀」などの種種の戀の題は一切取られず、孤獨で破れた戀に苦しんでいる心情を表す詩句のみ集められていることは、特別の事情を意味していると思わざるを得ない。それは、後鳥羽院との間の破綻を象徴し、修復することができない過去の親密關係への追慕ではなかろうか。「文集百首」において、表現上では、このことを明言できる確かな根據が見られず、あくまでも推測にすぎないが、さしあたって一つの想定として提起してもよいであろう。そのように解釋すると、「夜深方獨臥、誰爲拂塵牀（夜深けて方に獨り臥す、誰が爲に塵牀を拂はん）」という題（五十一）の選定や、

夕殿螢飛思悄然、秋燈挑盡未能眠

君ゆゑにうちもねぬよの床のうへに思ひを見する夏蟲のかげ　（戀・五十二）

舊枕古衾誰與共

如何にせんかさねし袖をかたしきて涙にうくはまくらなりけり　（戀・五十五）

といった慈圓の歌から見れば、「戀五首」において、「『王法』と『佛法』との和合」という婚姻の破綻がもたらした悲哀と、消しがたい願望や期待感とが混在しており、慈圓は深刻で複雑な感情を訴えているように思われる。

山本氏の論には、慈圓と後鳥羽院との間に性愛が存在したかどうかという疑問が讀み取れるが[19]、それはさておき、前述した慈圓の夢や「戀五首」の獨り寝の表現は、單なる夫婦の比喩にすぎないと考えるとしても、佛教的立場から見れば、それが象徴している政治への執着は性愛と同じように否定すべきものであるから、重要なのは、慈圓において、戀や政治と佛教思想との關係はどうであるかということである。

『拾玉集』巻五にはすでに散佚した百首歌の跋文と見られる長い散文が見られるが、それは慈圓の和歌觀・佛教の遁世思想などを究明するには重要な資料となっている[20]。山本一氏は、この散文を「戀百首歌合」(假稱)という作品群の跋文と考えており、文中の「戀の歌とて詠める事こそ、まことに憂き世を離れぬ例しには、みな思ひ慣れたる事にて侍るめれと思ひ學びて、されば、これに寄せてこそは、厭離の心をも敎へ、欣求の心をもあらはさむ」という内容に注目して「戀百首歌合」を「戀を否定的契機として道心に向かう」ような歌、あるいは「佛への渇仰を戀の比喩によって表現している」歌といった「佛敎的戀歌の系譜」に置いて評價している[21]。

しかし、右の跋文より十年ぐらい後にできた[22]「文集百首」は、第一章第三節において述べたように、思想の面では「厭離穢土」「欣求淨土」の心を超克し、現實肯定を意味する「二諦一如」觀が根底にある「無喜無憂」「不厭不戀」「無生無滅」といった精神的志向を示している。そして「文集百首」の「戀五首」が扱っている獨り寝のつらさというテーマは、後鳥羽院との關係を象徴しているという點で、慈圓にみる王法・佛法の一體化ということと關連して理解したほうがよいであろう。つまり、「戀五首」は慈圓が後鳥羽院との意思疎通をはかったものであり、王法・佛法の一體化の主張につながっているということである。多賀宗隼氏が「眞・俗二諦は、要するに因縁生滅の事と不生不滅の理との對立關係なのであるが、この關係は次第に擴充されて廣く應用されるに至った。わが國でこれを佛法・王法にも比定しているのはその一例である」[23]と指摘したように、王法・佛法の一體化の主張と「文集百首」に見える「無喜無憂」「不厭不戀」「無生無滅」という精神的志向とは、つきつめたところ、互いに通じているものである。

このように、和歌文藝の中核となっている戀歌は、中世に入るにつれて佛教思想の中に取り込まれて、新しい意義を擔うようになったのであった。

久保田淳氏は「『新古今和歌集』に代表される中世和歌文學の文學的研究の領域では、從來、その自然に對する美意識や戀愛・死などに關する感情表現は、いかにして文學としての、又、詩としての表現となりえているかという點が研究者の關心を集めてきたと考えられる。それに對して、中世和歌が有する寓意性、思想性の問題はともすれば閑却視されていた傾向はないとはいえない」[24]と指摘しているが、本節はつまり「文集百首」の「戀五首」における寓意性、思想性の問題への試みとして述べたものである。

注

(1) 山崎誠「平安朝の和歌・物語と長恨歌――伊勢集・高遠集・道濟集・道命阿闍梨集及び宇津保・源氏物語をめぐって――」を參照。

(2) 新間一美「白居易の長恨歌――日本における受容に關連して――」。また、定家の後の時代に神道と關わる受容の仕方も見られる。近藤春雄氏の研究によれば、すくなくとも鎌倉末期から楊貴妃と熱田の明神をとする傳説がすでにあったが、十六世紀には「唐の玄宗皇帝が日本征服の意圖をいだいていたので、熱田の大明神が楊貴妃の姿となって、唐土に現れ、その志をくじいた」(近藤春雄『長恨歌・琵琶行の研究』一六〇頁)という話が生まれ、「日本は神の守護する國との當時の神國思想の高まりは、いよいよこうした話をうみ出す背景となったことが考えられるが、しかも熱田の明神をもち出すところ、それにはまた草薙劍や日本武尊の話の反映していることが考えられる」(同書、一六八頁)という。

（3）注（1）所掲山崎論文三頁。

（4）注（1）所掲山崎論文五頁。

（5）遠藤實夫『長恨歌研究』第三章「長恨歌が日本文學に及ぼしたる影響」一八四、一八五頁。歌の本文は基本的に『新編國歌大觀』によっているが、わかりやすいように適宜、漢字を當てた。

（6）注（1）所掲山崎論文は、さらに「對此如何不涙垂」を指摘している。

（7）注（1）所掲山崎論文は「對此如何不涙垂」という一句を指摘している。

（8）注（1）所掲山崎論文は「歸來池苑皆依舊、太液芙蓉未央柳、孤燈挑盡未能眠」と指摘している。

（9）注（1）所掲山崎論文では「從此君王不早朝」一句がない。

（10）『新編國歌大觀』の本文には缺字があるため、この歌のみ注（5）所掲遠藤著書に從う。

（11）注（1）所掲山崎論文。五頁。

（12）歌の本文は『新編國歌大觀』によっている。傍點は注（1）所掲山崎論文による。

（13）歌の本文は『新編國歌大觀』によっている。

（14）歌の本文は『新編國歌大觀』によっているが、わかりやすいように適宜、漢字を當てた。

（15）定家の當該歌の題は「誰爲拂塵牀」とある。

（16）山本一『慈圓の和歌と思想』三七六、三七五頁。

（17）『續天台宗全書　密敎三』二一四頁。讀み下しは前掲山本著書（三八三頁）に從っている。

（18）注（16）所掲著書三八四、三八七頁。

（19）注（16）所掲著書第十六章「慈圓思想への一視覺——許さないものと許されたもの——」三八八頁を參照。

（20）佐佐木克衞「慈圓の和歌觀について——狂言綺語觀との關わりを中心として——」、石川一『慈圓和歌論考』第四章第一節「厭離欣求への道程」、山本一『慈圓の和歌と思想』第十一章「散佚『戀百首歌合（假稱）』跋をめぐって」を參照。

（21）注（16）所掲著書二七〇頁。

（22）注（16）所掲著書卷末の『拾玉集』編成表」によれば、「戀百首歌合（假稱）」の成立は承元二年（一二〇八）頃という。

（23）多賀宗隼『慈圓』一三七頁。
（24）久保田淳「中世和歌における寓意と思想――承久の亂直前における慈圓の作品を例として――」。

第四章　「文集百首」にみえる隠遁思想

第一節　「山家五首」について

従今便是家山月　試問清光知不知

五十六　知るや月宿しめそむる老らくの我山の端の影や幾夜と(1)

歌の意味

知っているか、月よ。この山中に家を占めることになった。老いてゆく私は我が山の端に懸かっているお前様をあと幾夜見られようか。

原據詩

初入香山院對月　　初めて香山の院に入り月に對す

老住香山初到夜　秋逢白月正圓時　　老いて香山に住む初めて到る夜、秋　白月の正に圓き時に逢ふ。

従今便是家山月　試問清光知不知　　今より便ち是れ家山の月、試みに問ふ　清光よ知るや知らずや。

（巻六十六、三二七四、六十一歳の作）

歌の分析

當該歌は題の二句全體を踏まえて詠まれている例である。まず、題の文字をそのまま歌に詠み込んでいるは「山」「月」「知」という三文字であり、題中の表現をやまと言葉に直して詠んだものは、「家」を「宿」に、「清光」を「影」に、詠みかえた箇所である。また、初句の「知るや月」は、「試問清光知不知」の詠み替えと言え、「我山の端の影」に「家山の月」の意を響かせる。

句題を踏まえて詠んでいるだけではなく、原據詩のほかの詩句ともかかわりがあるように思われる。「老らく」は「老いて香山に住む」の「老」のイメージと重なっており、「しめそむる」は「今より」の意味を傳えていると感じられるが、「占め」という語は「老いて香山に住む」の「住」と同じ役割をしており、「そむる」は、すなわち「初めて到る夜」の「初」である。

ところで、題の二句が選ばれたのは、題中の「家山の月」が和歌によく詠まれている山里の月というイメージにぴったり重なっていることと、「試みに問ふ　清光よ知るや知らずや」という詩人と月との交流が日本人にとって親しみがあるからであろう。小島孝之氏は『後拾遺集』にみえる、

居易初到香山心をよみ侍りける　　藤原家經

いそぎつつ我こそきつれ山里にいつよりすめる秋の夜の月　（秋上・二四八）

を擧げて「作者には『山里』の月を見ることが一刻を争うほど價値有る對象だという認識のあったことを表しているのである」と解釋している。(2) また、自然現象の月を「友」と詠んだ歌の例に、

山の端に我も入りなむ月も入れ夜な夜なごとにまた友とせむ　（明恵上人集・一〇一）

ひとりすむいほりに月のさしこずはなにか山べの友にならまし　（山家集・一〇三〇）

が擧げられよう。當該歌にも詠み手が月を話の相手としている姿が見られるが、一方、老殘の自分を嘆いている氣分も強く感じられる。この點は「今より便ち是れ家山の月、試みに問ふ　清光よ知るや知らずや」に溢れている情趣とは異なっている氣分である。

鑪山雨夜草庵中(3)

五十八　しづかなる山路の色の雨の夜に昔戀しき身のみふりつつ(4)

（巻十七、一〇七九、四十七歳の作）

歌の意味

閑かな山の庵で、雨の降る夜、昔のことを戀しく偲んでいるこの身ばかりが老いてゆく。(5)

原據詩

廬山草堂夜雨獨宿寄牛二李七庾三十二員外

丹霄攜手三君子　白髮垂頭一病翁
蘭省花時錦帳下　廬山雨夜草菴中
終身膠漆心應在　半路雲泥迹不同
唯有無生三昧觀　榮枯一照兩成空

廬山草堂の夜雨に獨り宿し、牛二・李七・庾三十二員外に寄す

丹霄手を攜ふ三君子、白髮頭に垂る一病翁。
蘭省の花時錦帳の下、廬山の雨夜草菴の中。
終身膠漆心應に在るべし、半路雲泥迹同じからず。
唯無生三昧の觀あり、榮枯一照して兩ながら空と成る。

歌の分析

「蘭省花時錦帳下、廬山雨夜草庵中」の二句は、『和漢朗詠集』（「山家」、五五五）をはじめとする日本古典文學に大きな影響を與えている。柿村重松氏の考證によれば、『枕草子』『本朝續文粋』、『新古今和歌集』など各ジャンルにわたって受容されており、(6)定家にも、

蘭省の花のにしきの面影にいほりかなしき秋の村雨　（三十一字歌二度・三一一二）

暮の秋はしにしたたる夜の雨草の庵の內ならねども　（雨中吟・四〇九九）(7)

といった歌が見られる。白居易は「蘭省の花時錦帳の下」と「廬山の雨夜草菴の中」という敍景的表現を以て、「丹霄」に榮えている「三君子」と落魄の「病翁」である自分、それぞれの境遇を對比させ、その大きな落差によって強い敍情性をもたらしてきたと言えよう。無論、このような強い對比から生じた心の不平をなくすため、原據詩の結句に「唯無生三昧の觀あり、榮枯一照して兩ながら空と成る」とあり、「蘭省」の「錦帳」という「榮」にせよ、「廬山」の「草庵」という「枯」にせよ、いずれも「空」であるにすぎないと白居易は言っているわけである。しかし、中國文學を受容する際によく見られることであるが、「蘭省花時錦帳下、廬山雨夜草庵中」二句の受容例のほとんどは、原據詩の全體の意味を考慮せず、敍景あるいは抒情の表現としてそれを享受しているのである。

そうした觀點から見ると、當該歌はやや違うように思われる。

さきほど述べた柿村重松氏の考證では俊成の歌、

昔思ふ草の庵の夜の雨に涙な添へそ山ほととぎす　（新古今集・夏・二〇一）

が受容の例として擧げられているが、この歌は父俊成の傑作であるから、定家はそれを念頭に置いて當該歌を詠んでいるはずであり、當該歌の「雨の夜に昔戀しき身」は、「昔思ふ草の庵の夜の雨に」からヒントを得ているように思われる。(8)また、一方、「昔戀しき身のみふりつつ」という表現は、そのまま原據詩にある「白髮頭に垂る一病翁」と

いう詩人のイメージに重なっているので、定家は、意識的にそうした詠法をしていると見受けられる。
ところで、慈圓の當該歌は「蘭省花時錦帳下、廬山雨夜草庵中」二句を題とし、「草の庵の雨にたもとをぬらすかな心より出でし都こひしも」と詠んでいる。このように、定家の題が慈圓のものより一句ないし二、三句少ない現象について、すでに述べたように佐藤氏は「結題詠の技法を基本とし、準據して詠作する態度を持す定家は、慈圓から示された題句の、一部を省略したり無視したりする必要に迫られたのであった」と解釋しているが(9)、定家が意識的に「蘭省花時錦帳下」一句を省略し、先行歌をふまえて題との關わりがない「昔戀しき身」を詠み込むという姿勢は、結題詠の技法に規制されたものではなく、定家という歌人の個性が能動的に發揮されていることと言ったほうがよかろう。

人間榮耀因緣淺　林下幽閑氣味深

五十九　あらしおく田のもの葉草しげりつつ世のいとなみのほかや住うき(10)

歌の意味

荒れるにまかせた田の面に草葉が見る見る茂っている。世の營み以外のところは住みにくいだろうか（そんなことはない）。

原據詩

老來生計　　　老來の生計

老來生計君看取　白日遊行夜醉吟　老來の生計君看取せよ、白日遊行して夜醉吟す。
陶令有田唯種黍　鄧家無子不留金　陶令に田有りて唯黍を種ゑ、鄧家子無くして金を留めず。
人間榮耀因緣淺　林下幽閑氣味深　人間の榮耀は因緣淺く、林下の幽閑は氣味深し。
煩慮漸銷虛白長　一年心勝一年心　煩慮漸く銷して虛白長じ、一年の心は一年の心よりも勝れり。
（卷六十六、三三四八、六十五歲の作）

歌の分析

『千載佳句』において「幽居」の部（一〇一五）に當該歌の題の二句が收められているほか、また、「閑意」という部類に同じ原據詩による「煩慮漸銷虛白長、一年心勝一年心」（四六五）が見られる。『和漢朗詠集』において題の二句は「閑居」の部（六一七）に收錄されている。『方丈記』の「閑居の氣味、また、かくの如し」という表現はおそらく「林下の幽閑は氣味深し」を踏まえたのであろう。

當該歌ははっきり題の後半の內容のみを參考にしており、前半は完全に捨象されている。これは、佐藤恆雄氏が指摘している「結題詠の技法を基本とし、準據して詠作する態度を持す定家は、慈圓から示された題句の、一部を省略したり無視したりする必要に迫られた(11)」ということの實例と言えよう。なお、「林下の幽閑は氣味深し」の文字こそ一つも當該歌に現れていないが、「あらしおく田のもの葉草しげりつつ」という風景は、「あらしおく」というように、人爲的・意圖的にしているのであって、下句の「世のいとなみのほか」の具象化したものと思われるから、意味的には、やはり「林下の幽閑」に關わっているのである。また、「世のいとなみのほかや住うき」という思考も、「氣味深し」に觸發され、もともと日本人が持っていた隱遁志向の問題について反芻している表現と考えられ、「林下の幽閑は氣味深し」が指向した隱遁の傾向を十分に享受しているように思われる。

さらに言えば、下句は、題のいわゆる「ことわり」を好む「からごころ」の影響で、理屈っぽい感じはするけれども、前句によって描かれたイメージは、まったく日本の傳統を引いた表現であり、なんとなく、さびしさを感じさせる。定家が見せてくれたこの風景と當該歌の次の歌、

秋山の岩ほのまくらたづねてもゆるさぬ雲ぞ旅心ちする

が傳えている寂寥感やわびしさというものは、家永三郎氏が主張した「定家等の新古今歌人たちは必ずしも西行長明の如く現實的にさうした環境（山里を指す—雋注）に身を投じたわけではなかったが、彼等の創造した處の超自然的自然」、「彼等の胸裏にまざまざと映し出された其幻像は、恰も西行に於ける芳野山や長明に於ける日野山に劣らぬ現實性を帶びた高次の實在であったのであり、彼等はこの姿無き自然の、姿無きが故に一層強く迫り來る寂寥感の内に耽溺することによって限りない滿足を覺えたのであった」(12)ということが思い合わされる。家永氏の論説の當否は別として、ここで問題にされている定家らが追求した寂寥感・わびしさは白居易の詩句「林下の幽閑は氣味深し」の境地とは別個のものであることに注意したい。そのことについては、本章第四節「日・中における閑居の氣味」において述べるつもりである。

六十　秋山の岩ほのまくらたづねてもゆるさぬ雲ぞ旅心ちする

山秋雲物冷

秋の山に岩を枕にして寝ようと尋ね入るが、それを許さぬ雲が懸かっていて、旅心地がする。(13)

原據詩

秋山

久病曠心賞　今朝一登山
山秋雲物冷　稱我清羸顏
白石臥可枕　靑蘿行可攀
意中如有得　盡日不欲還
人生無幾何　如寄天地間
心有千載憂　身無一日閑
何時解塵網　此地來掩關

秋山

久病心賞曠し、今朝一たび山に登る。
山秋にして雲物冷かに、我が淸羸の顏に稱ふ。
白石臥して枕す可く、靑蘿行くゆく攀づ可し。
意中得る有るが如く、盡日還るを欲せず。
人生幾何も無し、天地の間に寄るが如し。
心に千載の憂有り、身に一日の閑無し。
何れの時にか塵網を解き、此地に來りて關を掩はん。

（巻五、〇二〇六、三十九歳頃の作）

歌の分析

慈圓の當該歌は同じ原據詩の尾聯「何れの時にか塵網を解き、此地に來りて關を掩はん」を題としており、「いつよりかすむべき山のいほならむかつがつとまるわがこころかな」と詠まれている。このことについて、佐藤恆雄氏は、當該歌の題はおそらく定家が「自ら選び出し」、「隱棲への志をあからさまに表明したb句（慈圓の當該歌の題—雋注）にあき足らず、秋山の自然の景物を介在させて一首をなす方をよしとしたのであろう」と解釋している。(14)だとすれば、わざわざ「山秋雲物冷」を選んだ定家はこの題に如何なる心情を寄せているのであろうか。

「岩ほのまくらたづねても」は佐藤氏が指摘したように原據詩の「白石臥して枕す可く」を取り入れているのであ

ろう。「ゆるさぬ雲ぞ」という表現は題の「雲物冷」からヒントを得ていると思われるが、「雲物冷」と違う働きをしているようである。つまり原據詩における「雲物冷」は「我が清羸の顔に稱ふ」のであり、「白石臥して枕す可く、青蘿行くゆく攀づ可し。意中得る有るが如く、盡日還るを欲せず」ということに不都合なものではない。それに対して、當該歌における「ゆるさぬ雲」は「岩ほのまくらたづね」るのを妨げ、人を旅心ちにさせるものである。定家のこの一首には「冷」という言葉こそ用いられていないが、冷ややかさが何となく感じられる。[15]

定家の當該歌について佐藤氏は「秋山の景に心洗われ、隱棲したいと思う心を強く抱いたとうたう原詩一篇の世界とも、またその心にじかに重ねて自らの志向を表明した慈圓の場合とも異なる心のありようである。むしろそれらと逆方向を目ざす心意が露呈されているのであろう。定家は、心に千載の憂いを抱き、一日の閑とてもない塵網のうちにあるあり方を、人間本然のものとし、俗塵に足をつけた地點から、秋山への登遊を「旅心地」と捉えているのであって、慈圓との心の懸隔は甚だ大である」と言っているが、定家の當該歌には白居易や慈圓の隱棲志向と「逆方向を目ざす心意」が本當にあるのか、また、「心に千載の憂いを抱き、一日の閑とてもない塵網のうちにあるあり方を、人間本然のものと」するまでの自覺が讀み取れるのかどうかということについて、さらに分析する余地があるように思われる。

和歌の傳統にある「山家」の心を詠った歌を見れば、『和漢朗詠集』巻下「山家」(五六四)に収められている、

山里は冬ぞさびしさまさりける人めも草もかれぬとおもへば　(出典は古今集・冬・三一五・宗于)

という歌や、或いは、

旅寝する宿はみ山にとぢられてまさきのかづらくる人もなし　(後拾遺集・雑・一〇五二・經信)

いつのまにかけひの水のこほるらんさこそあらしのおとのかはらめ　(千載集・冬歌・三九五・孝善)

わりなしやこほるかけひの水ゆゑに思ひ捨ててし春の待たるる　（山家集・六二三）

などの歌が表現しているように、山里生活の寂寥やわびしさがいわゆる「山家」の心というものであろう。

家永三郎氏は「日本思想史における宗教的自然観の展開」という論において、西行の歌、

とふ人もおもひたえたる山ざとのさびしさなくはすみうからまし[16]

と、定家の歌、

たづねきてきくだにさびしおく山の月にさえたるまつかぜのこゑ[17]

旅人のそでふきかへす秋風にゆふ日さびしき山の梯[18]

などを例として、西行や定家らがその寂しい境地に心の慰めを求めていると述べており、さらに、「寂しさを全生命とする『山里』はいはば自然のさびしさの象徴であり、それ故に又無限の魅力をも具備していたのであ」り、「山里の寂しさがその寂しさのままに於いてかへって無上のよろこびであり、魂の救ひとなる[19]」という觀點を打ち出している。「山里の寂しさ」は、如何にして「無上のよろこびであり、魂の救ひとな」りうるのかについての論理は上記の論文では今一つ分からず、結局のところ、家永氏はそれを「自然の魅力」あるいは「寂寥感の内に耽溺することによって限りない滿足を覺え[20]」るということに歸結しているようである。それはさておいて、すくなくとも、山里の生活、つまり山家の心を詠っている歌に寂寥感やわびしさがともなっているのは、そうした歌の特色とも言え、當該歌にそのような雰圍氣があって「ゆるさぬ雲ぞ旅心ちする」と訴えているとしても、それは、必ずしも白居易や慈圓の隱棲志向と「逆方向を目ざす心意」につながることに限らない。

このように、寂寥感・わびしさが詠まれるのは「山家」の歌に特有な抒情の仕方だとすれば、定家が「何れの時にか塵網を解き……」をやめて「山秋にして雲物冷かに」を題に選んだ理由についても、そこに求められないであろう

か。「何れの時にか塵網を解き、此地に來りて關を掩はん」という開き直った表現よりも、むしろ「山秋にして雲物冷かに」のほうが「山家」の題としてふさわしいと言えよう。

また、「何れの時にか塵網を解き……」の二句は、在原業平の歌、

住みわびぬ今は限と山里につま木こるべき宿求めてん　（後撰集・雜・一〇八三）

を想起させるものであるが、その兩者は、「山家」の心を表しているものというよりも、むしろ述懐歌に近いように思われる。

注

（1）「幾夜」の「夜」は、冷泉家時雨亭叢書本『拾遺愚草』・名古屋大學本『拾遺愚草』では「世」とあり、冷泉爲臣編『藤原定家全歌集』では「よ」と表記している。
（2）小島孝之「『山里』の系譜」。
（3）「鑪」、冷泉家時雨亭叢書本『拾遺愚草』、冷泉爲臣編『藤原定家全歌集』、赤羽淑編名古屋大學本『拾遺愚草』では、いずれも「廬」とある。
（4）「色」、前掲三種類のテキストでは、いずれも「庵」とある。
（5）久保田淳氏の譯に據る。
（6）柿村重松『和漢朗詠集考證』一四〇〜一四三頁。
（7）この歌は久保田淳『譯注　藤原定家全歌集』において「拾遺愚草員外之外・傳定家卿詠歌」に收められている。
（8）久保田淳氏は『譯注　藤原定家全歌集』の補注に參考歌として俊成のこの歌を擧げている。
（9）佐藤恒雄「詩句題詠における二つの態度」。
（10）「住うき」は冷泉家時雨亭叢書本『拾遺愚草』では「住にき」とある。
（11）注（9）所掲佐藤論文。

(12) 家永三郎『日本思想史における宗教的自然観の展開』六三頁。
(13) 久保田淳氏の譯による。
(14) 注(9)所掲佐藤論文。以下の引用も同じ。
(15) 久保田淳氏の解釋に據る。
(16) 出典は『西行法師家集』「雜」で、作品番號は五三三。
(17) 出典は『拾遺愚草』「花月百首」で、作品番號は六七〇。
(18) 出典は『拾遺愚草』「韻歌百廿八首」で、作品番號は一五三五。
(19) 注(12)所掲家永著書六一頁。
(20) 注(12)所掲家永著書六一、六三頁。

第二節 「閑居十首」について

六十六 わが宿の砌にたてる松の風それよりほかはうちもまぎれず

但有雙松當砌下 更無一事到心中

歌の意味

わが家の庭に植わっている松に風が吹いている。そのほかのことは心を紛らわすことがない。

原據詩

新昌閑居招楊郎中兄弟

紗巾角枕病眠翁 忙少閑多誰與同
但有雙松當砌下 更無一事到心中
金章紫綬看如夢 皀蓋朱輪別似空
暑月貧家何所有 客來唯贈北窗風

新昌に閑居し、楊郎中兄弟を招く

紗巾角枕の病眠の翁、忙少く閑多く誰と與にか同じうせん。
但だ雙松の砌下に當る有り、更に一事の心中に到るなし。
金章紫綬 看るは夢の如く、皀蓋朱輪 別るれば空に似たり。
暑月貧家 何の有る所ぞ、客來らば唯だ贈らん北窗の風。

（巻五十五、二五二八、五十六歳の作）

歌の分析

『和漢朗詠集』雜・松「但有雙松當砌下、更無一事到心中」が收錄され、それについて、柿村重松『和漢朗詠集考證』の證說は「句の意は我が心の中に入り來るものとては唯二本の松の砌のほとりに立てるあるのみにて、他には何も我が心をひくものなしとなり」と解釋している。しかし、右に示したように、漢詩題の意味としては、砌に二本の松があるだけで、心にかかるものは何ひとつないということである。「但有」は「更無」の對句として用いられている言葉であって、「但有雙松當砌下」は「我が心の中に入り來るもの」として表現されているわけではない。

ただ、六八番の漢詩題「更無俗者當人眼、但有泉聲洗我心」も「但有」と「更無」の同じ使い方をしたものであるが、その句も『和漢朗詠集』巻下に収められており、そこの柿村重松氏の證說には「句の意は山中聊も俗物の人の眼にふるるものなく、唯泉流の聲淸らかにして我が心を洗ひ去るが如きあるのみとなり」とあって、正しい理解を示している。(1)

「但有雙松當砌下」を題にした歌としては、定家の前にすでに土御門院の歌がある。

我もしり我もしられて年はへぬ砌にうへしふたもとのまつ(2)

「砌にうへしふたもとのまつ」は、明らかに「雙松當砌下」の翻案である。なぜ松と「知る」ことが關連するのかといえば、松には神が宿り、靈魂を持つと見なされたことから、「松が知る」という發想が生まれ、歌に表現されるようになったからである。(3)その例として次の歌が擧げられている。

天翔りありがよひつつ見らめども人こそ知らね松は知るらむ　（萬葉集巻二・挽歌・一四五・憶良）

ただ、松は樹齢久しきものであることから、松が世の中のことをずっと見てきて「知る」という性質を持つようになったとも考えられるのではなかろうか。『古今集』には、

たれをかも知る人にせむ高砂の松も昔の友ならなくに　（雜上・九〇九・藤原興風）

という歌があり、小島憲之・新井榮藏校注では『兩度聞書』の「高砂の松こそ……古きことを語らふべきと思ふに、

それも又昔の友ならねば……といふにや」を引いて解釋している。要するに、「我もしり我もしられて年はへぬ」は漢詩題にない表現であって、日本人の感性を表している。

また、「松の風」(「松風」を含む)について、和歌表現としての「松風」は、人を待つの「待つ」に掛けたり、時雨の音になぞらえ、袖が雨に濡れることに、涙に濡れるのを響かせたり、あるいは心に訪れるものとして使われており、物思いにふけっている雰圍氣や物寂しい心情を表わす場合よく用いられる歌言葉である。當該歌の中には「それよりほかはうちもまぎれず」というのであるから、「松の風」の音が心を紛らわしているものとして意味されていると言えよう。

定家集には、また、次の歌が見られる。

草のいほの友とはいつかききなさむ心の内に松かぜのこゑ　(拾遺愚草・重奉和早率百首・雜・五八二)

心から聞く心ちせぬすまひ哉ねやよりおろす松風の聲　(拾遺愚草・韻歌百廿八首・山家・一五九九)

二首は、いずれも「松風の聲」と心が關連している發想である。

さらに、『新古今』には良經の、

月だにもなぐさめがたき秋の夜の心もしらぬ松の風かな　(秋上・四一九)

という歌があり、「松の風」と「心」とを關連させている點は同じである。(4) 漢詩題についての柿村重松氏の解釋は、その日本式な表現に影響されたものではなかろうか。

もう一つ言及すべきことは、漢詩中に表現された「松風」が『源氏物語』においても攝取されていることである。『源氏物語』に「松風」という巻があり、明石が琴を引いていると「松風、はしたなく響き合ひたり」という描寫と、

身をかへてひとりかへれる山里に聞きしに似たる松風ぞ吹く

という歌が見られる。それは唐の李嶠の詩句「松風入夜琴」を攝取しているものと言われているが、[5]明石が物思いにふけっている雰圍氣が松風によって強められている。

總じていえば、原據詩に出ている「松」は、ただの描寫の對象となっており、直接に詩人の心に迫ってはいない。一方、和歌表現としての「松風」は心の動きを連動させるはたらきを持ち、古くから歌人に愛用された。定家はその日本人の感性で原據詩の「松」を「松の風」に詠み替えたのであろう。

また、發想面からいって、原據詩と當該歌には微妙なずれがある。すなわち、題の「更無一事到心中」というのは、心の中に外界のものごとは何一つ入りこまないで、心が安定して調和した狀態にあることを表しているのである。ところが、和歌の方は「松の風」が心に入りこむ要素となっており、また、それによって心のつらい思いが薄められているのである。この發想の違いの背後には、中國人と日本人の心に對する認識が異なっている面があるのではなかろうか。

さらに、もう一つ、松の風「よりほかはうちもまぎれず」というのは、心の晴れる狀態が少ないことであり、題の「更無一事到心中」の本意とは違う趣旨となっているのである。

六十七　足引の山路にはあらずつれづれと我身世にふるながめする里

山林太寂寞　朝闕苦喧煩　唯茲郡閤內　囂靜得中間

歌の意味

山中ではないこの里で無聊に老いゆく自分を見て物思いにふけっている日々を送っている。

原據詩

郡亭

平旦起視事　亭午臥掩關
除親簿領外　多在琴書前
況有虚白亭　坐見海門山
潮來一凭檻　賓至一開筵
終朝對雲水　有時聽管弦
持此聊過日　非忙亦非閑
山林太寂寞　朝闕空喧煩
唯茲郡閤內　囂靜得中間

郡亭

平旦起きて事を視、亭午臥して關を掩す。
親く簿領するを除く外、多くは琴書の前に在り。
況んや虚白の亭有り、坐ながらにして海門の山を見る。
潮來たれば一たび檻に凭り、賓至れば一たび筵を開く。
朝を終ふるまで雲水に對し、時有りて管弦を聽く。
此を持して聊か日を過ごし、忙に非ず亦閑にあらず。
山林は太だ寂寞たり、朝闕は空しく喧煩なり。
唯だ茲の郡閤の內、囂靜中間を得たり。（巻八、〇三五八、五十一歳の作）

歌の分析

「足引の山路」ではない「里」という設定は句題の意味にふさわしいが、そこにいる人が「つれづれと我身世にふるながめする」というのは、どのような境地なのか、それを理解するには次の歌を頭に思い浮かべる必要があろう。

花の色は移りにけりないたづらに我が身世にふるながめせしまに（古今集・春下・一一三・小町）
つれづれのながめに増さる涙川袖のみ濡れて逢ふよしもなし（古今集・戀三・六一七・敏行）
たづね見る花のところもかはりけり身はいたづらのながめせしまに（拾遺愚草・一四〇八）
わが身よにふるともなしのながめしていく春風に花のちるらん（拾遺愚草・二〇八八）

右の歌を見れば分かるように「ながめ」は「眺め」と「長雨」との掛詞で、愛が叶えられなくて所在なく物思いにふけることを表現する歌語であり、「ふる」も世に經るの「經る」と雨が降るの「降る」との兩方に掛かる言葉である。また、「つれづれと」はその「ながめする」人の屈託した心情を表している。定家の一連の歌はみな小野小町の歌を本歌として詠んだものと思われ、「つれづれと我身世にふるながめする」とは「無聊に老いゆく自分を見て物思いにふけっている」という意味であろう。

一方、句題の「山林太寂寞、朝闕苦喧煩。唯茲郡閤內、囂靜得中間」は、郡閤に住む人が、快適で心のバランスがよくとれている狀態を言っており、山の中でもなく朝廷でもないところで暮らすというような「中隱」の生活態度を主張している。だとすれば、定家の歌は白居易詩の精神を得ているものではなく「貌似神離」（外見が似ているが、精神が離れている）のものとなっているのである。

六十八　つま木こる宿ともなしに住みはつるおのが心ぞ身をかくしける

偶得幽閑境　遂忘塵俗心　始知眞隱者　不必在山林

歌の意味

爪木を樵る宿そのものではなく、ここで生を竟えようと決意した自身の心が、己が身の隱れ家となったのだ（久保田淳氏の譯による）。

原據詩

翫新庭樹因詠所懐

靄靄四月初　新樹葉成蔭
動搖風景麗　蓋覆庭院深
下有無事人　竟日此幽尋
豈唯翫時物　亦可開煩襟
時與道人語　或聽詩客吟
度春足芳色　入夜多鳴禽
偶得幽閑境　遂忘塵俗心
始知眞隱者　不必在山林

新庭樹を翫び因つて所懐を詠ず
靄靄たり四月の初、新樹　葉　蔭を成す。
動搖して風景麗しく、蓋覆して庭院深し。
下に事無きの人有り、竟日　此に幽尋す。
豈に唯時物を翫ぶのみならんや、亦煩襟を開くべし。
時に道人と語り、或は詩客の吟を聽く。
春を度りて芳色足り、夜に入りて鳴禽多し。
偶たま幽閑の境を得て、遂に塵俗の心を忘る。
始めて知んぬ眞の隱者、必ずしも山林に在らざることを。
（巻八、〇三七〇、五十三歳の作）

歌の分析

まず、「つま木こる宿」とは、どのようなイメージで詠まれているのであろうか。久保田淳『譯註』の補注には參考歌「住みわびぬ今は限と山里につま木こるべき宿求めてん」（後撰・雑一・一〇八三　業平）を擧げている。また、俊成には次の歌がある。

住みわびて身を隠すべき山里にあまり隈なき夜半の月かな　（千載集・雑上・九八八）
いまはとてつま木こるべき宿の松千代をば君と猶いのる哉　（新古今集・雑中・一六三七）

右の歌から見て「つま木こる宿」は、山里にあり俗世間から身を隠す、即ち隠遁する場所として讀まれているようである。

しかし、當該歌では「身をかくしける」のが、「つま木こる宿」ではなく、自分自身の心そのものなのであると表現されている。それは新しい趣向であり、白詩の題をふまえて詠出された歌といえよう。ただ、定家にこの歌があるからといって、隱遁についての定家の考え方が白居易の思想と同じであるということは、にわかに斷定できないであろう。

定家には、また次のような歌も見られる。

足引の山梨の花ちりしきて身をかくすべき道やたえぬる　（二九一八）

なげきこりみをかくすてふ山路さへ住にすまれぬうき世なりけり　（三七一三）

二首は「身をかくすべき道」がなく、「みをかくすてふ山路さへ住にすまれぬ」と言っているので、結局、この世の中で隱遁できる場所、すなわち現世に生きるのがつらいという心の問題を解決する方法はどこにもないということになる。これは定家一人の問題ではなく、古今集時代以來の和歌によく聞こえる響きであり、少なくとも平安中期以來の日本精神史における重要なテーマである。憂き世からのがれようと思っても、どこに行けば本當に逃れられるか分からないという趣旨の歌は少なくない。たとえば、

世をすてて山に入るひと山にても猶うき時はいづちゆくらむ　（古今集・雜下・九五六・躬恆）

いづくにか世をば厭はむ心こそ野にも山にも迷べらなれ　（古今集・雜下・九四七・素性）

世の中よ道こそなけれ思ひ入る山のをくにも鹿ぞ鳴くなる　（千載集・雜・一一五一・俊成）

厭ひてもなをいとはしき世なりけり吉野の奧の秋の夕暮　（新古今集・雜中・一六二〇・家衡）

などはそうした例である。

さきに擧げた定家の二九一八番の歌は建久元年（一一九〇）六月ごろの作品であり、三七一三番は嘉禎三年（一二三

七）ごろの作品である。(6) 當該歌はこれら兩首の間に詠まれた歌であり、「身をかく」すことについての考え方はその前後の二首と違っている。前の「身をかくすべき道やたえぬる」という隱遁の方法が解らないでいる氣持ちと較べれば、「おのが心ぞ身をかくしける」に心に身を隱す場所を探し當てた點で、隱遁についての新しい考え方が示されている。しかし、後の三七一三番の歌には、また二九一八番とほとんど同じような考えが現れている。そのことから考えると、どこにも隱遁する場がないという日本人の從來の認識の根強さが認められる。と同時に、漢詩題からヒントを得た「おのが心ぞ身をかくしける」という考え方の新しさが際立ち、しかもそれが確立するものではないという狀況がうかがえよう。

ちなみに慶滋保胤も一時、白居易の中隱思想の影響を受けて「身、暫く柱下に在りと雖も、心、尙山中に住するが如し」と考える時期があった。(7) ところが、後に、出家してしまい、有名な『日本往生極樂記』を書き、ひとすじに佛教を信仰するようになった。白居易の中隱思想は日本の文人に影響を與え、彼らは白氏の生活態度を志向したにもかかわらず、その中隱思想はついになじまなかったように思われる。

なお、六七番の漢詩題も當該歌と同じ「文集百首」かつ同じ「閑居」の部立にあり、「中隱」の生活態度を主張しているのであるが、そこの「歌の分析」に指摘したように、定家の歌は白詩と外見は似ているが、精神は異なっているのである。そこでの問題と對比して考えれば當該歌は「つま木こる宿ともなしに住みはつる」という點で、隱遁の場所としては「不必在山林」という漢詩題の詩意に通じるが、どのような隱遁の精神を持つのかについては表現されていないので、白居易の中隱思想を本當に受け入れているとは言い切れない。

六十九　世のうさもはなれておつる瀧の音に心のそこもいまぞ澄みぬる

更無俗物當人眼　但有泉聲洗我心

歌の意味

瀧の音を聞いていると、この世に生きているつらさも瀧のように心から離れて落ちてしまい、いまや心が底まで澄んでいる。

原據詩

宿靈巖寺上院

高高白月上青林　客去僧歸獨夜深

葷血屏除唯對酒　歌鐘放散只留琴

更無俗物當人眼　但有泉聲洗我心

最愛曉亭東望好　太湖烟水綠沉沉

靈巖寺上院に宿す

高高たる白月　青林に上る、客去り僧歸りて獨夜深し。

葷血は屏除されて唯だ酒に對し、歌鐘は放散し只だ琴を留むるのみ。

更に俗物の人眼に當るもの無く、但だ泉聲の我が心を洗ふ有るのみ。

最も愛す曉亭東望の好き、太湖の烟水　綠沉沉。

（卷五十四、二四八九、五十五歲の作）

歌の分析

漢詩題のうち、とくに後ろ半分「但有泉聲洗我心」の一句は、とりわけ日本人に好まれたようであり、『千載佳句』と『和漢朗詠集』の兩方に收められている。兩書ではそれぞれ「寺」と「山寺」に分類されているので、いずれも

「宿靈巖寺上院」という詩題に着目したのであろう。ちなみに、漢詩中で寺院が主體として詠まれる場合には、泉も同時に詠み入れられるケースは多く見られる。例えば、王維の「過香積寺」（『王右丞集』巻七）の詩には「泉聲咽危石、日色冷青松」という句がある。さらに平安後期の詩人である大江佐國の「長樂寺眺望」と題する詩にも「依是飛泉洗我心」とあり、これは「但有泉聲洗我心」を模倣したものと思われる。

また、土御門院の「詠五〇首和歌」（貞應元年正月作）にも「但有泉聲洗我心」が歌の題となっており、

影すめるいはまのし水さはりおほみわが心をしあらひつる哉

と詠まれている。この「心をしあらひつる」は、もともとは和歌に見られなかった表現で、漢詩語の譯である。それと較べると、定家の「心のそこもいまぞ澄みぬる」は「洗我心」を巧みに和歌的表現に讀み替えている。

また「世のうさもはなれておつる」や「心のそこもいまぞ澄みぬる」というのは、原據詩の「靈巖寺上院に宿す」雰圍氣にふさわしく、佛敎的心情がうかがえ、「閑居」のテーマをいっそうはっきりさせている。

では、もう一歩踏みこんで、漢詩語としての「泉聲」と歌ことばとしての「瀧の音」のイメージとを對比してみよう。漢詩で「泉」と言えば、湧き出ている水とか水が湧き出している場所の意味ではなく、大きな川ではないが、川のことである。そこで「泉聲」とは水量はそれほど多くなく、澄んでさらさら流れる川の音であり、それゆえ氣持よく聞こえるというイメージがある。やはり白詩を例として見よう。白氏には、

三間茅舍向山開　一帶山泉遶舍迴　　三間の茅舍山に向ひて開き、一帶の山泉舍を遶りて迴る。
山色泉聲莫惆悵　三年官滿却歸來　　山色泉聲惆悵すること莫れ、三年官滿たば却って歸來せん。

（巻十七「別草堂三絶句」、一〇九七）

無妨水色堪閑翫　不礙泉聲伴醉眠　　水色閑に翫ぶに堪ふるを妨ぐるなきも、泉聲の醉眠に伴ふを

礙ず。

那似此堂簾幕底　連明連夜碧潺湲

那ぞ似《し》かん此堂簾幕の底、明を連ね夜を連ねて碧《みどり》潺湲たるに。（巻五十八「水堂醉臥、問杜三十一」、二八八九）

欲知住處東城下　遶竹泉聲是白家

住處を知らんと欲せば東城の下、竹を遶る泉聲是れ白家。（巻六十九「招山僧」、三五八二）

などの詩句があり、その中の「一帶の山泉舍を遶りて迴る」「碧《みどり》潺湲たるに」「竹を遶る泉聲」は閑適な雰圍氣とののどかな生活を想像させる。

しかし、それに對して「瀧の音」には激しいイメージがあろう。「瀧」は古くから歌の題材になっていて、もともと「たぎる思い」のシンボルとして詠まれていた[8]。それと關連して「瀧の音」も、本來、響きが大きくて心を動搖させる側面を持つ表現である。例えば、定家には、

瀧の音にあらし吹きそふあけがたはならはずがほに夢ぞ驚く　一六〇〇

という歌があり、久保田淳氏の注に參考として「雨すこしうちそそき、山風冷やかに吹きたるに、瀧のよどみもまさりて音高う聞ゆ。……おぼしめぐらすこと多くて、まどろまれ給はず。……吹きまよふ深山おろしに夢さめて涙もよほす瀧の音かな（源氏物語・若紫）」が擧げられている。さらに『千載集』に、

白雲にまがひやせまし吉野山落ちくる瀧の音せざりせば　（雜上・一〇三四・經忠）

という歌があり、「瀧の音せざりせば」には「激流で音が高い」という注がつけられている[9]。

そうすると、當該歌の「瀧の音に心のそこもいまぞ澄みぬる」には瀧が激しく心を動搖させるものから、心の底までも澄みわたらせるものとして表現されているという點で、定家の獨自の心情が含まれていると言えるであろう。

七十　あくがるる心ひとつぞさしこめぬ眞木の板戸のあけくるる空

盡日坐復臥　不離一室中　中心本無繫　亦與出門同

歌の意味

空に浮かれ出ようとする心ひとつだけは錠をさして眞木の板戸のうちにとじこめることができないが、明け暮れ眞木の板戸のうちにこもって過ごすことだ。

原據詩

夏日

東窗晩無熱　北戸涼有風

盡日坐復臥　不離一室中

中心本無繫　亦與出門同

夏日

東窗　晩に熱きこと無く、北戸　涼しくして風有り。

盡日　坐し復た臥し、一室の中を離れず。

中心　本より繫るもの無く、亦た門を出づると同じ。

（巻六、〇二三五、三十九～四十歳の作）

歌の分析

當該歌の本歌としては、

きみや來む我や行かむのいさよひに槇の板戸もささず寝にけり　（古今集・戀四・六九〇・よみ人しらず）

の歌が考えられる。定家の「さしこめぬ」は、無論「槇の板戸」の縁語として詠まれたものである。定家には、また、

おもひ入るみ山にふかき槇の戸のあけくれしのぶ人は古りにき　二三七七

という歌（正治二年の作）があり、ここに出ている「槇の戸」には定家は人里はなれた寂しさを添えている。

また、當該歌の「眞木の板戸のあけくるる空」については久保田淳氏は「あけ――『明け』に『板戸』の縁語『開け』を掛ける。くるる――『暮るる』に『板戸』の縁語『樞』を掛ける」と指摘しているが(10)、それと同時に、二三七七番歌の「槇の戸のあけくれしのぶ」の「明け暮れ」と同じように時間の經過を表す意味も含まれているように感じられる。なお、漢詩題「盡日坐復臥」の「盡日」は本來「一日中」という意味で「あけくれ」とは違うが、詩の全體をよく吟味すれば、そこで描かれたのは、決して詩人の偶然の一日のことではなく、ただ、一日のことを例として普段の心の狀態が表現されていると思われる。そして、定家は意識的にこの「盡日」を重層的な意味を持った「あけくるる」に讀み替えたと考えられよう。

さらに、後で說明するが、「あけくるる空」の「空」は初句の「あくがるる」とも呼應しているものでもあるので、結局、一首を構築する個々の歌ことばはくさりのように互いに嚙み合っているのである。作歌の技巧という點でたいへん緻密な歌といえよう。

ところが、當該歌の全體のイメージと漢詩題とを併せてみた場合、歌に表現された「眞木の板戸」のうちに「あくがるる心ひとつぞさしこめぬ」は、身體は部屋から離れなくても、心は身體の居場所によって拘束されることがないという漢詩題の意味に沿っているとはいえ、個々の歌ことばの持つニュアンスをゆっくり吟味すれば漢詩題と違う意味合いが當該歌に含まれていることがはっきりしてくる。

まず、「あくがるる心」及びそれと漢詩題とのつながりについて考察してみよう。

こころこそあくがれにけれ秋の夜の夜深き月をひとり見しより　（新古今集・秋上・四〇六・道濟）

あくがるる心ばかりは山櫻たづぬる人にたぐへてぞやる

（後拾遺集・春上・八七・右大臣北方）

右の歌からみれば「あくがる」は美しい花など、何かに興味を引きつけられ、何かを求めて心は身體より離れていってしまうという場合の表現であろう。また、渡邊秀夫の指摘によれば、身よりあくがれゆく心は、多く雲や霞あるいは煙となって、天空に漂い渡るのであるが、それは、いずれも不安定な心の状態であり、「こころ空なり（心空在）」「人のこころの空になるらむ」などは、心が遊離して虚ろとなった茫然自失の状態をいい表し、肉體（身體）感覺としての「こころ」が空っぽになることと、精神としてのこころが天空に漂い昇っているさまを傳えるものという。[11] そうすると、「あけくるる空」の「空」は「明け」「暮るる」の縁語として詠まれたものというだけではなく、それと同時に上の句の「あくがるる心」という部分とも呼應している。

右に述べたことをふまえて定家のいう「さしこめぬ」「あくがるる心」を理解すれば、當該歌の「心」と漢詩題に現れた白居易の「心」には違う性質の精神が讀みとれる。「中心本無繫」とは、心そのものが何にも拘っていない、縛られていない状態である。つまり心は、求めること、引きつけられることが何もないということでもある。白居易には、

常聞南華經　巧勞智憂愁　　常に聞く南華經、巧は勞して智は憂愁す、と。

……

身心一無繫　浩浩如虛舟　　身心一に繫がるる無く、浩浩として虛舟の如し。

……

不分物黑白　但與時沈浮　　物の黑白を分けず、但だ時と沈浮す。　（卷七「詠意」、〇二九八）

という詩句もあり、これらもまた、特に求めることなく、運命に任せて、ありのままに生きる姿勢を示している。

『南華經』とは『莊子』の別名であり、『莊子』「列御寇」に、

巧者は勞して智者は憂うれども、能無き者は求むる所なく、飽食して遨遊し、汎として繫れざる舟の若し、虛にして遨遊する者なればなり。

巧者勞而智者憂、無能者無所求、飽食而遨遊、汎若不繫之舟、虛而遨遊者也。

という表現が見られるが、右の白詩がその思想を吸收したものであることは、はっきりしている。このように見てくると、和歌表現の傳統にある當該歌の「何かに引かれて空にあくがれ出ようとする心」と、老莊思想を背景とする白詩の「何にも拘らない自由な心」との違いがはっきりしてくる。

次に「心ひとつ」について分析してみよう。

和歌表現としての「心ひとつ」について、いくつかの解釋が見られる。例えば、

煩惱卽菩提の心をよめる

思ひとく心ひとつになりぬれば氷も水も隔てざりけり　（千載集・釋敎・一二三七・式子內親王家中將）

という歌については、片野達郎・松野陽一兩氏の校注では「一心性ノ儀也（說法用歌集諺註）。相卽不二……大乘佛敎の究極を表す句の詠歌」とする。

女郎花秋の野風にうちなびき心ひとつを誰によすらむ　（古今集・秋上・二三〇・左大臣）

については、小島憲之・新井榮藏兩氏の校注に「漢語（尙書など）の「一心」に當たり、專心・眞心・誠などに通じる意。宣命などで好んで使われた語」という注があって、また「心ひとつとは、心のかぎりといふ心なり（敎端抄）」という古注を引いている。

このほかにまた、次のような歌も見られる。

いかでかく心ひとつをふたしへにうくもつらくもなして見すらん　（後撰集・戀一・五五五・伊勢）

「あなたを思う私の心は一つであるのに、どうしてこのようないやな思いにさせたり、つらい思いにさせたりして、二重に苦しめるのでしょうか」と譯された通り、[12]この歌は「心ひとつ」に「まごころ」を打ち出しながら、その「一つ」という數字に注目して相手しだいで「うくもつらくも」なる「ふたしへ」のありかたを對比させており、なかなか技巧的な歌といえよう。また、

伊勢の海につりする海人のうけなれや心ひとつをさだめかねつる　（古今集・戀一・五〇九・よみ人しらず）

という歌の「心ひとつ」については「心のかぎり」との解釋も可能だが、右の伊勢の歌のような發想も讀みとれる。表現としては、はっきり二つという數を示す「ふたしへ」などの言葉は用いられていないが、心が「伊勢の海につりする海人のうけ」のように沈んだり浮き上がったりしてさだめがたいというのは、やはり心は一つなのに、一つの狀態にならないというニュアンスが含まれている。

當該歌の「心ひとつ」は「心のかぎり」の意を響かせているように思われるが、「あけくるる」という二つの狀況を暗示している言葉とも呼應しているように感じられよう。戶を開けたり閉めたりするに關わらず、空にあくがれ出ようとする心は一つであって、その心を閉ざすことはできないというような效果もいえよう。

要するに、和歌に詠まれた「心ひとつ」という言葉は、もともと漢語あるいは佛教用語から來た表現であっても、本來の意味の上に、新しい發想が加えられ、さらに豐富な含意を持つ歌ことばになったといえよう。

進不厭朝市　退不戀人寰

七十一　里ちかきすみかをわきてしたはねど仕る道をいとふともなし

歌の意味

里に近いところに特に住みたいというのではないが、さりとて仕官の生活がいやだというわけでもない。

原據詩

贈杓直

世路重祿位　栖栖者孔宣
人情愛年壽　夭死者顏淵
二人如何人　不奈命與天
我今信多幸　撫己愧前賢
已年四十四　又爲五品官
況茲知足外　別有所安焉
早年以身代　直赴逍遙篇
近歳將心地　廻向南宗禪
外順世間法　內脫區中緣
進不厭朝市　退不戀人寰

杓直に贈る

世路は祿位を重んずるも、栖栖たる者は孔宣。
人情は年壽を愛するも、夭死する者は顏淵。
二人は如何なる人ぞ、命と天とを奈んともせず。
我今信に幸多し、己を撫して前賢に愧づ。
已に年四十四、又五品の官と爲る。
況んや茲に足るを知るの外、別に安んずる所有り。
早年には身代を以て、直に逍遙の篇に赴く。
近歳には心地を將つて、廻つて南宗の禪に向ふ。
外は世間の法に順ひ、內は區中の緣を脫す。
進んでは朝市を厭はず、退いては人寰を戀はず。

自吾得此心　投足無不安　　吾れ此の心を得し自り足を投ぐるに安ぜざるなし。
體非道引適　意無江湖閑　　體は道引の適するに非ず、意は江湖の閑なし。
有興或飲酒　無事多掩關　　興あれば或いは酒を飲み、事なければ多く關を掩す。
寂靜夜深坐　安穩日高眠　　寂靜　夜深くして坐り、安穩　日高くして眠る。
秋不苦長夜　春不惜流年　　秋は長夜を苦まず、春は流年を惜まず。
委形老小外　忘懷生死間　　形を老小の外に委し、懷を生死の間に忘る。
昨日共君語　與余心膂然　　昨日　君と共に語り、余と心膂然たり。
此道不可道　因君聊強言　　此の道は道う可からず、君に因りて聊か強言す。

（巻六、〇二七〇、四十四歳の作）

歌の分析

「進んでは朝市を厭はず」が「仕る道をいとふともなし」に、「退いては人寰を戀はず」が「里ちかきすみかをわきてしたはねど」に詠み替えられているのは明らかなことである。一見、漢詩題と歌は同じようなことを言っているように思えるが、よく吟味すれば漢詩題と當該歌から讀み取ることのできる内容はそれほど近いものではない。

まず漢詩題の意味を考えてみよう。「進」と「退」は二つの違う境遇を示すものであり、「出」（出仕すること）と「處」（政治の場から離れていること）とも言う。「不厭朝市」と「不戀人寰」は、「進」あるいは「退」の境遇にあう時のそれぞれの心のあり方であり、出世が順調にせよ、不順にせよ、心はそれに對應でき、別にこだわるものはないという意味である。原據詩までみればその趣旨はもっとはっきりしてくる。原據詩の冒頭に「祿位」「年壽」という人生においての二大問題が取り上げられ、「進んでは朝市を厭はず」と「退いては人寰を戀はず」は「祿位」に對する自分の姿勢、そのあとの「委形老小外、忘懷生死間」は「年壽」についてそれを超克しようとする心情を言っているものである。さらに、原據詩の「外順世間法、內脫區中緣」「秋不苦長夜、春不惜流年」などの句も同じように精神の自由さを求めている表現といえる。詩の全體は佛教や道家思想によって人間にとって最も惱みの種になる超克し難い問題に對處し、そこから完全に解放されようとする氣持ちを表わしている。

つぎに、歌の意味を考えてみる。

まず「進んでは朝市を厭はず」と「退いては人寰を戀はず」の順番が逆にして詠み替えられ、しかも間に「したはねど」と逆接のつながり方をしていることによって「仕る道をいとふともなし」の部分がやや強調されることになるのを指摘したい。題の「進んでは朝市を厭はず」と「退いては人寰を戀はず」とは同じ重さで對應しているので、この點に違いがある。次に、歌には「進」と「退」という前提條件を示す部分が取り入れられないことによって、その對應が消え「里ちかきすみかをわきてしたは」ずと「仕る道をいとふともなし」とは同一時點にある氣持ちとして表現されており、つまり「里ちかきすみか」ではないところに住み、仕えるのをよしとしているという趣旨になる。そこには「仕る道」への執着を否定しきっておらず、「祿位」への執着から徹底的に解放されようとする白居易の本意とは異なっている。

原據詩は元和十年（八一五）、白氏が四十四歳の時に作られた作品で、その時はより現實的な中隱思想がまだ完全に成立していない段階である。仕官を前提とする中隱思想と、仕官や壽命のことにこだわらず、出仕してもしなくても心の對應ができるという原據詩の氣持ちとの間には差異が認められるが、當該歌は題の詩句を踏まえつつも白居易後期の中隱思想に近い氣持ちを詠出している。

久保田淳氏はこの歌について「「池亭記」の慶滋保胤に通うような心」と注をつけている。久保田氏の言う「池亭

記」の具體的な箇所は示されていないが、當該歌と內容的に近いのは次のような箇所ぐらいであろう。つまり、

家主、職は柱下に在りと雖ども、心は山中に住まふが如し。

晉朝の七賢、異代の友たるは身は朝に在りて志は隱に在るを以ちてなり。

人の風鵬たるを樂はず、人の霧豹たるを樂はず、膝を屈め腰を折りて媚を王侯將相に求めむことを要はず、又、言を避り色を避りて蹤を深山幽谷に刋まむことを要はず、朝に在りては身暫く王事に隨ひ、家に在りては心永く佛那に歸る。予、出でては靑草の袍あり、位卑しといえども尙し貴し、入りては白紵の被有り春よりも暄かく、雪よりも潔し。(13)

などである。

當該歌を「池亭記」と對比してみれば、中隱生活への憧れを持っているという點で似通っているものがあるように思われる。ただ當該歌の「……したはねど仕る道をいとふともなし」という句形とは逆に、「池亭記」は「職は柱下に在りと雖ども、心は山中に住まふが如し」と言っており、また「身暫く王事に隨ひ、心永く佛那に歸る」という表現からもわかるように、保胤には仕官より心の問題のほうが強調されている感じである。それに對して、前述のように定家の當該歌には「仕る道」への執着が見られ、それが原據詩とも「池亭記」とも色付けが違うところだといえよう。

七十二　ゆふまぐれ竹の葉山にかくろへて獨やすらふ庭の松風

深閉竹間扉　靜掃松下地　獨嘯晚風前　何人知此意

歌の意味

夕まぐれ、竹の生い茂った端山に隱居する私は一人松風の音を聞いて徘徊している。

原據詩

閑居

深閉竹間扉　靜拂松下地
獨嘯晩風前　何人知此意
看山盡日坐　枕帙移時睡
誰能從我遊　使君心無事

閑居

深く閉づ竹間の扉、靜に拂ふ松下の地。
獨り嘯く晩風の前、何人か此意をしらん。
山を看て盡日坐し、帙を枕とし時を移して睡る。
誰か能く我に從ひて遊び、君をして心に事なからしむ。

（巻六、〇二五八、四十一〜四十三歳の作）

歌の分析

原據詩は元和七年（八一二）から元和九年（八一四）までの間、下邽にいる時に作られたものと見られ(14)、政治の中樞を離れた閑居生活の氣分を表わしている作品である。「竹林に圍まれた庭には松も植わっている。人との交際はなく、靜かな日々を送っている。時には夕暮れのそよ風に吹かれつつ、一人、口笛を吹いている。その時の氣分は誰が分かろう」というのが題に選ばれた部分の内容である。その中の「獨嘯」は興味深い表現で、詩人の閑居の生活ぶりとその心情を生き生きと傳えている。「嘯」というのは一種の口笛であるが、とくに魏晉時代において文人の間に流行し、いわゆる「魏晉風度」の内容の一部となったものである。竹林の七賢の一人である阮籍は嘯が上手で「琴の音と響き合った」と傳えられている。そこで、嘯にはまた高踏的な態度あるいは高遠な精神が託されており、後の陶淵明や李白などの詩人にもそうした「嘯」好みは引き繼がれたようである。(15)その「嘯」の傳統を踏まえて當該歌の題を讀めば、白居易が夕暮れのそよ風にあたって一人で「嘯」している姿には、閑居によって感得できた、政治の世界を離れた解放感と自得の氣持が強く讀み取れる。「獨嘯晩風前」のすぐ後に言っている「何人知此意」は、すなわちその解放感と自得を意味しており、莊子の「子非魚、安知魚之樂」を思わせるものである。(16)日本の中世の文學者である鴨長明の『方丈記』には「魚は水に飽かず。魚にあらざれば、その心を知らず。鳥は林をねがふ。鳥にあらざれば、その心を知らず。閑居の氣味もまた同じ。住ずして、誰かさとらむ(17)」という表現があり、それもここの「何人知此意」と同じ氣分といえよう。

一方、當該歌の意味について久保田淳氏は「夕まぐれ、竹の生い茂った端山の庵に隱れて、庭の松風を聞いて獨り生を養っている」と譯している。「獨り生を養っている」の部分は、明らかに「獨やすらふ」にあたる譯であるが、それには原據詩をもあわせて解釋している感じがあるように思われる。漢詩題に白居易の解放感や自得の氣持が表現されていることはこれまで述べてきたが、そうした氣分と同時に、白居易の閑居生活には「生を養っている」側面もまた見受けられる。しかし、定家の歌に直接その意味を讀み取るのは難しい。「ゆふまぐれ竹の葉山にかくろへて」という生活ぶりは白居易の「深閉竹間扉、靜拂松下地」とそれほど變わらないかもしれないが、「獨やすらふ庭の松風」にどのようなイメージが宿っているかが大事な點である。

まず、「やすらふ」という語について考えると、少なくとも八代集の範圍では「生を養う」というニュアンスをもって詠まれている用例は見當たらない。『新古今和歌集』「夏」に、

郭公さ月みな月わきかねてやすらふ聲ぞ空にきこゆる　（二四八・國信）

という歌があり、この「やすらふ」について、新日本古典文學大系の注釋は『和歌初學抄』の「徘徊なり、思案な

り」という解釋を引用している。次の例も大體同じ使い方といえよう。

ねがはくはしばし闇路にやすらいてかかげやせまし法の燈火　（新古今集・釋教・一九三一・慈圓）

入りやらで夜をおしむ月のやすらひにほのぼの明くる山のはぞ憂き　（新古今集・雜上・一五四九・保季）

次に「庭の松風」について考えると、六十六番の歌を分析した時にも述べたように、和歌表現としての「松風」は、人を待つの「待つ」に掛けたり、時雨の音になぞらえ、袖が雨に濡れることに、涙に濡れるのを響かせたり、あるいは心に訪れるものとして使われており、物思いにふけっている雰圍氣や物寂しい心情を表わす場合よく用いられる歌言葉である。特に「ゆふまぐれ」という時間的設定と「松風」がいっしょに詠まれた場合は、一層、物思いにふけっている感じが強まる。次の歌はその一例となろう。

いかがふく身にしむ色のかはるかなたのむる暮の松風の聲　（新古今集・戀三・一二〇一・八條院高倉）

こうして見てくると、「獨やすらふ庭の松風」には、わびしく深遠な氣分が感じられるとはいえ、それは漢詩題に表れた詩人の悠々たる氣分や開放的、超然とした姿とはだいぶ異なっているものと思われる。

また一つ指摘しておきたいが、「閑居十首」の一番目と七番目（つまり六十六番の歌と當該歌）の漢詩題には、それぞれ「松」という語があるが、原據詩を見ればわかるように、それは「無一事到心中」あるいは「心無事」という趣旨にそって描寫の對象となっているだけで、直接に詩人の心に迫っている表現ではない。當該歌の場合は、確かに題には「松」と「風」との二語があるが、それは「靜掃松下地」と「獨嘯晩風前」の句に別々に讀まれているのであって、それぞれ別のはたらきをしているのである。

ところが、これらを踏まえて定家が詠んだ歌「わが宿の砌にたてる松の風それよりほかはうちもまぎれず」と「ゆふまぐれ竹の葉山にかくろへて獨やすらふ庭の松風」では、兩方とも「松」という語が「松の風」に詠み替えられている。ここには『白氏文集』に對する定家風の受容の仕方が見られ、句題和歌における「文集百首」の特質が表れている。つまり、定家は漢詩題に忠實に即すのではなく、「松」や「晩風」などの言葉に觸發されて日本的な感性で「松風」や「ゆふまぐれ」などの言葉に内包された和歌的な世界を讀み込んでいるのである。慈圓の「文集百首」六六番の歌は「庭の松よおのが梢の風ならで心のやどをとふ物ぞなき」とあり、七十二番の歌は「夕ざれのながめを人やしらむ竹のあみ戸に庭のまつ風」とあるが、これらにも定家と似たような受容の仕方が見られる。

頽然環堵客　蘿蕙爲巾帶

七十三　あらはれて憂き世へだつる色やこれ山路にふかき苔の狹衣

歌の意味

衣のように山路を覆っている苔の色は目に見えてはっきりした憂き世を隔てる色なのであろうか。

原據詩

遣懷　　懷を遣る

寓心身體中　寓性方寸内　　心を身體の中に寓し、性を方寸の内に寓す。

此身是外物　何足苦憂愛　　此身は是れ外物なり、何ぞ苦に憂愛するに足らん。

況有假飾者　華簪及高蓋　　況んや假飾する者有り、華簪及び高蓋。

此又疎於身　復在外物外　　此れ又身より疎なり、復外物の外に有り。

操之多惴慄 失之又悲悔 之を操れば惴慄多く、之を失へば又悲悔す。
乃知名與利 得喪倶爲害 乃ち知る名と利と、得喪倶に害を爲すを。
頽然環堵客 蘿蕙爲巾帶 頽然たり環堵の客、蘿蕙を巾帶と爲す。
自得此道來 身窮心甚泰 此道を得しより來《このかた》、身窮すれども心甚だ泰かなり。
（巻第六、〇二三〇、四十～四十三歳の作）

歌の分析

原據詩の頭から「得喪倶爲害」までは主に『莊子』「外物篇」の思想によっている。「外物」思想とは、根本的に心というものを唯一の價値あるものとし、心以外のものは身體を含めてすべて「外物」としてその價値を否定するものである。最後の四句「頽然たり環堵の客、蘿蕙を巾帶と爲す。此道を得しより來、身窮すれども心甚だ泰かなり」は、上文の詩意を承けて、自分の身を修め、志を高潔にすることを重んじ、一切の「外物」を捨て去り、それによって安らかな心境を手に入れたということを、さらに一歩進んで説明している。當該歌の題「頽然たり環堵の客、蘿蕙を巾帶と爲す」の「頽然」と「環堵」はいずれも貧困・落魄の意であるが、「蘿蕙を巾帶と爲す」は漢詩文中に比較的早くから見られ、豐富な意味を含んだ語彙である。例えば、『楚辭』の「離騷」に「余既滋蘭之九畹兮、又樹蕙之百畆」、「九歌・山鬼」に「若有人兮山之阿、被薜茘兮帶女蘿」などの句があり、それらはいずれも「蘿」「蕙」等の香草をもって、修身を重んじ、情操が高潔で、世俗と交わらないという意にたとえている。『楚辭』以後の文學作品に見られる「蘿」「蕙」を服飾の類とする表現は、大體『楚辭』の用法を踏襲したものである。當該歌の題の「蘿蕙を巾帶と爲す」も明らかにこの傳統を踏まえている。

白居易にはまた別の一首「自罷河南……贈張處士韋山人」（巻六十七、三三九四）があり、その詩は次のようなものである。

蘿襟蕙帶竹皮巾　雖到塵中不染塵
每見俗人多慘澹　惟逢美酒卽殷勤
浮雲心事誰能會　老鶴風標不可親
世說三生如不謬　共疑巢許是前身

蘿の襟と蕙の帶と竹皮の巾、塵中に到ると雖も塵に染まらず。
俗人を見る每に多く慘澹し、惟だ美酒に逢へば卽ち殷勤なり。
浮雲の心事　誰か能く會せん、老鶴の風標　親しむべからず。
世に三生を說くは謬らざるが如し、共に疑ふ巢許是れ前身ならんと。

「巢許」とは唐堯の時代の隱士巢父と許由を指しており、舜が天下を巢父と許由に讓ろうとしたが、二人はこれを聞いて深山に隱れた、という傳說がある。從って、中國の歷史上、巢父と許由は、世俗的な地位や俸祿のために行動するのではなく、情操が高潔である人物の代表とされてきた。この中の「蘿の襟と蕙の帶」も當該歌の題の「蘿蕙を巾帶と爲す」と同じく、修身を重視し、精神が高潔であるということにたとえられている。

『楚辭』以來の文學作品に見られる「蘿」「蕙」の用法は日本人の漢詩文にも影響を與えた。例えば『本朝文粹』卷十後江相公の「暮春同賦落花亂舞衣各分一字應太上皇制」に「何ぞ必ずしも蕙帶蘿衣、簪を北山の北に抽き、蘭橈桂楫、舷を東海の東に鼓し然る後ち其の閑放を樂しみ其の幽情を養ふならんや」（何必蕙帶蘿衣、抽簪於北山之北。蘭橈桂楫、鼓舷於東海之東、然後樂其閑放養其幽情者乎）[18]とあり、また卷十紀齊名「晚秋禪林寺上方眺望」には「白雲暮閑なり。往來る者は荃巾蕙服之客」（白雲暮閑、往來者荃巾蕙服之客）[19]とあるがごときである。しかし、柿村重松氏の解釋によれば、後江相公の「蕙帶蘿衣」は「官をすて野衣を著て」、山に「かくれ」、世を「のがれ」る隱居生活を象徵するものであり、紀齊名の「蕙服之客」とは特に「出家の客」を指しており、「蘿」「蕙」に含まれる意味は、日本人の漢詩文中では「隱遁」或いは「遁世」という方向に片寄っているようである。

次に和歌に表現された内容を見てみよう。

定家は「蘿蕙」のイメージを「苔」に、「巾帶」のイメージを「狹衣」に轉化し、そこで、漢詩中の「蘿蕙を巾帶と爲す」は定家の和歌において「苔の狹衣」に生まれ變わったのである。表現言語が中國語から日本語に變わるとともに、その内包するものにも大きな變化が起こった。

では、和歌における「苔の狹衣」のイメージを見てみよう。

『後選和歌集』は次のような小野小町と遍昭の贈答歌を載せている。

岩の上に旅寝をすればいと寒し苔の衣を我に貸さなん　（雜三・一一九五・小町）

世をそむく苔の衣はただ一重貸さねば疎しいざ二人寝ん　（雜三・一一九六・遍昭）

また、『金葉和歌集』と『新古今和歌集』にそれぞれ次のような歌が見える。

七夕の苔の衣を厭はずは人なみなみに貸しもしてまし　（金葉集・秋・一五九・能因）

世をそむく山のみなみの松風に苔の衣や夜寒なるらん　（新古今集・雜中・一六六三・安法）

いつかわれ苔のたもとに露をきて知らぬ山路の月をみるべき　（新古今集・雜中・一六六四・家隆）

これらの歌に出ている「苔の衣」は出家遁世者の着る粗末な衣、僧衣の意であることは明らかである。「苔のたもと」或いは「苔の袖」「苔の狹衣」の意味に大差はないが、「苔のたもと」には「片敷」すなわち「獨り寢」の意味が含まれている。

紀齊名の「晚秋禪林寺上方眺望」に見たような「蕙服」によって出家者を象徵するという用法が定家に直接の影響を與えたかどうかは、今にわかに論斷を下せないが、定家より前には、日本文學中の漢文學と和歌でそれぞれ「蕙服」と「苔の衣」によって僧を暗喩していたことははっきりしている。定家が「蘿蕙を巾帶と爲す」を日本文學の傳統的表現としての「苔の衣」に轉化させたのは、まったく自然でしかも非常に巧妙な連想である。「蘿」「蕙」と「苔」の色は近く、「巾」「帶」と「衣」はいずれも身につけるものであり、その上、「蘿蕙を巾帶と爲す」と「苔の衣」が中・日それぞれの文學の傳統の中で擔ってきた役割も似通っている。つまり、兩者はともに世俗を超越するという意味を表したのである。異なるのは「蘿蕙を巾帶と爲す」は必ずしも世を捨てることを意味するのではなく、精神修養に重點が置かれ、その目的は「身窮すれども心甚だ泰かなり」「塵中に到ると雖も塵に染まらず」という境地に達したいということであるのに對して、「苔の衣」は出家或いは遁世という生活態度を意味している點である。

當該歌は「山路にふかき苔の狹衣」を「憂き世へだつる色」であると深く詠嘆し、歌人の「憂き世」を離れることに對するあこがれを表現したのである。

また、表現手法から見ると、漢詩題の「蘿蕙を巾帶と爲す」には服裝について明瞭な具象性と象徵性があると言えるが、その點だけから言えば、當該歌の技巧の方がより圓熟しており、より効果を上げていると感じられる。當該歌は強烈なイメージを持っており、まず讀む者をして自然の景色である山と、その山路上に厚くむした苔が衣服のように山を覆っている様子を目に浮かばせる。そこで道理を説くわけではないが、山上を覆う古い苔の色が世俗との隔絶を象徵していることがよくわかるのである。漢詩題の「蘿蕙を巾帶と爲す」は讀む者の視野を一人の人に限っているが、「山路にふかき苔の狹衣」は苔むした山竝みを主體とする大自然にまで擴大しているのである。

心足卽爲富　身閑乃當貴　富貴在此中　何必居高位

七十四　なげかれず思ふ心にそむかねば宮も藁屋もおのがさまざま

歌の意味

つい嘆きもしなければ思う心にそむくものでもないので、宮に住む人を羨ましく思わないし、藁屋に住んでも嘆く氣もない。

原據詩

閑居

空腹一盞粥　飢食有餘味
南簷半床日　暖臥因成睡
綿袍擁兩膝　竹几支雙臂
從旦直至昏　身心一無事
心足即爲富　身閑乃當貴
富貴在此中　何必居高位
君看裴相國　金紫光照地
心苦頭盡白　纔年四十四
乃知高蓋車　乘者多憂畏

閑居

空腹一盞の粥、飢食餘味有り。
南簷半床の日、暖に臥して因つて睡を成す。
綿袍兩膝を擁し、竹几雙臂を支ふ。
旦より直に昏に至るまで、身心一に事無し。
心足れば卽ち富たり、身閑なれば乃ち貴に當たる。
富貴此中に在り、何ぞ必ずしも高位に居らん。
君看よ裴相國、金紫の光地を照らす。
心苦みて頭盡く白し、纔に年四十四。
乃ち知る高蓋の車、乘る者憂畏多きを。　（卷六、〇二三四、四十歳の作）

歌の分析

「身心一に事無し」（身と心兩方とも煩わされることない）といった閑居生活についての描寫は原據詩の中心といえよう。その對照として「高蓋車」に乘る富貴の人が「心の苦み」や「憂畏」に滿ちた生活を避けられないと指摘することによって、詩人の閑居生活のよさが一層強調されている。題に選ばれた四句の詩は、心が滿ち足りていれば、それだけで豊かであり、忙しくなければそれだけで貴であるのであって、富貴の本當の意味はそこにあり、實際に要職に就いたり高い社會的地位を得たりする必要はない、と言っているのである。

題中の「心足」は「知足」の意であり、「知足」という表現は『白氏文集』によく見られ、白居易の人生觀の中で重要なはたらきをしている。「知足」の由來を言えば白氏はその詩の中において「五千言里、知足を教う（五千言里教知足）」（卷五十四「留別微之」、二四九六）とはっきり言っており、「五千言」とは『老子』のことで、つまり白居易の「知足」に關する認識は老子の思想に由來するのである。[20] 當該歌の漢詩題は老子のこの理論を繼承し、「富貴」に獨自の解釋を與えたものである。

當該歌は主に「心足」と關わって詠んでいると思われる。初句の「なげかれず」は、すなわち「心足」の日本的表現と言え、その「なげかれず」狀態にある「思ふ心」は、そもそも「宮」とか「藁屋」といったものに對して選擇して求めようとする氣持ちを持たないので、「宮」とか「藁屋」といった一般的に見れば全然比べられないほど格差が大きいものが、いずれも「思ふ心にそむか」ないものとして認められているのである。

また、「宮も藁屋もおのがさまざま」は、題の「何ぞ必ずしも高位に居らん」を意識して詠まれたと考えられる。しかし、「何ぞ必ずしも高位に居らん」というのは、高い地位にいることを否定し、それなりに現實を反映した感覺であるが、「宮も藁屋もおのがさまざま」は、「宮」とか「藁屋」という現實を否定しているわけではなく、心のあり方の大切さを強調しているのである。

當該歌に關しては、第六十八番の歌と結びつけて考えたい。まず、漢詩題の內容から見ると、六十八番の題「偶たま幽閑の境を得て、遂に塵俗の心を忘る。始めて知んぬ眞の隱者、必ずしも山林に在らざることを」と當該歌の題

「心足れば卽ち富たり、身閑なれば乃ち貴に當たる。富貴此中に在り、何ぞ必ずしも高位に居らん」には次のような共通點が見られる。つまり「心」の狀態がもっとも重要なのであって、眞の隱者になるかどうか、本當に富貴であるかどうかは、「心」の置かれている狀態によって決まるのであり、形式的に「在山林」または「居高位」にあるのではない、ということである。この點は定家の二首の歌にも取り入れられており、「つま木こる宿ともなしに住みはつるおのが心ぞ身をかくしける」は、「身をかくしける」のが「つま木こる宿」ではなく、「おのが心」そのものであることを強調している。當該歌の「心にそむかねば宮も藁屋もおのがさまざま」というのも、同樣に「心」が問題の根本であることを言っている。

本「文集百首」の「閑居」の部において、「囂靜、中間を得たり」「必ずしも山林に在らず」「何ぞ必ずしも高位に居らん」といった詩句が、それぞれ六十七番と六十八番及び當該歌の漢詩題に見られるが、それらの詩句には白居易の中隱思想が現れており、つまり「高位」も「山林」も取るべからず、その中間にあるところがよい、という考え方が示されている。しかし、これまでの分析によると、それに對置される歌には、必ずしも同じような趣旨が詠まれているとは限らず、漢詩題の一部に觸發されて、日本的、和歌的に詠んでいるのである。

久保田淳氏は、「世の中はとてもかくても同じこと宮も藁屋もはてしなければ」（新古今・雜下・一八五一・蟬丸）が當該歌の本歌であると指摘しており、この歌は『和漢朗詠集』「述懷」にも見え、定家が熟知していたことは疑いがない。しかし、「世の中は」歌においては「宮も藁屋も」は、悠久ではなく、所詮いつか消えてしまうという無常觀の表象であるのに對して、當該歌においては「宮も藁屋も」という無常觀のしみわたった表現を用いながらも、それに新しい發想を託して「ながかれず」という斬新な結論を提出しているのである。これは定家の獨創性を示すところといえよう。

七十五　人とはぬ月と花とにあけくれてみやこともなし年年の空

看雪尋花翫風月　洛陽城裏七年閑

歌の意味

訪れて來る人もなく、月や花に明け暮れして都とも思われない生活を年年送っている。

原據詩

閑吟

貧窮汲汲求衣食　富貴營營役心力
人生不富即貧窮　光陰易過閑難得
我今幸在窮富間　雖在朝庭不入山
看雪尋花翫風月　洛陽城裏七年閑

閑吟

貧窮なれば汲汲として衣食を求め、富貴なれば營營として心力を役す。
人生富まざれば即ち貧窮なり、光陰は過ぎ易く閑は得難し。
我今幸に窮富の間に在り、朝庭に在りと雖も山に入らず。
雪を看　花を尋ね　風月を翫ぶ、洛陽城裏　七年の閑。

（巻六十三、三〇一八、六十四歳の作）

歌の分析

「雪月花」が自然風物の全體を代表するイメージとして用いられるのは漢詩の世界にはじまり、また、いつの間にか和歌の世界においても同様になった。『和漢朗詠集』巻下「交友」に、

琴詩酒伴皆抛我　雪月花時最憶君

琴詩酒の伴は皆我を抛ち、雪月花の時　最も君を憶ふ。

（巻五十五「寄殷協律」、二五六五）

という詩句が見られるように、白居易の影響が大きかったといえよう。題の「雪を看　花を尋ね　風月を翫ぶ」も同じように、四季にわたって自然風物を觀賞することを指していると思われる。

また、「風月」という語が日本においては平安朝から徐々に「詩才」の意として用いられるようになり、中國古典文學作品においての一般的意味とは違うということは、すでに先達によって論證されている。(21)大曾根章介氏は「風月」を「詩才」の意味で使い始めた人は菅原道眞であり、「彼が心醉している白樂天も「風月」の語を好んで用いているが、その多くは自然現象の意に解される」ことと、それはまた「詩趣を喚起する素材になった」と指摘している。(22)このことは「風月」の語の日本における意味の變遷と白居易の用法との關わりについて、重要な示唆を與えるものであろう。

そうした「雪月花」或いは「風月」に關わる先蹤文學があり、なおかつ「閑居」の部にふさわしい内容もあるので、この二句が題に選ばれたのであろう。

さて、次は歌の内容を考えてみたい。

當該歌を漢詩題と對照させてみると、題に見られる「月」と「花」がそのまま歌にも詠み込まれているが、「雪」に關わる内容は、一見、全然ないように見える。しかし、實際は必ずしもそう言い切れない。發句の「人とはぬ」は、非常に意味深い表現であり、「雪」との關連があるように思われる。

わが宿は雪ふりしきて道もなしふみわけて訪ふ人しなければ　（古今集・冬・三二二・よみ人しらず）

かき曇りあまぎる雪のふるさとをつもらぬさきに訪ふ人もがな　（新古今集・冬・六七八・小侍從）

庭の雪にわが跡つけていでつるを訪はれにけりと人やみるらん　（新古今集・冬・六七九・慈圓）

といったような歌にも示されているように、雪が降るという自然現象は道が雪に封鎖されて訪れてくる人が來られなくなるという生活内容や人間の感情へつながっているので、和歌の世界において「雪」と「訪はぬ」或いは訪ねる人を待つなどの内容がよく一緒に詠み込まれている。そうすると、當該歌の「人とはぬ」は、漢詩題にない要素ではあるが、雪のことを暗示するものとして用いられているとも考えられる。似たような手法は當「文集百首」において、ほかの例にも見られる。例えば、「無常」の部の冒頭にある「武藏野の草葉の露もおきとめず過る月日ぞ長別路」（八十六番）という歌においては、漢詩題「親愛　日ごとに零落し、存る者も仍ほ別離する」（親愛自零落、存者仍別離）の「親愛」という言葉を直接に詠み込んではいないが、その代わりに定家は「紫のひともとゆへに武藏野の草はみながらあはれとぞ見る」（古今・雜上・八六七・讀人不知）という古歌を踏まえて兄弟姉妹のことを表現している。

　また一方、題の「洛陽城裏七年の閑」の「閑」を意識して定家は「人とはぬ」と詠んだとも考えられるが、その場合は、白居易の「閑」に対して定家の理解の仕方が示されている。つまり、「人とはぬ」といえば、人とは交わらなく靜かな生活しているというイメージである。當該歌のみならず、「閑居十首」を通してみてもその傾向が言える。しかし、白居易の言っている「閑」は、その側面を持っている場合もあるが、それが「閑」の基本的内容とはなっていないように思われる。このことは「閑居十首」の原據詩をみれば、一層はっきりする。「靜に拂ふ松下の地（靜拂松下地）」や「獨り嘯く晩風の前（獨嘯晚風前）」（七十二番）といった内容も見られるが、それよりもむしろ「客來らば唯だ贈らん北窗の風（客來唯贈北窗風）」（六十六番）「賓至れば一たび筵を開く（賓至一開筵）」（六十七番）「時に道人と語り、或は詩客の吟を聴く（時與道人語、或聽詩客吟）」（六十八番）「客去り僧歸りて獨夜深し（客去僧歸獨夜深）」（六十九番）など、人と交際している内容が壓倒的に多い。また、六十七番歌の題に「囂靜、中間を得たり（囂靜得中間）」とも言っているが、それは白居易の「中隱思想」と合致しているものといえよう。

　では、閑靜な環境そのものが白居易の「閑」の本質ではないといえば、どこにそれが認められるであろうか。それに關しては、次節において分析するので、ここでは一應、要點だけを述べておこう。

白居易が言う「閑」の核心的な内容は、「一事の心中に到る無し（無一事到心中）」（六十六番）「君をして心無事ならしめん（使君心無事）」（七十二番）「身心一に事無し（身心一無事）」（七十四番）といった詩句に示されているように、身と心の兩方とも煩わされないことであり、その「事無し」の「事」とは特に政治的地位や俸祿のために苦勞することを意味しているのである。

したがって、「賓至れば一たび筵を開く」とか「時に道人と語り、或は詩客の吟を聽く」といったように、白居易が盛んに交際をしていても彼が言っている「閑」と矛盾はしない。當該歌の題の「洛陽城裏　七年の閑」も、「東都」の洛陽に住んで、「貧窮」や「富貴」に由來する苦勞もなく、思う存分に自然風物を觀賞し、のどかに暮らしている白居易の「閑」であり、靜に暮らし、一人で「雪を看　花を尋ね　風月を翫」んでいるとは見受けられない。それどころか、友人や召使いたちに圍まれて樂しんでいるイメージさえ頭に浮かんでくるのである。(23)

當該歌の下句の「みやこともなし」に「こともなし」の意を掛けており、それは題の「閑」と呼應しているものと指摘できるが、それにもせよ、閑居生活の要素として定家は「人とはぬ」ということを言わずにいられなかった。換言すれば、「人とはぬ」という表現は、決して偶然に出てきたものではなく「閑居」に對する定家ないし中世日本人の考えのあらわれでもあろう。

さらに「みやこともなし」という表現についてであるが、ここの「みやこ」が題に見える「洛陽城」を踏まえているのは、言うまでもない。さきほど「みやこともなし」に「こともなし」の意を掛けているということを言ったが、「人とはぬ」も「みやこともなし」の理由として理解できよう。本來、都という地はにぎやかなところであり、都での生活は人との交際が多いはずなのに、自分の住まいには全然訪ねてくる人がいないので「みやこともなし」と言っているのであろう。ただ、歌人が自ら「月と花とにあけくれて」いるような暮らしをしているわけなので、「みやこともなし」というのは、すこし自得しているようにも聞こえる。古歌に

常夏の花をだに見ば事なしに過ぐすす月日も短かかりなん　（後撰集・夏・二〇〇・よみ人しらず）

常夏の花をし見ればうちはへて過ぐる月日の數もしられず　（拾遺集・雑春・一〇七九・貫之）

とあるように、花を見ていれば月日が經つのを忘れてしまうということは、歌において從來のテーマとなっており、當該歌にはそういう意味も響いてくるのであろう。

注

（1）川口久雄校注『和漢朗詠集』では「更無一事到心中」について、「わたしの簡素なくらしをみてほしい、二本の松が軒ちかく砌石のところに立っているだけ、心にかかるものはひとつとしてない」と譯されており、それに賛成する。
（2）『土御門院御集』「詠五〇首和歌」（貞應元年正月作）『群書類從』巻第二二八所載。
（3）片桐洋一『歌枕歌ことば辭典』「松」。
（4）「松の風」が「秋の夜の心もしらぬ」というのは、土御門院の歌と反對の詠じ方であるが、「松の風」と「しらぬ」を關連させるのは、やはり傳統を受け繼いでいるところだと言えよう。
（5）例えば、玉上琢彌『源氏物語評釋』の説。
（6）創作年は二首とも久保田淳「定家年譜」に據る。
（7）本書の第一章第二節を參照。
（8）渡邊秀夫『詩歌の森』「Ⅳたぎる思い・瀧」。
（9）片野達郎・松野陽一校注『千載和歌集』。
（10）久保田淳『藤原定家全歌集』補注。
（11）渡邊秀夫『詩歌の森』「Ⅳたぎる思い・こころ」。

(12) 片桐洋一校注『後撰和歌集』。
(13) 訓讀は大曾根章介ほか校注『本朝文粋』に從った。
(14) 朱金城『白居易集箋校』に據る。
(15) 孫機「魏晉時代の嘯」『文史知識』。
(16) 『莊子』「秋水」。本文は郭慶藩輯・王孝魚整理『莊子集釋』による。
(17) 本文は神田秀夫校註・譯『方丈記』に據る。
(18) 訓讀は柿村重松『本朝文粋註釋』に據る。この部分について『本朝文粋註釋』は「何ぞ必ずしも、官をすて野衣を著て、北山の北にかくれ、棹を鼓し舟を乘じて、東海の東にのがれ、而して後、閑放を樂しみ幽情を養ふを要せんや」と解釋している。『和漢朗詠集』巻下「閑居」では「蕙帶蘿衣、抽簪於北山之北。蘭橈桂楫、鼓舷於東海之東」摘句している。
(19) 訓讀は前注柿村著書に據る。この部分について柿村氏は「蹊間白雲たなびきて暮景閑かなる所に往來せるものは出家の客のみにして」と解釋し、「香草以作衣巾、道者之事也」と注をつけている。
(20) 『老子』三十三章に「知足者富、強行者有志」、四十四章に「知足不辱、知止不殆」とある。
(21) 後藤昭雄「古今集時代の詩と歌」、大曾根章介「「風月」考――菅原道眞を中心として――」、瀧川幸司「「風月」考――公宴詩會との關わりにおいて――」などがある。
(22) 前出大曾根章介氏の論文による。白居易の詩に「風月」が詩詠のことと伴って用いられる例が多く見られ、それによって「風月」の語が詩人あるいは詩才のイメージと緊密になったということが考えられないであろうか。大曾根章介氏が擧げた「毎逢風月一閑吟」（巻十六「閑吟」一〇〇四）と「吟山歌水嘲風月」（巻五十三「留題郡齋」二三五二）もそれであるが、また、ほかにも「詠月嘲花先要減」（巻六十五「將歸渭村先寄舍弟」三二三〇）「五年風月詠將殘」（巻五十四「詠懷」二四八一）「風月共誰賞、詩篇共誰吟」（巻六二「哭崔常侍晦叔」二九六六）「吟君舊句情難忘、風月何時是盡時」（巻六八「對酒有懷、寄李十九郎中」三四九四）「自別錢塘山水後、不多飲酒懶吟詩。欲將此意憑廻棹、與報西湖風月知」（巻五十三「杭州廻舫」二三六四）「無復篇章傳道路、空留風月在曹司」（巻十九「喜張十八博士除水部員外郎」一二七五）「詩境忽來還自得、醉鄉潛去與誰期。東都添箇狂賓客、先報壺觴風月知」（巻五十七「將至東都、先寄令狐留守」二七二二）などが擧げられる。

さらに、當該歌の題の「雪を看、花を尋ね、風月翫ぶ」の「風月を翫ぶ」も、ただ月を眺めて樂しむというより、風月を詠じていることを含めて　理解したいのである。白居易が使用している「翫」は、十分味わうこと、あるいは反復して吟味することと解釋でき、また、「吟翫」とも用いて贈られてきた詩作を吟味すること、或いは詩を作ることを意味しているのである。「郡樓月下、吟翫通夕」（巻五十三「張十八員外以新詩二十五首見寄、郡樓月下、吟翫通夕、因題卷後、封寄微之」二三一七）、「吟翫獨當明月夜」（巻五十三「酬微之」二三二八）、「吟翫成篇」（巻二十「江樓晩眺、景物鮮奇、吟翫成篇、寄水部張員外」一三七八）などの例があるが、かの有名な「與元九書」（巻二十八）に「或退公獨處、或移病閑居、知足保和、吟翫情性者一百首、謂之閑適詩」という文章があり、その「吟翫」も、明らかに詩を作ることを言っているのである。

（23）たとえば、保胤・兼明親王それぞれの「池亭記」及び鴨長明の『方丈記』に影響を與えたと言われている白居易の「池上篇」は、當該歌の原據詩より六年前の作品であるが、白居易研究においての時代區分から見れば、兩方とも太子賓客分司として洛陽に行ってからの作品であり、おかれた環境はそれほど變わっていない。「池上篇」に描かれた白居易の閑居生活は「妻孥熙熙として鷄犬閑閑たり」と、弟子・妻子・友人・音樂を奏する召使いたちに圍まれていて、世の中にあるものを樂しんでいるように思われる。つまり、白居易の「閑居」は、人間あるいは世間から離れているわけではなく、ただ官僚生活の煩わしさから離れただけである。第一章第二節を參照されたい。

第三節 「文集百首」の漢詩題と白居易の閑適詩

一

第一章第三節において述べたように、「文集百首」の句題は主に慈圓によって選ばれたものであり、その採句傾向としては述懷的な内容のものが多く、閑靜美と中隱生活への憧憬が強く感じられると言われている。本節では「閑適詩」から採った句題を中心に『白氏文集』に對する「文集百首」の受け止め方について考察をし、中世日本における『白氏文集』受容の具體的樣相を明らかにしたい。

「文集百首」の句題のうち、二十一首の歌の題は『白氏文集』の「閑適詩」に分類されているものによっており、それまでの『白氏文集』の受容史に見えないほど「閑適詩」が重んじられているように思われる。そのことについて「中世に閑適詩の受容が著しいのは當代の隱遁思想・無常思想の浸透と關連を有する」「白居易の閑適思想を背後から支えているのは人間の生の儚さの認識である」との指摘があり、[2] また、「閑適」をほとんど「隱棲」と同じような意味で捉えている研究も見られる。[3]

しかし、「文集百首」の採句傾向は作者あるいは作者の時代の思想的傾向を表しているとしても、それがそのまま「閑適詩」の本質的な内容を示しているとは限らない。兩者の間に違う傾向が見られる場合は、『白氏文集』に對する作者の取捨態度が如何なるものかを見ることによって日本における中國文化の受け入れ方の一面を照らし出すことができよう。

二

まず、「文集百首」の句題に選ばれた「閑適詩」の詩句を整理しておく。

「夏」の部に次の三首が見られる。

十六番歌の題で、出典は「首夏病間」（『白氏文集』巻六閑適二、〇二三八）である。（以下は略称する）

微風吹袂衣　不寒復不熱　　微風袂衣を吹き、寒からず復熱からず。

二十四番。出典・・「永崇里觀居」（巻五閑適一、〇一七九）。

蕭索風雨天　蟬聲暮啾啾　　蕭索たる風雨の天、蟬の聲　暮に啾啾たり。

二十五番。出典・・「贈吳丹」（巻五閑適一、〇一九六）。

夏臥北窗風　枕席如涼秋　　夏は北窗の風に臥し、枕席涼秋の如し。

いずれも夏を詠じるよい見本のような詩句であって、とくにその他の思想を表わすものではない。

「冬」の部には次の四首がある。

四十三番。出典・・「冬夜」（巻六閑適二、〇二六一）。

策策窗戶前　又聞新雪下　　策策たり窗戶の前、又新雪の下を聞く。

四十五番。出典・・「東園翫菊」（巻六閑適二、〇二五二）。

唯有數叢菊　新開籬落間　　唯だ數叢の菊のみ有り、新に籬落の間に開く。

四十六番。出典・・「村雪夜坐」（巻六閑適二、〇二五一）。

南窗背燈坐　風霰暗紛紛　　南窗燈に背いて坐す、風霰暗くして紛紛たり。

四十七番。出典・・「村雪夜坐」（巻六閑適二、〇二五一）。

寂寞深村夜　殘雁雪中聞　寂寞たる深村の夜、殘雁　雪中に聞く。

同様に「雪」や「風霰」など冬に關する素材あるいは表現が注目されているようであるが、やはり思想的内容は見られない。

「山家」には一首しかないが、定家と慈圓はそれぞれ違う詩句を取っている。定家は

山秋雲物冷　山秋にして雲物冷かに

（六十番で出典「秋山」は巻五閑適一、〇二〇六）の句を取り、これは敍景の内容であるが、慈圓は同じ詩の

何時解塵網　此地來掩關　何れの時か塵網を解き、此地來りて關を掩はん。

という句を取っており、こちらには俗世間を離れた隱遁への意向が見られる。

「閑居」の部にはもっとも多く採られており、次の七首がある。

六十七番。出典・・「郡亭」（巻八閑適四、〇三五八）。

山林太寂寞　朝闕空喧煩　山林は太だ寂寞たり、朝闕は空しく喧煩なり。

唯茲郡閤內　囂靜得中間　唯だ茲の郡閤の內、囂靜中間を得たり。

六十八番。出典・・「翫新庭樹因詠所懷」（巻八閑適四、〇三七〇）。

偶得幽閑境　遂忘塵俗心　偶幽閑の境を得て、遂に塵俗の心を忘る。

始知眞隱者　不必在山林　始めて知る眞の隱者、必ずしも山林に在らざることを。

七十番。出典・・「夏日」（巻六閑適二、〇二三五）。

盡日坐復臥　不離一室中　盡日坐して復臥す、一室の中を離れず。

中心本無繫　亦與出門同　　中心本繫がるる無く、亦門を出づると同じ。

七十一番。出典・「贈杓直」（巻六閑適二、〇二七〇）。

進不厭朝市　退不戀人寰　　進んで朝市を厭はず、退いて人寰を戀はず。

七十二番。出典・「閑居」（巻六閑適二、〇二五八）。

深閉竹間扉　靜掃松下地　　深く閉づ竹間の扉、靜に掃ふ松下の地。

獨嘯晩風前　何人知此意　　獨り嘯く晩風の前、何人か此意をしらん。

七十三番。出典・「遣懷」（巻六閑適二、〇二三〇）。

頽然環堵客　蘿蕙爲巾帶　　頽然たり環堵の客、蘿蕙を巾帶と爲す。

七十四番。出典・「閑居」（巻六閑適二、〇二三四）。

心足卽爲富　身閑乃當貴　　心足れば卽ち富たり、身閑にして乃ち貴に當る。

富貴在此中　何必居高位　　富貴此中に在り、何ぞ必ずしも高位に居らん。

「閑居」の部に引用されている「閑適詩」の内容は確かに先行研究に指摘されているように隠遁への傾向がつよく感じられ、とくに「必しも山林に在らず」（不必在山林）「何ぞ必ずしも高位に居らん」（何必居高位）「囂靜、中間を得たり」（囂靜得中間）といった詩句には白居易の「中隱」思想が伺われる。

「述懷」の部に「閑適詩」から採った題は次の五首である。

七十六番。出典・「適意」（巻六閑適二、〇二三六）。

置心世事外　無喜亦無憂　　心世事の外に置き、喜も無く亦憂も無し。

七十八番。出典・「晩春沽酒」（巻六閑適二、〇二三九）。

春去有來日　我老無少時　春去れども來る日有り、我老ゆれば少き時無し。

八十二番。出典：「詠意」（卷七閑適三、〇二九八）。

身心一無繫　浩浩如虛舟　身心一も繫がるる無く、浩浩として虛舟の如し。

八十三番。出典：「贈杓直」（卷六閑適二、〇二七〇）。

委形老小外　忘懷生死間　形を老小の外に委し、懷を生死の間に忘る。

八十五番。出典：「秋山」（卷五閑適一、〇二〇六）。

人生無幾何　如寄天地間　人生幾何も無し、天地の間に寄るが如し。

心有千載憂　身無一日閑　心に千載の憂有り、身に一日の閑無し。

また、「無常」の部には次の一首がある。

八十七番。出典：「效陶潛體詩十六首竝序」（卷五閑適一、〇二一三）。

逝者不重迴　存者難久留　逝く者は重ねて迴らず、存する者は久しく留まり難し。

「述懷」部の七十六、八十二、八十三番の題はいずれも精神の自由あるいは現實世界を超越する心の狀態を述べているものであり、七十八、八十五番の題と「無常」部の題はみな人生の無常を嘆いているものであろう。

このように「閑適詩」から採った句題に限ってみれば、先行研究に指摘された通り、それらの詩句には閑居あるいは「中隱」生活への心の傾斜が示され、無常観が著しく感じられる。

三

さて、實際に「閑適詩」の基本的内容とその特質は如何なるものであろうか。それをはっきりさせることによって、

「閑適詩」に對する「文集百首」の着眼點が見えてくるであろう。

下定雅弘氏が言うように、「白居易の詩についての論著は膨大だが、長い間、その大部分は、中國でも日本でも、「諷諭詩」や、「感傷詩」の「長恨歌」・「琵琶行」に關するもので占められており、「閑適詩」を論じたものはわずかだった」ということであり、とくに中國においては、「閑適詩」の價値についてまだ十分認識されていないように思われる。(4)

周知のごとく、「閑適詩」の分類については、白居易自身は「與元九書」において次のように説明している。

イ「或退公獨處，或移病閑居，知足保和，吟翫情性者一百首，謂之閑適詩。」

ロ「謂之諷諭詩，兼濟之志也。謂之閑適詩，獨善之義也。故覽僕詩，知僕之道。」

イは「閑適詩」が主に「知足保和、吟翫情性」という内容の詩であることを言っており、ロは「閑適」とは「獨善之義」の具體的なあり方であることを言っている。後者は白居易自身にとって「閑適」を求めることの思想的意義についての説明であって、「閑適詩」の内容に對する説明ではない。前者では「知足保和、吟翫情性」という内容と關連することが説明されてはいるが、總括的な表現にとどまっており、これだけでは「文集百首」に引用されている詩句から感じ取られるものと明確に關連づけることは、必ずしもできないように思われる。

そこで、白居易がどのように「閑」と「適」を使っているのかを見ることによって、「閑適詩」の基本的内容と特質を考察してみたい。

『白氏文集』巻五から巻八までの「閑適詩」に見える用例からすれば、そこの「閑」は大體次の二種類である。一つは「身閑」の意であり、「忙」の相對語として使われている。もう一つは「意閑」あるいは「閑氣味」であって、心情的に「閑」のことを指しており、「心無事」などの表現と關係することが多い。まず、「身閑」の例を擧げよう。

巻八　閑適四「郡亭」（〇三五八）

平旦起視事　亭午臥掩關　平旦起きて事を視、亭午臥して關を掩す。
除親簿領外　多在琴書前　親く簿領するを除く、多くは琴書の前に在り。
況有虛白亭　坐見海門山　況んや虛白の亭有り、坐ながらにして海門の山を見る。
潮來一凭檻　賓至一開筵　潮來たれば一たび檻に凭り、賓至れば一たび筵を開く。
終朝對雲水　有時聽管弦　朝を終ふるまで雲水に對し、時有りて管弦を聽く。
持此聊過日　非忙亦非閑　此を持して聊か日を過ごし、忙に非ず亦閑にあらず。
山林太寂寞　朝闕空喧煩　山林は太だ寂寞たり、朝闕空しく喧煩なり。
唯茲郡閣內　囂靜得中間　唯だ茲の郡閣の內、囂靜中間を得たり。

巻六　閑適二「閑居」（〇二三四）

空腹一盞粥　飢食有餘味　空腹一盞の粥、飢食餘味有り。
南簷半牀日　暖臥因成睡　南簷半牀の日、暖に臥して因つて睡を成す。
綿袍擁兩膝　竹几支雙臂　綿袍兩膝を擁し、竹几雙臂を支ふ。
從旦直至昏　身心一無事　旦より直に昏に至るまで、身心一に事無し。
心足卽爲富　身閑乃當貴　心足れば卽ち富たり、身閑にして乃ち貴に當る。
富貴在此中　何必居高位　富貴此中に在り、何ぞ必ずしも高位に居らん。
君看裴相國　金紫光照地　君看よ裴相國、金紫の光地を照らす。
心苦頭盡白　纔年四十四　心苦みて頭盡く白し、纔に年四十四。

乃知高蓋車　乘者多憂畏　　乃ち知る高蓋の車、乘る者憂畏多きを。

これらの例に典型的に示されているように、「身閑」は、「高蓋車」や「居高位」のような政治的要職を離れた場所に身を置くことであろう。それはまた次に述べる「意閑」の前提條件ともなっているのである。

次に「意閑」の例を擧げよう。

巻五　閑適一「贈吳丹」（〇一九六）

巧者力苦勞　智者心苦憂　　巧者は力苦勞し、智者は心苦憂す。

愛君無巧智　終歲閑悠悠　　愛す君が巧智無く、終歲閑にして悠悠たるを。

……

冬負南榮日　支體甚溫柔　　冬は南榮の日を負ひ、支體甚だ溫柔なり。

夏臥北窗風　枕席如涼秋　　夏は北窗の風に臥し、枕席涼秋の如し。

南山入舍下　酒瓮在牀頭　　南山舍下に入り、酒瓮牀頭に在り。

人間有閑地　何必隱林丘　　人間に閑地有り、何ぞ必ずしも林丘に隱れん。

顧我愚且昧　勞生殊未休　　顧ふ我愚にして且つ昧く勞生して殊に未だ休まず。

一入金門直　星霜三四周　　一たび金門の直に入り、星霜　三四周。

主恩信難報　近地徒久留　　主恩信に報じ難く、近地徒に久しく留まる。

終當乞閑官　退與夫子游　　終に當に閑官を乞ひ、退いて夫子と遊ぶべし。

この詩の中の「愛す君が巧智無く、終歲閑にして悠悠たるを」は、前の「巧者は力苦勞し、智者は心苦憂す」を受けて言っているので、この「閑」は身と心の兩方を意味していると考えられる。「人間に閑地有り、何ぞ必ずしも林丘に隠れん」と「終に當に閑官を乞ひ、退いて夫子と遊ぶべし」の「閑」は、まず「身閑」のことを指しているといえるが、「意閑」まで視野に入れていると解することも可能なようである。
さらに次のような例がある。
巻五　閑適一　「夏日獨値寄蕭侍御」（〇一九三）
……
夏日獨上値　日長何所爲
澹然無他念　虛靜是我師
形委有事牽　心與無事期
中臆一以曠　外累都若遺
地貴身不覺　意閑境來隨
但對松與竹　如在山中時
情性聊自適　吟咏偶成詩
此意非夫子　餘人多不知

夏日獨り値に上り、日長くして何の爲す所ぞ。
澹然として他念無し、虛靜は是我が師。
形は有事に委して牽かるるも、心は無事と期す。
中臆一に以て曠く、外累都べて遺るるが若し。
地貴くして身覺えず、意閑にして境來り隨ふ。
但だ松と竹とに對し、山中に在る時の如し。
情性聊か自ら適し、吟咏偶詩を成す。
此意夫子に非ずんば、餘人多くは知らず。

巻八　閑適四「郡中即事」（〇三六一）
漫漫潮初平　熙熙春日至
空闊遠江山　晴朗好天氣
外有適意物　中無繫心事
數篇對竹吟　一盃望雲醉

漫漫として潮初めて平かに、熙熙として春日至る。
空闊として江山遠く、晴朗にして天氣好し。
外には意に適ふ物有り、中には心に繫る事無し。
數篇竹に對して吟じ、一盃雲を望んで醉ふ。

行攜杖扶力　臥讀書取睡　行くゆく杖を攜へて力を扶け、臥して書を讀みて睡を取る。
久養病形骸　深諳閑氣味　久しく病める形骸を養ひ、深閑なる氣味を諳んず。
遙思九城陌　擾擾趨名利　遙に思ふ九城の陌、擾擾として名利に趨るを。
今朝是隻日　朝謁多軒騎　今朝是れ隻日、朝謁軒騎多し。
寵者防悔尤　權者懷憂畏　寵ある者は悔尤を防ぎ、權ある者は憂畏を懷く。
爲報高車蓋　恐非眞富貴　爲に報ず高車蓋、恐らくは眞の富貴に非ざるを。

これらの例から分かるように、白居易が「意閑」を言う時に、それは大體「寵者」の「悔尤」や「權者」の「憂畏」と對照的なものとして表されているのである。この點は「知足保和」と近い意味と考えられよう。かくて「意閑」とは心が「名利」に惑わされず、政治的中樞にいる人間の持つ激しい緊張感と種種の惱みを抱えることもなく、おだやかな心情でいることであろう。

では次に「適」についてはどうであろうか。

「閑適詩」の中では「適」の用例は「閑」に比べてはるかに少ない。それでも次の例で「適」の基本的な意味と、それの「閑」との關連が分かるであろう。

巻六　閑適二　「適意」（〇二三六）

……

一朝歸渭上　泛如不繫舟　一朝渭上に歸り、泛たること繫がざる舟の如し。
置心世事外　無喜亦無憂　心を世事の外に置き、喜も無く亦憂も無し。
終日一蔬食　終年一布裘　終日　一蔬食、終年　一布裘。

寒來彌懶放 數日一梳頭 寒來れば彌懶放、數日一たび頭を梳る。
朝睡足始起 夜酌醉即休 朝には睡足りて始めて起き、夜は酌み醉へば即ち休す。
人心不過適 適外復何求 人心は適に過ぎず、適外復何をか求めん。

「適」はこの上ない心のよい狀態である。別の言い方をすれば、世の中のことに惑わされず、喜びも憂いもない境地である。

先に擧げた「夏日獨值寄蕭侍御」に「澹然として他念無し、虛靜は是我が師」という句があり、それも「適」と同じような狀態といえよう。また、その心の境地については、「意閑」と表現されたり、「自適」といわれたりしているので、「適」は「意閑」とよく似ている面があると考えられる。ちなみに、後半の「情性聊か自ら適し、吟咏偶詩を成す」という句は、先程引用した「知足保和、吟翫情性者一百首、謂之閑適詩」の「吟翫情性」を具體的に言ったものと思われる。つまり「吟翫」は詩を吟じること、詩を作ることであり、「情性」は「自適」の「情性」であるので、「閑適詩」とは「知足保和」や「適」の「情性」を詩で表わしたものと解釋してよかろう。

「意閑」を說明した箇所で、「意閑」と「知足保和」との關連についてすでに觸れたが、「閑」と「適」の具體的用例についての分析を通して、「知足保和、吟翫情性」と「閑適」とのつながりがはっきりしてきた。

『莊子』「達生」篇には「忘足履之適也。忘腰帶之適也。知忘是非、心之適也」という表現が見られ、その「適」は右に述べた白居易の「適」と通ずるものがあるように思われる。

總じて言えば、「閑適詩」の「閑適」とは日本の中世において見られる「閑靜」「閑寂」「寂寥」への傾斜という美意識よりも、上述のごとく、一人の官僚である白居易の持つ社會的地位と超越的精神をめぐる心の葛藤が背景となる「閑適」であり、その葛藤を克服し、現實社會との一種の理想的なかかわり方を表現するものである。

もちろん「閑適詩」においては、

深閉竹間扉　靜掃松下地
獨嘯晩風前　何人知此意

深く閉づ竹間の扉、靜に掃ふ松下の地。
獨り嘯く晩風の前、何人か此意を知らん。
（「閑居」、〇二五八）

というような閑靜な環境・雰圍氣を描寫する内容もある。しかし、それは單にそうした情緒的なところに惹かれているだけではなく、白居易が自分自身の人生のあり方を主張する思想の問題でもある。ここに白居易の「閑適」の特質があり、その内容は中世の日本人を引きつける「閑寂」「寂寥」といった雰圍氣とは微妙な違いがあるように思われる。

では、白居易はどんな哲學によって「閑適」の境地に到達したのか。それについて下定雅弘氏は「閑適詩」の作品を細かく分析し、「閑適」を支える諸觀念として、時期によって大體「名利不要」「知足」「外物」「天命」「窮通倚附」「中隱」などがあったと指摘し、「「閑適詩」は老莊の諸觀念を重要な成分としているために、閑適を構成する諸觀念の考察は「閑適詩」の特質を明らかにするための有效な方法となる」と説明している。(5)この考察は「閑適詩」の特質を明らかにするための有效な方法となる」と説明している。ここでは、もうすこし下定氏が指摘した右の諸觀念について付言しておきたい。

閑適を構成する諸觀念の中で、『莊子』の「外物篇」に基づく「外物」思想はもっとも重要なはたらきをしていると考えられ、「名利不要」も「外物」思想の結果と考えてよいであろう。「知足」は老莊思想のほかに佛教でも言うところであるが、白居易の場合はやはり老莊思想に據っているように思われる。(6)「窮通倚附」の相反するものが通じ合うという思想は、老子に由來するといえよう。

「中隱」になると、だいぶ複雑であるが、「外物」思想とつながる面もあれば、「外物」思想より後退した面もあるように思われる。「外物」思想とは、根本的に心のことを唯一の價値があるものとし、心以外のものは身を含めてすべて「外物」として、その價値を否定してしまう。そこから、身と心の處し方を別々にする考え方が出てきたのであり、出處同歸を根據にする「吏隱」の出發點は、やはり「外物」思想にあるといえよう。「吏隱」の一つのパターンとして「中隱」を見れば、心が「隱」の狀態であれば必ずしも身を隱す必要はないという面はあるが、また一方、「中」ぐらいの「吏」という前提條件がないと「中隱」が成立しないので、官位にこだわる點は「外物」思想とは本質的に違う。そういう意味で、「中隱」思想は「外物」思想より後退したものと見なすことができる。

全體から見て、白居易の閑適を支える諸觀念は、主に老莊思想に基づくものであることが確認される。もちろん「閑適詩」には佛敎思想を帶びている作品も見られるが、それは白氏の晩年の作にみえるほど色濃いものではなく、同じ時期に見られる老莊思想ほど強いはたらきをしているものでもないように思われる。「文集百首」七十一番と八十三番の句題の出典となる「贈杓直」という詩を例に擧げてみよう。

世路重祿位 棲棲者孔宣　世路祿位を重んず、棲棲たる者は孔宣。
人情愛年壽 夭死者顏淵　人情年壽を愛す、夭死する者は顏淵。
二人如何人 不奈命與天　二人は如何なる人ぞ、命と天とを奈んともせず。
我今信多幸 撫己愧前賢　我今信に幸多し、己を撫して前賢に愧づ。
已年四十四 又爲五品官　已に年四十四、又五品の官と爲る。
況茲知足外 別有所安焉　況んや茲足るを知るの外、別に安んずる所有り。
早年以身代 直赴逍遙篇　早年には身代を以て、直に逍遙の篇に赴く。
近歲將心地 廻向南宗禪　近歲には心地を將つて、廻つて南宗の禪に向ふ。

外順世間法　內脱區中緣　外は世間の法に順ひ、內は區中の緣を脱す。
進不厭朝市　退不戀人寰　進んでは朝市を厭はず、退いては人寰を戀はず。
……
秋不苦長夜　春不惜流年　秋は長夜を苦まず、春は流年を惜まず。
委形老小外　忘懷生死間　形を老小の外に委し、懷を生死の間に忘る。
……

「出處」「老小」「生死」と四季の更迭などから超越した精神を示していること、「外」(身)と「內」(心)とを區別して取り扱うことなどは、『莊子』の「齊物論」あるいは「外物篇」の思想であり、蜂屋邦夫氏がこの詩を論じる時に指摘したように「佛敎語を交えながらも、措辭といい、心情といい、どちらも魏晉以來の出處同歸を根據として朝隱を肯定する老莊的境地と似ている」「放逸自得の六朝貴族の精神に通じるものがある」「こうした類の詩においては居易の佛敎に對する潛心と老莊的な自得とにはほとんど區別がない」(7)ということになろう。

また、「閑適詩」には「人生無幾何、如寄天地間」「逝者不重回、存者難久留」というように、無常觀を表す詩句が確かに散見されるが、これまで述べたように、全體的に見れば、閑適を支える諸觀念は主に老莊思想に基づくものであり、とくに老莊思想の「齊物」「外物」思想は、始めから「老小」「生死」などの區別を否定してしまい、無常觀とはまったく違う發想をしているものである。白居易の一生にわたってみれば、儒敎・佛敎・老莊思想はいずれも大きなはたらきをしたが、「閑適詩」を書いた段階では、老い・病氣などの現實問題が切迫した晩年より、出世や名利の誘惑によってもたらされる惱みを超越するのが最大の問題であるので、それを克服する手段として老莊思想がもっとも重んじられ、むしろ無常觀と違うような發想が表現されている作品が多いように思われる。

「文集百首」が選んだ「閑適詩」の句題には、無常思想や閑静な生活と中隠生活への憧れがつよく感じられるとはいえ、それは、必ずしも『白氏文集』の「閑適詩」の本質的内容とは限らず、あくまでも「文集百首」の作者の思想的傾向であり、中世日本の思想状況の反映でもあり、また、日本における『白氏文集』受容の一つの様相ともいえよう。

注

（1）「文集百首」六八番歌の題の出典「翫新庭樹因詠所懐」が汪立名本においては後集　巻一に収められているが、小論は那波本に依っている。
（2）稲田利德「鎌倉・室町期和歌と白氏文集――閑適詩の受容――」。
（3）例えば、石川一「慈圓と白居易」にはそのような理解があるように思われる。
（4）下定雅弘『白氏文集を讀む』一一六頁。
（5）前注所掲下定著書第三章「閑適詩――その諸観念の消長をめぐって――」を参照。
（6）本章第二節七十四番歌の分析を参照。
（7）蜂屋邦夫「白居易の道家道教思想」『東洋學術研究』一九八八年別冊、特集「佛教と道教――六朝・隋・唐時代における――」所收。

第四節　日・中の文學における「閑居の氣味」

「文集百首」は、白居易の人生哲學を受容しており、閑寂美と中隱生活への憧れがその特色の一つであると指摘されているが、(1)それらの内容は「文集百首」の「閑居」の部に集中していると考えられる。しかし、それに關するこれまでの研究には選ばれた漢詩題に基づいて論じるものが多く、一首一首の歌に即して漢詩題と和歌の表現を對比しながら、それぞれの意味やイメージなどを詳細に分析することは十分に行われているとは言えない。そこで本章の第一節と第二節において「文集百首」の「山家」「閑居」の二部に照準を合わせて、定家の歌と漢詩題をつきあわせ、個々の言葉のイメージによって織りなされる一首の詩あるいは一首の歌に祕められた心情・價値觀・思想について對比研究を行ったわけである。ここでは、その考察を踏まえて日・中における「閑居の氣味」、つまり中國と日本のそれぞれの隱遁者の心のありかたについての整理を行い、あわせて日・中における隱遁の本質的な相違が何かという問題にアプローチしたい。また、中國と日本それぞれの精神史という廣い視野から中隱思想を位置づけ、それを吸収した「文集百首」の意義を追究したい。

一 「閑居」の內實とその變遷
――『千載佳句』から「文集百首」へ――

平安中期にできた書物『千載佳句』と『和漢朗詠集』には、ともに「閑居」の分類が見られる。しかし、『和漢朗詠集』の影響を強く受けている「文集百首」の「閑居」の部に選ばれた漢詩題に、右の兩書から採ったものは見あたらない。そのかわりに『千載佳句』の「幽居」にある「但有雙松當砌下、更無一事到心中」(同じ詩句は『和漢朗詠集』の「松」という部類に見える)と、「寺」という分類に見られる「更無俗物當人眼、但有泉聲洗我心」(同じ詩句は『和漢朗詠集』の「山寺」という部類に見える)が選ばれている。このことは、もちろん題を選定した慈圓の着眼點や「文集百首」全體の題の特色に關係する問題であるが、一方、『千載佳句』から「文集百首」へと、「閑居」の理念に變化はなかったのかという點も檢討する必要があろう。

この問題意識を念頭に置いて、まず、『千載佳句』を見てみよう。この書物には「隱逸部」が設けられてはいるが、「閑居」という部類はそこに入っておらず、「人事部」に屬している。つまり、少なくとも、編者の大江維時が持っていた「閑居」の理念は隱逸思想と結びついている閑居とは考えにくい。實際、『千載佳句』の「閑居」の部類に收められている作品を見ても「花前」「月明」「深竹」「琴」「酒」「詩」「書」といった內容がかもしだす優雅でのんびりした生活ぶりがうかがえ、その實態はまったく貴族的な美意識によって支えられる閑居となっている觀がある。

ところが、『千載佳句』より八十四年遲れて成立した『和漢朗詠集』においては、前者の「閑居」に見られる貴族的な優雅な雰圍氣は、ほとんどその姿を消しており、それに代わったのは、

幽思窮まらず　深巷に人無き處　愁腸斷えなむとす　閑窗に月の有る時　（六一五）
（幽思不窮　深巷無人之處　愁腸欲斷　閑窗有月之時）

陶門跡絕えぬ春の朝の雨　燕寢に色衰へたり秋の夜の霜　（六二一）
（陶門跡絕春朝雨　燕寢色衰秋夜霜）

あるいは「わが宿はみちもなきまで荒れにけり」という光景であり、「閑居」は、

蕙帶蘿衣　簪を北山の北に抽づ　蘭橈桂楫　舷を東海の東に鼓く　（六一九）
（蕙帶蘿衣　抽簪於北山之北　蘭橈桂楫　鼓舷於東海之東）

跡を晦うして未だ苔徑の月を抛たず　喧を避つてはなほ臥せり竹窗の風　（六二一）
（晦跡未抛苔徑月　避喧猶臥竹窗風）

といった表現が示す隱遁指向につながっているように見受けられるのである。また、そうした閑居の心境については、「愁腸」「色衰」「暗老」「わが宿はみちもなきまで荒れにけりつれなき人をまつとせしまに」といった表現が用いられており、官途での不遇と社會の底邊に沈淪した貴族たちの悲哀を滲み出させている。

ところが、「文集百首」における「閑居」の理念は前の兩者のいずれとも異なっているようである。概して言えば、その「閑居」の漢詩題に見られる「不必在山林」「何必居高位」「囂靜得中間」などの詩句で表された白居易の中隱思想の影響を受けているのであり、そうした閑居の根幹は「中心本無繫」という心の持ち方にあるように思われる。さきほど述べた「但雙松の砌下に當る有り、更に一事の心中に到るなし」と「更に俗物の人眼に當るもの無く、但だ泉聲の我が心を洗ふ有るのみ（更無俗物當人眼、但有泉聲洗我心）」という二題が選ばれたのも、「我が心を洗ふ」や「一事の心中に到るなし」といった表現があったからであろう。そうした表現がめざしている精神的境地は、じつは

慈圓・定家らの時代によく用いられた「心を澄ます」という言葉と通じている。それは、世俗や人生の種々の憂いからのがれて、理想的な精神世界に到達することへの願望の表れである。

古代日本において、遁世者が住まいにする「山里」は、「寂しさを全生命とする」ところであり、山里生活も「孤獨を強制される酷しい生活であ」るから、遁世者は、その「悲哀や苦惱を切に味わわざるをえない」のである。また、

世の中よ道こそなけれ思ひ入る山のおくにも鹿ぞ鳴くなる（千載集・雜中・一一五一・俊成）

いづくにか身をかくさましいとひてもうき世にふかき山なかりせば（山家集・述懷・九〇九）

よしの山思ひいるともかひもあらじうき世の外のすみかならねば（拾玉集・日吉百首・雜・四九二）

といった歌に表れているように、遁世の氣風が強くなるにつれて、遁世の限界も認識されてきて「いづくにか身をかく」という迷いが、徐々に顯著な問題となっていったのであった。さらに、長明のように、「唯、しづかなるを望みとし、憂なきを樂しみとす」る「閑居の氣味」を味わいながら、一方、「今、草庵を愛するも、閑寂に著するもさばかりなるべし。いかが要なき樂しみを述べて、あたら時を過さむ」と惱んでいる數奇と信仰との間の葛藤も當時の人々にはあったのである。

一方、小島孝之氏の考察によると、「歌題として『山家』が採用されるのは『後拾遺集』時代以降であった。」「『山里』とほぼ同義で『山家』が用いられ」、また、「『拾遺集』時代に『山里』が美的鑑賞の對象にな」り、「『後拾遺集』時代にはこれが一層顯著になる」が、「『千載集』の時代になると、再び『寂しさ』『身を隱す』という要素を風景に重ねていく詠歌が多くなるように見える」という。定家の「文集百首」の「山家」の歌、

廬山雨夜草庵中

しづかなる山路の色の雨の夜に昔戀しき身のみふりつつ（五十八）

山秋雲物冷　　　　（六十）

秋山の岩ほのまくらたづねてもゆるさぬ雲ぞ旅心ちする

は、その「寂しさ・わびしさ」を詠う傳統を受け繼いでいると言えよう。

ここまで述べると、西行のことに觸れなければならないが、家永三郎氏は「山里の寂しさがその寂しさのままに於いてかへって無上のよろこびであり、魂の救ひとなる」という論理を踏まえて『山里』によって代表される我が獨特の救ひの思想は、この樣にして中古以降中世の初頭に至る迄に凡其の歴史的展開を了ったのである。西行、長明等はその思想的完成者とも云ふべき地位にあり、彼等以後鎌倉時代に於ける山里の思想の發展は觀念の上に於ても、實踐の上に於ても格別とりたてて云ふ程のものを見ない(6)」と指摘している。また、目崎德衞氏は「西行はこうした豐かな情趣をもつ自然の中に全身を埋沒せしめ、これと融合するかのごとき態度をとった」という面に注目し、西行において「むしろ自然が人間の救濟に關わるものとみられるに至った」と述べ、「晩年に至って數奇を脱却して佛道に沒入する明確な思想的歸結を示している」と結論する(7)。このように、家永・目崎兩氏の西行認識は必ずしも一致しているものではないが、私がここで主張したいのは、西行を慕っていた慈圓が企畫した「文集百首」は、家永・目崎兩氏がそれぞれ指摘する西行の達した境地とは異なる、新たな展開を見せているということである。

「閑居」といい、「山家」といい、實のところ、いずれも俗世間を離れて自然と接觸することであるが、中世に入ると、遁世して現實の苦痛から解脱し、自由な心を求めていた日本の知識人は、いわば行き詰まった状態にあったのであり、新しい道の打開が要請されていたのである。西行と長明は、そこから大きな一歩を踏み出したと言えるが、數奇と信仰あるいは來世と現世をめぐる心の葛藤は、まだ問題として殘っている。そこで、こうした精神史を背景に產み出された「文集百首」は、白居易の「必ずしも山林に在らず」、「何ぞ必ずしも高位に居らん」、「中心　本より繫るもの無し」という思想を吸收した閑居のありかたを提示して、眞の解脱は山里にあるのではなく、自分自身の心のありかたにこそあると主張しているのである。慈圓の歌、

外順世間法　內脫區中緣　進不厭朝市　退不戀人寰

身のほかにわが身ありとや人は見む心になきは心なりけり　（文集百首・閑居・一九七七）

や、定家の歌、

偶得幽閑境　遂忘塵俗心　始知眞隱者　不必在山林

つま木こる宿ともなしに住みはつるおのが心ぞ身をかくしける　（文集百首・閑居・六十八）

は、その思想の影響を受けていると思われる。こうした考え方は、西行までの遁世者の實踐とは違う性質を持ち、また、後にできた『沙石集』にも影響を與えていると思われる。(8) そういう點から見れば、この「文集百首」は日本精神史において大きな意味を持つと言えよう。

二　「閑居の氣味」について

周知のごとく、「閑居の氣味」という言葉は鴨長明『方丈記』の「魚は水にあかず。魚にあらざれば、其の心をしらず。鳥は林をねがふ。鳥にあらざれば、其心をしらず。閑居の氣味も、またかくのごとし。住ずして、誰かさとらむ」に見える表現であり、それは、隱遁者しか獲得できない心境である。また、「閑居の氣味」について新日本古典文學大系、佐竹昭廣校注『方丈記』の注に白居易の詩句「人間榮耀因緣淺　林下幽閑氣味深」が引用されていることが示すように、白居易の影響という側面も考えられよう。

長明が體得した「閑居の氣味」とは、「只、絲竹、花月を友とせん」、「しづかなるを望みとし、憂なきを樂しみと

す」るというものであるが、また一方で、「もし夜靜かなれば、窗の月に故人をしのび、猿の聲に袖をうるほす。くさむらの螢は、遠く槇のかがり火にまがひ、曉の雨はおのづから木の葉吹く嵐に似たり。山鳥のほろと鳴くを聞きても、父か母かとうたがひ、峯の鹿の近く馴れたるにつけても、世に遠ざかるほどを知る。或はまた埋み火をかきおこして、老いの寢覺めの友とす。おそろしき山ならねば、梟の聲をあはれむにつけても山中の景氣折につけて盡くる事なし」というものである。つまり、纖細で心が豊かな長明は「しづかなる」「憂なき」心でいるのを望みながら、山奥に入って遁世しても、窗の月や猿の聲に、心を動かさずにはおれなかった。さきほど擧げた俊成の歌、

世の中よ道こそなけれ思ひ入る山のおくにも鹿ぞ鳴くなる

もその心の表現と言え、また、目崎德衞氏は「西行の美意識が古代・中世の過渡段階にある」と論じるとき、西行の歌、

なにとなくすままほしくぞおもほゆる鹿あはれなる秋の山里　（西行法師家集・山家鹿・二五七）

さまざまのあはれありつる山里を人につたへて秋の暮れぬる　（山家集・雜・一五四七）

松かぜの音あはれなる山ざとにさびしさそふるひぐらしのこゑ　（山家集・九四〇）

を引用しているが、(9) これらも長明や俊成と似たような心のあり方を示している。

要するに、日本の隱遁者は世をすてて山に入っていても「もののあはれ」という心の持ち方は變わらない。それは、日本民族の精神構造においては、本質的なものとされ、そこには明確に一つの美意識と價値觀がある。前述した「山里」や「山家」が、「寂しさを全生命とする」こと、「美的鑑賞の對象になった」などは、こうした日本人の心の持ち方によって成り立ったのであり、日本における隱遁の特色を端的に示しているのである。

では、定家の「山家五首」と「閑居十首」はどうであろう。

「山家五首」の、

　人間榮耀因縁淺　林下幽閑氣味深

あらしおく田のもの葉草しげりつつ世のいとなみのほかや住うき　（五十九）

　山秋雲物冷

秋山の岩ほのまくらたづねてもゆるさぬ雲ぞ旅心ちする　（六十）

と、「閑居十首」の、

　但有雙松當砌下　更無一事到心中

わが宿の砌にたてる松の風それよりほかはうちもまぎれず　（六十六）

　深閉竹間扉　靜掃松下地　獨嘯晩風前　何人知此意

ゆふまぐれ竹の葉山にかくろへて獨やすらふ庭の松風　（七十二）

には、寂寥感がただよっている。また、「山家五首」に見える、

　從今便是家山月　試問清光知不知

知るや月宿しめそむる老らくの我山の端の影や幾夜と　（五十六）

　廬山雨夜草庵中

しづかなる山路の色の雨の夜に昔戀しき身のみふりつつ　（五十八）

という二首と、「閑居十首」にある、

　山林太寂寞　朝闕苦喧煩　唯茲郡閣内　囂靜得中間

足引の山路にはあらずつれづれと我身世にふるながめする里　（六十七）

では、老いゆく作者が物思いにふけっている姿が目の前に浮かぶように鮮明に描かれている。とくに「閑居十首」中の、

盡日坐復臥　不離一室中　中心本無繫　亦與出門同

あくがるる心ひとつぞさしこめぬ眞木の板戸のあけくるる空　（七十）

には、何かに引かれ、なにかを求めて外にあくがれ出ようとする搖れる氣持ちが見られ、句題とまったく違った心のあり方が認められる。

つまり、定家の「山家五首」と「閑居十首」に見られる「閑居の氣味」には、やはり心中のなにか奥深い情感が、もっとも大事なものとして表現されている。

だが、これらの歌と一緒に竝んでいる白詩は、必ずしも同じような内容ではない。白居易の詩に描かれた閑居生活は根本的に「心に事無し」や「中心　本より繫るもの無し」というような精神狀態を求める生き方であり、これは佛教と老莊思想の兩者を思想的根據にしているが、どちらかと言えば、老莊思想の影響がより大きいと考えられる。[10]要するに、「生」と「死」あるいは「地位」などの問題に對して、老莊思想は最初からその區別と價値を否定してしまい、それによって心の波瀾を靜め、「心に事無し」や「中心　本より繫るもの無し」の狀態を獲得して、現實を超克しようとしているのである。方法としては「無」に歸着する心構えで現實と出合う、と言うことができよう。

「文集百首」に採られた白居易詩にとどまらず、概して古代中國と日本の隱者について見れば、まさに、大曾根章介氏も指摘したように、「中國の隱者には、儒教や老莊の思想に根ざした思索的・倫理的なきびしさと、線の太さが感じられるが、日本の隱者には佛教的な無常感を基礎にした感覺的情緒的な美しさと、纖細さとさびしさがうかがえるのは、傳統と國民性の相違によるのであ[11]」るということであろう。

ところで、定家の「閑居十首」で白居易の中隱思想とかかわりがある歌については、まだ言及していないので、次にそれを考えてみよう。

三　定家の「閑居十首」と白居易の中隱思想

「中隱」についてこれまですでに何回も觸れたが、中國隱遁思想の全體の流れの中での位置づけについては、もうすこし述べる必要があるように思われる。

隱遁とは何か、ということについて佐藤正英氏は次のように考えている。「隱遁は、世俗を離脱することである。ひろくいって、中古のひとびとにとって、世俗は律令體制内世界を意味していたといっていいであろう。隱遁は、それ故、律令體制内世界を離脱することである。いいかえれば、律令體制の外にあるところの世界に出て行こうとすることである。」「律令體制の外にある世界は」「律令體制内世界の周邊に位置している邊境の世界である。」「邊境の世界は、あくまで現世の内にあり、現實世界の一部分であ」り、「俗世の持つ諸契機を何らかのかたちで持たざるを得ないであろう」し、「律令體制が内包しているところの有形無形の諸規制から全く自由な、それらと無縁な世界ではあり得ない。にもかかわらず、邊境世界は、ひとつの自立世界たり得ているのは、その背後に、律令體制内世界とは別個の、もうひとつの世界の存立が予感されているからである。」「その世界は、彼岸にあるところの原鄕世界である。」「彼岸の原鄕世界」は「現實内におけるさまざまな存在物がもっているような、客觀的實在性を持って」おらず、「あくまで、隱遁者みずからの觀念においてのみ存立するものである。(12)」

右に引用した言說は主に日本人の隱遁形態を論じているのと思われるが、中國と日本それぞれの隱遁のあり方を視野に收めて論じるものとして大曾根章介氏の「中國の隱者と日本の隱者」と小尾郊一氏の『中國の隱遁思想』が擧げられる。大曾根章介氏は「われわれの知っている隠者は、ある意味でその時代に名の聞こえた顯者であるが、中國では隱者がその毅然とした態度と高邁な見識により、爲政者から招聘を受ける賢者の風格があるのに對して、日本では政治とは無縁な宗教や、文學の世界に生きる信仰者や數奇者の趣が強い(13)」と指摘しており、小尾郊一氏は「隱遁は、むろん中國でも、世俗から逃避することである。しかし、中國における世俗とは官僚社會を指していて、日本で考える一般社會を意味しない。そもそも官僚社會は、君に出仕することを目標としている。つまり、中國の隱遁とは、自己の主義を守りとおすために、この出仕の場から逃避したり、それを無視することである。日本でいう世捨て人とはおのずから異なっている(14)」と言っている。日中の對比という視座による大曾根・小尾兩氏の指摘は、日中それぞれの隱遁について本質をついていると思われるが、「毅然とした態度」や「出仕の場から逃避したり、それを無視することである」というのは、主に魏晉以前の中國の隱遁者である(15)。魏晉以降、出處同歸を旨とする「朝隱」（身は朝廷に仕えるが、心は隱者のごときである）「吏隱」（官吏でありながら隱者のような心の持ち方でいる）という隱遁思想が發展するが、それはいずれも出仕することが前提となっている(16)。特に唐代に入ってから、後者は隱遁の主たる形態となっていた。葛曉音氏が指摘しているように、盛唐時代は、社會の安定と經濟の發展につれて官僚たちの生活も豊かになり、王維のように、「別業」（山林や田園も含む別荘）を營み、官僚でありながら山水田園の風光を樂しむという「亦官亦隱」の生活様式が當時の人々の理想となったのである(17)。

白居易は、そうした生活様式を受け繼ぎながら、さらに「中」の意義を強調し、官僚であることと閑居とを同時に尊び愛する立場から「吏隱」の一つのパターンとして「中隱」という概念を打ち出した。第一章第二節ですでに引用した「中隱」と題する白詩（巻五十二、二二七七）に、その思想の内容が明確に説明されている。

大隱住朝市　小隱入丘樊　　大隱は朝市に住み、小隱は丘樊に入る。

丘樊太冷落　朝市太囂喧　　丘樊は太だ冷落たり、朝市は太だ囂喧たり。
不如爲中隱　隱在留司官　　中隱たるに如かず、隱して留司の官に在り。
似出復似處　非忙亦非閑　　出づにも似る復た處るにも似る、忙に非らず亦た閑にも非らず。
……

白居易の中隱思想に對して冷成金氏は「實際に隱逸とはいえず、ただ隱逸の名を借りて自分にとって安樂な生活を求めているにすぎない」「中隱は孔子のように世の中のことを積極的に考えるという精神を失っているし、林泉の隱が持つ批判的精神も見えず、朝隱のような廣い心もない。ただ高くもなく低くもない官位をもらってそれなりの俸祿をもらい、贅澤ではないけれども貧しいというほどでもない暮らしをねらっているだけのことであり、隱逸の傳統はこれでほとんど俗人の處世法になってしまうのである」[18]と嚴しい批判をしているが、中國民族の精神史という廣い視野から見れば、隱遁者が「丘樊」から官僚社會に戻ってくるのは、思想の成熟をも意味しており、現實に生きることと自己の主義を守ることとの兩方を成り立たせようとする行動とも考えられよう。白居易が主張する「出づるに似、復た處るにも似る。忙に非らず亦た閑にも非らず」というのは、この世に生を享する人間の合理的な考えと言え、隱遁思想を「朝市」や「丘樊」に住む少數の人の思想から、より多くの知識人の人生哲學へ變化させたという、生產的な面も認められよう[19]。

實は日本において見られる白居易の中隱思想の影響は「文集百首」にはじまったことではない。はやくも平安中期の慶滋保胤にすでに顯著に見られるのであり[20]、家永三郎氏は日本人の隱遁思想を論じる際に、『濱松中納言物語』の文章「佛聖といひながら、生ける世のほどは身を捨てぬわざなりければ、あまり木深く閉ぢこもりたる山の末を弟子どもなどはつきなく心細げに思ひたるに」を例に擧げるほか、注において「『進不趨要路、退不入深山。深山大濩落、要路多險艱。不如家池上、樂逸無憂患』と云った白居易が特にわが國で歡迎された理由の一もここにあらう」とも指摘している。[21] また、京都國立博物館の特別展覽會「王朝の佛畫と儀禮——善をつくし 美をつくす——」（一九九八年十月二十日〜十一月二十三日）の第七十九番の展示品に、十一世紀の制作と見られる「山水屏風」があり、「ひろびろとした水景を背後に山中の隱士を貴公子が訪ねる樣子を詩情ゆたかに描いている。當時人氣のあった白樂天らしい」[22]とされている。これは日本における白居易像として隱者のイメージが強かったことを物語っているのであり、「文集百首」を生んだ文化的土壤をも示している。

ところで、慶滋保胤の場合は、結局、ひたすら佛教を信仰して「中隱」の選擇は捨てられてしまった。その後、本當に思想として深く受け入れられるのは、本「文集百首」になってからのことと思われるが、題の選擇は主に慈圓の思想を反映しているのであり、定家と中隱思想とのかかわりについては本章の第二節で行った基礎研究に基づいて次のようにまとめておきたい。

「文集百首」の「閑居十首」において、白居易の中隱思想と深く關わっている漢詩題として「山林太寂寞、朝闕苦喧煩。唯茲郡閤內、囂靜得中間」（六十七）、「偶得幽閑境、遂忘塵俗心。始知眞隱者、不必在山林」（六十八）、「心足卽爲富、身閑乃當貴。富貴在此中、何必居高位」（七十四）という三題が擧げられるが、定家がそれを踏まえて詠んだ歌は次のようになっている。

山林太寂寞、朝闕苦喧煩。唯茲郡閤內、囂靜得中間。
足引の山路にはあらずつれづれと我身世にふるながめする里
偶得幽閑境、遂忘塵俗心。始知眞隱者、不必在山林。
つま木こる宿ともなしに住みはつるおのが心ぞ身をかくしける

心足卽爲富、身閑乃當貴。富貴在此中、何必居高位。

なげかれず思ふ心にそむかねば宮も藁屋もおのがさまざま

これらの歌について第二節において指摘したように、「足引の」の歌は、小野小町の歌、

花の色は移りにけりないたづらに我が身世にふるながめせしまに (古今集・春下・一一三・小町)

を本歌として詠んだものと思われ、「無聊に老いゆく自分を見て物思いにふけっている」と詠嘆しており、表現といい、心情といい、まったく日本的なものである。そこで、漢詩題に主張している精神、つまり山の中でもなく朝廷でもない「郡閣」というところで暮らすという「中隱」の生活態度とは違う性質のものとなっているのである。「つま木こる」の歌は、「身をかくしける」のが、「つま木こる宿」ではなく、自分自身の心そのものなのであると言っている。それは、白詩の題をふまえて詠出されたものであり、和歌にしては新しい趣向と言えよう。「なげかれず」の歌は、題に言う、本當に富貴であるかどうかは「心」の置かれている狀態によって決まるのであり、形式的に「居高位」にあるのではないという考え方を吸收しているように考えられ、この點は、また、「閑居十首」の六首目の歌、

進不厭朝市 退不戀人寰

里ちかきすみかをわきてしたはねど仕る道をいとふともなし (七十二)

に通じているところがあるように思われる。つまり「宮」とか「仕る道」にも、「藁屋」にも拘らず、「なげかれず」の心でいるということであろう。定家がこの思想を實踐したかどうは別として、すくなくとも觀念においては、「文集百首」の題が提示した「不厭」「不戀」の思想を受けていると言えよう。

總じて言えば、定家の歌において、中隱思想を吸收しているものもあれば、そうした內容の句題と違った心のあり方が認められるものもある。ただ、「山家五首」と「閑居十首」の全體から見れば、右に述べた「不厭」「不戀」の思

想よりも、「もののあはれ」というものがはるかに強く感じられ、感動のかなめは、「閑居の氣味」の底邊にあるように思われる。また、中隱思想を吸收したものにしても、主に「おのが心ぞ身をかくしける」というように、心のあり方が大事であるという點に限られており、白居易が重視した「中」の具體的な意義には無頓着なようである。

四　結び

これまで白居易の詩と定家の歌に即して中國と日本それぞれの文學表現に現れている隱遁者のあり方を考察してきた。文學表現の根底には、つねに民族的・思想的な慣習が潛んでいる。中國文學と日本文學において隱遁思想がそれぞれどのように具象化され、どのような表現を媒介として傳わっているかについての考察は、文學の表現に關する研究にとどまらず、兩國の人々の感性・價値觀・美意識などの相違點を析出できるので、兩國の人々の精神構造を見ていく上で大きな意義があると言えよう。

日本の中世の隱遁者といえば、西行や長明・兼好などの名はすぐに頭に浮かび、定家は必ずしもその典型として考えられていない。しかし、隱遁思想とは古代の中國人と日本人にとって自己の存在が世の中という現實とどう關わっていくべきかについての深い思考であり、多くの人々はそれに關心を持ち續けてきた。白居易と定家それぞれの考えは、中國と日本における隱遁思想の全體像の一部をなしているのであり、定家の思想はとくに古代日本人における白居易の中隱思想の受容を考察する上で大いに參考になるであろう。

注

（1）　長谷完治「文集百首の研究・下」。

（2）家永三郎『日本思想史における宗教的自然観の展開』六一頁。
（3）目崎徳衛『西行の思想史的研究』一四〇頁。
（4）同前、一四一頁。
（5）小島孝之「『山里』の系譜」。
（6）注（2）所掲家永論文六一、六四頁。
（7）注（3）所掲目崎著書一三六、一三九頁。
（8）『沙石集』における白居易受容について西村聡氏の「無住の白居易」は詳細に論じているが、その受容例のうち、「文集百首」の引用と重なっているものがあり、その受容の仕方は「文集百首」に相似するところが認められる。第一章第三節を參照。
（9）注（3）所掲目崎著書一三八頁。
（10）本章の第三節を參照。
（11）大曾根章介「中國の隱者と日本の隱者」。
（12）佐藤正英『隱遁の思想――西行をめぐって――』第一章「俗世からの離脱」に據る。
（13）注（11）所掲論文所收。
（14）小尾郊一『中國の隱遁思想』「はじめに」に據る。
（15）葛曉音氏は「東晉玄學自然觀向山水審美觀的轉化――兼論支遁注『逍遙遊』新義」において「孔子は、つとにこう言っている。「邦に道有れば、則ち仕ふ。邦に道無くば、則ち巻きて之を懐むべし」（衛靈公篇）と。「孟子もまたこれをさらに進めて、『達すれば則ち兼ねて天下を濟ひ、窮すれば則ち獨り其の身を善す』という考えを出している。魏晉以前、少なくからぬ隱者が孔孟のこうした思想に基づいて山林に隱遁した。」「富貴を得られなければ世の中から退いて自己一身の善につとめる、そして冷たくいつわりに滿ちた世俗を見下して、純粋素朴な儒家の思想を追求するのである」（孔子早就說過：「邦有道，則仕。邦無道，則可卷而懷之。」「孟子又進而提出了『達則兼濟天下，窮則獨善其身』魏晉以前，不少隱士都是本着孔孟的這種思想遁迹山林的。」「不得富貴便卷懷獨善，以及蔑棄澆僞世俗，追求風俗淳朴的儒家觀念」）」と指摘している。なお、

『孟子』盡心上には、「窮則獨善其身、達則兼善天下」とある。『風俗通義』十反第五にこれを言い變えて、「孟軻亦以爲達則兼濟天下、窮則獨善其身」としている。

（16）赤井益久「中唐における「吏隱」について」、西村富美子「中唐詩人の隱逸思想——白居易の吏隱・眞隱——」、冷成金『隱士與解脱』第三章「朝隱與解脱」。

（17）葛曉音「盛唐田園詩和文人的隱居方式」。

（18）注（16）所掲冷成金著書一一七頁、六頁。

（19）以前發表した拙文「『文集百首』の漢詩題と白居易の閑適詩」では冷成金氏の批判を支持したが、下定雅弘『白氏文集を讀む』中編第二章「白居易の『獨善』（上）」、第三章「白居易の『獨善』（下）」に據り、中隱思想についての評價を改めたい。

（20）第一章第二節を參照。

（21）注（2）所掲著書五八頁。引用の白詩は「閑題家池、寄王屋張道士」（卷六十九、三五三四）を出典とする。ただし、家永氏は『濱松中納言物語』の引用のすぐあとに「あまり山深い處は避けたいと云ふ妥協的な結著」は「支那風の隱遁思想や佛敎流の山林修行と異る日本的な『山里』の重要な特色を成すものであ」ると言い、白居易の考え方を中國における隱遁思想の特別の例として見ているようであるが、それには贊成しがたい。

（22）當展覽會總目錄の解說に據る。展示品の「山水屛風」は六曲一隻、絹本著色。京都國立博物館所藏。

第五章　「文集百首」にみえる佛教思想

第一節　「無常十首」について

親愛自零落　存者仍別離

八十六　武蔵野の草葉の露もおきとめず過る月日ぞ長別路

歌の意味

あたかも武蔵野の草葉の露のように、はかない命よ。過ぎゆく月日が長き別れの道なのであろうか。

原據詩

白髪

白髪知時節　暗與我有期
今朝日陽裏　梳落數莖絲
家人不慣見　憫默爲我悲
我云何足怪　此意爾不知

白髪

白髪時節を知り、暗に我と期する有り。
今朝日陽の裏、數莖の絲を梳落す。
家人見るに慣れず、憫默して我が爲に悲しむ。
我云ふ何ぞ怪しむに足らん、此の意爾知らず。

凡人年三十　外壯中已衰　　凡そ人年三十なれば、外壯なるも中已に衰ふ。
但思寢食味　已滅二十時　　但だ寢食の味を思ふに、已に二十の時に減れり。
況我今四十　本來形貌羸　　況んや我今四十、本來形貌羸る。
書魔昏兩眼　酒病沈四肢　　書魔兩眼を昏じ、酒病四肢を沈む。
親愛日零落　在者仍別離　　親愛日に零落し、在る者も仍ほ別離す。
身心久如此　白髮生已遲　　身心久しく此くの如し、白髮生ずること已に遲し。
由來生老死　三病長相隨　　由來生老死、三病長く相隨ふ。
除却無生念　人間無藥治　　無生の念を除却すれば、人間に藥治無し。（巻九、〇四二四、四十歳の作）

歌の分析

元和六年は白居易にとって不幸な一年であった。母親の陳夫人がこの年の四月に世を去り、まもなく、愛娘の金鑾子も幼くして死んだのである。九十七、九十八番の歌題の原據詩「自覺二首　二」も元和六年に作られたものであるが、その中に「朝に心の愛する所を哭し、暮に心の親む所を哭す。親愛、零落し盡す、安んぞ用て身の獨り存するや（朝哭心所愛、暮哭心所親。親愛零落盡、安用身獨存）」といった詩句がある。ここの「親」「愛」と當該歌の題の「親愛」とはおおむね同じ意味で、主として白居易の母親と娘を指していると考えられる。しかし、このように解釋するのは白居易の經歷を參考にしたことからくるものであり、「親愛」という語に本來含まれる内容はもちろんもっと廣範なものである。

久保田淳氏は「紫のひともとゆへに武藏野の草はみながらあはれとぞ見る」（古今・雜上・八六七・讀人不知）を當該歌の本歌とし、當該歌の大意を「武藏野の草、ムラサキの葉の露も置いたまま留まっていない。月日が過ぎれば、兄弟姉妹とも永久に別れなければならない」と解釋しているが、當該歌の「武藏野の草葉の露」の意味するところは「兄弟姉妹」にとどまらず、戀する人および友人等も含まれる、と考えられるのではないかと思う。

秋風の吹きと吹きぬる武藏野はなべて草葉の色かはりけり　（古今集・戀五・八二一・讀人しらず）

あはれてふ事の葉ごとにをく露は昔を戀ふる涙なりけり　（古今集・雜下・九四〇・讀み人しらず）

右の二例によれば、早くも『古今集』時代に、武藏野の草葉あるいは「葉ごとにをく露」がすでに戀愛心理を描く素材として用いられていることがわかる。すこし後の『拾遺集』にも次のような歌が見える。

十月許に物へまかりける人に

露にだにあてじと思し人しもぞ時雨降る頃旅に行きける　（拾遺集・別・三一〇・忠見）

ここにも「露」で「大事な人」を代表させている。したがって、當該歌の「武藏野の草葉の露」の指すところはもっと廣いものと理解してよく、漢詩題中の「親愛」「存る者」と基本的には同じであろう。

「武藏野の草葉の露」の意味とイメージに關しては、次の歌が參考になる。

草の葉におかぬばかりの露の身はいつその數にいらむとす覽　（後拾遺集・雜三・一〇一一・定頼）

暮るるまも待つべき世かはあだし野の末葉の露に嵐たつ也　（新古今集・雜下・一八四七・式子內親王）

風早みおぎの葉ごとにをく露のをくれ先立つほどのはかなさ　（新古今集・雜下・一八四九・具平親王）

武藏野やゆけども秋のはてぞなきいかなる風か末にふくらん　（新古今集・秋上・三七八・通光）

右の歌に示されたように『後拾遺集』『新古今集』の時代になると、「草葉の露」のイメージは『古今集』に比べて無常の色彩がいっそう濃くなり、「をく露」という一般的な表現もほとんどが「おかぬばかりの露」あるいは「末葉の露」といったものに變わり、「をく露」より、はかなさがさらに強調しているのである。また、「武藏野」の意味も

『古今集』の歌と比べると變化が見られ、寂寞・荒涼の雰圍氣が濃厚になってくる。當該歌の「武藏野の草葉の露もおきとめず」は、この時代の心理を反映したものであり、漢詩題の「親愛日に零落し、存る者も仍ほ別離する」が表す無常感の嘆きと互いに裏付け合い、引き立て合っている。

當該歌の下の句に關して言うと、まず「過る月日」は「親愛自ら零落し」の「日に」を意識して詠んでいると思われ、「長別路」は明らかに「存る者も仍ほ別離す」の「別離」と呼應しているものである。下の句の意味については、「月日が過ぎれば、兄弟姉妹とも永久に別れなければならない」と久保田淳氏は解釋しているが、それはあたりまえに過ぎるのではないかと思われる。當該歌はそのように平坦ではなく、もっと象徴性を持ち、つまり、「過る月日」は「長別路」を象徵し、日に日に流れ去る時間の長河がとても長い「長別路」のようなものであると言っているのであろう。そうすると、歌全體から見ると、上句と下句は鮮明な對比を成しており、上句は命の「はかなさ」を強調し、下句は「別離」の「長き」ことを際立たせている。

物思と過ぐる月日も知らぬ間に今年は今日に果てぬとか聞く （後撰集・冬・五〇六・敦忠）

あぢきなく過ぐる月日ぞ恨めしきあひ見し程をへだつと思へば （金葉集・戀い・四八七・輔弘女）

のこる松かはる木ぐさの色ならですぐる月日もしらぬやど哉 （拾遺愚草・一六七三）

さくら色の袖もひとへにかはるまでうつりにけりなすぐる月日は （拾遺愚草・一六八九）

右に擧げた數例に出てくる「すぐる月日」と同じように、當該歌の「過る月日」は、「過ぎている月日」と理解し、「月日が過ぎれば」というように言葉の順序を簡單に變えられないのであろう。

詩歌の表現効果から見ると、漢詩題の「親愛自ら零落し、存る者も仍ほ別離す」は、當該歌と比べて敍述の感じが強いが、「武藏野の草葉の露もおきとめず過る月日ぞ長別路」は、「草葉」や「露」といった具體的なイメージを有するとともに、廣びろとした視野、果てしなく寂寞荒涼とした原野をイメージさせ、無常感の氣分をいっそうかき立てる効果をもたらしているのである。

逝者不重迴　存者難久留

八十七　かへらぬもとまりがたきも世の中は水ゆく川に落つる紅葉ば

歌の意味

行って歸らぬ者も、とどまりつづけられなくて去る者もある。そういう世の中はちょうど流れる川に落ちる紅葉の葉のようなものだ。

原據詩

效陶潛體詩十六首　幷序（十二）　陶潛の體に效ふ詩十六首　幷に序

煙雲隔玄圃　風波限瀛洲　煙雲　玄圃を隔て、風波　瀛洲を限る。
我豈不欲往　大海路阻脩　我豈に往くを欲せざらんや、大海路阻って脩し。
神仙但聞說　靈藥不可求　神仙は但だ說のみを聞き、靈藥は求む可からず。
長生無得者　擧世如蜉蝣　長生は得る者無し、世を擧げて蜉蝣の如し。
逝者不重迴　存者難久留　逝く者は重ねて迴らず、存する者は久しく留まり難し。
踟蹰未死間　何苦懷百憂　踟蹰して未だ死せざる間、何を苦んで百憂を懷く。

念此忽内熱　坐看成白頭　此を念うて忽ち内熱し、坐ながら白頭と成るを看る。
擧盃還獨飲　顧影自獻酬　盃を擧げて還た獨り飲み、影を顧みて自ら獻酬す。
心與口相約　未醉勿言休　心　口と相約す、未だ醉はざるに休めよと言ふ勿れと。
今朝不盡醉　知有明朝不　今朝醉を盡さず、知らず明朝有りやいなや。
不見郭門外　累累墳與丘　見ずや郭門の外、累累たる墳と丘と。
月明愁殺人　黃蒿風颼颼　月明　人を愁殺す、黃蒿　風颼颼たり。
死者若有知　悔不秉燭遊　死者若し知る有らば、燭を秉つて遊ばざりしを悔いん。

（巻五、〇二二三、四十二歳の作）

歌の分析

時間と川と生命は、すばやく逝ってしまうばかりで、一旦すぎ去ったら、歸ってくることはないという點で同じであるから、互いに比喩として表現されることが多い。すでに第二章第三節で分析したように、『論語』「子罕」に見える「子　川の上に在りて曰く、逝く者はかくの如きか、晝夜をおかず、と」は、ことに六朝以來その方向で理解されていた。中國においても日本においても、そうした感慨はよく文學作品に表れている。定家とほぼ同じ時代を生きていた鴨長明の『方丈記』の書き出し「行く川のながれは絶えずして、しかも本の水にあらず。よどみにうかぶうたかたは、かつ消えかつ結びて、久しくとまる事なし。世の中にある人と栖と、又かくのごとし」は、日本人なら誰でも知っているものである。

當該歌およびその漢詩題は日中におけるそうした表現の傳統をすぐに思い出させるものである。「かへらぬもとまりがたきも世の中は水ゆく川」までの部分は、表現と内容の兩方とも『方丈記』の書き出しに酷似し、兩者の人生や社會に對する共通の認識が示されているといえよう。また、「かへらぬもとまりがたきも」は、題の「不重迴」「難久留」と呼應していることは、一目瞭然である。ただ、原據詩の中の「逝く者は重ねて迴らず、存する者は久しく留まり難し」は、主に「死」のことを意味しており、そこには、その反面である「生」への戀慕が表れている。つまり死を思うゆえに、短い生の充實、歡樂を願うといった氣持ちが「逝く者は重ねて迴らず、存する者は久しく留まり難し」という詠嘆の背後に存在するのである。原據詩の「何を苦んで百憂を懷く」「死者若し知る有らば、燭を秉って遊ばざりしを悔いん」とあわせて考えれば、白居易の生命觀というべきものが一層はっきりする。(1)「述懷」のところにすでに述べたことだが、「時に及んで行樂す」(及時行樂)るのが、人生のはかなさを自覺した古代の中國人の典型的な對應の仕方といえる。

當該歌においては、「かへらぬもとまりがたきも」の延長線上には、もちろん「死」のことがあるが、「世の中」を用いることによって「かへらぬ」と「とまりがたき」の包容するものは原據詩よりずっと豐富になり、命そのもののみならず、すべてははかなくむなしいものだと詠嘆しているのである。

當該歌では、はかない人生をどうして過ごせばよいかまでは言っていないが、中國人の「燭を秉って遊」ぶというのに對して、むろん日本人なりの對應はある。日本人の無常觀との關わり方の一つとしては「飛花落葉」の文學が考えられよう。この飛花落葉の文學における「紅葉」の位相については、すでに「秋十五首」において述べたので、ここでは主に「散る紅葉と川」をめぐって考えてみたい。

古くから「散る紅葉」に「川」を結びつけて歌を詠む傳統があり、

龍田河紅葉亂れて流めり渡らば錦中やたえなむ　(古今集・秋下・二八三・よみ人しらず)

もみぢ葉のながれてとまるみなとには紅深き浪やたつらむ　(古今集・秋下・二九三・素性)

もみぢ葉のながれざりせばたつた河水の秋をばたれか知らまし　（古今集・秋下・三〇二・是則）
深山よりおちくる水の色見てぞ秋はかぎりと思しりぬる　（古今集・秋下・三一〇・興風）
年ごとにもみぢ葉ながすたつた河みなとや秋のとまりなる覽　（古今集・秋下・三一一・貫之）

といった歌がその例といえる。川の水面を覆っている紅葉をまばゆい錦と見立てたり、散って落ちた紅葉の色に染まって川面が「紅深き浪やたつ」ように見えたりして、川を流れる紅葉が秋の特有な景色として歌われている。この題材は後の歌人にも傳承され、新古今時代になると、特に「紅葉浮水」の題が好まれたようである。

後冷泉院御時、上のをのこども大堰河にまかりて、紅葉浮水といへる心をよみ侍りけるに
いかだしよ待てこととはん水上はいかばかりふく山のあらしぞ　（新古今集・冬・五五四・經信）
高瀬舟しぶくばかりにもみぢ葉の流れてくだる大井河かな　（新古今集・冬・五五六・家經）

などの歌があげられる。

また、「とまるみなと」や「たつた河みなとや秋のとまり」などの表現と似ている、川の縁語「しがらみ」も用いられ、次のような情趣が詠まれている。

山河に風のかけたるしがらみはながれもあへぬもみぢなりけり　（古今集・秋下・三〇三・列樹）
ちりかかる紅葉ながれぬ大井河いづれ井堰の水のしがらみ　（新古今集・冬・五五五・經信）

しかし、定家の紅葉を詠じる歌には從來の發想が受け入れられつつも獨特な傾向が感じられる。

せきとめてしばしも見ばや紅葉ちる秋をさそひておつる山水　（三十一字歌・三一二九）
うく紅葉玉ちるせぜの色そめて戸無瀬の瀧に秋もとまらず　（十三首歌・三一九七）

「紅葉ちる秋をさそひておつる山水」を「せきとめてしばしも見」たいが、「秋もとまらず」と、さっぱりと言い切っ

ており、從來の「とまる」より新鮮な感じがする。
また、

秋風にあへずちりぬるもみぢばの行ゑさだめぬ我ぞかなしき　（古今集・秋下・二八六・よみ人しらず）

もみぢ葉を風にまかせて見るよりもはかなき物は命なりけり　（古今集・哀傷・八五九・千里）

とあるように、古今集にも「もみぢ葉」を見て悲しむという表現が見られるが、それは「もみぢ葉」をめぐる歌の主旋律にはなっていないと思われる。(2) しかし、定家はその點を大いに發揮し、

おちつもる木葉はらはぬ紅はさびしかるまじき色ぞと思へど　（三十一字歌・三一二三）

不堪紅葉青苔地　又是涼風暮雨天

苔むしろもみぢ吹きしく夕時雨心もたえぬ長月の暮　（文集百首・秋・三十八）

蒼苔黄葉地　日暮旋風多

秋風は紅葉を苔に吹しけどいかなる色と物ぞかなしき　（文集百首・舊里・六十二）

などの歌を詠んでいる。そこにも示されているように定家が「もみぢ葉」をかなしいものとして感じることの根底には、強い漢詩の影響があると考えられる。

そして當該歌の「水ゆく川に落つる紅葉ば」についてであるが、「川」と「落つる紅葉ば」を一緒に詠み込んでいる點では從來の詠じ方と變わらないとはいえ、その川は、よく知られている、錦のように紅葉が一面に浮いている「龍田河」ではなく、「かへらぬ」や「とまりがたき」のはかなさを訴えている川となっている。その無情に流れていく川に「落つる紅葉ば」は、和歌傳統にあった溢れるほど豊かな情趣をもたらした「紅葉浮水」のイメージとうって變わって、まさに無常そのものの具象であり、なんと心細い「紅葉」であろう。これこそ「世の中」というものであ

ると、定家は言っているのである。

つまり定家は漢詩題「逝く者は重ねて脛らず、存する者は久しく留まり難し」に觸發されて、流れる紅葉としがらみにとどまる紅葉の情景を思い浮かべ、秋を彩る美の素材を用いながら、無常を詠嘆する方向に轉じさせたわけであり、そこに定家の新しさ、獨自性が發揮されているのである。

八十八　見しはみな夢のただちにまがひつつむかしは遠く人はかへらず

往事渺茫都似夢　舊遊零落半歸泉

歌の意味

かつて見たことは、みな夢なのか。昔は夢のように遠くなり、逝った人は、再び帰ってこない。

原據詩

十年三月三十日別微之於灃上、十四年三月十一日遇微之於峡中。停舟夷陵、三宿而別。言不盡者以詩終之……。

十年三月三十日、微之に灃上に別れ、十四年三月十一日、微之に峡中に遇ひ、舟を夷陵に停め、三宿して別る。言の盡さざるは、詩を以て之を終へんとす……。

灃水店頭春盡日　送君上馬謫通川

灃水の店頭春盡くる日、君が馬に上りて通川に謫せらるるを送る。

夷陵峡口明月夜　此處逢君是偶然

夷陵峡口明月の夜、此處に君に逢ふ是れ偶然。

一別五年方見面　相攜三宿未廻船

一別五年方て面を見、相攜へて三宿未だ船を廻さず。

坐從日暮唯長歎　語到天明竟未眠　　坐して日暮從り唯長歎し、語りて天明に到りて竟に未だ眠らず。
齒髮蹉跎將五十　關河迢遞過三千　　齒髮蹉跎して將に五十ならんとす、關河迢遞三千に過ぐ。
生涯共寄滄江上　鄕國倶抛白日邊　　生涯共に寄す滄江の上、鄕國倶に抛つ白日の邊。
往事渺茫都似夢　舊遊零落半歸泉　　往事渺茫として都て夢に似たり、舊遊零落して半ば泉に歸す。
醉悲灑淚春杯裏　吟苦支頤曉燭前　　醉悲して淚を灑ぐ春杯の裏、吟苦みて頤を支ふ曉燭の前。
莫問龍鐘惡官職　且聽清脆好詩篇　　問ふ莫れ龍鐘惡官職、且く聽く清脆の好詩篇。
……
君還秦地辭炎徼　我向忠州入瘴煙　　君は秦地に還りて炎徼を辭し、我は忠州に向ひて瘴煙に入る。
未死會應相見在　又知何地復何年　　未だ死せずんば會ず應に相見ること在るべし、又知らんや何の地に復た何の年なるを。　（巻十七、一一〇七、四十八歳の作）

歌の分析

漢詩題の「往事渺茫として都て夢に似たり、舊遊零落して半ば泉に歸す」は、日本人にたいへん好まれた詩句であり、平安中期以後、とくに中世日本文學においては廣く享受されている漢詩の句と見受けられる。『千載佳句』巻上人事部「感嘆」と『和漢朗詠集』巻下雜「懷舊」それぞれに採られているのみならず、定家と慈圓の本「文集百首」のほか、土御門院にも「往事渺茫都て夢に似たり」を題とする「むなしくてみそぢの夢はすぐしきぬ老の寐覺も今よりやせん」という歌が見られる。また、『古今著聞集』巻十三、哀傷第二十一には「敦光朝臣、江帥の舊宅をすぐとて、「往事渺茫共誰語、閑庭唯有不言花」と作りたりける、いとあはれにこそ侍れ。後京極殿、詩の十體を撰ばせ給けるに、此詩をば幽玄の部に入させ給たりける」とあり(3)、謠曲の「船橋」には「往事渺茫として何事も見殘す夢の浮

いる。(4)

橋に」、「歌占」には「往事を思へば舊遊皆亡ず。指を折って故人を數ふれば親疎多くかくれぬ。時移り事去って今なんぞ渺茫たらんや人留まりわれ往く。誰か又常ならん」と白居易のこの二句を吸收したものが見られ、「松山鏡」と

「善知鳥」では、それぞれ「往事渺茫としてすべて夢に似たり、舊友零落してなかば泉に歸す」をそのまま引用している。

定家の場合、佐藤恆雄氏の指摘した通り、『明月記』には「舊遊の零落悲しむべし」（安貞元年三月十八日の條）、「互に懷舊の思ひを陳べて、涙に袖を濕ほす。往事渺茫、徐ろに肝膽を催く」（安貞元年十月十一日の條）、「三十餘年を經て之を見、舊遊零落、老後の涙を灑ぐ」（天福元年三月三日の條）などの表現が見られ、「これらはいずれも、「往事渺茫都似夢、舊遊零落半歸泉」の對句を根底にもちながらも、ほとんどその詩句から離れ成句化した詩的言語として、定家は用いている」と考えられる。(5)

これまでに擧げた例から見れば、「舊遊零落して半ば泉に歸す」に比べて「往事渺茫として都て夢に似たり」のほうが、より日本人に好まれていると考えられる。これは、白詩自體がすばらしい表現である故もあり、また日本文學において「夢」をめぐる表現が重要な位置を占めていることが受け入れ側の要素として見逃せないことであろう。

八十八番の歌は「縱導人生都是夢、夢中歡笑亦勝愁」を踏まえて、「おほかたの憂き世に長き夢のうちも戀しき人を見てはたのまじ」といった戀の歌を詠んでいるが、それは、和歌において「夢」という表現は戀の氣持ちを表している傳統を受け繼いでいる着想である。當該歌の「夢のただち」も、「夢の通ひぢ」や「夢路」などの表現と同じように、戀する人が夢の中でやってくる時に通う路の意で用いられる。たとえば

戀ひわびてうち寢るなかに行かよふ夢の直路はうつつならなむ　（古今集・戀二・五五八・敏行）

ゆきやらぬ夢地にまどふ袂には天つ空なき露ぞ置きける　（後撰集・戀一・五五九・よみ人しらず）

戀ひて寢る夢地にかよふたましひの馴るるかひなくうとき君哉　（後撰集・戀四・八六八・よみ人しらず）

わが戀は夢路にのみぞなぐさむるつれなき人もあふとみゆれば　（詞花集・戀上・一九三・伊家）

などの歌はその例である。

しかし、和歌史の發展に沿って見ていけば、佛教思想の深い浸透につれて「夢」や「夢路」の意味合いも佛教味を帶びるようになり、佛の教えを悟らない無知な人生の比喩ともなった。

うたたねはをぎ吹く風におどろけど長き夢路ぞさむる時なき　（新古今集・雜下・一八〇四・崇德院御歌）

という歌は典型的な例であろう。さらに、とくに戀や佛教の內容ではなく、夢の中で故郷や戀人の家に通じる路を思う旅人の氣持ちを表している「夢路」も見られ、

衣うつね山の庵のしばしばもしらぬ夢路にむすぶ手枕　（新古今集・秋下・四七七・公經）

たびねする夢ぢはたえぬ須磨の關かよふ千鳥の曉のこゑ　（拾遺愚草・大輔百首・冬・二四三）

という二首はその例と言えよう。

しかし、當該歌における「夢のただち」は、右に擧げた用例にはいずれも當てはまらない感じである。ここの「夢」は、前と後ろ兩方の言葉にかかっており、「見しはみな夢」と「夢のただちにまがひつつ」との二つの文脈が考えられる。また、「夢のただちにまがひつつ」は、明らかに題の「渺茫」や「似夢」を日本語に言い直しているものであり、「見し」は「夢」の緣語として戀歌によく見られる歌語であるが、そのすぐ後に「みな」という語が續いており、題にも「都」という語があるので、ここの「見しは」は一般的なことを指し、漢詩題の「往事」とほぼ同じ意味と理解してよかろう。そこで、當該歌の「夢のただちにまが」ふとは、つかみどころがなく、渺茫とした狀態の比喩であるが、文脈的に後ろの「遠く」と「むかしは」という主語を共有している。下の句の「人はかへらず」は、疑

いなく「舊遊零落して半ば泉に歸す」を踏まえているが、「むかしは遠く」は、また「往事渺茫」の翻案であるので、定家がこの詩句を如何に好んでいるかがわかる。一首の全體から確かにむなしさが感じられ、それを無常感と言ってもよいかもしれないが、さきほど擧げた崇德院御歌ほど佛教思想がはっきりするものではなかろう。

當該歌に見られる「夢のただちにまがひつつ」の特徵は、漢詩題に直接影響されていることはすでに述べたが、逆に言えば、題における「夢」の意味合いには、日本文學の傳統にある「夢」のはたらきとは異なる部分があり、『白氏文集』の受容に際して日本的に理解されていることが認められる。『說文』に「夢、不明也」とあり、その段玉裁の注に「夢之本義、爲不明」とあるように、もともと「夢」は「不明」の意味である。當該歌の題における「夢」も「不明」という本來の意味で用いられているものである。題となっている二句は、本來、惜別の氣持ちを表現する際、懷舊の氣分も述べ、文人の間の深い友情を大切にしているところに重點があり、無常感が全然含まれていないとは言えないまでも、それほど強いものではなかろう。『白氏文集』には、また「微之到通州日……緬思往事、杳若夢中。懷舊感今、因酬長句」（〇八五三）と題する詩があり[6]、題中の「杳若夢中」と、その詩中の「十五年前似夢遊」は、いずれも往事が遠くなってそのイメージが腦裏にはっきり浮かんでこないということを「夢」に喩え、當該歌の題と似たような用法である。

『千載佳句』においては、「釋氏部」という佛教關係の分類があるにもかかわらず、この題の二句は佛教思想の觀點によるものではない「人事部」の「感嘆」という項目に配屬されている。また、『和漢朗詠集』でも、「無常」という分類が見られるにもかかわらず、二句は「懷舊」の項目に收錄されている。こうした配屬の仕方は、兩者の編者が原據詩における二句の本來の意味に沿って理解していることを示していよう。本「文集百首」は題の二句を「無常」の部に移入したことから、題の二句を「無常」の方向に關わらせる姿勢が考えられる。ただ、本「文集百首」の題の選擇作業は主に慈圓によって行われていることを思えば、慈圓と定家の個人差も予想されるところで、當該歌が實際にどの程度の無常思想を含んでいるかについては、歌そのものに沿って判斷するよりほかない。柿村重松氏も「往事渺茫として都て夢に似たり、舊遊零落して半ば泉に歸す」について「本句、世のはかなきさまを言ひ盡くし得たる、あはれにて、後の世に傳誦せらるること多し」と記しているが(7)、この無常感は現代日本人の心にまで聞こえた響きと言えよう。

八十九　老らくのあはれ我よもしら露の消ゆく玉に泪落ちつつ

　　　　秋風滿衫涙　泉下故人多

歌の意味

消えてゆく露の玉には私の涙が重なって落ちている。年老いた私にどのぐらいの命が殘されているのであろうか。

原據詩

微之敦詩晦叔相次長逝　　微之・敦詩・晦叔相次で長逝す、巋然として自ら傷み、因って二絶を成す

然自傷因成二絶（其の二）

長夜君先去　殘年我幾何　　長夜に君先づ去りぬ、殘年　我れ幾何ぞ。

秋風滿衫涙　泉下故人多　　秋風　滿衫の涙、泉下に故人多し。（巻六十四、三〇七九、六十二歳の作）

歌の分析

この歌の原據詩の全體は『和漢朗詠集』巻下雜「懷舊」に收錄されており、日本人によく知られている作品である。また、定家の『明月記』（元久三年七月二十五日）には「秋風　滿衫の涙」を踏まえた表現として「此の中に悲しみ尤も深ければ、私かに滿衫の涙有り」という文章が見られ、(8)此の詩は定家にとくに親しまれていたようである。そのためであろうか、當該歌において、題となっているのは原據詩の後半の部分だけであるのに、實際には、前半の「殘年我れ幾何ぞ」も歌に詠み込まれているのである。

當該歌では、「しら露」という表現は一首の眼目となっており、重層的なはたらきをしている。まず、意味としては上句の「老らくのあはれ我よも」および下句の「消ゆく玉に泪落ちつつ」の兩方にかかっている。上句では、「しら露」は「我よもしらず」の「知らず」を掛けており、年老いた自分にどのぐらいの命が殘されているかはわからないと言っている。下句では、「しら露」は「消ゆく」「玉」「泪」「落ちつつ」などの「露」の緣語の連續で和歌的な表現をもって漢詩題の「秋風　滿衫の涙」を詠み込んでいる。

當該歌には「秋風」という表現こそ見えないが、

白露の色はひとつをいかにして秋の木のはをちゞに染む覽　（古今集・秋下・二五七・敏行）

天河流て戀ふるたなばたの涙なるらし秋の白露　（後撰集・秋上・二四二・よみ人しらず）

秋の野の草は絲とも見えなくに置く白露を玉と貫く覽　（後撰集・秋中・三〇七・貫之）

白露はをきて變れどもゝしきのうつろふ秋は物ぞかなしき　（新古今集・雜下・一七二二・伊勢）

といったように、和歌においては「しら露」は秋の風物として詠まれるのが一般的であるから、「しら露」という表現があるだけで秋という季節感がある。また、日本人は古くから露が秋の風に吹かれると、すぐ落ちて消えてしまうという自然現象に心ひかれ、このモチーフがよく和歌に詠み込まれている。

白露に風の吹敷秋の野はつらぬきとめぬ玉ぞ散りける　（後撰集・秋中・三〇八・朝康）
秋風のをとせざりせば白露の軒のしのぶにかゝらましやは　（新古今集・雑下・一七三三・經信）
秋風になびく淺茅の末ごとにをく白露のあはれ世中　（新古今集・雑下・一八五〇・蟬丸）

などの歌はその例である。そこで、「白露」と言えば、「つらぬきとめぬ玉ぞ散りける」や「秋風になびく淺茅の末ごとにをく白露」というイメージが湧く。

それのみならず、右に擧げた「天河流て戀ふるたなばたの涙なるらし秋の白露」と「秋の野の草は絲とも見えなくに置く白露を玉と貫く覽」といった歌からもわかるように、「露」は涙の比喩でもあり、「玉」にも喩えられているが、また、さらに、

露の身の消えもはてなば夏草の母いかにしてあらんとすらん　（金葉集・雑下・六一九・よみ人しらず）
露の身の消えばわれこそ先立ためをくれん物か森の下草　（新古今集・雑下・一七三七・小馬命婦）
とく御法きくの白露夜はをきてつとめてきえんことをしぞ思ふ　（新古今集・釋教・一九三二・慈圓）

という歌に示されているように、露が消えるというのは命が絶えることの象徴ともなっているのである。そこで、當該歌の「しら露の消ゆく玉」は「死に向かっていく」の意であり、「我よもしらず」という心情をイメージで表現していると理解できるのである。「露」の比喩として「玉」や「涙」はよく用いられるものであるが、その兩方が一首に詠み込まれた例は、ほとんど見られない。ところが、當該歌では、消えてゆく白露の玉に、さらに「泪落ちつつ」と重ねており、それは「老らくのあはれ」を具象化していると同時に、悲しい雰圍氣を何倍にも強く印象づけていると感じられるのである。

定家には、また、

色にいでん心もしらず秋萩の露に露おく宮木野の原

（拾遺愚草・一句百首・秋・二九四四）

という歌があり、これにも當該歌と同じような發想が見られる。

この歌について、同じ題で慈圓が詠んだ歌「わたり河ふかくも思ふゆふ暮の袖の涙に秋風ぞふく」と對比して述べてみたい。慈圓の歌に言う「わたり河」とは佛教の三途の川を指していると思われ、「わたり河ふかくも思ふ」は題中の「泉下に故人多し」を意識して詠んだものと考えられる。また、その後にすぐ「ゆふ暮の袖の涙」と言っているので、「わたり河ふかくも思ふ」というのは、「故人」のことだけではなく、人生の「ゆふ暮」になった慈圓自分自身の氣持ちも響かせている。「袖の涙に秋風ぞふく」は言うまでもなく題の「秋風　滿衫の涙」の和歌的表現であり、全體として題に即して詠まれた歌と思われがちであるが、よく吟味すれば、原據詩の全體の意味を覆っている歌とも考えられる。慈圓の歌がその立場にふさわしい老成した、重厚な作風を有するのに對して、定家の當該歌には新しい歌の詠み方に意欲的に挑戰したところがあり、規範に當てはまらない個性が感じられる。

ついでに、はかなさのイメージを強く持っている「露」という言葉と漢詩との關係について考えてみたい。渡邊秀夫氏は紫式部の歌「消えぬ間の身をも知る知るあさがほの露とあらそふ世を嘆くかな」を白居易の「薤葉に朝露有り、槿枝に宿花無し」と關連づけて論じているが、(9) 白居易より古い時代から傳わっている「薤露行」の、

薤上朝露何易晞　　薤上の朝露何ぞ晞き易き、

露晞明朝更復落　　露晞く明朝更に復た落つ、

人死一去何時歸　　人死して一たび去らば何れの時に歸らん。

という古詩が『文選』李善注にも見られ、(10) 命のはかなさを表現した句として漢詩中ではもっとも典型的なものである。白居易の「薤葉に朝露有り」という詩句は明らかにその古詩を踏まえている。『文選』および李善注は『白氏文集』

が日本に傳來する前から、日本の王朝人にたいへん重視されており、「薤露行」も日本人に知られていたに違いない。『本朝文粋』巻十二に見える前中書王兼明親王の「座左銘併序」には、「浮生薤上露、榮華夢中春」という表現があり、この「薤上露」は「薤上朝露何易晞」を受容したものと思われる。また、『萬葉集』巻十二には、

後遂に妹に逢はむと朝露の命は生けり戀は繁けど　（三〇四〇）

朝日さす春日の小野に置く露の消ぬべき吾が身惜しけくも無し　（三〇四二）

という二首の歌が見られるが、「朝露の命」「朝日さす春日の小野に置く露の消ぬべき」といった表現には「薤露行」の面影が偲べないであろうか。

原上新墳委一身　城中舊宅有何人

九十　鳥邊山むなしき跡は數そひて見し故郷の人ぞまれなる

歌の意味

鳥邊山に荼毘に付した人の數はふえている一方、昔見た住みなれた家の近所の人々はまれになった。

原據詩

過高将軍墓　　高将軍の墓を過《よ》ぎる

原上新墳委一身　城中舊宅有何人　　原上の新墳　一身を委ね、城中の舊宅　何人か有る。

妓堂賓閣無歸日　野草山花又欲春　　妓堂賓閣　歸日なく、野草山花又春ならんと欲す。

門客空将感恩涙　白楊風裏一霑巾　門客空しく将つ感恩の涙、白楊風裏　一たび巾を霑す。

（巻十三、〇六七七、二十九歳以前の作）

歌の分析

野の草や山の花は、春がめぐってくれば、その命はまた復活するが、高将軍のように世に榮えていた人でも一旦去って逝ってしまえば、もう歸る日はない。舊宅も荒れ果て、将軍の家に出入りしていた友人たちがどんなに涙を流しても甲斐がないことである、と原據詩は言っている。當該歌の題として「原上の新墳　一身を委ね、城中の舊宅何人か有る」の二句が選ばれたのは、「原上の新墳」と「城中の舊宅」との對比に人の生命や榮光、富貴の無常さが語られているからであろう。定家はこの趣旨をつかんで當該歌を詠んだと思われる。「鳥邊山」は火葬場がある場所として用いられるもので、「むなしき跡」とは荼毘に付した跡を指し、「鳥邊山むなしき跡は數そひて」は題の「原上の新墳　一身を委ね」るの翻案となっている。「故鄉」は古里の意であるが、それと同時に、次のような歌にも見えるように荒れ果てたイメージを持つ場合もある。

故鄉と成にしならの宮こにも色はかはらず花はさきけり　（古今集・春下・九十・平城帝）

打返し見まくぞほしき故鄉の大和撫子色や變れる　（後撰集・戀四・七九六・よみ人しらず）

故鄉の板井の清水み草ゐて月さへ濟まずなりにける哉　（千載集・雜上・一〇一一・俊惠）

「見し故鄉の人ぞまれなる」は題の「城中の舊宅何人か有る」を意識して詠んだと思われるが、題の「原上の新墳一身を委ね、城中の舊宅何人か有る」は特定の一人物を對象としているのに對して、當該歌は特定の一人物のことではなく、もっと一般的な感懷であり、内容的に漢詩題より擴がりを持つ表現だと言えよう。

當該歌の場合は原據詩の「野草山花又春ならんと欲す」という句とは直接の關連性はないが、和歌において、自然の悠久と人の世のはかなさを對比して詠んでいる歌はたくさんあり、そうした歌には原據詩と似たような發想が見られるようである。右に引用した「故郷と成にしならの宮こにも色はかはらず花はさきけり」はその代表的な例であり、また、

ひとはいさ心もしらずふるさとは花ぞ昔の香ににほひける　（古今集・春上・四二・貫之）
春ごとに花の盛りはありなめどあひ見む事はいのちなりけり　（古今集・春下・九七・よみ人しらず）
色も香も同じ昔に咲くらめど年經る人ぞあらたまりける　（古今集・春上・五七・友則）
さゞ浪や志賀のみやこはあれにしをむかしながらの山ざくらかな　（千載集・春上・六六・よみ人しらず）

といった歌にも同じような趣が感じられ、このような發想は唐の詩人劉希夷の詩句「年々歳々　花あひ似たり、歳々年々　人同じからず（年々歳々花相似、歳々年々人不同）」あるいは『白氏文集』の題材を受容したものとして指摘されている(11)。

しかし、また一方、

ちる花をなにかうら見む世中にわが身もともにあらむものかは　（古今集・春下・一一二・よみ人しらず）
花の色はうつりにけりないたづらにわが身世にふるながめせしまに　（古今集・春下・一一三・小町）

といった內容の歌も多く見られ、花の移ろい・滅びを詠嘆し、それに共感する歌の傳統があり、敕撰集の範圍で見ても、そうした歌は壓倒的に多い。右に述べた漢詩の詩想にならった歌は、花と人事との對比におもむきがあり、技巧的であるが、自然と人間は相對的關係にとらえている。それに對して、花の散るのをながめてそれに心を寄せるような歌には、本來の日本人の心情あるいは自然觀を照らし出しており、人と自然との一體感が込められていると言えよう。

生去死來都是幻　幻人哀樂繫何情

九十一　咲く花もねを鳴く蟲もおしなべてうつせみの世に見ゆる幻

歌の意味

咲く花も聲を出して鳴く蟲も、すべてむなしきこの世に見える幻そのものなのである。

原據詩

放言五首　幷序（其五）

泰山不要欺毫末　顏子無心羨老彭
松樹千年終是朽　槿花一日自爲榮
何須戀世常憂死　亦莫嫌身漫厭生
生去死來都是幻　幻人哀樂繫何情

放言五首　幷に序（其の五）

泰山は毫末を欺くを要せず、顏子は老彭を羨むの心無し。
松樹は千年にして終に是れ朽ち、槿花は一日にして自ら榮を爲す。
何ぞ須らく世を戀ひて常に死を憂ふべけんや、亦身を嫌ひて漫に生を厭ふ莫れ。
生去死來都て是れ幻、幻人の哀樂何の情にか繫る。

（巻十六、〇八九七、四十四歳の作）

歌の分析

まず、當該歌の題およびそれと原據詩との關係から考えてみたい。このことは「無常」「法門」二部の題の選び方を解明することに關係することである。

「生去死來都て是れ幻、幻人の哀樂何の情にか繫る」は「生も死もそもそも幻であるから、幻として存在する人間はどうして哀しさや樂しみという情を持つ必要があろうか」という意味であるが、この二句を獨立させて考えれば現世を幻と見る佛教思想の色彩が強く感じられよう。しかし、原據詩の尾聯であるこの二句に至るまでは、壽命には長短があるが、それは所詮意味のないことであるから、生死のことにこだわらずにいようという主張であり、その表現から見ると、また、明らかに「死生を一にし、彭殤を齊しくする（一死生、齊彭殤）」という老莊風の考え方をしていると思われる。[12] つまり、この原據詩には佛教的な心情と老莊的な考えが混在しているようである。

「無常」の部において當該歌の題と似たような思想を持つものとして、また「幻世は春來の夢、浮生は水上の漚（幻世春來夢、浮生水上漚）」という題があり、その原據詩には

名愧空虛得　官知止足休　　名は空虛にして得るを愧ぢ、官は止足を知りて休む。

……

百憂中莫入　一醉外何求　　百憂　中に入る莫く、一醉　外に何をか求めん。

……

蜀琴安膝上　周易在牀頭　　蜀琴　膝上に安んじ、周易　牀頭に在り。

去去無程客　行行不繫舟　　去り去って客を程する無く、行き行いて舟を繫がず。

などの詩句も見られ、題に切り取った「幻世は春來の夢、浮生は水上の漚」と合わせて見れば、同じように佛・道の融合が見られると言えよう。

當該歌の原據詩と同じ年に作られた詩で、本「文集百首」の「閑居」の部の原據詩ともなっている「贈杓直」（卷六、〇二七〇）にも「南宗禪に向かふ」佛教的な心情と老小生死を超越する老莊的な考えが同時に取り入れられてい

る。

　要するに、生死の悩みをはじめとする憂いまたは喜びを超越して自由な心でいるのは白居易の理想であり、生死に代表されるすべての現象の實在性と價値を否定するところに精神の自由が得られるという考えにおいて老荘思想と禪とは相通ずるものだ、と白居易は認識しているのである。

「無常」につづく「法門」の部に屬し、かつ本「文集百首」をしめくくる歌の漢詩題、

　此身何足戀　萬劫煩惱根　　此身は何ぞ戀ふるに足らん、萬劫の煩惱の根。
　此身何足厭　一聚虛空塵　　此身は何ぞ厭ふに足らん、一聚の虛空の塵。

は、「逍遙詠」と題する詩（巻十一、〇五七七）から切り取ったものであり、原據詩の全文は次の通りである。

　亦莫戀此身　亦莫厭此身　　亦此身を戀ふる莫く、亦此身を厭ふ莫し。
　此身何足戀　萬劫煩惱根　　此身は何ぞ戀ふるに足らん、萬劫の煩惱の根。
　此身何足厭　一聚虛空塵　　此身は何ぞ厭ふに足らん、一聚の虛空の塵。
　無戀亦無厭　始是逍遙人　　戀ふるなく亦厭ふなくして始めて是れ逍遙の人。

ここには「萬劫の煩惱の根」「一聚の虛空の塵」というような佛教的な内容がはっきり見られ、題にも選ばれたが、また一方、尾聯では『莊子』「逍遙遊」を踏まえ、「戀ふるなく亦厭ふなくして、始めて是れ逍遙の人（無戀亦無厭、始是逍遙人）」と言っている。この百首目の漢詩題に見える「此身何ぞ戀ふるに足らん」と「此身何ぞ厭ふに足らん」を當該歌の原據詩に見える詩句「何ぞ須らく世を戀ひて常に死を憂ふべけんや、亦身を嫌ひて漫に生を厭ふ莫れ」および右に引用した「贈杓直」の「進んでは朝市を厭はず、退いては人寰を戀はず」（「閑居」の部の題である）などと關連させて見ると、それらの詩句には生と死、あるいは現世に對して「厭はず」また「戀はず」という一貫した態度が

見られる。これまで述べたとおり、そうした白詩には老莊思想と佛敎思想が混在しており、生死や現世に對する「厭はず」「戀はず」の自由な心は「逍遙」の老莊的境地であると同時に、佛敎的精神にも通じるという考えが示されているのである。

そこで、「生去死來都て是れ幻、幻人の哀樂何の情にか繫る」と「幻世は春來の夢、浮生は水上の漚」および「此身何ぞ戀ふるに足らん、萬刧の煩惱の根。此身何ぞ厭ふに足ん、一聚の虛空の塵」が「無常」と「法門」の題として選ばれたのは「文集百首」の撰者の佛敎的着眼點を示しているばかりではなく、これらの詩句の背景となる原據詩を考慮に入れれば、これらの題には無常の表現のみならず、無常への對處の仕方をも意味している面もあると言えよう。

では、次に當該歌について考えてみよう。

當該歌は、

うつせみの世にも似たるか花ざくらさくと見しまにかつちりにけり　（古今集・春下・七三・よみ人しらず）

寢ても見ゆ寢でも見てけり大方はうつせみの世ぞ夢にはありける　（古今集・哀傷・八三三・紀友則）

この兩首をふまえていると考えられよう。「うつせみの世」は、はかなくむなしい世の中というイメージであるが、現實の世の中であるには違いない。しかし、「寢ても見ゆ」歌はそのような「うつせみの世」は眞實なものでさえなく、夢そのものである、と言っているのである。當該歌の「うつせみの世に見ゆる幻」は、それと同じ發想のものであり、白居易の「夢中に夢を說くは兩つながら重ねて虛なり（夢中說夢兩重虛）」とも似ている表現である。(13) また、「うつせみの」歌では、咲く花は「うつせみの世にも似たる」ものとして認識されているが、當該歌では「うつせみの世に見ゆる幻」となっており、むなしさも極まっている。

當該歌を題の「生去死來都て是れ幻、幻人の哀樂何の情にか繫る」と對比して見ると、幻とされる點から言えば

「生去死來」は當該歌においては「咲く花もねを鳴く蟲も」と詠み替えられたことになる。そこで和歌的表現としての「咲く花」と「ねを鳴く蟲」は、それぞれどのようなイメージを持っているかについて考えてみたい。

「咲く花」について、右の「うつせみの」歌は「見しまにかつちりにけり」と言い、花の美しさがはかなく消えてしまうところに目を向けているようである。また、花の色のうつろいから、

はなの木も今は掘り植へじ春たてばうつろふ色に人ならひけり（古今集・春下・九二・素性）

花の色はうつりにけりないたづらにわが身世にふるながめせしまに（古今集・春下・一一三・小町）

というように、戀人の氣持ちが變わることを暗示したり、女の容姿が衰えゆくことを表現したりする詠み方もでてきた。さらに、定家の時代では、歌に言う花はすなわち櫻のことであり、「散ることを美的本性の根幹に据える櫻こそはより直接的に人生の凋落、「老い・死」の意識と強く結びつく」(14)というイメージは、すでに定着しているのである。

「咲く花」の意味については、原據詩と關連しているようにも考えられる。「松樹は千年にして終に是れ朽ち、槿花は一日にして自ら榮を爲す」二句は、『和漢朗詠集』巻上「秋」部に收録されており、そのすぐ後に竝んでいるのは、前中書王の「來而不留、薤壟有拂晨之露、去而不返、槿籬無投暮之花」という文章である。また、白居易には「薤葉に朝露有り、槿枝に宿花無し」という詩句があり、その表現と王朝人の和歌との關連については、すでに指摘されている。(15)つまり、原據詩の「松樹は千年にして終に是れ朽ち、槿花は一日にして自ら榮を爲す」二句は、『和漢朗詠集』以來よく知られている表現であり、また、白詩中の「槿花」は、はかないイメージとして日本文學に投影しているのである。このことを考慮すれば、當該歌の「咲く花」は原據詩の「槿花は一日にして」に觸發して選ばれた表現であるということも想像できよう。

では、「ねを鳴く蟲」はどうであろうか。

「ねを鳴く」は「うつせみ」の縁語で、「鳴く」はつまり「泣く」である。

蟬のこゑ聞けばかなしな夏衣うすくや人のならむと思へば　（古今集・戀四・七一五・紀友則）

これを見よ人もすさめぬ戀すとて音を鳴く蟲のなれる姿を　（後撰集・戀三・七九三・源重光）

なく蟲のひとつ聲にもきこえぬはこゝろごころにものやかなしき　（詞花集・秋・一二〇・和泉式部）

傳統的には蟬の聲は戀のかなしさを象徴するものであり、定家にもそうした歌はよく見られるが、それと同時に、また、

ほどもなく暮るる日かげにねをぞなく羊の歩みきくにつけても　（拾遺愚草・十題百首・獸・七六九）

という歌もあり、これでは時間の流れの速さを嘆いて泣いていると表現しており、戀という傳統的なモチーフを越えて「ねを鳴く」の表現の範圍を廣げているのである。

總じて言えば、「咲く花もねを鳴く蟲も」は戀のかなしさ・時間の移り變わり・老い・命のはかなさなどを意味しており、ただ單に「生去死來」を讀み替えたものではなく、「幻人の哀樂」の內容も含んでいると思われる。そうすると、「咲く花」や「ねを鳴く蟲」に代表されている存在は「うつせみの世に見ゆる幻」であるというのは、無常さへの詠嘆のみならず、題中の「幻人の哀樂何の情にか繫る」の氣持ちを汲み取って無常への對處の仕方をも意味していると考えてよかろう。

なにか思ふなにをかなげく世中はただあさがほの花のうへの露　（新古今集・釋教・一九一七・行基菩薩）

という歌が『新古今』に選ばたことには、定家の時代になって無常な世の中を嘆いているばかりでなく、その心の痛みを癒し、無常觀を超克しようとする姿勢も示されているのであろう。

早世身如風裏燭　暮年髮似鏡中絲

九十二　世中は木草もたへぬ秋風になびきかねたる宵の燈

歌の意味

世の中は草木も堪えられぬほど秋風に吹きさらされるものであるが、私の命はつれなくも秋風にもかろうじて従わない室内の宵の燈のようである。(16)

原據詩

　　夭老

早世身如風裏燭　暮年髮似鏡中絲

誰人斷得人間事　少夭堪傷老又悲

　　夭老

早世は身は風裏の燭の如く、暮年は髮は鏡中の絲に似たり。

誰人か斷じ得ん人間の事、少夭は傷むに堪へ老も又悲し。

（巻五十八、二八五一、五十九歳の作）

歌の分析

題中の「早世」とは夭折のことである。そこで題の二句は、人が若くして死ぬのはその身が風の中の燭のごとく、はかなく消えてしまうことであり、老年まで生きていればその髮は鏡に映った生絲のようにぼさぼさである、ということを言っているのである。

當該歌について、「秋風」という表現を中心に考えてみよう。

題中の「風」は「秋風」に詠み替えられており、それによって歌の内容はだいぶ豊富になった。「秋風」とは單に

「燈」を吹くような働きのみならず、

秋風の吹きと吹きぬる武藏野はなべて草葉の色かはりけり　（古今集・戀五・八二一・よみ人しらず）

秋風にあふたのみこそ悲しけれわが身むなしくなりぬとおもへば　（古今集・戀五・八二二・小野小町）

夕されば野邊の秋風身にしみてうづらなくなり深草のさと　（千載集・秋上・二五九・俊成）

のように「秋風」の「秋」に「飽き」を掛けるのは、戀の歌としての常套手法である。そこで、當該歌も「無常」の部立てに拘らなければ、「秋風」のイメージによって戀歌として讀むことも可能であろう。

「秋風」は身にしむ風とか、戀人の心が飽きているとかという風よりさらに嚴しいイメージも持っている。

秋風になびく草葉の露よりも消えにし人を何にたとへん　（拾遺集・哀傷・一二八六・天暦御製）

秋風になびく淺茅の末ごとにをく白露のあはれ世中　（新古今集・雜下・一八五〇・蟬丸）

などの「秋風」がそれであり、自然界の秋風と世の中のはかなさのイメージとが重なって、無常の嚴しさがいっそう強く感じられる。

當該歌においては「世中は木草もたへぬ秋風」と「秋風になびきかねたる宵の燈」という二つの文脈があると考えられ、前者は、世の中は草木も堪えられぬほど秋風に吹きさらされるものであるという意味であり、後者は、自分自身の命はつれなくも秋風にもかろうじて從わない室内の宵の燈のようであると言っているのであろう。ここの「秋風」は、まさに無常の嚴しさと響き合った表現である。

また、歌の手法について言えば、右の二首や、

秋風になびきながらも葛の葉のうらめしくのみなどか見ゆらん　（後拾遺集・戀三・七一八・叡覺）

に示されるように、「草葉」「淺茅」「葛の葉」などが「秋風になびく」景物として詠まれるのが一般的であるが、當

該歌では「木草もたへぬ秋風」と言っており、傳統的な表現に新しい趣向が加わっている。それと同時に、「秋風」に「なびきかねたる」という表現を續けることによって、「宵の燈」の、弱々しいけれども何とかともしつづけているというイメージがより鮮明なものになったのである。

ここで、當該歌と漢詩題とを對比してみよう。

題の「早世は身は風裏の燭の如く」においては、「早世」という一つの假の條件を前提にして「身は風裏の燭の如く」消えてしまうことを抒情しているが、歌においては、題中の「早世」が「世中」という表現になったことによって「木草もたへぬ秋風」がこの人の世の全般を覆っているようになる。また、「秋風になびきかねたる宵の燈」は、やはり「風裏の燭」を意識して考えついた表現と思われるけれども、その「宵の燈」は「風の中の燭のごとく」はかなく消えてしまうものではなく、「つれなくも秋風にもかろうじて從わない」ものとなっており、新しい趣向が示されている。ここには、定家の、題を踏まえつつも新しい詠み方を意欲的に試みる姿勢が見られるばかりでなく、漢詩題の後半の「暮年」の氣分も含まれるように感じられ、歌全體として漢詩題に比べて意味・感覺の廣がりがより大きくなったということが言えよう。

幻世春來夢　浮生水上漚

九十三　淵となるしがらみもなき早瀬川うかぶみなわぞ消てかなしき

歌の意味

柵もないため淵となって淀むこともない早瀬川に、浮かんだ水泡はすぐ消えてしまう。悲しいことに、命もまったくそのようなものなのである。

原據詩

想東遊五十韻　幷序

太和三年春、予病免官後、憶遊浙右數郡兼思到越一訪微之。故兩浙之間、一物已上、想皆在目、吟且成篇、不能自休、盈五百字。亦猶孫興公想天台山而賦之也。

東遊を想ふ五十韻　幷に序

太和三年の春、予病みて官を免ぜらるるの後、浙右の數郡に遊びしを憶ひ、兼ねて越に到りて一たび微之を訪れしことを思ふ。故に兩浙の間の一物已上、想ふに皆目に在り、吟じて且つ篇を成し、自ら休む能はず、五百字に盈つ。亦た猶ほ孫興公の天台山を想ひて之を賦せしがごときなり。

海內時無事　江南歲有秋
海內　時に事なく、江南　歲に秋あり。

生民皆樂業　地主盡賢侯
生民皆業を樂み、地主盡く賢侯。

郊靜銷戎馬　城高逼斗牛
郊靜にして戎馬を銷《なく》し、城高くして斗牛に逼る。

平河七百里　沃壤二三州
平河七百里、沃壤二三州。

坐有湖山趣　行無風浪憂
坐すれば湖山の趣あり、行くに風浪の憂なし。

食寧妨解纜　寢不廢乘流
食は寧んぞ纜を解くを妨げんや、寢は流に乘ずるを廢せず。

泉石諳天竺　煙霞識虎邱
泉石　天竺を諳んじ、煙霞　虎邱を識る。

餘芳認蘭澤　遺詠思蘋洲
餘芳　蘭澤を認め、遺詠　蘋洲を思ふ。

菡萏紅塗粉　菰蒲綠潑油
鱗差漁戶舍　綺錯稻田溝
紫洞藏仙窟　玄泉貯怪湫
精神昂老鶴　姿彩媚潛虯
靜閱天工妙　閒窺物狀幽
投竿出比目　擲果下獼猴
味苦蓮心小　漿甜蔗節稠
橘苞從自結　藕孔是誰鎪
逐日移潮信　隨風變櫂謳
遞夫交烈火　候吏次鳴騶
梵塔形疑踊　閶門勢欲浮
客迎攜酒榼　僧待置茶甌
小宴閑談笑　初筵雅獻酬
稍催朱蠟炬　徐動碧牙籌
圓盞飛蓮子　長裾曳石榴
柘枝隨畫鼓　調笑從香毬
幕颭雲飄檻　簾褰月露鉤
舞繁紅袖凝　歌切翠眉愁

菡萏紅に粉を塗り、菰蒲綠に油潑す。
鱗は漁戶の舍に差り、綺は稻田の溝に錯る。
紫洞は仙を藏するの窟、玄泉は怪を貯ふるの湫。
精神は老鶴を昂げ、姿彩は潛虯を媚ぶ。
靜に天工の妙を閱し、閒《しずか》に物狀の幽を窺ふ。
竿を投じて比目を出し、果を擲《なげう》ちて獼猴を下す。
味苦くして蓮心小に、漿甜くして蔗節稠し。
橘苞は從つて自ら結び、藕孔は是れ誰か鎪てる。
日を逐うて潮信移り、風に隨つて櫂謳變ず。
遞夫は烈火を交《か》はし、候吏は鳴騶を次《つい》づ。
梵塔　形踊るかと疑ひ、閶門　勢浮ばんと欲す。
客は迎へて酒榼を攜へ、僧は待ちて茶甌を置く。
小宴　閑《しずか》に談笑し、初筵　雅《みやび》に獻酬す。
稍く朱き蠟炬を催し、徐に碧き牙籌を動かす。
圓盞　蓮子を飛ばし、長裾　石榴を曳く。
柘枝　畫鼓に隨ひ、調笑　香毬に從ふ。
幕颭りて　雲　檻に飄り、簾を褰げて　月鉤を露す。
舞繁くして紅袖凝り、歌切にして翠眉愁ふ。

絃管寧容歇　盃盤未許收
良辰宜酩酊　卒歳好優遊
鱠縷鮮仍細　蓴絲滑且柔
飽餐爲日計　穩睡是身謀
名愧空虛得　官知止足休
自嫌猶屑屑　衆笑大悠悠
物表疎形役　人寰足悔尤
蛾須遠燈燭　兎勿近罝罘
幻世春來夢　浮生水上漚
百憂中莫入　一醉外何求
未死癡王湛　無兒老鄧攸
蜀琴安膝上　周易在牀頭
去去無程客　行行不繫舟
勞君頻問訊　勸我少淹留
雲雨多分散　關山苦阻修
一吟江月別　七見日星周
珠玉傳新什　宛鸞念故儔
懸旌心宛轉　束楚意綢繆

絃管　寧んぞ歇む容けん、盃盤　未だ收むるを許さず。
良辰　宜しく酩酊すべし、卒歳　好し優遊するに。
鱠縷　鮮にして仍細く、蓴絲　滑にして且つ柔なり。
飽くまで餐ふを日計と爲し、穩に睡るは是れ身謀。
名は空虛にして得るを愧ぢ、官は止足に休むを知る。
自ら嫌ふ猶屑屑たるを、衆の笑ふは大だ悠悠たり。
物表　形役を疎んじ、人寰　悔尤足る。
蛾は須らく燈燭に遠ざかるべく、兎は罝罘に近づく勿れ。
幻世は春來の夢、浮生は水上の漚。
百憂　中に入る莫く、一醉　外に何をか求めん。
未だ死せず癡王湛、兒なし老鄧攸。
蜀琴　膝上に安んじ、周易　牀頭に在り。
去り去つて客を程する無く、行き行きて舟を繫がず。
君を勞して頻に問訊し、我に勸めて少く淹留せしむ。
雲雨多く分散し、關山苦だ阻修す。
一たび江月に吟じて別れ、七たび日星の周るを見る。
珠玉新什を傳へ、宛鸞故儔を念ふ。
旌を懸けて心は宛轉とし、楚を束ねて意は綢繆たり。

驛舫装青雀　官槽秣紫騮　　驛舫　青雀を装ひ、官槽　紫騮に秣ふ。
鏡湖期遠泛　禹穴約冥捜　　鏡湖　遠泛を期し、禹穴　冥捜を約す。
預掃題詩壁　先開望海樓　　預め詩を題する壁を掃ひ、先づ海を望む樓を開く。
飲思親履舄　宿憶竝衾裯　　飲んでは履舄《くつ》を親《ちか》づけしことを思ひ、宿しては衾裯《とこ》を竝べしことを憶ふ。
志氣吾衰也　風情子在不　　志氣　吾衰へぬ、風情　子在りや不や。
應須相見後　別作一家遊　　應に須らしく相見し後、別に一家の遊を作ししなるべし。
（巻五十七、二七一七、五十八歳の作）

歌の分析

當該歌の題は『大江千里集』「述懐部」にも見える漢詩題であり、早い時期から日本人に親しまれた詩句である。千里の作は次の通りである。

幻世春來夢

まほろしの身としゝりぬる心にははかなき夢とおもほゆる哉

浮生水上漚

かりそめにしばしうかべるたましひの水のあわともたとへられつつ

二首の歌は、基本的に漢詩題の翻案として詠まれたものだと言えよう。

定家の當該歌は「幻世は春來の夢、浮生は水上の漚」という二句を題としているが、實際に詠んだ歌は明らかに「浮生は水上の漚」一句を踏まえている。また、當該歌と千里の歌を、

淵となるしがらみもなき早瀬川うかぶみなわぞ消てかなしき

かりそめにしはしうかへるたましひの水のあはともたとへられつつ

のように對比してみると、千里の歌においては、「かりそめに」「しはし」「たとへられつつ」などの表現によって、浮生についての詠み手の認識が強く感じられ、觀念的であるが、それに對して、當該歌においては、「かなしき」一語を除けば主觀的な感情を直接表すものはほとんどなく「早瀬川」というイメージで一首を統合して「淵となるしがらみもなき」「うかぶみなわぞ消て」などの具象に、はかなさの雰圍氣が表れている。なお、當該歌は、

瀬を塞けば淵となりても淀みけり別れを止むるしがらみぞなき　（古今集・哀傷・八三六・忠岑）

老いらくの月日はいとど早瀬河かへらぬ浪にぬるる袖かな　（新古今集・雜下・一七七六・覺弁）

といった歌を踏まえて、世の中というより、特に命のはかなさを詠嘆したものと思われる。

淺野春江氏は「定家がこの漢詩を、どこまで理解できたか疑わしい」、「漢詩は、この幻の世は春の夢の如く、この憂き世というものは水の上の泡のようにはかないものである。百憂の中に入るなかれ、酒によっぱらっていい氣持ちになる以外、何を求めようや、と續くので、現世を忘れてしばし酒に醉いしれていたい、という厭世思想に思われる」と指摘しているが、(17) はたして原據詩は厭世思想を表現したものであるか否かについては、さらに檢討する必要があると思われるので、次に原據詩に沿ってその內容を考えてみたい。

冒頭から「蓴絲滑にして且柔なり」までは一つの段落として考えられる。ここまでは主に「東遊」した時に觸れた風物や宴會・音樂・美妓の舞などに夢中になった思い出を描寫したものである。その次に「飽くまで餐ひて日計と爲し」から「行き行いて舟を繫がず」までが一段落をなし、前の段落に描かれた生活內容を支える理屈が付けられている。殘りの部分は、主に微之との友情を述べたものであろう。そこで、當該歌の題となっている二句は、「東遊」の樂しみに理屈づけしたものとして重要な根據になっている。つまり、「幻世」や「浮生」は「春來の夢」と「水上の

漚」のように儚く、すぐ消えてしまうので、憂いは一切心の中に入ることもなく、何も求める必要はない、心が繫がない舟のように自由自在に去來すればよいと白居易は言っているのであろう。原據詩の「百憂中莫入」は憂いが自分の心の中に入ってこないことであって、百憂の中に我が身を置かないということではない。そこで、原據詩には「厭世」というより、開き直ってこの「幻世」「浮生」を樂しく送ろうという主張が讀みとれる。白居易のそうした生命觀は、「逑懷十首」に見える「縱導人生都是夢、夢中歡笑亦勝愁」（八十番の漢詩題）およびその原據詩と、まったく趣を同じくしているものである。八十番歌を分析した時にすでに逑べたように、白居易のそうした詩は、人生のはかなさを自覺した古代の中國人の身の處し方を示す典型的な表現である。

しかし、漢詩の一句として「幻世は春來の夢」と「浮生は水上の漚」は、それぞれ、それ自體がまとまった意味のある表現になっているので、讀み手が自分の必要に應じてそれだけを口ずさんだり吟味したりするのは自然なことであり、それは、また文學そのもののあり方の一つとも言える。つまり、千里から慈圓・定家まで、いずれも「幻世は春來の夢」「浮生は水上の漚」という二句自身が持っている無常觀を受容しており、白居易がその開き直った生命觀を詠み込んだ原據詩全體の意味までは受け入れていない。

では、「幻世は春來の夢」およびそれと和歌との關わりについて考えてみよう。

漢詩においては「春夢」という語の用例はそれほど多くないが、白居易には愛用されているようである。白詩には、さらに

花非花　霧非霧　　花か花に非ず、霧か霧に非ず。
夜半來　天明去　　夜半に來り、天明に去る。
來如春夢幾多時　去似朝雲無覓處　　來るや春夢の如く幾多の時ぞ去るや朝雲に似て覓ぬる處無し。

人生七十稀　我年幸過之
遠行將路盡　春夢欲覺時

人生　七十稀なり、我が年は幸にも之を過ぐ。
遠行して將に路盡きんとし、春夢覺めんと欲する時。
（卷十二「花非花」、〇六〇五）

……

宦途堪笑不勝悲　昨日榮華今日衰
轉似秋蓬無定處　長於春夢幾多時
半頭白髮慚蕭相　滿面紅塵問遠師
應是世間緣未盡　欲抛官去尚遲疑

宦途は笑ふに堪へて悲みに勝へず、昨日は榮華　今日は衰。
轉た秋蓬の定處無きに似たり、春夢より長きこと幾多の時ぞ。
半頭の白髮　蕭相に慚ぢ、滿面の紅塵　遠師に問ふ。
應に是れ世間の緣未だ盡きざるべし、官を抛ち去らんと欲して尚ほ遲疑せり。
（卷六十九「對酒閑吟贈同老者」、三五四〇）

（卷十九「相公遠宅遇自禪師有感而贈」、一二七三。「轉似秋蓬無定處、長於春夢幾多時」の二句は大江維時『千載佳句』卷上人事部「感歎」に見える）

などの詩句があり、特に後の二首は生命そのもの或いは「宦途」「榮華」のはかなさを詠じているものである。これらの詩句では「春夢」の「春」には肯定的意味が含まれていると考えられ、つまり、はかないものを厭世の氣持ちからではなく、そのまま肯定する氣持ちがそこに込められているということである。人の生命にせよ、「宦途」にせよ、本當は長くあってほしいものであるからこそ、その短さ・はかなさが感じられるのではなかろうか。「轉た秋蓬の定處無きに似たり、春夢より長きこと幾多の時ぞ」の二句の後には「半頭の白髮　蕭相に慚ぢ、滿面の紅塵　遠師に問ふ。應に是れ世間の緣未だ盡きざるべし、官を抛ち去らんと欲して尚ほ遲疑せり」と續いており、その氣持ちは白居易自身がはっきり告白しているではないか。

また、生命のことは人間にとってもっとも根本的な問題であり、無常觀というものがそもそも人間が死に脅かされることによって生じた嘆きであるので、その裏返しとして命への憧れが存在すると言えよう。これは當該歌の原據詩においても考えられることであり、さきほど述べたように「幻世は春來の夢、浮生は水上の漚」という認識は、結局、憂いを持たない自由な心でこの「幻世」「浮生」を樂しく送ろうという主張につながっているのである。

しかし、冒頭に出した「幻世は春來の夢」を題とする千里の歌においては「春來の夢」は「はかなき夢」と詠み替えられ、「春」という表現はその姿を消している。また、當該歌においても「春來の夢」は採られていない。視野をさらに廣げてみれば、少なくとも定家の時代までの和歌史においては、このように、世の中或いは人生一般のことについて、その無常さが詠まれた歌には「夢」という表現はよく見られるが、「春夢」という表現は見あたらない。

寝るがうちに見るをのみやは夢といはむはかなき世をも現とは見ず　（古今集・哀傷・八三五・忠岑）

という歌が一例として擧げられよう。(18) そこで、千里の前出句題和歌において題に見られる「春」という語が捨象されたことは、單なる個人的な好みによるものではなく、より普遍的な現象と繫がっているということも考えられる。

ところが、實は歌言葉には「春の夜の夢」という表現があり、『後撰和歌集』以來よく用いられている。その例として次に、いくつかよく知られている歌を擧げてみよう。

まどろまぬ壁にも人を見つる哉まさしから南春の夜の夢　（後撰集・戀一・五〇九・駿河）
春の夜の夢の中にも思ひきや君なき宿を行きて見むとは　（後撰集・哀傷・一三八七・忠平）
春の夜の夢にありつと見えつれば思ひたえにし人ぞ待たるる　（新古今集・戀五・一三八二・伊勢）
春の夜の夢のしるしはつらくとも見しばかりだにあらば賴まん　（新古今集・戀五・一三八三・盛明親王）
風かよふねざめの袖の花の香にかほる枕の春の夜の夢　（新古今集・春下・一一二・俊成女）

枕だに知らねばいはじ見しままに君かたるなよ春の夜の夢　（新古今集・戀三・一一六〇・和泉式部）
春の夜の夢の浮き橋とだえして峯にわかるる横雲の空　（新古今集・春上・三八・定家）
あくといへばしづ心なきはるの夜の夢とや君をよるのみは見ん　（新古今集・戀三・一一七七・清陰）
秋ふかき寝覺めにいかが思ひいづるはかなく見えし春の夜の夢　（新古今集・哀傷・七九〇・殷富門院大輔）
忘られず戀しきものは春のよの夢の殘りをさむるなりけり　（貫之集・六四一）
ねられぬをしひてねてみる春のよの夢の限りはこよひなりけり　（貫之集・六五六）
春の夜の夢には人のみえしかどまさしからでもすぎにけるかな　（讃岐集・八四）

『新古今集』三十八番の定家の歌について、久保田淳氏は、契沖の『圓珠庵雜記』に見える「春の夢はよくあふよしにあまたよめり」という文章を引用し、定家の「春の夜の」歌も「やはりそれに類する夢と見てよいであろう」と言っており(19)、また、『新古今』一一六〇番の和泉式部の歌について『和泉式部集全注釋――續集篇――』は、

春の夜の夢は、春夜が短いものとされてゐた故か、わけてはかないものと考へられてゐた。白氏文集十九に〈……昨日榮華今日衰……長於春夢幾多時〉と見え、日本でも、これと佛教思想とを踏まへて、〈春夢非長、刹那の榮花〉と大江維時が言ってゐるし、和歌の世界でも、後撰哀傷、太政大臣の〈春の夜の夢の中にも思ひきや君なき宿を行きて見むとは〉には、その心がうかがはれる。「春の夜の夢」は、この時代、一方では、後撰戀一、駿河の〈まどろまぬ壁にも人を見つる哉まさしから南春の夜の夢〉等に見るやうに、「まさし」いもの、春の夜の夢に思ふ人を見れば、その人にうつつにも逢へるとの傳承も生じてゐるが、この二七三の歌は白樂天の系統の「はかないもの→はかない逢瀬」の視點で「春の夜の夢」を捕らへてゐる。

と指摘している(20)。

右の『全注釋』では、白詩の「春夢」について大江維時に見られる受容が指摘され、また、和歌における「春の夜の夢」という表現について「白樂天の系統の「はかないもの→はかない逢瀬」の視點で」意味を捕らえている場合もあると示されている。そして、これまでに述べたように、『大江千里集』には「幻世は春來の夢」が見え、維時の『千載佳句』には「轉似秋蓬無定處、長於春夢幾多時」が収められており、また、右に擧げている「春の夜の夢」の用例がいずれも『白氏文集』が日本に傳來した後のものである、などのことを合わせて考慮すれば、「春の夜の夢」という歌言葉の生成には白詩に見える「春夢」という表現の影響があるとも考えられる。

また、右に擧げた「春の夜の夢」に關する歌をよく考えてみると、

春の夜の夢の中にも思ひきや君なき宿を行きて見むとは

秋ふかき寢覺めにいかが思ひいづるはかなく見えし春の夜の夢

二首は亡くなる人を哀傷する歌であるが、戀歌の用例が壓倒的に多い。つまり、「春の夜の夢」という表現は、主として戀の歌に用いられ、世の中のことや命のはかなさを詠んだ歌には「春」という語が省かれるのが一般的であると言える。

では、この現象は何を意味しているのか。さきほど白居易の詩句では「春夢」の「春」には、はかないものをそのまま肯定する氣持ちが込められていると述べたが、そのことは戀歌に見える「春の夜の夢」についても言えないであろうか。貫之の

忘られず戀しきものは春のよの夢の殘りをさむるなりけり

という歌には「春の夜の夢」への未練が隱さずに表されており、俊成女の

風かよふねざめの袖の花の香にかほる枕の春の夜の夢

には「甘美な春夜の夢の余韻を感じ取った」と言われており(21)、和泉式部の

枕だに知らねばいはじ見しままに君かたるなよ春の夜の夢

は、逢瀬の喜びが抑えきれずに一首全體に溢れている感じであり、また、定家の

春の夜の夢の浮き橋とだえして峯にわかるる横雲の空

には、名殘惜しさというどころか、妖豔ささえ感じられ、曙になって別れる男女の纏綿たる氣分、情緒が強く傳わってくるであろう。これらの歌に見る「春の夜の夢」は、いずれも詠み手にとって憧れるもの、その價値を肯定するものの喩えと思われる。このことは

まどろまぬ壁にも人を見つる哉まさしから南春の夜の夢

春の夜の夢にありつと見えつれば思ひたえにし人ぞ待たるる

春の夜の夢のしるしはつらくとも見しばかりだにあらば頼まん

などの歌においても認められる。「春の夜の夢に思ふ人を見れば、その人にうつつにも逢へるとの傳承」は、「春の夜の夢」つまり、戀する人に會うことが價値あることだということを前提として成り立つものであると言える。

總じて言えば、「はかないもの→はかない逢瀬の視點で」「春の夜の夢」をとらえるだけでは「白樂天の系統」とまでは言えないと思われる。また、戀歌には「春の夜の夢」が多く見られることから、古代日本人の生命に對する價値觀は特に戀において感じられていたということが言えないであろうか。

最後に文中に引用した定家の、

春の夜の夢の浮き橋とだえして峯にわかるる横雲の空

という歌および「來るや春夢の如く幾多の時ぞ、去るや朝雲に似て覓ぬる處無し」という漢詩の表現に關連して一言

付加したい。

定家のこの歌を『文選』に見える「高唐賦」の故事と關連づけて解釋するのが一般的なようであるが、(22)ほとんどは「巫山の神女を思わせる」という程度で片づけている。實は「高唐賦」の「妾在巫山之陽、高丘之阻。旦爲朝雲、暮爲行雨。朝朝暮暮、陽臺之下」という表現のすこし後には、また「風止雨霽、雲無處所」という描寫がある。白詩の「去るや朝雲に似て覓ぬる處無し」という句は、實はそれを受容していると思われ、また、その句は右に示した定家の歌を理解する際にも、視野に入れておくべき表現である。定家作と見なされている『松浦宮物語』には「ひきたてし戸ばかりを、ほのかにおしあくれど、たなびく雲の色だにみえず」「あだにたつあしたの雲のなかたえばいづれの山をそれとだにみむ、まことはゆくへなしや」「かうはかなき雲のゆくへばかりにはたちどまるたのみやはあらむ」などの表現があり、(23)やはり定家の筆によるものとされている『松浦宮物語』の識語は、「花非花、霧非霧。夜半來、天明去。來如春夢幾多時、去似朝雲無覓處」という白詩を引用して物語全體の雰圍氣を表現しているのである。つまり「朝雲」という言葉は男女の纏綿たる情緒のイメージのみならず、その「朝雲」は一旦消えてしまうと、行く末も知られぬ漠とした世界に入ってしまうという心もとない氣分をも含んでいる。この點について、右に擧げた『松浦宮物語』の例が示すように、定家は深く理解し、また、積極的に物語の創作に生かしているのである。したがって、これは、定家の「峯にわかるる横雲」を「高唐賦」の「朝雲」と關連づけて解釋する以上、見逃してはならないことであろう。

九十四　みどり子をありふるままの友と見てなれしはうとき夕暮の空

耳裏頻聞故人死　眼前唯覺少年多

歌の意味

幼子をなんとか生きている間の友として見ているが、慣れ親しんだ人たちは黄泉に逝ってしまったため疎遠になってしまった、私の人生の夕暮れだなあ。

原據詩

悲歌

白頭新洗鏡新磨　老逼身來不奈何
耳裏頻聞故人死　眼前唯覺少年多
塞鴻遇暖猶迴翅　江水因潮亦反波
獨有衰顏留不得　醉來無計但悲歌

悲歌

白頭新たに洗ひて鏡新たに磨く、老は身に逼り來て奈何ともせず。
耳裏に頻りに故人の死を聞き、眼前に唯少年の多きを覺ゆ。
塞鴻暖に遇へば猶翅を迴らし、江水潮に因りて亦波を反す。
獨り衰顏の留め得ざる有り、醉い來たりて計無く但悲歌す。

（巻二十、一三七七、五十二歳の作）

歌の分析

原據詩は命の衰えてゆくかなしさを嘆いているものであり、「塞鴻暖に遇へば猶翅を迴らし、江水潮に因りて亦波を反す」という自然界のものと對照してみれば、「獨り衰顏の留め得ざる有り、醉い來りて計無く但悲歌す」というように人間の命のはかなさがいっそう強く印象づけられる。同じ考え方は九十番歌の原據詩にも見られる。

ただ、漢詩題の前半の「耳裏に頻りに故人の死を聞き」には確かに命の無常が讀み取れるが、題の二句の全體では、時間がたつにつれて年をとっていって死んでしまう人もあれば、また、生まれてくる人もあるというように生死の移り變わりを表現したものである。

では、定家の歌はどのように漢詩題と關わっているのであろうか。

まず、言葉の表現から見てみよう。「みどり子」という語は題中の「少年」の翻案であり、「見て」は「眼前に唯少年の多きを覺ゆ」の「眼前」を意識したものであろう。また、「なれし」は題中の「故人」を踏まえており、「うとき」は題中の「死」の役割に代わっていると考えられる。「夕暮の空」は、

ながむれば思ひやるべきかたぞなき春のかぎりのゆふぐれの空　（千載集・春下・一二四・式子内親王）

月待つと人にはいひてながむればなぐさめ難き夕暮の空　（千載集・戀四・八七三・範兼）

いたづらに過ぎにしことや歎かれん受けがたき身の夕暮の空　（新古今集・雜下・一七五五・慈圓）

しきたへの衣手かれていく日へぬ草を冬野のゆふぐれのそら　（拾遺愚草上・内大臣家百首・雜・一一七九）

みそぢあまり見しをば亡きとかぞへつつ秋のみおなじ夕暮のそら　（拾遺愚草下・部類・秋・二二一九）

というように、四季にわたって用いられる歌言葉であり、戀人を待つわびしさや歳月が經ってしまうことから感じるむなしさ、やるせなさを表現するものであり、また、新古今集の一七五五番の歌のように人生の夕暮を代弁することもある。當該歌における「夕暮の空」は、「みどり子」と對照させて使われており、定家自身の人生の夕暮を言っていると思われる。

また、「ありふるままの友」という表現は、漢詩題においてそれに相當するものがなく、定家が付け加えた新しい内容である。「ありふる」とは「生き續けている」の意であるが、自分が生きている間という意味であろう。「友」とは、實際に交際して心が通うような友人の意味ではなく、話し相手や遊び相手を意味していると思われる。

「耳裏に頻りに故人の死を聞き、眼前に唯少年の多きを覺ゆ」における「少年の多き」は、「故人の死」と對比されて老いらくの詩人自身の哀しさを際だたせている。當該歌の「みどり子をありふるままの友と見て」も、やはり「なれしはうとき」と對比しているのであるが、「友」や「うとき」という人と人との關係を表す言葉が用いられているので、そこには原據詩に比べて心の纖細な動きが感じられる。(24)

當該歌は、だいたい漢詩題に即して詠まれており、「夕暮の空」に漂っている淡い哀しさとむなしさは原據詩の「獨り衰顏の留め得ざる有り、醉い來たりて計無く但悲歌す」という氣分とも合致している。そこに定家は工夫をこらして、さらに纖細な心情を詠み込んだのである。

古墓何代人

九十五　塚ふりてその世もしらぬ春の草さらぬわかれと誰したひけん

歌の意味

墓はすっかり古くなって何時の時代の人かもわからなくなり、ただ春ごとに草が生えている。昔、誰がこの避けられない別れに泣いて故人を慕ったのであろう。

原據詩

續古詩十首（其二）(25)　　　續古詩十首（其の二）

掩 涙 別 郷 里　飄 颻 將 遠 行　　涙を掩ひて鄕里に別れ、飄颻として將に遠行せんとす。

茫茫綠野中　春盡孤客情　茫茫たる綠野の中、春盡きて孤客の情。
驅馬上丘隴　高低路不平　馬を驅つて丘隴に上れば、高低路平かならず。
風吹棠梨花　啼鳥時一聲　風は棠梨の花に吹いて、啼鳥時に一聲。
古墓何代人　不知姓與名　古墓何れの代の人ぞ、姓と名とを知らず。
化作路傍土　年年春草生　化して路傍の土と作《な》り、年年春草生ず。
感彼忽自悟　今我何營營　彼に感じて忽ち自ら悟る、今　我何ぞ營營たる。
（巻二一、〇〇六六、四十歳～四十三歳の間の作）

歌の分析

慈圓の「文集百首」においては、九十五番目の題と歌は次のようになっている。

古墓何代人、不知姓與名。化作道旁土、年年春草生
うづもれぬ名をだにきかぬ苔のうへにいくたび草のおひかはるらむ

つまり、慈圓が用いている題は定家のそれより三句も多い。このことについては先達による考察があり、主なものに『拾遺愚草』の本文が不完全なのであって、定家は實際には慈圓と同じ句題で詠んだ」という佐藤恆雄氏の說と、(26)「共通の句題内部での取捨はかなり自由にまかせられていた」から、「諸本に異同がないかぎり「古墓何代人」という題で詠んだものとして解する」という赤羽淑氏の說がある。(27)ここでは、慈圓と定家の間の漢詩題の異同について考察する余裕はないが、右の二氏も指摘している次のことだけ觸れておきたい。すなわち、當該歌の「春の草」という表現は、題に取り上げていない原據詩の句「年年春草生ず」を踏まえているということである。實は原據詩との關わりとして考えられるのは、それだけではなく、當該歌の下の句の「誰したひけん」の「誰」も、「塚」の中の人ではな

いけれども、それにも「何れの代の人」や原據詩の「姓と名とを知らず」が響いていると感じられる。そこで、實際には「古墓何れの代の人ぞ、姓と名とを知らず。化して路傍の土と作り、年年春草生ず」の四句の內容が當該歌に詠み込まれていると見なしてよいであろう。ただ、漢詩題に取り上げていない原據詩の詩句を歌に詠み込んでいるものは、本「文集百首」において、ほかにも見られることだから、[28]これだけの理由では當該歌の題はもともと四句であるという結論にはつながらないと思われる。

また、「古墓何れの代の人ぞ」について久保田淳氏は「諸書に、源顯基が愛唱した句と傳えられる」と指摘している。[29]本「文集百首」にさきだって成立した書物について言えば、佛教說話集『續本朝往生傳』（四）と『發心集』（第五）にその說話が見られる。兩者の間に文字の異同がすこしあるが、『續本朝往生傳』に見える關係する箇所を次に引用しておく。

（源顯基は）常に白樂天が詩を詠じて曰く、古き墓何の世の人ぞ、姓と名とを知らず。化して道傍の土となりて、年々春の草のみ生ひたりといふ。[30]

本「文集百首」はこれらの先行文學の影響を受けていると考えられる。この說話は、本「文集百首」の後の『古今著聞集』（巻四）、『十訓抄』（六）などにも傳わっており、白居易のこの四句の詩は無常のありさまを表現するものとして日本の佛教文學に受容されているのが分かる。

歌の表現を見れば「塚ふりて」は明らかに「古墓」の譯であり、「その世もしらぬ」は「何れの代の人」の翻案であるが、「さらぬわかれ」は久保田淳氏が指摘した通り、古歌の、

老いぬればさらぬ別れもありと言へばいよいよ見まくほしききみ哉　（古今集・雑上・九〇〇・業平母）

世中にさらぬ別れのなくも哉千代もとなげく人の子のため　（古今集・雑上・九〇一・業平）

の本歌取りになる。そこで「誰したひけん」の「誰」は、また、業平の歌の「人の子」の意味も含んでおり、一首は古歌の背景が入ったことによって、だいぶ詠嘆的になったと言えよう。

付　「述懐」一首

八十　おほかたの憂き世に長き夢のうちも戀しき人を見てはたのまじ(31)

縦導人生都是夢　夢中歡笑亦勝愁

歌の意味

憂き世は夢のようなもので、その長い夢のうちでも、戀しい人を見ていたならば、期待してしまう。

原據詩

城上夜宴

留春不住登城望　惜夜相將秉燭遊

風月萬家河兩岸　笙歌一曲郡西樓

詩聽越客吟何苦　酒被呉娃勸不休

縦導人生都是夢　夢中歡笑亦勝愁

城上夜宴

春を留むれども住まらず（春を留めて住まず）城に登りて望む、夜を惜みて相ひ將て燭を秉りて遊ぶ。

風月萬家　河の兩岸、笙歌一曲　郡の西樓。

詩は越客の吟を聽くに何ぞ苦しき、酒は呉娃に勸められて休まず。

縦ひ人生都て是れ夢なりといへども、夢の中に歡笑するも亦た愁に勝れり。

歌の分析

この歌について、久保田淳氏は「この憂き世は長い夢のようなもの。その中で戀しい人を見ても、あてにはならない」と解釋しているが、その理由については何も示していない。また、淺野春江氏は「世間一般の憂き世にずうっと夢の中のような暮らしをしているが、戀しき人を見ては憂き世に何の未練があろうか」と譯しており、「定家の和歌においては、現實よりも、夢をこそ賴みとしているようなところがある」と理解しているようである。(32)

戀人の夢を見るという人間の日常生活によく起こる現象が歌に讀み込まれる傳統は、かなり古いようである。

夢のあひは苦しかりけり覺きてかきさぐれども手にも觸れねば　(萬葉集卷四・相聞・七四一)

うるはしと思ふ吾妹を夢に見て起きて探るに無きがさぶしさ　(萬葉集卷十二・寄物陳思・二九一四)

『萬葉集』では、戀人を夢見た後の喪失感やむなしさなどが歌の中心となって、實體がなく、つかみどころがない夢に對する素直な心情といえよう。

『古今和歌集』になると、戀の夢の歌には變化が見られ、例えば、

うたた寝に戀しき人を見てしより夢てふものは賴みそめてき　(戀二・五五三・小町)

わびぬればしひて忘れむと思へども夢といふものぞ人賴めなる　(戀二・五六九・興風)

というような歌がある。『萬葉集』と較べれば、古今集の歌には「夢といふものぞ人賴めなる」という新しい内容がふえたことがわかる。戀人が夢に現れるのは、戀人が自分を戀しく思っているからだという俗信があって人に期待をもたらすから、夢を賴みにするという解釋もあるが、(33)その俗信の働きがなくても、現實に戀人に會えなければ夢をあてにするという普通の心理から「夢てふものは賴みそめてき」「夢といふものぞ人賴めなる」を理解することも可能なように思われる。(34)

また、定家には「文集百首」が作られる前に、

たのまれぬ夢てふ物のうき世には戀しき人のえやは見えける

（拾遺愚草・無常・二六七〇）

という歌がある。ここは、さらに憂き世を夢になぞらえ、憂き世という夢はあてにならない、どうして戀しき人が見えるだろうか、と悲觀的なことを言っているようである。古今集の「夢といふものぞ人賴めなる」が定家の「たのまれぬ」に逆轉したのは、定家の個人的な性格の反映とはいえ、そこには定家の生きていた時代の精神がうかがえよう。

そして、ここの分析對象の歌になるが、本文の判定によって三つの解釋ができる。

まず、冒頭の歌に沿って考えてみよう。

表現としては明らかに古今集の歌をふまえているので、右にあげてきた歌を參照しながら分析したい。「たのまじ」とは「夢を賴みにしない」と理解してよかろう。しかし、古今集の歌からすれば、夢に戀人を見て夢を賴みにすることになるが、定家では「戀しき人をみてはたのまじ」といい、趣旨が異なっている。二六七〇番の歌で定家が言う「たのまれぬ」「戀しき人のえやは見えける」の論理と古今集の歌の論理とは表と裏とのような關係であって、同じ傳統からの發想と思われる。では、「文集百首」の「戀しき人をみてはたのまじ」の論理はどこから來たものであろうか。それを理解する時に、歌の漢詩題を無視してはならない。

題の「縱導人生都是夢、夢中歡笑亦勝愁」は、人生そのものは夢であって、夢の中の歡笑もよいとしている。この發想を定家の歌は受けているとも考えられるのではないか。憂き世そのものは夢だと言ってしまえば、うつつはないはずであるから、憂き世という夢を賴みにして現實に期待する必要がなくなるし、「長き夢のうちも」「戀しき人を見」ること自體を肯定してもよいということになる。また、一首の歌ことばをつなぐ論理が二六七〇番の歌とは違っているとしても、それぞれの歌で表現されている定家の心は必ずしも矛盾するものとはいえない。憂き世は夢のよう

なもの、という考えは、二つの歌に共に表現されており、「戀しき人を見てはたのまじ」というのも、あくまで願望にすぎない。逆に言えば、憂き世という夢に戀人を見ることが難しいから、その願望を歌に讀み込んでいるということであろう。

一方、現行の「文集百首」のテキストに採用されている本文について訂正を加え、「戀しき人をみては」の「て」に濁音をつけて「戀しき人をみでは」として考えることもできよう。そうすると、一首は「憂き世という長い夢の中にいても、戀しい人を見ないのでは、夢も頼りにできない」という意味になり、歌の表現から發想まですべて傳統を受け繼いでいるように思われる。しかし、この場合は、歌としては大分平板になり、句題との意味上のつながりも違ってくる。

さらに、本文「たのまじ」の「じ」が「る」になっているテキストもある。現行の「文集百首」のテキストに採用されている本文がわかりにくい歌であるから、「たのまる」という異本ができたに違いないが、そうすると、一首は「憂き世は夢のようなもので、その長い夢のうちでも、戀しい人を見ていたならば、その夢が頼りになるものだ」という意味になろう。それは、ちょうど「戀しき人をみではたのまじ」の正反對であるから、論理もまったく同じである。しかし、句題の「夢中の歡笑は亦愁に勝れり」を考えれば「戀しき人をみではたのまじ」よりも「戀しき人をみてはたのまる」のほうが題との意味上のつながりがわかりやすい。

定家の歌と漢詩題との關わりについてさらに分析をすれば、定家の歌にある「憂き世」は漢詩題の「人生」の變容であって、そこに「憂き」という要素が加わることによって、マイナスの意味に轉化する。また、題の「夢中の歡笑」は、まず原據詩の「詩」と「酒」を樂しんでいることを意味していると思われるし、人生の廣範圍の内容を含む表現と考えられる。それが定家の歌においては「戀しき人を見」ることに變えられたのは、戀を主題とする日本的な發想とはいえ、たんに「戀」を讀み込んだという表現上の問題のみならず、もっと本質的な問題であり、生きることの意味はどこにあるかという人生觀の違いに關わるものと思われる。

句題の「夢中の歡笑は亦愁に勝れり」は原據詩にある「夜を惜みては相將ゐて燭を秉りて遊ぶ」一句とあわせて考えたい。「燭を秉りて遊ぶ」は後漢時代の「古詩十九首」の十五首目の、

生年不滿百　常懷千歳憂
晝短苦夜長　何不秉燭遊
爲樂當及時　何能待來茲
愚者愛惜費　但爲後世嗤
仙人王子喬　難可與等期

生年　百に滿たざるに、常に懷く　千歳の憂ひ。
晝は短かきに夜の長きに苦しまば、何ぞ燭を秉《と》りて遊ばざる。
樂しみを爲すは當に時に及ぶべし、何ぞ能く來茲を待たん。
愚者は費えを愛惜して、但後世の嗤と爲る。
仙人の王子喬、與に期を等しうす可きこと難し。(35)

に由來するもので、短い人生といっても生命を大事にして樂しく過ごそうと主張しているのである。「夢中の歡笑は亦愁に勝れり」も「燭を秉りて遊ぶ」も、その根底には「及時行樂（時に及んで行樂す）」の思想があり、それは人生のはかなさを自覺した古代の中國人の身の處し方を示す典型的な表現であり、もののあはれと無常觀が基調となった日本の中世文學とは調和しがたい昂揚した旋律だといえよう。

一方、定家の歌について「戀しき人を見てはたのまじ」にせよ、「戀しき人を見ではたのまじ」にせよ、その戀を求めている心の切なさが歌のメインテーマとなっており、そのこと自體に既に「憂き」が充滿しているように感じられる。それは、いわゆる「及時行樂（時に及んで行樂す）」の思想とは別の問題であって「夢中歡笑亦勝愁」の詩句を眞正面から受け入れていないように思われる。同じ題で慈圓が詠んだ歌「うつつかもあるかこころのありがほに夢にゆめ見る身とはしらずや」も「人生都是夢」に通うものであるが、「及時行樂」の思想が見られない。

『大江千里集』では、「夢中歡笑亦勝愁」だけが句題に選ばれて「夢にてもうれしきことのみえつるはたたにうれふる身にはまされり」と忠實に和歌に讀み替えられている。かかる漢詩の直譯調の讀み方が千里の句題和歌にみえる基本的な態度ともなっている以上、[36]右の歌をもって千里の白居易の思想を受け入れた度合いを證明するのは憚るべきことであろう。しかし、『大江千里集』の句題の性質及び『大江千里集』の構成を考察する際に、なぜ千里が「縱導人生都是夢」より「夢中歡笑亦勝愁」のほうに目を止め、それを句題に取ったかについては、考えなければならない重要な問題意識である。ただ語感だけを考えれば、「縱導」は「たとえ……といえども」の意味をしているから、「縱導人生都是夢」より「夢中歡笑亦勝愁」が意味の纏まった詩句として抜き出しやすい、ということも考えられる。

注

（1）「述懷」の部にある五番目の歌（三二七七）の原據詩にも「夜を惜みては相將ゐて燭を秉りて遊ぶ」という表現が見られ、そこを參照されたい。
（2）渡邊秀夫『詩歌の森』「V移ろいと永遠・もみじ」參照。
（3）原文は岩波古典文學大系に據る。
（4）原文は『謠曲二百五十番集』による。
（5）佐藤恆雄「『明月記』の中の白詩」續。
（6）『白氏文集』巻十五にあり、詩の全文は次の通りである。「十五年前似夢遊、曾將詩句結風流。偶助笑歌嘲阿軟、可知傳誦到通州。昔敎紅袖佳人唱、今遣靑衫司馬愁。惆悵又聞題處所、雨淋江館破墻頭」。
（7）柿村重松『和漢朗詠集考證』三一九頁。
（8）佐藤恆雄「定家と白居易——『明月記』の中の白詩——」において指摘されている。
（9）渡邊秀夫『詩歌の森』「V移ろいと永遠・露」。

（10）李善注『文選』巻二十八陸士衡「挽歌詩」‥「中闈に且つ讙しくする勿かれ、我が薤露の詩を聴け（中闈且勿讙、聴我薤露詩）」。そこの注は「薤露行」の全文を引用している。また、「薤露行」は宋・郭茂倩『樂府詩集』巻二十七「相和歌辭」にも收録されているが、はじめの句は「薤上露、何易晞」とある。

（11）岩波新日本古典文學大系『古今和歌集』小島憲之・新井榮藏注および渡邊秀夫『詩歌の森』「Ⅱ鳥の聲と花の香・櫻」參照。

（12）『莊子』「齊物論」‥「天下莫大於秋毫之末、而泰山爲小。莫壽乎殤子、而彭祖爲夭。天地與我併生、而萬物與我爲一」。『晉書』巻八十「王羲之傳・蘭亭集序」‥「固知一死生爲虛誕、齊彭殤爲妄作」。

（13）『白氏文集』巻六十五「讀禪經」（三一五四）。

（14）渡邊秀夫『詩歌の森』「Ⅱ鳥の聲と花の香・櫻」參照。

（15）前掲渡邊著書「Ⅴ移ろいと永遠・露」參照。

（16）歌の解釋は三角洋一先生のご教示によっている。

（17）淺野春江『定家と白氏文集』二二七頁。

（18）小島憲之・新井榮藏校注には、白氏文集9・想東遊五十韻「幻世春來夢、浮生水上漚」とある。

（19）久保田淳『新古今和歌集全評釋』第一巻一八九頁。

（20）佐伯梅友等編『和泉式部集全釋――續集篇――』一七九頁。

（21）岩波新日本古典文學大系『新古今和歌集』田中裕・赤瀬信吾校注を參照。

（22）たとえば、前掲田中・赤瀬著書には「「わかるる横雲」には文選・高唐賦にいう「朝雲」、それは楚王が夢に見た巫山の神女の形見であったが、その面影もあるか」とあり、注（19）に掲載した著書には「襄王が夢裡に巫山の神女と契ったという朝雲暮雨の故事（文選・高唐賦）の俤があると考えられる。すると、横雲は神女の豔姿を暗示すると見られる」とあるが、氏の言う「襄王」は間違いであり、李善注によれば楚の「懷王」のことである。また、佐藤恆雄『新古今和歌集』（ほるぷ出版、昭和六十一年九月）と藤平春男『作者別年代順新古今和歌集』（笠間叢書二五七、平成五年三月）においても、定家のこの歌と「文選・高唐賦」との關連が示されている。

(23) 角川文庫本、萩谷朴譯注『松浦宮物語』三六段「朝雲無迹」を參照。
(24) 『文選』巻第二十九雜詩「古詩十九首」の十四首に「去者日以疎、生者日以親」という對句があり、當該歌の着想はその影響であろうか。
(25) 私見では、この白氏の作品は古詩十九首（李善注『文選』巻二十九）に倣った作品と思われる。古詩十九首の十三番に「驅車上東門、遙望郭北墓。白楊何蕭蕭、松柏夾廣路。下有陳死人、杳杳卽長暮。潛寐黃泉下、千載永不寤」、十四番に「出郭門直視、但見丘與墳。古墓犂爲田、松柏摧爲薪」という表現がある。
(26) 佐藤恆雄「建保六年「文集百首」の成立」。
(27) 赤羽淑「定家の文集百首上」。
(28) 八十九番の歌はその例である。
(29) 『百錬抄』第四、後一條天皇長元九年四月廿二日、「權中納言顯基出家」。『日本紀略』後編十四、長元九年四月廿二日、「權中納言從三位源朝臣顯基於大原出家」。
(30) 『往生傳　法華驗記』に所收の『續本朝往生傳』に據った。
(31) 「じ」は冷泉家時雨亭叢書本では「る」とあり、歌についての解釋はそれに從っている。
(32) 淺野春江『定家と白氏文集』二一五頁。
(33) 日本古典文學大系『古今和歌集』、小町谷照彦譯註『古今和歌集』補注を參照。
(34) 竹岡正夫『古今和歌集全注釋』は「現實では全く會うすべくもないあの人に、夢の中でなら、あんなはかない假寢の夢にでも會えるのだから、それ以來、廣く一般に夢というものをば戀人に會えるランデブーの場として賴りに思い始めたという氣持なのである」と解釋している。
(35) 原文および訓讀は花房英樹『文選』（詩騷編）四に據っている。
(36) 金子彥二郎『平安時代文學と白氏文集　句題和歌・千載佳句研究篇』、山岸德平『山岸德平著作集・平安文學研究』、吉川榮治「大江千里集小考――句題和歌の成立をめぐって――」を參照。

第二節　「法門五首」について

追想當時事　何殊昨夜中　自我學心法　萬縁成一空

九十六　大空のむなしき法を心にて月に棚引雲ものこらず

歌の意味

大空は棚引く雲も残らず、月が澄みわたっている。すべてのことは空である佛教の教えに悟った私の心も、その大空のような境地なのだ。

原據詩

夢裴相公　　裴相公を夢む

五年生死隔　一夕夢魂通　　五年　生死　隔て、一夕　夢魂　通ず。
夢中如往日　同直金鑾宮　　夢中往日の如く、同じく金鑾宮に直す。
髣髴金紫色　分明氷玉容　　髣髴たり金紫の色、分明なり氷玉の容。
勤勤相眷意　亦與平生同　　勤勤たる相眷の意、亦た平生と同じ。
既寤知是夢　憫然情未終　　既に寤めて是れ夢なるを知れども、憫然として情未だ終らず。
追想當時事　何殊昨夜中　　當時の事を追想すれば、何ぞ昨夜の中に殊ならん。

自我學心法　萬緣成一空　我れ心法を學んでより、萬緣一空と成る。
今朝爲君子　流涕一霑胸　今朝君子の爲に、涕を流して一たび胸を霑す。
（巻十、〇四六〇、四十三歳の作）

歌の分析

原據詩全體の意味を考慮して題を見ていると、題の四句の切り方があまり適切ではないことにすぐ氣づく。「當時の事を追想すれば、何ぞ昨夜の中に殊ならん」の二句は、本來「既に寤めて是れ夢なるを知れども、憫然として情未だ終らず」のつづきであり、「我れ心法を學んでより、萬緣一空と成る」は、その次の「今朝君子の爲に、涕を流して一たび胸を霑す」と合わせて一つのまとまったメッセージを傳えているのである。「我れ心法を學んでより、萬緣一空と成る」は「法門」にふさわしい題であるが、文脈が違った「當時の事を追想すれば、何ぞ昨夜の中に殊ならん」二句まで持って來られたのでは、わかりにくい。慈圓の當該歌は「野も山もみなおほ空と成りにけりいかなる道に心行くらむ」となっており、「當時の事を追想すれば、何ぞ昨夜の中に殊ならん」の投影は見られないが、和歌には、悟り以前の段階を示す言葉として「闇路」「長き夜」などの表現があることを考えれば、慈圓は、「當時の事を追想すれば、何ぞ昨夜の中に殊ならん」を「萬緣一空と成る」境地以前の迷った狀態を意味するものとして切り取ってきたと思われる。

しかし、原據詩の內容を考えてみると、後半の方に重點が置かれており、「心法を學んでより、萬緣一空と成る」と思ったけれども、今は君子（裴相公）を偲んで悲しみが胸一杯である、ということを白居易は言っている。この原據詩は、「感傷詩」という白居易自身による分類に收められており、その內容はまさしく「感傷」であって、「萬緣一空」の境地に成りきれないことを告白している。ところが、撰者慈圓は「法門」の部の題を選ぶ際に「我れ心法を學んでより、萬縁一空と成る」という表現のゆえに、原據詩の文脈に關わらずこの題を選定したのであろう。ちなみに、「法門」五首の題はすべて「感傷詩」の中から抽出されており、そのことは中世に入ってからの『白氏文集』受容の新しさを示していると考えられるが、そのことについては、あらためて節を設けて分析しよう。

定家の當該歌は主に題の後半の内容を踏まえて詠んでいると思われるが、「月」は「空」「雲」などの縁語でありながらも、イメージとしては題の前半に見える「昨夜」に統合されている表現である。

和歌において「むなしき空」という表現は漢語の「虛空」の訓としてよく用いられるが、「むなしき」と「空」の順序を逆にして詠む例はほとんど見あたらず、當該歌にはその新しさが見える。「大空のむなしき法」の「大空」には自然界のおおぞらの意味と、現實にあるすべての物を「法」とし、その「法」は根本的に「空《くう》」であるという佛教の考え方の兩方の意味が込められている。そこで、「大空」を「むなしき法」と表現したのであり、漢詩題の「我れ心法を學んでより、萬縁一空と成る」の内容とも呼應しているのである。

「心にて」という表現は、やはり「我れ心法を學んでより」に觸發されて詠まれたものであるが、同時に、「大空のむなしき法を心にて」と「月に棚引雲ものこらず」は、着想として佛教的心情を詠む歌によく見られる表現を踏まえていると思われる。

日のひかり月のかげとて照しける暗き心のやみ晴れよとて　（千載集・釋教・一二四五・蓮上法師）
雲はれてむなしき空にすみながら憂き世の中をめぐる月哉　（新古今集・釋教・一九五二・寂然）
闇はれて心のそらにすむ月は西の山べやちかくなるらん　（新古今集・釋教・一九七八・西行）

といった歌において、「暗き心のやみ晴れ」「雲はれてむなしき空」「闇はれて心のそらにすむ」というのは、いずれも佛教の教えに導かれて心が悟った境地になったことの象徴である。なお、右の三首とも「月」が現れているが、

「日のひかり」歌の詞書には「神力品の如日月光明、能除諸幽冥の心をよめる」とあり、「雲はれて」歌は寂然の「法門百首」の一首であり、『大方廣佛華嚴經』四十三の偈「菩薩清涼月、遊於畢竟空」を題に詠んだ歌である。(1)「闇はれて」歌については「月　清淨な佛性・菩提心の譬喩」という注が見られる。(2)そのほかに、また、月は「阿彌陀如來の象徵」、「佛の喩え」などとして詠まれた例もあり、(3)「月（滿月）は、釋迦や阿彌陀佛、あるいは悟り・佛性・僧侶などの比喩としてひろく用いられ(4)」、定家の當該歌はそれらの傳統を受け繼いでおり、和歌的表現を組織して漢詩題と相應する佛教的世界を作り出していると言えよう。

迴念發弘願　願此現在身　但受過去報　不待將來因

九十七　つらき身のもとのむくいはいかがせんこの世の後の夢はむすばじ

歌の意味

この世につらい身を受けているのは前世の報いなので、どうしようもないけれども、來世では、迷いの世界にまどうまい。

原據詩

自覺二首（其二）

朝哭心所愛　暮哭心所親
親愛零落盡　安用身獨存

自覺二首（其の二）

朝に心の愛する所《ひと》を哭し、暮に心の親む所《ひと》を哭す。
親愛は零落し盡す、安んぞ身の獨存するを用ひん。

幾許平生歡　無限骨肉恩
結爲腸間痛　聚作鼻頭辛
悲來四肢緩　泣盡雙眸昏
所以年四十　心如七十人
我聞浮圖教　中有解脱門
置心爲止水　視身如浮雲
斗藪垢穢衣　度脱生死輪
胡爲戀此苦　不去猶逡巡
廻念發弘願　願此見在身
但受過去報　不結將來因
誓以智惠水　永洗煩惱塵
不將恩愛子　更種憂悲根

幾許ぞ平生の歡、限り無き骨肉の恩。
結ぼれて腸間の痛と爲り、聚って鼻頭の辛と作る。
悲來って四肢緩く、泣盡くして雙眸昏し。
所以《それゆえ》に年四十なるも、心は七十の人の如し。
我聞く浮圖の教、中に解脱の門有り。
心を置いて止水と爲し、身を視ること浮雲の如し。
垢穢の衣を斗藪し、生死の輪を度脱す。
胡爲れぞ此苦を戀ひ、去らずして猶ほ逡巡するや。
念を廻して弘願を發し、願はくは此の見在の身。
但だ過去の報を受け、將來の因は結ばじ。
誓って智惠の水を以て、永く煩惱の塵を洗ひ。
恩愛の子を將つて、更に憂悲の根を種ゑじ。

（巻十、〇四八四、四十歳の作）

歌の分析

「文集百首」の漢詩題と原據詩を對比してみれば次のような異同が見られる。つまり、題中の「現在身」と「不待將來因」は原據詩においてはそれぞれ「見在身」と「不結將來因」とある。

原據詩は元和六年に作られたものであり、その年は四月に白居易の母親の陳夫人が世を去り、まもなく、愛娘の金鑾子も幼くして死んだから、白居易にとって不幸な一年であった。「朝に心の愛する所を哭し、暮に心の親む所を哭す」の「愛」と「親」はすなわちそれぞれ白居易の娘と母親を指しており、「親愛零落し盡す、安んぞ身の獨存するを用ひん。幾許ぞ平生の歡、無限き骨肉の恩。結んで腸間の痛と爲り、聚つて鼻頭の辛と作る。悲來つて四肢緩く、泣盡きて雙眸昏し。所以に年四十なるも、心は七十の人の如し」は、肉親を失った哀しみの極まりに至った心情を訴えているのである。この狀態にあった白居易は、「我聞く浮圖の教、中に解脱の門有り。心を置いて止水と爲し、身を視ること浮雲の如し。垢穢の衣を斗藪し、生死の輪を度脱する。胡爲れぞ此苦を戀ひ、去らずして猶ほ逡巡する」というように、自分をその哀しみの海から救うことを佛教に期待したのである。

佛教では、過去・現在・未來の三世を通じて因果の理法により善惡の應報があると說かれており[5]、漢詩題に選ばれた「念を廻して弘願を發し、願はくは此の見在の身。但だ過去の報を受け、將來の因は結ばじ」という四句は、その思想に即して自分の願望を表しているものである。「但だ過去の報を受け、將來の因は結ばじ」という二句は、その後の「誓つて智惠の水を以て、永く煩惱の塵を洗ひ。恩愛の子を將つて、更に憂悲の根を種ゑじ」と關連して解釋しなければ「三世因果、循環不失」の佛教の考え方にそぐわないと思われるが、白居易の本意は、現世において佛教の教えにしたがって生死・恩愛などの煩惱から解脱し、また、その煩惱によって「將來の因」も結ぶことがないようにと願っているということであろう。

では、當該歌はどうであろうか。

まず、上句の「つらき身のもとのむくいはいかがせん」を考えてみよう。

和歌には「むくい」という表現が見られるが、次の例に示されたように、それは、ほとんど戀の苦しみの詠嘆にしか用いられていないようである。

契りあらば思ふがごとぞ思はましあやしや何のむくいなるらん　（後拾遺集・戀四・八一一・高明）

かゝりける歎きはなにのむくいぞと知る人あらば問はましものを　（千載集・戀二・七六一・成範）

歎かじな思へば人につらかりしこの世ながらのむくひなりけり　（新古今集・戀五・一四〇一・皇嘉門院尾張）

つまり、戀する人につれなくされて「つらき身」となった人には、自分が堪えなければならない苦しみは前世の行いによる「むくい」なのであろうかという考えも生まれており、それによって心のつらさをある程度和らげしようとしているのである。定家には、また、

つらきさへ君がためにぞなげかるるむくいにかかる戀もこそすれ　（初學百首・戀・七六）

我ばかりつらき契は又もあらじ心のあたのむくいひとつに　（一字百首・戀・二八六九）

といった歌があり、これらも似たようなテーマを表現している。これらでは「つらきさへ」とか「つらき契」という言葉が「むくい」と一緒に詠み込まれている。しかし、當該歌の場合は異なっており、漢詩題の内容を踏まえてもっと廣範な意味で詠まれた歌には違いない。

ところで、冒頭において題の「不待將來因」は原據詩では「不結將來因」であると述べたが、「不待將來因」では意味として理解しにくい。また、當該歌の下句「この世の後の夢はむすばじ」において、「むすばじ」は「夢」の縁語であるが、定家は漢詩題中の本來の「結」という文字を踏まえて詠んだものと考えられる。つまり、「文集百首」が流布する間に漢詩題の本文が間違って書寫されたのであろう。

九十八　　誓以智惠水　永洗煩惱塵

さとりゆく心の水にあらはればつもりてよもの塵ものこらじ

歌の意味

悟ってゆく心は澄んでいる水のようで、その水に洗われれば積もりつもった人生の煩悩という塵も跡かたもなくきれいになるであろう。

原據詩

前首の原據詩を參照。

歌の分析

當該歌は基本的には題の翻案として考えられる。

「さとりゆく」という表現は慈圓の歌にも見え、

さとりゆくまことの道に入ぬれば戀しかるべきふるさともなし　（新古今集・羈旅・九八五・慈圓）

と歌われており、旅の題で佛教信仰を表している。「心の水」の用例としては、

照る月の心の水にすみぬればやがてこの身に光をぞさす　（千載集・釋教・一二一八・教長）

そこきよく心の水をすまさずはいかがさとりの蓮をも見ん　（新古今集・釋教・一九四七・兼實）

などの歌があり、『新古今集』一九四七番の歌について「心の水　佛教語「心水」の訓讀語。心がさまざまな諸事象を映して動くのを水にたとえる」という注が見られる。(6)つまり、「さとりゆく」と「心の水」という表現は、定家の時代には特に佛教的心情を表す歌言葉としてすでに定着しているようであり、定家はこの二つの言葉を組み合わせて漢詩題の「智惠の水」を言い替えたのである。「智惠の水」という表現と比べて「さとりゆく心の水」というのは佛教への志向をよりはっきりさせたものだと言えよう。

「つもりてよもの塵ものこらじ」は「永く煩惱の塵を洗ひ」の和歌的表現であるが、和歌では本來「塵」について「拂ふ」というのが一般的であり、當該歌の「心の水にあらはれば」というのは、明らかに題の翻譯である。本「文集百首」の「閑居」の部（六十九番）には「更無俗物當人眼、但有泉聲洗我心（更に俗物の人眼に當るもの無く、但だ泉聲の我が心を洗ふ有るのみ）」という題が見られ、そこの「我が心を洗ふ」は「煩惱の塵を洗ひ」と同じように、心を澄ませることを意味している。但し、白居易詩では「我が心を洗ふ」や「煩惱の塵を洗ひ」の主體は「泉聲」や「智恵の水」という人間の外部の力であるが、當該歌では「さとりゆく心の水」と言っており、人間自身が悟っている心でいるのが前提となっている。そこに定家と白居易の表現の違いがあり、ひいては兩者の人の心に對する認識の違いがあると言えよう。

由來生老死　三病長相隨　除却無生忍　人間無藥治

九十九　舟のうちにうきよの岸をはなれてやしらぬ藥の名をば尋ねん

歌の意味

秦の始皇帝の故事にあっては、童男丱女が船中生活しながら、岸を離れて蓬萊不死の藥を尋ねたというが、私は佛法という船に乘って憂き世を離れ、無生忍とかいうよく知らぬ藥を尋ねてみようか。(7)

原據詩

白髮

白髮

白髪知時節　暗與我有期　　白髪時節を知り、暗に我れと期する有り。
今朝日陽裏　梳落數莖絲　　今朝日陽の裏、數莖の絲を梳落す。
家人不慣見　憫默爲我悲　　家人見るに慣れず、憫默して我が爲に悲しむ。
我云何足怪　此意爾不知　　我れ云ふ何ぞ怪しむに足らん、此の意爾知らず。
凡人年三十　外壯中已衰　　凡そ人年三十なれば、外壯なるも中已に衰ふ。
但思寢食味　已減二十時　　但だ寢食の味を思ふに、已に二十の時に減れり。
況我今四十　本來形貌羸　　況んや我れ今四十、本來の形貌羸る。
書魔昏兩眼　酒病沈四肢　　書魔兩眼を昏じ、酒病四肢を沈む。
親愛日零落　在者仍別離　　親愛日に零落し、在る者も仍ほ別離す。
身心久如此　白髪生已遲　　身心久しく此くの如し、白髪生ずること已に遲し。
由來生老死　三病長相隨　　由來生老死、三病長く相隨ふ。
除却無生忍(8)　人間無藥治　　無生の忍を除却すれば、人間《じんかん》に藥治無し。　（巻九、〇四二四、四十歳の作）

歌の分析

「無常」の部の冒頭の歌を分析した時にすでに指摘したことであるが、そこに見える漢詩題「親愛日零落、在者仍別離」は當該歌の題と同じ出典である。また、この原據詩は、當該歌のすぐ前にある二首の原據詩とは同じく元和六年に作られたものであり、「親愛日零落」はその年に續いて亡くなった白居易の母親と娘のことを指している。白居易は、なんとかこの死の悲しみから正氣を取り戻そうとしているのであるが、自分の白髪を見ると、なおさら「生老死」に對しての人間の無力さを感じた。當該歌の前の二首の原據詩において白居易は「我れ聞く浮圖の教、中に解脱の門有り……胡爲れぞ此の苦を戀ひ、去らずして猶ほ逡巡する」と言っており、佛教への信仰を示しているが、當該歌の原據詩でも同じように「由來生老死、三病長く相隨ふ。無生の忍を除却すれば、人間に藥治無し」と表現され、佛教しか賴りにできないという白氏の氣持ちがうかがえる。

平野顯照氏の考察によれば、白居易が讀んだ敎典は主に『楞伽經』、『大智度論』、『維摩經』、『首楞伽經』であった(9)が、『楞伽經』と『維摩經』は中國の禪宗に重視された經典でもあった。(10)題中の「無生忍」は「無生法忍」とも言い、『維摩經』と『楞伽經』の兩方にその言說は見られるが、特に『楞伽經』では繰り返して強調されている。例えば、『楞伽經』の卷二には「一切都無生、亦無因緣滅」（四九〇b）(11)、卷四には「云何爲無生、爲是無性耶」（五〇七c）、「無性無有生、如虛空自性」（五〇八a）、「是則無生忍、若使諸世間、觀察鉤鎖者、一切離鉤鎖」（五〇八a）などの文句がある。つまり、無生とは、無生と無滅との兩方を意味しており、それは因緣という「鉤鎖」から離れて、一切の物（法）は「如虛空自性」で、不生不滅の狀態にあるということであろう。白詩には、また、「不如學無生、無生卽無滅」（「贈王山人」、卷五、〇二〇五）、「不學空門法、老病何由了。未得無生心、白頭亦爲夭」（「早梳頭」、卷九、〇四〇九）、「人間此病治無藥、唯有楞伽四卷經」（「見元九悼亡詩、因以此寄」、卷十四、〇七一八）という句があり、特に死と老いの脅威を強く感じる時に白居易は『楞伽經』が說いている無生無滅の言說によって心のバランスを取ることが多いようである。

また、『楞伽經』の卷四には「是則說無性、如醫療衆病、無有若干論、以病差別故、爲設種種治、我爲彼衆生」（五〇八b）という偈が見られるが、題中の「病」や「人間に藥治無し」などの表現はその影響とも考えられよう。

では、當該歌の內容を考えてみよう。

當該歌について久保田淳氏は「白氏文集の『海漫々』に歌われている、秦の始皇帝が不老不死の藥を求めた故事の心をも籠める」と指摘している。物語の内容を歌に詠み込むのは定家の得意な方法でもあることを考えれば、これは重要な指摘であるが、當該歌の着想には、ほかの要素も働いているようにも思われるので、さらに次の分析を加えたい。

歌ことばとしては「岸」は「舟」の縁語であり、「うきよ」の「うき」も「舟」の縁語である「浮き」を響かせている。「舟のうち」という表現は『和漢朗詠集』巻下「遊女」に見える「舟中浪上、一生之歡會是同」という表現や、

舟のうち浪の上にぞ老にける海人のしわざもいとまなの世や　（新古今集・雜下・一七〇四・良經）

という歌を念頭に置いて詠んだものであり、「舟のうち浪の上」に喩えられる人生の難しさが詠み込まれていると思われる。「舟のうちにうきよの岸をはなれ」て別の世界へ向かっていくという發想については、

阿彌陀佛ととなふる聲をかぢにてや苦しき海をこぎ離るらん　（金葉集・雜下・六四七・俊頼）

という歌が見られ、「屛風繪に、天王寺西門に、法師の舟に乘りて西ざまに漕ぎ離れ行く形かきたる所をよめる」の詞書がある。定家も、「無量義經の心を人のよませしに」という詞書を添えて、

わたしもり出すふなぢはほどもあらじ身は此岸に霧はれずとも　（拾遺愚草・部類歌・釋教・二七六五）

と詠んでおり、久保田淳氏の『譯注　藤原定家全歌集』の補注には、「法行品に、船師大船師運載衆生度生死河置涅槃岸とあり。（中略）世尊をもて船師に比したり。衆生の生死河に浮沈せしを、大船師のすくひたる心なり。涅槃の岸とは佛地の事也」という『類題法文和歌集注解』の文章を引用している。つまり、佛教を人をわたす船とし、苦しみの海と見なされるこの世を離れて彼岸へ志向する心は佛教に關わる歌によく見られるものであり、當該歌の「舟のうちにうきよの岸をはなれて」という表現はそれを踏まえていると思われる。

ちなみに、そうした歌の思想的背景となるのは「厭離穢土」「欣求淨土」を主張する淨土思想であり、その觀點か

ら見れば、當然この「うきよの岸をはなれ」なければ人を救う「藥」はないはずであるから、そこで「舟のうちにうきよの岸をはなれてや」の後に「しらぬ藥の名をば尋ねん」が續いているのであろう。

しかし、白居易が受け入れた「不生不滅」の言說は、因緣によって生と滅が現れるという考えを否定し、すべては「如虛空自性」という自然の存在と見なしているので、必ずしも現世を否定するとは言えない。白居易の受容した佛教思想の特質について次の歌の漢詩題に卽してさらに分析するが、當該歌の場合、淨土往生への志向を表す方法を生かして漢詩題に言っている禪の世界を表現したと考えることもできよう。つまり、「舟のうちにうきよの岸をはなれて」向かっていくところは、題に示されている悟りの世界であり、その世界にこそ「しらぬ藥の名をば尋ね」られるのであると。このような理解で當該歌を讀むこともできよう。

ただし、このように當該歌を解釋するときに「しらぬ藥の名」という表現が氣になってくる。「海漫々」に歌われている故事を考えれば、そこから來た表現だと說明できるかもしれないが、漢詩題で「無生忍」を「除却すれば、人間《じんかん》に藥治無し」つまり、「生老死」という三つの病を治すには、この世に「無生忍」という藥しかないとはっきり言っているにもかかわらず、定家はなお「うきよの岸をはなれて」「しらぬ藥の名をば尋ね」ようとするのは興味深い。そこで、當該歌は反語の表現として考えてみたい。つまり、人生はつらいと言って舟に乘ってこの世を離れ、名も知らない藥を尋ねることはするまい、と解釋してもよかろう。この場合、定家は、漢詩題と呼應して、この人の世に「無生忍」という藥があるから、別の世界に心を託す必要はないという理解で當該歌を詠んだと考えられよう。

一〇〇　大空にただよふほどもありがほにうかべる塵をなにかはらはん

此身何足戀　萬刧煩惱根　此身何足厭　一聚虛空塵

歌の意味

大空に漂うほどに輕くて小さいながら、存在しているというように、うかんでいる塵のような身だから、それを厭って拂おうとする必要もないであろう。

原據詩

逍遙詠

亦莫戀此身　亦莫厭此身
此身何足戀　萬刧煩惱根
此身何足厭　一聚虛空塵
無戀亦無厭　始是逍遙人

逍遙詠

亦此身を戀ふる莫く、亦此身を厭ふ莫し。
此身何ぞ戀ふるに足らん、萬刧の煩惱の根。
此身何ぞ厭ふに足らん、一聚の虛空の塵。
戀ふるなく亦厭ふなくして、始めて是れ逍遙の人。

（巻十一、〇五七七、五十一歳の作）

歌の分析

當該歌の本文にはテキストによって異文が見られる。つまり「なにかはらはん」は、冷泉爲臣編『藤原定家全歌集』と赤羽淑編名古屋大學本『拾遺愚草』ではそれぞれ「何かいとはん」、「なにかいとはむ」とある。また、「うかべる塵」は赤羽淑編名古屋大學本『拾遺愚草』では「うへなるちり」とある。「はらふ」は「塵」の縁語であり、當該歌の場合、「はらはん」と表現して「いとはん」と解釋することもできるので、本書では久保田淳氏のテキストに從った。

本「文集百首」の九十一番歌（「無常」の部にある）を分析した時にすでに言及したが、當該歌の題中の「萬刧の煩惱の根」「一聚の虛空の塵」などの表現は、まずは佛教思想に關わるものであるが、一方、『莊子』「知北遊」には一氣の聚散によって生死を說く思想があり、また、原據詩の尾聯では『莊子』「逍遙遊」を踏まえ、「戀ふるなく亦厭ふなくして、始めて是れ逍遙の人」とも言っている。當該歌の題を含めて、本「文集百首」の題およびその原據詩には、生と死あるいは現世に對して「厭はず」また「戀はず」という一貫した自由な態度が見られ、そうした白詩には老莊思想と佛教思想が混在しているのであり、その心は「逍遙」の老莊的境地と、佛教的精神に同時に通じている。その點について次の補足をしておきたい。

白居易が讀んだ『維摩經』[12]には「不樂涅槃、不厭世間」（九七七c）[13]「不此岸不彼岸」（九八七a）「無畏無憂無喜無厭無著」（九八七c）などの文が見られ、當該歌の原據詩は思想の面においてそれと共通するところがあろう。また、『維摩經』の「無喜無厭無著」という思想は九十九番歌の題に見える「無生忍」とも關連するものであり、『維摩經』には、さらにまた「不生不滅是無常義」（九四三b）「維摩詰言說身無常不說厭離於身」（九五七c）「若有生滅、是可畏法、便欣生而憂滅矣。欣憂旣生、故可厭著也」（九八七c）という表現も見られる。

また、白詩には「爲學空門平等法、先齊老少死生心」（「歲暮道情二首」、卷十五、〇八九八）「本是無有鄕、亦名不用處。行禪與坐忘、同歸無異路」（「睡起晏坐」、卷七、〇二九〇）などの表現があり、禪の思想と道家思想を同列に置いている。[14]もとより、中國の禪宗は老莊思想の影響を深く受けているものであるが、白居易には積極的に兩者を融合させようとする姿勢も顯著であると言えよう。

當該歌の題に見る「戀ふるなく亦厭ふな」き態度および九十九番歌の題に見える無生無滅の思想と、平安時代以來、盛んであった「厭離穢土」「欣求淨土」の志向との間には大きな開きがある。その點から考えれば、これらの漢詩題を選定したことには、慈圓における白居易ないし佛教思想の受容の新しさが伺えよう。すでに九十一番歌の分析において、生と死によって起こる喜びや憂いをなくすために無住の援用した白詩およびその受け止め方に本「文集百首」と似たような面があり、そこに「文集百首」の影響も考えられると述べた。『沙石集』（巻七、二十五話）で「生ト死トヲ忘ル事」がテーマとして設けられたこと自體は日本佛教史の中世的發展の一端でもあるが、本「文集百首」の漢詩題の存在は、それに影響を與えたとも考えられよう。

當該歌の「大空にただよふほどもありがほにうかべる塵」とは、漢詩題の「虚空の塵」を踏まえている表現であるが、和歌においても、

風のうへにありか定めぬ塵の身は行くゑもしらずなりぬべら也　（古今集・雜下・九八九・よみ人しらず）

塵泥の數にもあらぬ我ゆへに思ひわぶらん妹がかなしさ　（拾遺集・戀四・八七二・よみ人しらず）

という詠み方が見られ、發想としては相い似たところがあろう。また、

つもるらん塵をもいかではらはまし法にあふぎの風のうれしさ　（後拾遺集・雜六・一一八四・伊勢大輔）

というように、塵に煩惱や罪を喩える詠法もあり、その場合の「塵」は「はらはまし」ものとなっているのである。當該歌は「塵」とその縁語である「はらふ」を用い、漢詩題の內容に即して詠んでいるのは、「詞は古きを慕ひ、心は新たしきを求め」(15)という定家自身の歌論を實踐したものとも言えよう。

注

（1）「法門百首」には「菩薩は煩惱の雲はれて、畢竟のそらにすめども、衆生をわたさんがために、かへりて生死にめぐるなり」という寂然の自注がある。
（2）岩波新日本古典文學大系『新古今和歌集』校注。
（3）岩波新日本古典文學大系『千載和歌集』一二〇八・一二一八の歌およびその注を參照。
（4）渡邊秀夫『詩歌の森』「I光り輝くものたち・月」。
（5）例えば、『法華經』巻第六「法師功德品」に「一切衆生、及業因緣、果報生處」と言っており、また、『涅槃經・迦葉菩薩品』に「一切衆生有三種身、所謂過去未來現在」（正十二・八〇九a）という文句がある。
（6）田中裕・赤瀬信吾校注『新古今和歌集』。
（7）歌の解釋は三角洋一先生のご教示によっている。
（8）那波本は「無生念」とある。平岡武夫・今井清校定『白氏文集』は「念」を「忍」に直し、「今從金澤本・要文抄本・管見抄本。無生忍佛家語」と注記している。平岡・今井氏に從う。
（9）平野顯照「白居易文學と佛教經典」。
（10）平川彰『佛教通史』一四六頁を參照。
（11）大正新修大藏經第十六卷。
（12）注（9）參照。
（13）大正新修大藏經第三十八卷。
（14）蜂屋邦夫「白居易の詩と佛教」。
（15）藤原定家「近代秀歌」。

第三節　「文集百首」における中世的なもの

これまで「無常」と「法門」部の歌を分析したが、第一章第三節において指摘した「文集百首」にみえる「無喜無憂」「不厭不戀」「無生無滅」という精神的境地への傾斜は、この二つの部立に強く見られ、白氏文集の佛教的受容の一様相をなしている。そこで、日本における白氏文集受容史の視點から「文集百首」の佛教的内容およびその位置づけを考えたい。

一　「文集百首」以前の白氏文集の佛教的受容

日本における白氏文集の受容史を眺めてみると、その當初から佛教的觀點に立った受けいれ方が認められる。それは、漢詩の分野のみならず、和歌や物語など和文で書かれた文學作品にも同様に言える。その例として、はじめに著名な詩句、

遺愛寺鐘欹枕聽　香鑪峯雪撥簾看　　遺愛寺の鐘は枕を欹《そばだ》てて聽き、香鑪峯の雪は簾を撥《かか》げて看る。

の享受の仕方を擧げてみたい。この二句の出典は「香鑪峯下、新卜山居、草堂初成、偶題東壁五首」の四首目（巻十六、〇九七八）であり、詩の全體は次のようである。

日高睡足猶慵起　小閣重衾不怕寒　　日高く睡足りて猶起くるに慵《ものう》し、小閣衾を重ねて寒を怕れず。
遺愛寺鐘欹枕聽　香鑪峯雪撥簾看　　遺愛寺の鐘は枕を欹《そばだ》てて聽き、香鑪峯の雪は簾を撥《かか》げて看る。

匡廬便是逃名地　司馬仍爲送老官

匡廬は便ち是れ名を逃るるの地、司馬は仍《なほ》老を送るの官と爲す。

心泰身寧是歸處　故鄕何獨在長安

心泰かに身寧《やす》きは是れ歸處、故鄕何ぞ獨り長安に在るのみならんや。

新しい草堂の居心地のよさ、閑居の安らぎ（「心泰」）が詩意となっており、「遺愛寺の鐘は枕を攲てて聽き、香鑪峯の雪は簾を撥げて看る」は、その悠然とした生活ぶりの一シーンと言えよう。

ところで、『源氏物語』「總角」の巻に以下のような引用が見える。

雪のかきくらし降る日、ひねもすにながめ暮らして、世の人のすさまじきことに言ふなる師走の月夜のくもりなくさし出でたるを、簾卷き上げて見給へば、向かひの寺の鐘の聲、枕を攲《そばだ》てて、けふも暮れぬとかすかなる響きを聞きて、

おくれじと空行く月をしたふかなつひにすむべきこの世ならねば(1)

この部分について『河海抄』など多くの源氏注釋書はこの詩と『拾遺集』哀傷・一三二九・よみ人しらずの歌、

山寺の入相の鐘の聲ごとに今日も暮れぬと聞くぞ悲しき

を出典として指摘しているが、白詩の悠然たる閑居生活の場面は、「薰の佛心を導くために準備されたもの(2)」となり、まったく佛教味に滿ちた享受の仕方となっている。

また、『新古今集』雜下・一八〇九の俊成の歌、

曉の心をよめる

あか月とつげの枕をそばたてて聞くもかなしき鐘のをと哉

も明らかに右の白詩を踏まえたものであり、この歌は次の、

あか月のゆふつけ鳥ぞ哀なるながきねぶりを思ふ枕に　（新古今集・雑下・一八一〇・式子内親王）

という歌と一まとめにして、無常に寄せるものとして鑑賞されている。(3) その無常に寄せるものは、やはり、本來の白詩の持っているものではない。

日本文學において、このように、日本人の精神風土によって白氏文集を享受した例は枚擧にいとまないが、ここでは、そうした具體的な詩句は對象とせず、歴史的に大きな影響があった人物や、白詩を集中して取り上げている書物にしぼって、「文集百首」以前の白氏文集の佛教的受容の輪郭を描いてみたい。

白氏文集が傳來した頃に活躍した文人菅原道眞・都良香・島田忠臣の三人について金子彦二郎氏は「良香・忠臣の兩詩人が、何れも崇佛の念に篤く、其の詩文中にも其の種の思想が多分に盛られて居り、しかしてそれらには經典讀誦の直接的影響と共に、又白氏文集を通じての間接的影響にも否むべからざるものがあ」り、「道眞の詩については、又丁度それと同様な事實が語られると思ふ」と指摘している。(4) 都良香（八三四～七九）は、かつて「白樂天讃」を作って、「安禪の病を治し、菩提の心を發す」と述べている。(5) これは、白氏文集の佛教的内容に注目して評價した表現であろう。ただ、この評價と同時に、良香はまた、「紫を拖《くは》へ白を垂れ」という儒家的立場を表す言葉や「書を右《たふと》び琴を左《そばに》す」「仰ぎて茶茗を飲み、傍ら林竹に依る。人間《じんかん》の酒癖、天下の詩淫」という風流な生き方をも擧げており、結びに「白と爲り黑と爲り、古に非ず今に非ず。集七十卷は、盡《ことごと》く是れ黄金なり」と概括し、自由な姿の白樂天を賞贊している。

「白樂天讃」に描かれた白居易像は、十世紀の前半に日本で編纂された唐詩の拔粹書『千載佳句』にも認められる。『千載佳句』の分類において、佛教に關しては「釋氏部」（寺・禪居・僧房・禪僧・老僧・贈僧・禪觀の項を含む）が設け

られており、そこに收められる四十七聯の唐詩のうち、白詩は十二聯見られる。その具體的な内容は次の通りである。

「寺」一聯（一〇二五）、

更無俗物當人眼　徽有泉聲洗我心

更に俗物の人眼に當るもの無く、徽だ泉聲の我が心を洗ふ有るのみ。

（巻五十四「宿靈巖寺上院」、二四八九）

「僧房」一聯（一〇四七）、

還向暢師房裏宿　新秋月色舊灘聲

還って暢師に向って房裏に宿り、新秋の月色　舊灘の聲。

（巻六十八「五年秋病後獨宿香山寺三絶句」、三四六六）

「贈僧」四聯（一〇五二〜一〇五五）

曾向衆中先禮拜　西方去日莫相遺

曾て衆中に向かって先づ禮拜し、西方に去る日　相遺す莫し。

（巻五十七「贈僧・神照上人」、二八〇五）

何年飲著聲聞酒　直到如今醉未醒

何の年にか聲聞の酒を飲著し、直に如今に到るまで醉へて未だ醒めざる。

（巻六十八「戯禮經老僧」、三四三二）

若不秉持僧苦行　將何報答佛恩深

若し僧の苦行を秉持せざれば、何を將って佛恩の深きに報答せん。

（五十七「贈僧・鉢塔院如大師」、二八〇四）

齋後將何宛供養　西軒泉石北窗風

齋後將何を將ってか供養に充てん、西軒の泉石北窗の風。

（巻六十四「喜照密閑實四上人見過」、三〇七六）

「禪觀」六聯（一〇六四〜一〇六九）

爲學空門平等法　先齊老少死生心

空門平等の法を學ぶが爲に、先づ老少死生の心を齊《ひとし》うす。

（巻十五「歳暮道情」、〇八九八）

榮枯事過都成夢　憂喜心忘便是禪　　榮枯事過ぎて都て夢と成り、憂喜心に忘るるは便ち是れ禪。

（巻十六「寄李相公、崔侍郎、錢舍人」、〇九五三）

賴學空王治苦法　須拋煩惱入頭陀　　空王苦みを治むる法を學ぶに賴《よ》り、須らく煩惱を拋つて頭陀に入るべし。

（巻十七「自到潯陽生三女子、因詮眞理、用遣妄懷」、一〇八七）

此日盡知前境妄　多生曾被外塵侵　　此の日　盡く知る前境の妄なるを、多生　曾て被る外塵の侵せるを。

（巻五十三「味道」、二三六八）

言下忘言一時了　夢中說夢兩重虛　　言下に言を忘れて一時に了す、夢中に夢を說きて兩重虛し。

（巻六十五「讀禪經」、三一五四）

未悟病時須去病　已知空後莫依空　　未だ病を悟らざる時須らく病を去るべし、已に空を知りて後空に依る莫れ。

（巻六十六「送李滁州」、三三二九）

このように、『千載佳句』に収められた佛教關係の白詩には、出家者の生活環境や僧侶たちと交わる白居易の生き方を反映しているものと、禪の觀想を述べるものが、ほぼ半分ずつになっている。また、『千載佳句』巻上「人事部」の「閑適」の項には、

（四八七）每夜坐禪觀水月　有時行醉翫風花　　每夜坐禪して水月を觀、時有りて行醉して風花を翫ぶ。

（巻六十四「早服雲母散」、三一三〇）

（四八八）猶覺醉吟多放逸　不如禪坐更清虛　　猶ほ覺ゆ醉吟多く放逸なるを、如かず禪坐の更に清虛

なるに。

（巻六十八「改業」、三四七二）

と、「坐禪」のことと「醉吟」や「翫風花」の生活ぶりが一緒に竝べられており、その點は「白樂天讃」に描かれた白居易像と重なっているようである。つまり、『千載佳句』には、白氏文集の禪の思想に對する關心も示されてはいるが、特に強く傾斜しているわけではなく、全體として賢くて風流な詩人である白居易像がイメージされている。(6) 以上、都良香と『千載佳句』の白氏文集受容は、基本的に日本の王朝人による白居易理解の實相を反映しているように思われる。

その後、十世紀の後半になると、大學寮の學生と比叡山の僧侶が一堂に會して、法華講經や讚佛詩を誦する勸學會が行われるようになったが、それは、白居易の願文に見える「願今生世俗文字之業狂言綺語之誤、翻爲當來世世讚佛乘之因轉之緣」を據り所とするものであり、後世に多大な影響をもたらした、いわゆる狂言綺語觀の濫觴と言える。(7) その勸學會の中心人物であった慶滋保胤（?〜一〇〇二）(8) の「池亭記」には「唐の白樂天は異代の師たり、詩句に長じて佛法に歸するを以てなり」という内容があり、白居易の文學について、とくにその佛教的内容を評價しているのである。

そして、後世の白氏文集の受容に大きな影響を與えた『和漢朗詠集』（一〇一二）が成立することになる。この書物の分類において、佛教に關するものとしては、巻上「冬」に配置されている「佛名」と巻下の「山寺」「佛事」「僧」「無常」がある。

「佛名」には漢詩と和歌が二つずつ竝べられており、そのうちの一聯（三九三）は白詩の、

香　火　一　爐　燈　一　盞　白　頭　夜　禮　佛　名　經　　香火一爐　燈一盞、白頭夜禮す佛名經。

（巻六十八「戲禮經老僧」、三四三一）

である。

「山寺」には七聯の漢詩と二首の和歌があり、『千載佳句』「釋氏部」の「寺」に収められている「更無俗物當人眼、徽有泉聲洗我心」が引用される。

「佛事」には漢詩文から抜粋した對句は十三條、和歌は四首あるが、白詩による摘句は二條（五八八、五八九）ある。

願今生世俗文字之業狂言綺語之誤　翻爲當來世世讚佛乘之因轉法輪之緣

願はくは今生の世俗文字の業　狂言綺語の誤りを　翻して當に來たるべき世世の佛乘を讚える因、法輪を轉むる緣と爲さん

（巻七十「香山寺白氏洛中集記」）

百千萬劫菩提種　八十三年功德林　百千萬劫の菩提の種、八十三年の功德の林。

（巻五十七「贈僧・贈鉢塔院如大師」、二八〇四）

「僧」には摘句は六條、和歌は三首あるが、白詩は含まれていない。

「無常」には摘句は六條、和歌は三首あり、中に白詩による摘句が一聯（七九二）見られる。

蝸牛角上爭何事　石火光中寄此身　蝸牛の角上に何事をか爭ふ、石火の光中に此の身を寄せたり。

（巻五十六「對酒五首（その二）」、二六七七）

右に示したように、『和漢朗詠集』に収錄されている白居易の作品には、佛敎に關係するものはそれほど見られない。右のうち、「願今生世俗文字之業狂言綺語之誤、翻爲當來世世讚佛乘之因轉之緣」は、前述の如くその後の諸文芸に深い影響をもたらしたものである。十世紀の後半にできた勸學會から中世にかけて見られる「狂言綺語觀」の史的展開についての問題は、ほとんど三角洋一氏の論考によって言い盡くされており、本書として新たに提示するところはないが、日本における白氏語である「狂言綺語」の受容は、日本思想史の展開にともなってその內實を變えさせ、し

かも文學活動に限らず、「諸道藝能は佛道に通じるという道の思想を生み出すことになりはしなかったかという問いも設定されてよい」[9]という重要な指摘について、注意を喚起したいと思う。

ところで、平安末期から、「狂言綺語觀」の展開を背景に、白居易は文殊菩薩の化身であるという説話がうまれた。『今鏡』「うちぎぎ第十」の「つくり物がたりのゆくゑ」に「唐土に白樂天と申ける人は、七十の卷物作りて、ことばをいろへ、たとひをとりて、人の心をすすめ給へりなど聞え給も、文殊の化身とこそは申めれ」という記載があり、[10]また、『十訓抄』第七「可專思慮事」にも「樂天また文殊の化身なれば」[11]という文章が見られる。「文集百首」は、この兩者の間にあり、慈圓は本百首の跋文として「樂天者文殊之化身也、當和彼漢字和歌者神國之風俗也、須述此早懷因茲忽翫百句之玉章愁綴百首之拙什、法樂是北野之社祈願彼南無之誠定翻今生世俗文字之業爲當來讚佛法輪之緣者歟」と書きとめており、白居易を文殊菩薩の化身とする信仰および「狂言綺語觀」の流れに乘って「文集百首」が詠まれたことが分かる。

慈圓の時代より前、文殊菩薩の化身と稱された人を擧げれば、主に日本の思想史において大きな役割を果たした行基と空海という二人であったが、このことを考慮に入れれば、白樂天に文殊菩薩の化身という稱號が與えられたことは意味深い。それは說話という文學ジャンルにおいての出來事にとどまらず、日本思想史の中世的展開にともなった白氏文集受容の變遷をも示しているのである。

二　「文集百首」の漢詩題と佛教思想

冒頭で「文集百首」にみえる「無喜無憂」「不厭不戀」「無生無滅」という境地への傾斜は、白氏文集の佛教的受容の一樣相をなしていると述べたが、白居易がどのような思想に基づいてそうした內容の詩句を詠出し、また、それを支えている思想は慈圓にとって如何なるものであったかという問題はまだ殘っている。次にそれを考えてみたい。「無喜無憂」「不厭不戀」「無生無滅」の思想を表している詩句をいくつか選んでその據ってきたところを追求してみよう。

まず、九十九番の題、

由來生老死　三病長相隨　　由來生老死、三病長く相隨ふ。
除却無生忍　人間無藥治　　無生の忍を除却すれば、人間《じんかん》に藥治無し。

を取り上げる。題中の「無生忍」は「無生法忍」とも言われ、たんに「無生」や、また、「無常」とも表記される。この「無生」は中國の禪宗で重視された經典『維摩經』と『楞伽經』の両方に説かれており、特に『楞伽經』では繰り返し強調されている。例えば、『楞伽經』の巻二には「一切都無生、亦無因緣滅」（四九〇ｂ）[12]、『維摩經』には「不生不滅是無常義」（九四三ｂ）とある。九十九番の題は右に擧げた『楞伽經』『維摩經』を吸收しているとも考えられよう。白詩には、また、「無生を學ぶに如かず、無生なれば卽ち無滅（不如學無生、無生卽無滅）」（「贈王山人」、巻五、〇二〇五）という詩句もあるように、「無生忍」は、つまり無生無滅の思想を主張しており、禪の思想に由來するものである。

『維摩經』には、また、「無畏無憂無喜無厭無著」（九八七ｃ）、「涅槃を樂しまず、世間を厭はず（不樂涅槃、不厭世間）」（九七七ｃ）、「此岸ならず彼岸ならず（不此岸不彼岸）」（九八七ａ）などの文句が見られ、それに關わる題として、七十一番と七十六番および百番の詩句が擧げられる。

實は、そうした白詩の背後には、禪の思想だけではなく、佛教思想と老莊思想が融合して白居易の思想的支えとなっている觀がある。七十一番と八十三番の題は同じく作品（巻六「贈杓直」、〇二七〇）を出典とし、その詩については第四章第三節ですでに觸れており、蜂屋邦夫氏の「こうした類の詩においては居易の佛教に對する潛心と老莊的な自得とにはほとんど區別がない(13)」という見方を引用しておいた。

また、百番歌の題の原據詩は次の通りである。

亦莫戀此身　亦莫厭此身　　亦此身を戀ふる莫く、亦此身を厭ふ莫し。
此身何足戀　萬劫煩惱根　　此身何ぞ戀ふるに足らん、萬劫の煩惱の根。
此身何足厭　一聚虚空塵　　此身何ぞ厭ふに足らん、一聚の虚空の塵。
無戀亦無厭　始是逍遙人　　戀ふるなく亦厭ふなくして始めて是れ逍遙の人。

本章第三節で述べたように、この作品は佛教思想と老莊思想との兩方に關わっているものである。

さらに、漢詩題に「無喜無憂」「不厭不戀」「無生無滅」の思想を表す言葉が見えなくても、考え方はそれと同じであり、しかも、その思想的支えが、やはり佛・道の兩方にあるという例もある。

例えば、「無常」の題となっている「生去死來都て是れ幻、幻人の哀樂何の情にか繫る」（九十一）の原據詩（卷十五、「放言五首并序其の五」、〇八九七）は、

泰山不要欺毫末　顏子無心羨老彭　　泰山は毫末を欺くを要せず、顏子は老彭を羨むの心無し。
松樹千年終是朽　槿花一日自爲榮　　松樹は千年にして終に是れ朽ち、槿花は一日にして自ら榮を爲す。
何須戀世常憂死　亦莫嫌身漫厭生　　何ぞ須らく世を戀ひて常に死を憂ふべけんや、亦身を嫌ひて漫に生を厭ふ莫れ。
生去死來都是幻　幻人哀樂繫何情　　生去死來都て是れ幻、幻人の哀樂何の情にか繫る。

であり、「幻世は春來の夢、浮生は水上の漚」（九十三）の原據詩（巻五十七「想東遊五十韻竝序」、二七一七）には、

名愧空虚得　官知止足休　　名は空虚にして得るを愧ぢ、官は止足を知つて休む。

……

百憂中莫入　一醉外何求　　百憂　中に入る莫く、一醉　外に何をか求めん。

蜀琴安膝上　周易在牀頭　　蜀琴　膝上に安んじ、周易　牀頭に在り。

去去無程客　行行不繫舟　　去り去つて客を程する無く、行き行きて舟を繫がず。

……

という内容が詠まれている。そこには、同じように佛・道の融合が見られる。

蜂屋邦夫氏は、白居易の生涯の各時期にわたってその詩作に見られる佛教思想を考察し、

身著居士衣　手把南華篇　　身には居士の衣を著け、手には南華の篇を把る。

（巻六「遊悟眞寺詩一百三十韻」、〇二六四）

本是無有鄉　亦名不用處　　本は是れ無有の鄕、亦た名づく不用の處。

行禪與坐忘　同歸無異路　　行禪と坐忘と、同じく無異の路に歸す。（巻七「睡起晏坐」、〇二九〇）

大底宗莊叟　私心事竺乾　　大底は莊叟を宗として、私心は竺乾に事う。

浮榮水畫字　眞諦火生蓮　　浮榮は水に畫くの字、眞諦は火に生ずるの蓮。

梵部經十二　玄書字五千　　梵部の經十二、玄書の字五千。

是非都付夢　語默不妨禪　　是非は都て夢に付し、語默は禪を妨げず。

（巻十九「新昌新居書事四十韻、因寄元郎中、張博士」、一二五九）

達磨傳心令息念　玄元留語遣同塵

達磨は心を傳えて念をして息め令《し》め、玄元は語を留めて塵に同ぜ遣《し》む。

（巻六十四「拜表廻閑遊」、三一二六）

といった詩に玄禪一如の世界を指摘している。(14)

つまり「文集百首」の題およびその出典には佛教と道家思想の融合現象が目立っており、生死の悩みをはじめとする憂いまたは喜びを超越する自由な心でいるのが白居易の理想であり、その點で老莊思想と禪とは相通ずるものだ、と白居易は認識しているのである。慈圓は特にそうした內容の白詩に注目したようではあるが、佛・道の融合までを意識しているというのではなく、完全に佛教の立場に立った受け止め方をしたように思われる。それは慈圓における白氏文集受容の新しさを示しているのみならず、日本佛教思想史における中世的展開とも關連していると考えられる。

孫昌武氏は白居易の佛教思想について考察し、

白居易は洪州禪が盛んな時代にあって強くその影響を受けた。洪州禪は現實のすべてが眞であり、現實の外に絕對的『自性』を求めるのではなく、佛性は日常生活の中にあるのであり、『平常心』以外にほかの『淸淨心』は存在しないと主張している。洪州禪そのものは、儒・道と融合するという特徵を持っており……特に洪州禪の『無念』『自然』などの觀念は、老莊思想や玄學を受け繼いでいるものである。

白居易處在洪州禪大繁榮的時代，他主要接受了洪州禪的見解。洪州禪主張現實的一切皆眞；不是到現實之外去追尋絕對的「自性」，而認爲佛性卽在人生日用之中，「平常心」之外沒有其他的「淸淨心」。洪州禪本身就有與儒、道相融合的特征……洪州禪的「無念」「自然」等觀念，在很大成分上是承自老、莊與玄學的。(15)

などと指摘している。

末木文美士氏は「中國禪と本覺思想」を論じて、中國禪の、

直顯心性宗の第一は、我々の日常的な活動がそのまま「天然自然」の佛のあり方であり、それゆえ、修行する必要ないとするのである。これは先に擧げた本覺思想の「あるがまま主義」と極めて近い思想である。この立場が具體的に誰によって唱えられていたかは、ここでは明らかでないが、同じ宗密の『禪門師資承襲圖』によると、洪州宗の思想であったことが知られる。(16)

と指摘しているが、そのとおり、佛教の日本的展開としての本覺思想と白居易が強く影響を受けた洪州禪との間には通じるものがある。「文集百首」にみえる「無喜無憂」「不厭不戀」「無生無滅」という境地への傾斜は、平安時代以來盛んであった「厭離穢土」「欣求淨土」への志向とは異なる現實肯定を意味しており、慈圓の作品に頻繁に出てくる「二諦一如」觀と合致しているのである。慈圓のこうした思想は本覺思想の隆盛を背景に生まれたものと考えられよう。

三　定家の歌と佛教思想

以上、「文集百首」の漢詩題をめぐって慈圓における佛教思想の展開について述べてきたが、では、その思想を代弁する漢詩題を與えられた定家が詠出した歌と題との關係はどうであろうか。

全體から見れば、定家の歌は、大體、題の內容に即して詠まれていると認められる。

進不厭朝市　退不戀人寰

里ちかきすみかをわきてしたはねど仕《つかふ》る道をいとふともなし

置心世事外　無喜亦無憂　（閑居・七十一）

心から包むも袖のよそなればくたすばかりのものも思はず　（述懷・七十六）

生死尚復然　其餘安足道

たまきはる命をだにも知らぬ世にいふにもたへぬ身をばなげかず　（同・八十一）

追想當時事　何殊昨夜中　自我學心法　萬緣成一空

大空のむなしき法を心にて月に棚引雲ものこらず　（法門・九十六）

此身何足戀　萬刧煩惱根　此身何足厭　一聚虛空塵

大空にただよふほどもありがほにうかべる塵をなにかはらはん　（同・百）

などは、その例である。また、一方、次のように題の詩句と趣旨を異にする歌も、若干見られる。

委形老少外　忘懷生死間

起き臥しも人のとがめぬ床の上は長《ながく》も知らず秋の夜の霜　（述懷・八十三）

さらに、指摘しておきたいのは、白詩と同じように、むなしい人生への對處を表現している歌であっても、そこには白居易と異なる價値觀が見いだせるのであり、それらの歌は、日中文化の相違點を究明する上で好材料を提供すると思われる。次に擧げる例は、部立別に歌を分析する時にすでに具體的な考察を行ったので、ここでは結論だけを述べる。

浦風や身をも心にまかせつつゆくかたやすき海人《あま》の釣舟　（述懷・八十二）

身心一無繫　浩浩如虛舟

において、題の「身心一無繫　浩浩如虛舟」は、『莊子』「列御寇」に由來する表現であり、心が何物にもこだわらず、運命に任せて、心身とも自由自在に生きる姿勢を示しているのであって、別に身と心との關係が問題になってはいない。しかし、「浦風や」の歌が言う「身をも心にまかせ」るというのは、身より心が大事であるという考え方が先にあって、身の境遇は心の思うままになる、という意味である。つまり「心」は、題の詩意にある運命の役割をしており、それぞれの「心」が置かれた地位が違うことが見てとれる。

盡日坐復臥　不離一室中　中心本無繫　亦與出門同

あくがるる心ひとつぞさしこめぬ眞木の板戸のあけくるる空　（閑居・七十）

では、題中の「中心本無繫」という句の意味は前述した「身心一無繫」と同じような思想に基づく表現である。それは「あくがるる心」に詠み替えられており、そこに白居易と定家が詠っている心の性質の違いがいっそう明瞭に示される。

また、

縱導人生都是夢　夢中歡笑亦勝愁

おほかたの憂き世に長き夢のうちも戀しき人を見てはたのまる(17)　（述懷・八十）

を見てみよう。題中の「夢中の歡笑は亦愁に勝れり」は、原據詩の「燭を秉りて遊ぶ」という典型的な「及時行樂（時に及んで行樂す）」の思想を表す言葉と同じように、はかない人生への對處を表現している。その「夢中の歡笑」は、「詩」と「酒」を含む人生の廣範圍の內容を意味するが、それが定家の歌においては「戀しき人を見」ることに變えられているのである。それは、單に「戀」を詠み込んだという表現上の問題のみならず、生きることの意味はどこにあるかという人生觀に關わる本質的な問題と思われる。

要するに、生きることの最大の意味、あるいは心に關する考え方という、人間にとってもっとも重要なことに對する態度についての日中の相違點が、八十二番歌、七十番歌と八十番歌に反映されているのである。

次に、八十番歌に見える問題と關連する石田吉貞氏の定家論に觸れておきたい(18)。

石田氏は「死を根源とする異常美――死美」という概念を提起し、その死美の誕生は定家的妖豔美の形成に認められるとしている。それは「無常觀を契機として發生したものであ」り、定家の「無常觀との接觸」は「單に無常の法則に慴伏するだけでなく、逆にその法則に挑み、それを超剋しようとする接觸」であった、すなわち「無常や滅びへのきびしき凝視と、それに對する激しい反抗から、その死美は把捉され」たのであり、それが定家美の本質であったと述べている。

石田氏は無常の超剋に定家の取った方法は「假想・想像・壯麗化の外には出ない」と指摘している。また、壯麗化と關連して定家の妖豔美とは女の美であり、「濃厚に女性または性の色彩の強いものである」「死美の中に性が強く打ち出されているのは、性というものの人間的存在において占める重さを示している」と言っている。

石田氏の定家論が適當であるか否かについては、にわかに贊否を示すことはできないが、人間は、死におびやかされ無常觀にさいなまれて生きるだけでは、あまりにも苦痛であるから、日本にもその風土に適した超越の方法、つまり中國やインドから傳來した思想そのままではなく、日本人としての獨自な超越の方法が生まれたに違いない。石田氏の定家論が首肯されるものであるとすれば、定家は歌によって自分なりに無常を超越しようとしたと言えよう。定家のそうした姿勢は日本における歌の道という歴史の解明にも、あるいは日本文學史において性と死に強い關心を持つという傳統が近代、現代まで續いていることについての研究にも、深い示唆を與えるものと思われる。

最後に無常觀と關連する定家の歌を二首擧げておこう。

逝者不重迴　存者難久留

かへらぬもとまりがたきも世の中は水ゆく川に落つる紅葉ば　（無常・八十七）

生去死來都是幻　幻人哀樂繫何情
咲く花もねを鳴く蟲もおしなべてうつせみの世に見ゆる幻　（無常・九十一）

この二首の漢詩題は、ただ無常を嘆き、沈んだ氣持ちを表現しているというより、むしろ命や世の中についての諦觀あるいは「ことわり」というものを傳えているのではないかと思われる。このことは、視野をその原據詩まで廣げて「踟蹰して未だ死せざる間、何を苦んで百憂を懷く（踟蹰未死間、何苦懷百憂）」「死者若し知る有らば、燭を秉って遊ばざりしを悔いん（死者若有知、悔不秉燭遊）」「何ぞ須らく世を戀ひて常に死を憂ふべけんや、亦身を嫌ひて漫に生を厭ふ莫れ（何須戀世常憂死、亦莫嫌身漫厭生）」などの詩句が背後にあると考えればいっそうはっきりする。

そして二首の歌についても、同じ視點で見てよいであろう。「かへらぬも」の一首は、和歌の傳統にあった、溢れるほど豊かな情趣をもたらす「紅葉浮水」という秋を彩る美の素材を用いながら、無常そのものを具象化し、「逝者は重ねて迴らず、存者は久しく留まり難し（逝者不重迴、存者難久留）」をイメージで物語っているのである。「咲く花も」の歌で、「咲く花」や「ねを鳴く蟲」に代表される命・戀など人生のすべてが「うつせみの世に見ゆる幻」であるというのは、無常への詠嘆のみならず、題中の「幻人の哀樂何の情にか繫る」の氣持ちを汲み取って無常への對處の仕方をも意味していると考えられる。

慈圓が佛教者として「樂天者、文殊之化身也、當和彼漢字」という論理で「文集百首」を營み、そこに打ち出した思想を正當化させ、「定翻今生世俗文字之業爲當來讚佛法輪之緣者歟」という「狂言綺語觀」を實行していると言うならば、定家は文學者の感受性・纖細さによって白居易の詩句に「時節之景氣、世間之盛衰、爲知物由」を感得し、かつそれを和歌創作に運用することをもって、中世文藝としての歌論の成立に大きな役割を果たしていると認めるべきであろう。慈圓と定家にはそれぞれの特徴があるが、彼らは白氏文集を媒介にして無常觀を出發點とする歌の道の形成に影響を與えたと言えるのであり、時代が敍情的な王朝から思索的で「ことわり」を觀ずる中世へと移り變わる際に世に問うた「文集百首」は、その使命を擔った作品の一つであると評せるのである。

注

(1) 原文の引用は岩波新古典文學大系『源氏物語』に據る。
(2) 中西進『源氏物語と白樂天』四〇一頁。
(3) 田中裕・赤瀬信吾校注『新古今和歌集』。
(4) 金子彦二郎『平安文學と白氏文集——道眞の研究——』「第四章　道眞の詩思詩藻と白氏文集との關係」一二九頁。
(5) 「白樂天讃」全文は第一章第一節を參照。
(6) 第一章第一節を參照。
(7) 三角洋一「いわゆる狂言綺語觀について」。
(8) 「池亭記」の引用は岩波新古典文學大系『本朝文粹』に據る。
(9) 注(7)所揭三角論文。
(10) 榊原邦彥『今鏡本文および總索引』に據る。
(11) 泉基博『十訓抄』に據る。
(12) 佛教經典の引用はすべて『大正新脩大藏經』に據る。
(13) 蜂屋邦夫「白居易の道家道教思想」。
(14) 蜂屋邦夫「白居易の詩と佛敎」。該論には書き下し以外の譯がある箇所があり、巻七のと巻六十四の部分については次の如くである。

これぞ莊子の　無有の鄉か　はたまた禪の不用の處
禪の修業も　坐忘の境も　かたち變われど　道かわりやせぬ
達磨の心　念をやめよ

老子のことば　俗と同ぜよ

（15）孫昌武『禪思與詩情』第六章「白居易と禪」一七九頁。

（16）末木文美士『鎌倉佛教形成論』二九四頁。

（17）テキストによって結句は「見てはたのまじ」とあるものもある。第五章第一節の分析参照。

（18）以下の引用文は石田吉貞「定家的妖豔の形成――死美の誕生――」に基づく。

結　語

本書は藤原定家「文集百首」を中心に日本における中國文學受容の實態について研究したものである。研究對象とした「文集百首」が句題和歌であるという特質により、考察の内容は主に歌の注釋と比較文化論的分析という二つの部分からなっている。

歌の注釋においては、言葉のレベルから詩歌の表現を検討した。本百首の漢詩題となっている白詩句の受容史をおさえた上で定家詠の特色を見いだすことにつとめ、また、詩語と歌語のイメージの異同に重點を置いて題と歌との關連を分析した。一例を擧げれば、漢詩と和歌では「紅葉」という同じ言葉が用いられていても、中國人と日本人にとって、それによって惹き起こされる心情が違っている。また、白詩では精神的に世俗を超越する表象である「蕙」は、和歌では僧を暗喩し、出家或いは遁世の生活を意味する「苔の衣」に詠み替えられるケースなどがある。さらに、白詩と定家詠を通して中國と日本それぞれの詩的世界に展開する兩民族の感情・美意識・價値觀・思想などの問題を考察した。

時間の制約によって、研究對象とした「文集百首」のすべての作品を分析することができず、五十首をピックアップしただけであるが、しかし、その際、百首全體の内容を念頭に置きながら分析した。かつまた、百首の漢詩題の選定についての考察は右のピックアップした五十首に限定していない。

取り上げた歌の百首全體における分布狀況は以下の通りである。

「春十五首」から　六首
「夏十首」から　〇首
「秋十五首」から　九首
「冬十首」から　〇首　（以上十五首、第二章で論及）
「戀五首」から　五首　（以上五首、第三章で論及）
「山家五首」から　四首
「舊里五首」から　〇首
「閑居十首」から　十首　（以上十四首、第四章で論及）
「述懐十首」から　一首
「無常十首」から　十首
「法門五首」から　五首　（以上十六首、第五章で論及）

比較文化論的研究に關しては、主に以下の問題について詳論した。

第一章においては、「文集百首」が世に出る以前の、中國と日本における白居易のイメージ、および「文集百首」における白氏文集受容の特徴・新しさを明らかにした。すなわち、

1、白居易文學の内容の豐富さについては多くの論證があるが、本論文では、さらに「天下を済う」という志と「獨り其の身を善くす」る生き方、および「纖豔にして逞しからず」の性質などの多面性を有する白居易文學は、多様性を内容とする中唐文芸の具體的かつ代表的事例であり、文化史的に重要な位置を占めていることを指摘した。

2、平安時代における白居易像は、纖細な心と詩才の持ち主で、貴族的で華やかな生活を送り、身の處し方は賢く、

佛教的色彩が強い人物、というイメージである。こうしたイメージは、日本の王朝人が自らが好む白居易の側面を強調し、理想の白居易像として形成したものである。

3、「文集百首」の先行文學である慶滋保胤の「池亭記」および鴨長明の『方丈記』と白居易の作品との關連について、金子彥二郎氏を代表とする日本人研究者はその三者の共通性を強調し過ぎる嫌いがある。そのような理解だけでは、三人のそれぞれの作品に潛んでいる個性的なものや思想の面においての中國と日本の違いが見逃されることにもなりかねない。そこで本論文では、隱者の精神は三者の作品を貫いているけれども、その「隱」の出發點・方法・目的などは、おのおの異なっていることを具體的に論證した。

4、これまで「文集百首」が企畫された經緯や漢詩題の採句傾向と出典については諸論考があるが、しかし、「文集百首」に託された慈圓の心は一體どのようなものであり、百首の題に選ばれた白居易詩はどうのような特徵を持つか、また、中世日本の文藝史における「文集百首」の意義はどこにあるかなどの重要な問題については、まだ、はっきりしていない點がある。本論文は「文集百首」の漢詩題には「無喜無憂」「不厭不戀」「無生無滅」という境地への傾斜が見られ、それこそ「文集百首」に託された慈圓の志向ではないかと考えた。また、生と死あるいは現世に對して「厭はず」また「戀はず」という思想と、平安時代以來、盛んであった「厭離穢土」「欣求淨土」の志向との間には大きな開きがあり、そこには、慈圓における白居易ないし佛教思想の受容の新しさがうかがえると指摘した。

5、定家の「文集百首」は大江千里の句題和歌と比べると、題を譯すような感じはほとんどなく、本歌取りの方法と似たような方向で題と關わっていると指摘されている。本論文はさらに、多くの實例を分析し、定家の句題和歌詠の創造性およびその句題和歌史における畫期的な意味を論じた。

6、佐藤恆雄氏は定家にみえる「雖非和歌之先達、時節之景氣、世間之盛衰、爲知物由、白氏文集第一第二帙常可握翫。深通和歌之心」という歌論は「文集百首」の創作によって啓發を受けたと指摘しているが、その論證の内容に混亂が見られる。本論文は、右の結論を支持しつつ、論證の内容を正した。

第二章においては、主としてつぎのようなことについて論證した。

1、劉若愚氏は、中國人にとって自然は「慈悲もなければ、敵意もない」といった自然の存在である、という見方を提出しているが、裏付けとしての論考がない。本論文はその見方を支持しつつ、白居易という實例によってさらに詳論した。

2、中國文學には自然の永遠さと人事のはかなさを對立させる表現様式がある、という點は一般的に認識されているが、本論文は、中國文學には永遠さとはかなさという兩面について自然と人事は同じである、という一體觀も見られ、それは無常觀を超克するという思想史的意義を持つものであると指摘した。同時に、白居易は自然より人間が優位に立つ自然觀を持っている、という菅野禮行説を批判した。

3、日本文學にも、自然に對して人間と對立する點を認識する面もあれば、人間と融合する點について體驗的に認識を深める面もあったが、後者については佛教思想を媒介とする點に特徴があるということを指摘した。

4、中國でも日本でも、自然と觸れ合うことによって心を澄ますという心理的現象があるが、中國人の場合は、「靜か」とすべてを「忘れる」ところを指向して、人間の感動が靜められる傾向が強く感じられる。ところが日本人の場合、

人間・自然→物のあはれ→澄心→ことわり→審美的世界
　　　　　　　　　　　　　　　　　　　→佛道

に示されるように、「物のあはれ」が重要な役割を果たしている。

5、「文集百首」には「雪月花」が代表している自然に對する慈圓なりの態度が示されており、「雪月花」は厭世者がそこに逃げこむ世界を表すものから、現世に立脚する生活姿勢や價値觀を意味するものへと變化している。

第三章では、これまでの「文集百首」研究では觸れられていない點について、一つの想定を提起した。「文集百首」に先行した「長恨歌」の句題和歌には、「長恨歌」のストーリー全體の內容が大體反映されているのに對して、「文集百首」の「戀五首」は、獨り寢のつらさという點に集中して表現されており、そこには、撰者の特別な心情が託されているように思われる。つまり「戀五首」には慈圓と後鳥羽院との關係を象徵する寓意性があり、慈圓が後鳥羽院との意思疎通をはかったものであり、王法と佛法の一體化の主張につながっているのではないかと推定される。

第四章では中國と日本それぞれの隱遁文化のあり方を探って、「文集百首」における「中隱」思想受容の本質およびその史的意義を考えた。具體的には、つぎのような見方を提出した。

1、中世に入ると、それまでのような白居易の律詩が重んじられてきた受容史と違って、「閑適詩」が注目されるようになった。このことは「閑適詩」の特質と關連していることであり、日本には、白居易の「閑適」を「隱棲」と同じような意味で捉える研究や、あるいは「閑適詩」の特質を生の儚さの認識とする研究が見られる。本論文は、「閑適」を支える諸概念を指摘した下定雅弘氏の研究をふまえ、白居易の「閑適詩」に見える「閑」と「適」の用例を考察し、その諸概念は主に老莊思想に基づくものであると論證した。また、「文集百首」が選んだ「閑適詩」の句題には無常思想が感じられるとは言え、それは必ずしも『白氏文集』の「閑適詩」の本質的內容とは限らず、あくまでも「文集百首」の作者の思想的傾向であり、中世日本の思想狀況の反映でもあると指摘した。

2、「文集百首」は白居易の人生哲學を受容しており、閑寂美と中隱生活への憧れがその特色の一つであると指摘されている。本論文は、さらに、つぎの點について詳論した。

ア、これまで日本人研究者が紹介した中國の隱遁思想は主に魏晉以前の中國の隱遁者であり、魏晉以降、出處同歸を旨とする隱遁思想が展開し、「中隱」はそうした背景に生まれた「亦官亦隱」の生活樣式である。

イ、「文集百首」は白居易の中隱思想と深く關わっているが、そうした內容は主に心のあり方が大事であるという點に限られており、白居易が重視した「中」の具體的な意義には無頓着なようである。

ウ、歷史文獻に沿って日本における隱遁文化の展開を敍述し、その流れにおいて「文集百首」にみえる、眞の解脫は山里にあるのではなく、自分自身の心のありかたにこそあるという主張は、西行・長明らの達した境地とは異なる新たな展開を見せていると評價した。

3、中國文學にみえる閑居生活は心の波瀾を靜め、「無」に歸着する心構えで現實と出合うということを志向するのに對して、日本の隱遁者は世をすてて山に入っていても、「もののあはれ」という心の持ち方は變わらない。そこには日本における隱遁の特色が見られる。この點は第二章で論證した4番目の問題と互いに關連し合っている。

第五章は「文集百首」以前の白氏文集の佛敎的受容をおさえた上で、「文集百首」の漢詩題と佛敎思想を分析し、「文集百首」研究において以下のような新見解を提出した。

1、白居易の「無喜無憂」「不厭不戀」「無生無滅」といった主張の根底には老莊思想と禪の考え方があり、また、白居易が強く影響を受けた「洪州禪」は日本の中世に盛んであった本覺思想と通じるものがある。「文集百首」の漢詩題にみえる「無喜無憂」「不厭不戀」「無生無滅」という境地への傾斜は、本覺思想の隆盛を背景に生まれたものであり、慈圓の作品に頻繁に見られる「二諦一如」觀と合致する。

2、定家詠には無常の詠嘆のみならず、漢詩題の氣持ちを吸收し、無常への對處を表すものも感じられる。佛教者である慈圓と違う特徴を持ちながら、定家と慈圓においてはいずれも白氏文集を媒介にして、無常觀を出發點として歌の道を形成していった。

最初に設定した課題に對して、本書は以上のような研究をしたが、十分展開できなかったところが多い。例えば、白居易の閑適の生き方について、これまでの研究では「古人云く、窮すれば則ち獨り其の身を善くす、達すれば則ち兼ねて天下を濟ふ。僕、不肖と雖へども、常に此の語を師とす」という白居易自身の言葉によって説明されているが、彼の作品を詳細に検討すれば、その「閑適」の生活内容は、すでに「獨り其の身を善くす」という儒家的な規範を超えて、極めて個人の生命を大事にし、生きていることを樂しむように見受けられる。この點については、さらに、中國知識人の精神世界の展開および中國文化全體の發展の趨勢と關連させて論じる必要がある。また、中國と日本の兩方に見える「心を澄ます」という心理現象について、その異同には中・日兩國の人々の心の持ち方および價値觀・美意識などが反映されており、さらに掘り下げて研究しなければならない。

參考文獻一覽

論文

日本語

赤井益久　「中唐における「吏隱」について」、『國學院中國學會報』三九、一九九三年十二月
赤羽　淑　（ア）「定家の文集百首上」、『ノートルダム清心女子大學紀要國語・國文學編』第二十號、一九八七年
（イ）「定家の文集百首中」、『ノートルダム清心女子大學紀要國語・國文學編』第二十二號、一九八九年
（ウ）「定家の否定的表現」、日本文學研究資料叢書『西行・定家』、有精堂、一九八四年
石川　一　（ア）「慈圓と白居易」、『白居易研究講座　第三卷』、勉誠社、一九九三年十月
（イ）「慈圓『文集百首』考」、『和漢比較文學叢書十三　新古今集と漢文學』、汲古書院、一九九二年十一月
石田吉貞　「定家的妖豔の形成――死美の誕生――」、日本文學研究資料叢書『西行・定家』所收、有精堂、一九八四年
稲田利德　「鎌倉・室町期和歌と白氏文集――閑適詩の受容――」、『白居易研究講座　第三卷』所收、勉誠社、一九九三年十月
大岡賢典　「定家と良經――新古今の前衛と後衛――」、『論集　藤原定家』所收、笠間書院、一九八八年九月
大曾根章介　（ア）「『秉濟』と『獨善』――隱逸思想の一考察――」、『佛教文學研究』第八集所收、一九六九年一月

（イ）「中國の隱者と日本の隱者」、集英社、圖說日本の古典10『方丈記・徒然草』月報、一九八〇年十月
（ウ）「和漢比較文學の諸問題」『和漢比較文學叢書一　和漢比較文學研究の構想』所收、汲古書院、一九八六年三月
（エ）「「風月」考――菅原道眞を中心として――」、『漢文學會會報』三六所收、一九九〇年十月
太田次男「平安時代に於ける白居易受容の史的考察上、下」、『史學』第三十二卷第四號と第三十三卷第一號所收、一九六〇年
家鄉隆文「定家歌論における鍵概念」、『論集　藤原定家』、笠間書院、一九八八年九月
川村晃生「句題和歌と白氏文集」、『白居易研究講座　第三卷』所收、勉誠社、一九九三年十月
久保田淳「中世和歌における寓意と思想――承久の亂直前における慈圓の作品を例として――」、『中世和歌史の研究』所收、明治書院、一九九三年
後藤昭雄「古今集時代の詩と歌」、『國語と國文學』六〇―五所收、一九八三年五月
後藤丹治「朗詠百首に就いて」、『國語國文の研究』第十三號所收、一九二七年十月
小島孝之「『山里』の系譜」、『國語と國文學』一九九五年十二月號所收
近藤みゆき「攝關期和歌と白居易」、『白居易研究講座　第三卷』所收、勉誠社、一九九三年十月
佐佐木克衞「慈圓の和歌觀について――狂言綺語觀との關わりを中心として――」『國士舘短期大學紀要』三號、一九八二年
佐藤恆雄（ア）「定家・慈圓の白氏文集受容――第一帙第二帙の問題と採句傾向の分析から」、『中世文學』第十八號

所収、一九七三年五月
(イ)「建保六年「文集百首」の成立」、『中世文學研究』創刊號所收、一九七五年七月
(ウ)「『文集百首』補考」、『香川大學　教育學部研究報告第一部』第四十號所收、一九七六年
(エ)「詩句題詠における二つの態度――「文集百首」の慈圓と定家――」、『和漢比較文學叢書五中世文學と漢文學　Ⅰ』汲古書院所收、一九八七年七月
(オ)「『朗詠百首』をめぐって」、『香川大學教育學部研究報告　第一部』第八十二號所收、一九九一年四月
(カ)「藤原定家の漢詩」、『和漢比較文學叢書十三　新古今集と漢文學』所收、汲古書院、一九九二年十一月
(キ)「定家と白居易――『明月記』の中の白詩――」、『白居易研究講座　第三卷』所收、勉誠社、一九九三年十月
(ク)「定家と白詩」、『和漢比較文學』第一七號、一九九六年八月
下定雅弘　(ア)「白居易の文における老莊と佛教――その『長慶集』から『後集』以後への變化について――」、『禪文化研究所紀要』第十八號所收、一九九二年
(イ)「戰後日本における白居易の研究」、『白居易研究講座　第七卷』所收、一九九八年八月
朱金城・朱易安著、雋雪艷譯「中國文學史と白居易」『白居易研究講座　第五卷』所收、一九九四年九月
辛　恩　卿「韓・日の傳統的短歌の比較研究――時調と和歌の抒情性を中心に」、『比較文學研究』六十七號、一九九五年

新間一美　「白居易の長恨歌――日本における受容に關連して――」、『白居易研究講座第二巻』所收、勉誠社、一九九三年七月
鈴木德男　「『朗詠百首』考」、『高野山大學國語國文』第八號所收、一九八二年三月
雋　雪　艷　「『文集百首』の漢詩題と白居易の閑適詩」、『人文科學』所收、一九九八年三月
高木重俊　「白居易の閑適詩」、『東書國語』二七三所收、一九八七年六月
瀧川幸司　「「風月」考――公宴詩會との關わりにおいて――」、『語文』六六輯所收
谷口孝介　「天曆期の詩人と白詩――句題詩の生成――」、『白居易研究講座　第三巻』所收、勉誠社、一九九三年十月
中川德之助　「續飛花落葉の文學――狂言綺語觀の展開――」、『國文學攷』第二十八號所收、一九六二年
西村　聰　「無住の白居易」、『白居易研究講座　第四巻』所收、勉誠社、一九九四年五月
西村富美子　（ア）「白居易の閑適詩について――下邽退居時――」、東方書店『古田教授退官記念　中國文學語學論集』所收、一九八五年七月
（イ）「中唐詩人の隱逸思想――白居易の吏隱・眞隱――」大谷大學文芸學會「文藝論叢」四二『平野顯照教授退休記念特集　中國文學論叢』、九四・三
長崎健・相田滿　「新古今集と漢文學――研究史展望――」『和漢比較文學叢書十三　新古今集と漢文學』、汲古書院、一九九二年十一月
長谷完治　（ア）「文集百首の研究（上）」、『梅花女子大學文學部紀要』十一所收、一九七四年十二月
（イ）「文集百首の研究（下）」、『梅花女子大學文學部紀要』十二所收、一九七五年十二月

（ウ）「藤原定家と漢文學」、『和漢比較文學叢書五中世文學と漢文學Ⅰ』所收、汲古書院、一九八七年七月
（エ）「漢詩文と定家の和歌」、『語文』第二十六輯所收、一九六六年月
蜂屋邦夫（ア）「白居易の詩と佛教」、鎌田茂雄博士還暦記念論集『中國の佛教と文化』所收、大藏出版、一九八八年
（イ）「白居易の道家道教思想」、『東洋學術研究』一九八八年別冊特集「佛教と道教――六朝・隋・唐時代における――」所收
（ウ）「古代中國の『水』の思想」、『河川レビュー』一九八九年秋季號
（エ）「古代中國の水の哲理」、『河川レビュー』一九九七年四號
本間洋一「句題和歌の世界」、『論集〈題〉の和歌空間』所收、笠間書院、一九九二年十一月
水野美知「王朝時代に於ける朧月の鑑賞について」『東洋史會紀要』一九三七年九月
平野顯照「白居易文學と佛教經典」、『森三樹三郎博士頌壽記念東洋學論集』所收、一九七九年十二月
三角洋一「いわゆる狂言綺語觀について」、『源氏物語と天台淨土教』所收、若草書房、一九九六年十月
村尾誠一「建保期の歌壇と定家」、『論集　藤原定家』所收、笠間書院、一九八八年九月
柳澤良一「院政期和歌と白居易――藤原俊成の歌論・和歌について――」、『白居易研究講座第三巻』所收、勉誠社、一九九三年十月
山岡敬和「萬物生滅の儚さを暗示する川と水」、『河川レビュー』一九九七年四號
山崎　誠「平安朝の和歌・物語と長恨歌――伊勢集・高遠集・道濟集・道命阿闍梨集及び宇津保・源氏物語をめぐって――」『中世文藝』第四十九號、一九七一年三月。

吉川榮治　「大江千里集小考——句題和歌の成立をめぐって——」、『國文學研究』六六集、一九七八年十月

中國語
陳仲奇　「因花悟道　物我兩忘——王維『辛夷塢』詩賞析」、『文史知識』所收、中華書局、一九八六年十月
葛曉音　（ア）「盛唐田園詩和文人的隱居方式」、『詩國高潮與盛唐文化』所收、北京大學出版社、一九九八年五月
（イ）「蘇軾詩文中的理趣」、『詩國高潮與盛唐文化』所收、北京大學出版社、一九九八年五月
（ウ）「東晉玄學自然觀向山水審美觀的轉化——兼論支遁注『逍遙遊』新義」、『詩國高潮與盛唐文化』所收、北京大學出版社、一九九八年五月
雋雪艷　「『千載佳句』所收白居易詩的特徵——兼論『白氏文集』流行於平安朝的原因——」、『日本學研究』六、一九九七年
孫機　「魏晉時代の嘯」、『文史知識』所收、中華書局、一九八五年
溝口雄三著、雋雪艷・賀潔譯　（ア）「日本中國學的課題（上）」『文史知識』一九九六年十一月號、中華書局
（イ）溝口雄三著、雋雪艷・賀潔譯「日本中國學的課題（下）」『文史知識』一九九六年十二月號、中華書局

單行本
日本語
秋山虔ほか著　『詞華集　日本人の美意識　第一』、東京大學出版會、一九九一年五月

淺野春江　『定家と白氏文集』、教育出版センター、一九九三年十二月
家永三郎『日本思想史における宗教的自然觀の展開』、創文社、昭和十九年
石川　一　『慈圓和歌論考』、笠間書院、一九九八年二月
市古貞次・淺井淸ほか編　『日本文化總合年表』、岩波書店、一九九〇年三月
伊藤正文・一海知義編譯　『漢・魏・六朝・唐・宋散文選』、平凡社、一九七〇年十月
遠藤實夫　『長恨歌研究』、建設社、一九三四年九月
大隅和雄　『愚管抄を讀む――中世日本の歴史觀――』、平凡社、一九八六年五月
大曾根章介　『王朝漢文學論考』、岩波書店、一九九四年十月
太田次男　『中唐文人考』、研文出版、一九九三年六月
太田次男ほか　『白居易研究講座』第一卷～第七卷、勉誠社、一九九三年～一九九八年
小尾郊一　『中國の隱遁思想』、中央公論社
柿村重松　『和漢朗詠集考證』、藝林舍、一九七三年
柿村重松　『本朝文粹註釋』、內外出版株式會社、大正十一年三月
片桐洋一　『歌枕歌ことば辭典』、角川書店、一九八三年十二月
金子彥二郎　（ア）『平安時代文學と白氏文集――句題和歌・千載佳句研究篇――』、藝林舍、一九四四年五月
（イ）『平安時代文學と白氏文集――道眞の文學研究篇第一册――』、藝林舍、一九四八年五月
（ウ）『增補平安時代文學と白氏文集――道眞の文學研究篇第二册――』、藝林舍、一九七八年四月
川口久夫　『三訂　平安朝日本漢文學史の研究　中』、明治書院、一九八二年

川本皓嗣『日本詩歌の傳統——七と五の詩學——』、岩波書店、一九九一年十一月
神田秀夫『莊子の蘇生——今なぜ莊子か——』、明治書院、一九八八年七月
久保田淳『新古今歌人の研究』、東大出版會、一九七三年三月
小島憲之『上代日本文學と中國文學　下』、塙書房、一九六五年
小西甚一『日本文學史』、講談社學術文庫、一九九三年十一月
近藤春雄『長恨歌・琵琶行の研究』、一九八一年四月
佐藤正英『隱遁の思想——西行をめぐって——』、東京大學出版會、一九七七年九月
島津忠夫編『新古今和歌集を學ぶ人のために』、世界思想社、一九九六年三月
下定雅弘『白氏文集を讀む』、勉誠社、一九九六年十月
末木文美士『鎌倉佛教形成論』、法藏館、一九九八年五月
菅野禮行『平安初期における日本漢詩の比較文學的研究』、大修館書店、一九八八年十月
鈴木正道『慈圓研究序說』、櫻楓社、一九九三年六月
多賀宗隼『慈圓』、吉川弘文館、一九五九年一月
武田元治『「幽玄」——用例の注釋と考察』、風見書房、一九九四年十一月
玉上琢彌『源氏物語評釋』第一卷、角川書店、一九六四年
手崎政男『方丈記論』、笠間書院、一九九四年
當山日出夫編『千載佳句漢字索引』、勉誠社、一九八八年十二月
中田勇次郎『歷代名詞選』、集英社、一九六五年七月

都留春雄『王維』、岩波書店、一九五八年六月
中西　進『源氏物語と白樂天』、岩波書店、一九九七年七月
平岡武夫『白居易——生涯と歳時記』、朋友書店、一九九八年六月
平岡武夫・今井清編『白氏文集歌詩索引上、中、下』、同朋舍、一九八九年十月
平川　彰『佛敎通史』、春秋社、一九七七年五月
花房英樹　白氏文集の批判的研究』、朋友書店、一九六〇年三月
前野直彬『唐詩鑑賞辭典』、東京堂出版、一九七〇年九月
松浦友久『校注唐詩解釋辭典』、大修館書店、一九八七年十一月
松浦友久『詩語の諸相——唐詩ノート——』、研文出版、一九八一年四月
三角洋一『源氏物語と天台淨土敎』、若草書房、一九九六年十月
水野平次著・藤井貞和補注解說『白樂天と日本文學』、大學堂書店、一九八二年五月
目崎德衞『西行の思想史的研究』、吉川弘文館、一九七八年十二月
山折哲雄『日本宗敎文化の構造と祖型』、一九九五年二月
山岸德平『山岸德平著作集・平安文學研究』、有精堂、一九七一年
山本　一『慈圓の和歌と思想』、和泉書院、一九九九年一月
渡邊秀夫『詩歌の森』、大修館書店、一九九五年五月
京都國立博物館『特別展覽會「王朝の佛畫と儀禮——善をつくし美をつくす——」（一九九八年十月二十日〜十一月二

十三日）總目録』

中國語

陳友琴編『古典文學研究資料彙編　白居易卷』、中華書局、一九六二年十一月
郭紹虞『中國文學批評史』、新文芸出版社、一九五五年
冷成金『隱士與解脱』（中國）作家出版社、一九九七年一月
李澤厚『美的歴程』、中國社會科學出版社、一九八九年十一月
林庚『中國文學簡史』、上海文芸聯合出版社、一九五四年
劉大傑『中國文學發展史』、上海人民出版社、一九七六年
劉若愚著、杜國清譯『中國詩學』、幼獅文化公司、一九七七年六月
孫昌武『禪思與詩情』、中華書局、一九九七年
宋再新『和漢朗詠集文化論』、山東文芸出版社、一九九六年六月
謝思煒『白居易集綜論』、中國社會科學出版社、一九九七年八月
游國恩主編『中國文學史』、人民文學出版社、一九六四年

原典資料

石川常彥校注『拾遺愚草古注』、三彌井書店、一九九四年六月
岩波新日本古典文學大系、大曾根章介ほか校注『本朝文粋』、一九九二年五月

岩波新日本古典文學大系、片桐洋一校注『後撰和歌集』、一九九〇年四月
岩波新日本古典文學大系、片野達郎・松野陽一校注『千載和歌集』、一九九三年四月
岩波新日本古典文學大系、小泉弘・山田昭全校注『寶物集』、一九九三年十一月
岩波新日本古典文學大系、小島憲之・新井榮藏校注『古今和歌集』、一九八九年二月。
岩波新日本古典文學大系、小町谷照彥校注『拾遺和歌集』、一九九〇年一月
岩波新日本古典文學大系、川村晃生・柏木由夫・工藤重矩校注『金葉和歌集　詞花和歌集』、一九八九年九月
岩波新日本古典文學大系、久保田淳・平田喜信校注『後拾遺和歌集』、一九九四年四月
岩波新日本古典文學大系、佐竹昭廣校注『方丈記』、一九八九年一月
岩波新日本古典文學大系、田中裕・赤瀬信吾校注『新古今和歌集』、一九九二年一月
岩波新日本古典文學大系、柳井滋・鈴木日出男等校注『源氏物語』(四)、一九九六年三月
岩波新日本古典文學大系、柳井滋・鈴木日出男等校注『源氏物語』(五)、一九九七年三月
岩波日本古典文學大系、岡見正雄・赤松俊秀校注『愚管抄』、一九六七年一月
岩波日本古典文學大系、川口久雄校注『和漢朗詠集』、一九七〇年十月
岩波日本古典文學大系、西尾實校注『方丈記』一九五七年六月
岩波日本古典文學大系、渡邊綱也校注『沙石集』、一九六六年五月
岩波文庫、坂本幸男・岩本裕譯注『法華經』下、一九六七年十二月
澤瀉久孝（ア）『萬葉集注釋』卷第二、中央公論社、一九五八年四月
　　　　（イ）『萬葉集注釋』卷第四、中央公論社、一九五九年四月

（ウ）『萬葉集注釋』巻第十二、中央公論社、一九六三年七月
角川文庫本、萩谷朴譯注『松浦宮物語』、一九七〇年五月
金子彦二郎編『句題和歌選集』、長谷川書房、一九五五年
漢詩大系第九卷、目加田誠『杜甫』、集英社、一九六五年三月
久保田淳『新古今和歌集全評釋』第二卷、講談社、一九七六年十一月
佐佐木信綱編『續日本歌學全書』第十一編、『明治名家家集』上卷、東京博文館、一八九九年十二月
佐藤恆雄校注・譯『新古今和歌集』、ほるぷ出版、一九八六年九月
佐伯梅友ほか編『和泉式部集全釋――續集篇――』、笠間書院、昭和五十二年十月
榊原邦彥『今鏡本文および總索引』、笠間書院、一九八四年十一月
小學館日本古典文學全集、神田秀夫校註・譯『方丈記』、一九七一年八月
小學館日本古典文學全集、藤平春男校注・譯『歌論集』、一九七五年四月
『新校羣書類從』釋家部「法門百首」、内外書籍株式會社刊、一九三一年
新潮日本古典集成、石田穰二・清水好子校注『源氏物語』(一)、一九七六年六月
新潮日本古典集成、石田穰二・清水好子校注『源氏物語』(二)、一九七七年七月
新潮日本古典集成、三木紀人校注『方丈記　發心集』、一九七六年十月
新訂增補國史大系『日本紀略』、吉川弘文館、一九二九年十二月
新訂增補國史大系『百錬抄』、吉川弘文館、一九二九年十二月
『新編國歌大觀』第三卷、角川書店、一九八五年五月

『新編國歌大觀』第四卷、角川書店、一九八六年五月
『新編國歌大觀』第七卷、角川書店、一九八九年四月
全釋漢文大系、小尾郊一『文選』(文章編)二、集英社、一九七四年
全釋漢文大系、花房英樹『文選』(詩騷編)四、集英社、一九七四年十二月
續國譯漢文大成、佐久節譯解『白樂天詩集』、國民文庫刊行會、一九二八年八月
大正新修大藏經第十二卷、(劉宋)慧嚴『大般涅槃經』
大正新修大藏經第十六卷、(劉宋)求那跋陀羅譯『楞伽阿跋多羅寶經』
大正新修大藏經第三十八卷、(隋)吉藏『維摩經義疏』
天台宗典編纂所編『續天台宗全書・密敎3』、春秋社、一九八八年
中村璋八・大塚雅司『都氏文集全釋』、汲古書院、一九八八年十二月
日本思想大系、井上光貞・大曾根章介校注『往生傳　法華驗記』、岩波書店、一九七四年九月
日本歌學大系第三卷、『先達物語』(定家卿相語)、風間書房、一九五六年十二月
日本歌學大系第三卷『夜の鶴』、風間書房、一九五六年十二月
野々村戒三編・大谷篤藏補訂『謠曲二百五十番集』、赤尾照文堂、一九七八年七月
丸山キヨ子『源氏物語と白氏文集』、東京女子大學學會、一九六四年

中國語
『晉書』、中華書局、一九七四年十一月

（魏）何晏『論語集解』、四部叢刊所收
（梁）蕭統編・（唐）李善注『文選』、中華書局、一九七七年七月
（唐）歐陽詢撰・汪紹楹校『藝文類聚』、上海古籍出版社、一九八二年一月
（唐）王維撰・（清）趙殿成箋注『王右丞集箋注』、中華書局、一九六一年八月
（唐）杜甫著（清）仇兆鰲注『杜詩詳注』、中華書局、一九七九年十月
（唐）張爲『主客圖』叢書集成初編、商務印書館、一九六〇年五月
（宋）郭茂倩『樂府詩集』、一九七九年十一月
余嘉錫『世說新語箋疏』、中華書局、一九八三年八月
朱金城『白居易集箋校』、上海古籍出版社、一九八八年十二月
顧學頡校點『白居易集』、中華書局、一九七九年十月
郭慶藩輯、王孝魚整理『莊子集釋』、中華書局、一九六一年七月
王水照選注『蘇軾選集』、上海古籍出版社、一九八四年二月

テキスト

久保田淳『譯註　藤原定家全歌集』、河出書房新社、一九八六年六月
冷泉家時雨亭叢書第九卷『拾遺愚草員外』、朝日新聞社、一九九三年十月
冷泉爲臣『藤原定家全歌集』、國書刊行會、一九七四年三月
赤羽淑編名古屋大學本『拾遺愚草』、笠間書院、一九八二年二月

平岡武夫・今井清『白氏文集歌詩索引』所收那波本『白氏文集』、同朋舍出版、一九八九年十月
平岡武夫・今井清校定『白氏文集』、京都大學人文科學研究所研究報告、一九七一年三月～一九七三年三月

あとがき

私が定家の「文集百首」に出會ったのは、一九九三年の始めの頃だったと思います。ある新年會の席で、太田次男先生と神鷹德治先生から定家と「文集百首」のことを教えられました。同じ年に三角洋一先生のゼミで『發心和歌集』を讀み始めたことにヒントを得て、博士論文（以下、「博論」と略稱）に「文集百首」を取り上げることを考えました。定家の「文集百首」を一通り讀み、指導教官の三角洋一先生に相談し、定家の和歌と白居易詩との關連について博論をまとめることにしました。

振り返ってみれば、私の博論の指導は三角先生にとって大變な仕事だったろうと思います。私は大學時代に中國古典文獻學を專攻し、修士課程では主に平安時代の漢文學について勉強し、和歌を研究對象とするのははじめてでした。實際に定家の和歌と白居易詩とを對比して分析しますと、一首の歌を解釋するのに、八代集を中心に複數の歌を引用する必要があります。一首一首の歌に對する理解に不安があり、毎週、三角先生に歌の解釋をチェックしていただき、このやりとりが二年近くも續きました。その過程で、三角先生から比較文學比較文化の研究方法について多くのことを教わりました。中國人であるからか、最初の頃どうしても白居易詩の意味に對する定家の理解が違うことに目が奪われます。三角先生から白居易詩を基準にして定家の歌を評價するのはあまり生產的ではなく、定家なりの特徵を見いだすようにと、何回も注意されました。こうした注意は、博論をまとめた時だけでなく、今後の私の研究にも大きく影響するものだと思います。

私費留學生の私が博論を書き、本書をまとめることができたのは、多くの日本人の先生方や友人たちによる、勉學・生活の兩面にわたってのご支援があったからです。太田次男先生は、私が一九八七年三月に日本へ渡って、初めて就いた指導教官であり、先生のご指導によって、白居易と日本文學の關係というテーマの研究を始め、さらに中日間の比較文學・比較文化研究まで自分の研究領域を廣げることができました。戸川芳郎先生とは日本留學前の一九八五年に北京大學で初めてお會いし、それ以來、進學や研究および就職など人生の節目節目にお世話になりました。蜂屋邦夫先生とは日本留學前に先生の論文を翻譯したことがきっかけで交流し始め、日本に留學してからの十數年間、何か困ったことが起こったときにはいつも相談に乘って下さいました。博論の作成に關しては、蜂屋先生に研究室を利用させていただいただけではなく、白居易と儒・道・佛との關連についていろいろと教えていただいたし、日本語の添削の面でも大變お世話になりました。

一九九二年に東京大學大學院に進學した時、知人の杉山文彦先生は、日本古文の素養がほとんどない私に、先生のご母堂である杉山芳子先生を紹介して下さり、芳子先生から週に一回日本古文の補講をしていただきました。後に、芳子先生からは、和歌の基礎的知識についても「文集百首」をテキストにしていろいろ教えていただきました。

末筆ながら、坂本健彦元社長と小林詔子さまをはじめとする汲古書院の皆様には、本書の出版にあたって、たいへんお世話になりました。

また、本書は日本學術振興會より平成十三年度科學研究費補助金（研究成果公開促進費）の出版助成を受けました。

ここに謹んで上記の方々に心よりお禮を申し上げます。

二〇〇二年一月六日　雋　雪　艷　識す

著者略歴

雋 雪 艶（せん　せつえん）

1958年２月20日、中國のハルビン市に出生。北京大學中國語言文學系古典文獻學科卒業。1987年３月から日本に留學、1999年３月、東京大學總合文化研究科博士課程修了、同年９月、東京大學總合文化研究科にて博士號を取得。北京日本學研究センター專任講師、北京大學哲學系博士後を經て、現在は清華大學人文社會科學學院外語系專任講師。

論文に「「池上篇」「池亭記」から『方丈記』まで――その思想的特徵をめぐって――」（『和漢比較文學』17號1996年８月）、「句題和歌にみる中日の隱遁思想とその表現――藤原定家「文集百首」の「山家」「閑居」部類をめぐって」（大東文化大學『人文科學』４號1999年３月）など。

藤原定家「文集百首」の比較文學的研究

平成十四年二月二十八日　發行

定價　本體九〇〇〇圓

著者　雋　雪　艶

發行者　石　坂　叡　志

印刷所　中台整版　モリモト印刷

發行所　汲　古　書　院

〒102-0072　東京都千代田區飯田橋二―五―四

電　話〇三（三二六五）九七六四

ＦＡＸ〇三（三二二二）一八四五

ISBN 4－7629－3442－9　C3092

KYUKO-SHOIN, Co.,Ltd.　Tokyo

和歌初句索引

○本索引では本文で引用した和歌の初句を漢字・假名に關わらず、50音順に配列した。

ア

あか月と　352
あか月の　353
飽かなくに　123
秋風に　127, 287, 295
秋風に
　あふたのみこそ　307
秋風に
　なびきながらも　307
秋風に
　なびく淺茅の　307
秋風に
　なびく草葉の　307
秋風の　281, 295, 307
秋風は　128, 287
秋とだに　115
秋の野の　294
秋の夜に　130
秋の夜は　114
秋ふかき　317, 318
秋深み　114
秋山の　201, 265, 268
あくがるる　8, 152, 219, 221, 269, 365
あくといへば　317
明けたてば　171
淺茅生や　172
朝日さす　186, 297
足引の　210, 214, 268, 273
あぢきなく　282
あはれかな　177
あはれてふ　281
あひにあひて　173
あひ見ては　143
逢坂の　178
天翔り　208
天河　101, 294
天のとの　114
阿彌陀佛と　345
あらしおく　199, 268
あらはれて　231
ありし世の　138
ありとだに　186
あれはてぬ　165
いかがふく　230
いかだしよ　286
いかでかく　223
いかでかは　152
いかなれば　127
いかにせむ　122
如何にせん　181, 190
伊勢の海に　223
いせの海の　71
いそぎつつ　196
いたづらに　90, 322
いつかわれ　234
いづくにか　65, 214, 264
いづくにも　57

いつのまに　203
いつはとは　110
厭ひても　214
いとまなき　71
いはねさす　188
今はただ　181
いまはとて　213
入日さす　131
入りやらで　230
色にいでん　296
色も香も　299
岩の上に　234
うき身には　121,124
うきよには　152
鶯の　75
うぐひすの　151
うく紅葉　286
うしつらしと　56
うたた寝に　327
うたゝねの　98,101
打返し　298
うちはへて　117
うつせみの　117,152,303
うづもれぬ　324
浦風や　75,364
うらむとて　92
うるはしと　327
老らくの　293
老いらくの　313
起き臥しも　364
おくれじと　352
おしめども　94
惜しめども　94
おちつもる　128,287
音もせで　171
大荒木の　122
おほかたの　101,326,365
おほかたは　155
大空に　347,364
大空の　75,137,334,364
おぼろげの　188
女郎花　222
おもひあまり　170
おもひ入る　220
思ひきや　119
おもひきや　186
思ひとく　222
思ひ寝の　119
おもひやる　187
思ふべし　58,158

カ

かゝりける　340
かき曇り　240
かくばかり　185
影すめる　217
かげとめし　173
風かよふ　316,318
風のうへに　349
風早み　281
風ふけば　121
かへらぬも　128,283,366
かへりきて　185
から衣　113
唐衣　113
からころも　187
狩衣　173
かりそめに　312

消えしみに　185
消えぬ間の　296
來し時と　118
木にも生ひず　185
君なくて　167, 173, 180
君待つと　123
きみや來む　219
君ゆゑに　190
きりぎりす　117
草の庵の　199
草のいほの　209
草の葉に　281
雲はれて　336
くるとあくと　167
暮ると明くと　171
暮るるまも　281
紅に　185
暮の秋　198
けふ見ずは　128, 154
こけのおびに　56
苔むしろ　124, 287
心から　209, 364
こころこそ　220
こころなき　111
このねぬる　98
木の葉散る　131
木のはちる　187
此世をぞ　153
戀すれば　171
戀て鳴く　174
戀ひて寢る　291
戀ひわびて　290
これを見よ　305
衣うつ　291
聲ばかり　129

サ

咲く花も　75, 154, 160, 300, 367
さくら色の　282
さくらちる　81
さくら花　102
さゞ浪や　299
さしかはし　188
里ちかき　75, 224, 274, 363
里はあれて　132
さとりゆく　340, 341
さびしさは　111
さまざまの　267
さりともと　178
しきたへの　322
時雨かと　131
しぐれ行　120
しづかなる　70, 197, 264, 268
柴のいほに　57
白雲に　218
白露に　295
白露の　294
白露は　294
しるべする　185
知るや月　195, 268
菅の根の　92
すまばさて　177
住みわびて　213
住みわびぬ　205
すむとても　121
せきとめて　286
蟬のこゑ　305
瀬を塞けば　313

そこきよく　341
そめてもつ　71
空清く　177

タ

高瀬舟　286
たがために　113
瀧の音に　218
たちかへる　95
龍田河　127, 285
たづねきて　204
たづねずは　187
たづね見る　211
七夕の　234
たなばたや　188
谷かげや　57
たのまれぬ　328
旅ごろも　177
旅寝する　203
たびねする　291
旅人の　204
たまきはる　75, 364
たますだれ　181
玉簾　185
たまだれの　187
たよりなき　178
たれぞこの　187
たれをかも　208
契りあらば　339
ちたびうつ　113
ちりかかる　286
散りぬべき　91
塵泥の　349
ちる花も　152
ちる花を　299
塚ふりて　323
月だにも　209
月待つと　322
月も日も　185
月やあらぬ　155
つま木こる　74, 212, 266, 273
つもるらん　349
露にだに　281
露の身の　295
つらきさへ　340
つらき身の　337
つれづれの　211
手もたゆく　101
照る月の　341
時しもあれ　83, 86
とく御法　295
常夏の
　花をし見れば　243
常夏の
　花をだに見ば　243
床の上に　179
年ごとに　286
としときに　91
留むれど　94
とふ人も　204
鳥の音を　118
鳥邊山　297

ナ

長月を　112
ながむれば　322
なき魂ぞ　180
なく蟲の　305

歎かじな　340
なげかれず　75, 235, 274
なげきこり　214
なごりなく　131
夏はつる　101
なにか思ふ　305
なにとなく　118, 267
涙川　180
涙せく　181
なをざりの　122
西へ行く　124
庭の雪に　240
ねがはくは　230
ねざめして　131
寝ても見ゆ　303
ねられぬを　317
のこる松　282
後遂に　297
野も山も　65, 335

ハ

はかなさを　153
はしたかを　99
花ちらす　95
花の色は　152, 154, 211, 274, 299, 304
はなの木も　152, 304
花のごと　151
はなも水も　88, 137
花よりも　153
はるがすみ　86
はるかぜの　187
はるかなる　82
春ごとに　151, 299
春の夜の
　夢にありつと　316, 319
春の夜の
　夢には人の　317
春の夜の
　夢の浮き橋　317, 319
春の夜の
　夢のしるしは　316, 319
春の夜の
　夢の中にも　316, 318
ひぐらしの　116
人とはぬ　239
ひとはいさ　299
ひとりすむ　196
ひとり寝る　119
獨りふす　167
人をのみ　100
日のひかり　336
ひむかしの　151
淵となる　308
舟のうち　345
舟のうちに　342
冬の夜の　178
故郷と　151, 298
故郷の　298
ふるさとは　170
郭公　229
ほどもなく　305

マ

枕だに　317, 319
ましも猶　178
町下り　64
松風の　115
松かぜの　267

まつ人の　123
まどろまぬ　316, 319
まほろしの　312
見しはみな　288
みそぢあまり　322
みどり子を　321
身にしめし　109
みにだにも　186
身のほかに　56, 266
都にも　58
深山より　286
み吉野の　143
見る毎に　127
みるままに　187
見わたせば　111, 127
身をかへて　209
身をよせて　63
昔思ふ　71, 198
武蔵野の　241, 279
武蔵野や　281
むなしくて　289
紫の　83, 280
物思と　282
物ごとに　108, 110
もみぢ葉に　185
もみぢ葉の　285, 286
もみぢばも　129
もみぢ葉を　128, 287
もろともに　152

ヤ

宿ごとに　79, 81, 123
山河に　286
山里の　114
山ざとは　116
山里は　203
山寺の　352
山の端に　196
山端に　156
山吹の　87, 89, 137
やみはれて　124, 156
闇はれて　336
ゆきやらぬ　290
夕ぐれは　115
ゆふぐれは　118
夕されば　307
ゆふまぐれ　227, 268
夢のあひは　327
よし野山　152
よしの山　264
よそにても　83
夜の雨の　97
世のうさに　128, 154
世のうさも　216
世の中は　238, 306
世の中よ　214, 264, 267
夜を知る　170
世をすてて　214
世をそむく　234

ラ

蘭省の　198

ワ

わが戀は　291
わが心　123
わが身よに　211
わが宿の　8, 207, 268

わが宿は　240
忘られず　317, 318
わたしもり　345
わたつ海と　166
わびしらに　177
わびぬれば　327
わりなしや　204
われながら　98
我ばかり　340
我ひとりと　187
我もしり　208
ゐる雲の　186
小倉山　132
をしなべて　123
をしめども　151

白氏作品索引

○本索引では本文で引用した白氏作品を音讀による50音順に配列した。

ア

雨後秋涼　97, 106
詠意　9, 221, 250
詠懷　30
永崇里觀居　247
燕子樓三首（一）　107
櫻桃花下歎白髪　79, 85, 148
憶晦叔　30

カ

改業　356
海漫々　344, 346
過元家履信宅　87, 140
過高將軍墓　297
夏日　219, 248
夏日獨値寄蕭侍御　254, 256
花酒　33
花非花　315
閑居　228, 236, 249, 252, 257
閑吟　29, 239
翫新庭樹因詠所懷　213, 248
寄殷協律　239
寄江南兄弟　58
喜照密閑實四上人見過　354
寄微之　33
寄李相公、崔侍郎、錢舍人　355
寄李相公崔侍郎錢舍人　32
戲招諸客　34
戲禮經老僧　354, 356
及第後歸覲留別諸同年　17
曲江憶元九　150
寓意詩五首（一）　16
寓意詩五首（二）　17
偶吟　30
偶吟二首　31
郡西亭偶詠　31
郡中卽事　254
郡亭　211, 248, 252
遣懷　231, 249

見元九悼亡詩、因以此寄 344
吾土 29
五年秋病後獨宿香山寺三絕句 354
香山寺白氏洛中集記 357
效陶潛體詩十六首并序（十一） 250, 283
效陶潛體詩十六首并序（十二） 17
香鑪峯下、新卜山居、草堂初…… 351

サ

歲晚旅望 106
歲暮道情 348, 355
山鷓鴣 106
殘春詠懷贈楊慕巢侍郎 80
司馬宅 125
自覺二首（二） 60, 280, 337
自到潯陽生三女子、因詮眞理…… 355
自罷河南……贈張處士韋山人 232
七言十二句贈駕部吳郎中七兄 30
首夏病間 247
秋雨中贈元九 107, 125
酬哥舒大見贈 84, 150
酬皇甫郎中對新菊花見憶 126
秋山 202, 248, 250
秋思 126
秋夕 59, 130, 165
舟夜贈內 32
重題別東樓 33
重到渭上居 59
從同州刺史、改授太子少傅分司 29
十年三月三十日別微之於灃上…… 288
重賦 15
宿靈巖寺上院 57, 216, 354
春題湖上 34
春中與盧四周諒華陽觀同居 150
初入香山院對月 195
相公遠宅遇自禪師有感而贈 315
招山僧 218
杪秋獨夜 107, 126
蕭相公宅遇自遠禪師有感而贈 32
逍遙詠 60, 302, 347
城上夜宴 326
新昌閑居招楊郎中兄弟 57, 207
新昌新居書事四十韻、因寄元…… 361
尋春題諸家園林、又題一絕 82
睡起晏座 348, 361
醉吟 30
醉吟先生墓誌銘并序 44
水堂醉臥、問杜三十一 218
靑龍寺早夏 59
贈王山人 60, 344
贈吳丹 247, 253
贈杓直 44, 65, 224, 249, 250, 258, 301, 359
早蟬 116
早梳頭 344
贈僧・神照上人 354
贈僧・鉢塔院如大師 354, 357
想東遊五十韻并序 309, 361
草堂記 37, 38, 40, 41, 46
早服雲母散 355
送李滁州 355
贈鄰里往還 31
續古詩十首（其二） 323
村雪夜坐 247, 248

タ

題峽中石上 34
對酒閑吟贈同老者 315
對酒五首（二） 357

題李十一東亭　105, 115
池上閑詠　29
池上即事　29
池上篇　37, 38, 40, 41, 45, 46
中隱　45, 58, 64, 271
中秋月　139, 140
長恨歌　6, 55, 119, 166, 168, 169, 172, 174, 177, 179, 181, 184, 186, 188, 189, 251
適意　61, 249, 255
東園翫菊　247
登西樓憶行簡　106
冬夜　247
讀史詩（五首の四）　14
讀禪經　355

ハ

拜表廻閑遊　362
白羽扇　101
白髮　59, 60, 279, 342
晚春登大雲寺南樓、贈常禪師　90
晚秋夜　105
晚春沽酒　80, 85, 249
悲歌　321
微之敦詩晦叔相次長逝巋然自……　293
琵琶行　251
不出門　30
府中夜賞　34
風雨晚泊　32
聞夜砧　112
別草堂三絕句　217
暮立　102
放言五首　160
放言五首并序（其五）　160, 300, 360

マ

味道　355
夢裴相公　60, 334
夢與李七庾三十三同訪元九　106, 59

ヤ

夜宴醉後留獻裴侍中　33
遊悟眞寺詩一百三十韻　361
夭老　306
與元九書　21, 44, 46, 55, 251
與薛濤　18

ラ

落花　93, 149
留別微之　40, 237
旅次景空寺、宿幽上人院　120
廬山草堂夜雨獨宿寄牛二李七……　197
老夫　29
老來生計　199

書名索引

○本索引では本文で引用した歴史的文獻を漢字・假名に關わらず、50音順に配列した。

ア

赤染衛門集　178
和泉式部集全注釋－續集篇－　317
伊勢集　181, 184, 185, 186
伊勢物語　143
今鏡　66, 358
詠歌大概　72, 73, 74, 76
圓珠庵雜記　317
王右丞集　217
大江千里集　7, 26, 58, 69, 83, 84, 91, 121, 312, 318, 330, 331

カ

懷風藻　107
管見抄　6
宜都山川記　175
聞書集　152, 153
金葉和歌集　114, 178, 180, 234, 282, 295, 345
句題和歌→大江千里集
愚管抄　7, 67
源氏物語　113, 167, 170, 180, 181, 209, 218, 352
河海抄　352
古今和歌集　81, 83, 86, 89, 94, 95, 108, 110, 114, 117, 118, 123, 127, 128, 130, 132, 151, 155, 166, 171, 173, 177, 208, 211, 214, 219, 222, 223, 240, 274, 280, 281, 282, 285, 286, 287, 290, 294, 298, 299, 303, 304, 305, 307, 313, 325, 327, 349
古今著聞集　289, 325
後拾遺和歌集　81, 94, 101, 113, 121, 122, 123, 130, 156, 170, 171, 173, 196, 203, 221, 264, 281, 307, 339, 349
後撰和歌集　100, 101, 117, 119, 123, 127, 130, 205, 223, 234, 243, 282, 290, 291, 294, 295, 298, 305, 316
國史補　22

サ

西行法師家集　152, 153, 267
ささめごと　157
讃岐集　317
山家集　152, 156, 196, 204, 267
詞花和歌集　131, 291, 305
詩經　19, 41
詩人主客圖　14, 18
十訓抄　325, 358
沙石集　65, 66, 157, 349
首楞伽經　344
拾遺愚草　95, 123, 128, 181, 209, 211, 291, 296, 322, 324, 327, 345
拾遺和歌集　91, 101, 114, 127, 130, 243, 281, 307, 349, 352
拾玉集　86, 177, 191, 264
新古今和歌集　94, 98, 101, 111, 113, 114,

116, 117, 121, 122, 123, 127, 131, 132, 152, 156, 167, 173, 178, 198, 209, 213, 214, 220, 230, 234, 238, 240, 281, 286, 291, 294, 295, 305, 307, 313, 316, 317, 322, 336, 340, 341, 345, 352, 353
新撰朗詠集 26, 58, 121, 184
水經注 175
世說新語 175, 176
說文 292
千載佳句 26, 27, 28, 29, 31, 32, 33, 34, 35, 58, 84, 116, 119, 121, 126, 216, 262, 289, 292, 315, 318, 353, 355, 356, 357
千載和歌集 113, 116, 118, 119, 122, 131, 171, 173, 181, 203, 213, 214, 218, 222, 264, 298, 299, 307, 322, 336, 340, 341
全唐詩 80, 147
禪門師資承襲圖 363
楚辭 107, 232, 233
莊子 9, 222, 232, 256, 257, 259, 302, 348, 364
續本朝往生傳 325

タ

大智度論 344
大方廣佛華嚴經 337
高遠集 170, 172, 179, 184, 186, 187, 188
土御門院御集 109
貫之集 317
杜詩詳注 104
唐詩訓解 142
道德經 41
道命阿闍梨集 184, 186

ナ

南華經 9, 222
日本往生極樂記 42, 215

ハ

濱松中納言物語 272
祕經抄 189
皮日休集 19
夫木和歌抄 177, 178
風雅和歌集 177
藤原定家全歌集 347
方丈記 37, 38, 46, 47, 48, 49, 50, 116, 200, 229, 266, 284, 373
寶物集 128, 153
發心集 325
本朝續文粹 198
本朝無題詩 93
本朝文粹 44, 233, 296
本朝麗藻上 93

マ

每月抄 72, 73, 74, 76
枕草子 198
松浦宮物語 320
萬代集 114
萬葉集 107, 143, 208, 296, 327
躬恆集 92
道濟集 184, 187, 188
明惠上人集 196
紫式部集 178
明月記 290, 294
孟子 50
文選 64, 99, 103, 107, 296, 320

ヤ

大和物語　*108*
維摩經　*344, 348, 359*

ラ

李太白詩集　*142*
兩度聞書　*208*
楞伽經　*344, 359*
老子　*237*
論語　*19, 142, 143, 284*

ワ

和歌初學抄　*229*
和漢朗詠集　*26, 34, 35, 58, 84, 88, 89, 93, 94, 99, 100, 101, 107, 113, 114, 115, 116, 119, 121, 126, 170, 172, 174, 184, 198, 200, 203, 207, 208, 216, 238, 239, 262, 289, 292, 294, 304, 345, 356, 357*